하륜 선생 2

송현 자전소설

학생의 최대 적은 무능한 교사이다!

하룬 선생

2

송현 자전소설

창해

이 책을 한 분의 은인과 세 분의 스승, 그리고 부모님께 바칩니다. 한 분의 은인은 서울 S고등학교 김영혁 교장선생입니다. 부산의 사립 중학교 교사였던 내가 '10월 유신 반대 삭발'을 한 뒤 탈영병 같은 빡빡머리로 서울 S고등학교를 불쑥 찾아가서 이 학교에 취직시켜 달라고 부탁하자, 한 시간 수업할 기회를 주고, 마침내 채용해 주어서 서울에 입성할 터전을 마련해준 내 삶의 최대 은인입니다.

세 분의 스승 중에 함석헌 선생은 제 삶의 뿌리이자 기둥인 역사와 역사적 삶을 가르쳐준 정신적 스승이며, 한글 기계화의 아버지 공병우 박사는 '시간은 돈보다 더 귀한 생명'이란 사상을 근본적인 바탕으로 합리적 사고와 가치 있는 일에 올인하는 훌륭한 삶의 기본자세를 가르쳐준 스승입니다.

또한, 〈뿌리깊은 나무〉 발행인 한창기 사장은 '하자' 형 글(말)을 쓰지 말고, '했다' 형의 글로 써야 한다는 글쓰기 원칙과 함께 마침내는 삶의 원칙을 가르쳐준 스승이며, 이 책이 바로 그 증거이기도 합니다.

그리고 6·25 전쟁 이후 그 어려운 시절에 소 팔고 논 팔아서 대학 공부를 시켜준 부모님입니다. 이분들이 아니었더라면 오늘의 하륜은 존재하지 않았을 것이고, 땀과 눈물로 얼룩진 이런 도전 이야기도 생기지 않았을 것입니다. 그 외에도 고마움을 표시해야 할 분들을 일일이 거명하자면 이 책보다 더 길어질 것 같아서 내가 이 세상에 사는 날까지 가슴 깊이 묻어두겠습니다.

이 아름다운 지상에서 수많은 사람들의 사랑과 용서 속에서 내 분수에 넘치는 삶을 살았고, 비록 패랭이꽃 한 송이라도 활짝 피우고 가는 것이 너무너무 자랑스럽고 행복합니다. 이 헌사의 마지막 구절을 쓰는데, 방금 내 손등에 뜨거운 눈물 한 방울이 뚝 떨어졌습니다.

2021년 9월
대한민국 서울에서
송 현

5부 _ 송창식의 '고래사냥' 긴급 특강

6부 _ '은혜의 나무'를 눈물로 심은 제자들

1부 _ 빡빡머리 문학청년의 진검승부

2부 _ 버스 안에서 너무 엉뚱한 도전

3부 _ 학생 최대의 적은 교사

4부

칸트 오빠와
하륜 오빠

1
칸트 오빠와 하륜 오빠

"반갑습니다. 이번 시간에는 '칸트 오빠와 하륜 오빠'란 제목의 뜨끈뜨끈하고 재미있는 공부를 할 참입니다. 그래서 이번 시간은 '실실 특강'이라고 하겠습니다. 내가 하는 이야기를 단순히 재미로 청취하지 말고, 온몸으로 경청하여 반드시 귀한 삶의 지혜를 한 수 배우기 바랍니다."

"이 이야기는 크게 다음과 같은 네 가지 특징이 있습니다.

첫째, 아주 뜨끈뜨끈한 이야기입니다.

둘째, 대학입시에는 그다지 도움이 되지 않더라도 청춘사업에는 아주 큰 도움이 될 만큼 실속이 철철 넘칩니다.

셋째, 내가 체험한 뜨끈뜨끈한 경험담입니다.

넷째, 두 명의 주인공 중에 한 사람이 바로 나라는 사실입니다.

여러분! 내가 할 이야기에 큰 기대가 되나요? 별로 기대가 안 되나요?"

"엄청나게 기대됩니다. 선생님!"

"기대가 큽니다. 선생님!"

"내가 이야기보따리를 풀기 전에 한 가지 간곡하게 해야 할 부탁이 있습니다. 내 이야기를 다 듣고 나서 나를 '연애 박사'라고 소문내지 말기 바랍니다. 실력이 빵빵한 국어 선생으로 소문이 나는 것은 아주 바람직하지만, 겨우 연애 박사라고 소문나면 내게 득 될 것도 하나 없고, 도리어 치명적일 것입니다. 내 말을 이해합니까?"

"예, 선생님! 이해합니다. 약속도 지키겠습니다."

교실 안은 학생들의 폭소와 박수갈채로 떠들썩했다. 나는 학생들을 진정시키며 차분하게 이야기보따리를 풀었다.

"첫 번째 이야기는 내가 겪은 이야기입니다. 내가 부산에서 중학교 국어 선생 노릇을 할 때의 일입니다. 평소에 나는 버스를 탔을 때 '제발 내 옆자리에 예쁜 아가씨가 타면 얼마나 좋을까?' 하는 기대를 안 한 날이 단 한 번도 없었습니다. 그날도 그런 기대감으로 버스를 탔습니다. 버스 안은 이미 승객들이 가득했습니다.

마침 통로 쪽에 빈자리가 하나 있어서 잽싸게 그 자리에 앉았습니다. 나도 창가 쪽 자리를 좋아하지만, 이런 때는 창가 쪽이 아니라 통로 쪽 자리라도 없는 것보다야 백번 낫지 뭡니까. 자리에 앉자마자 내 옆자리에 앉아 있는 사람을 흘낏 본 순간, 나는 내 눈을 의심하지 않을 수 없었습니다. 내 또래의

아가씨였는데, 한마디로 너무 아름다운 미인이었습니다."

"그녀를 쳐다본 순간 나는 숨이 멎는 것 같았습니다. 그녀의 아름다움에 전율했습니다. 그토록 몸서리치게 아름다운 여자는 처음 보았습니다. 들뜬 마음을 진정하고, 그녀의 옆모습을 다시 찬찬히 쳐다보는데 온몸에 소름이 돋았습니다.

자취방 주인집 딸인 미옥이 누나도 엄청 예쁘지만 비교할 바 아니었고, 우리 고향 마을에서 제일 예쁜 내 여자 친구 진숙이도 저리 가라 할 정도였습니다. 아니 그런 수준이 아니라 미스코리아도 저리 가고, 김지미도 저리 가고, 엄앵란도 저리 가라 할 정도로 예뻤습니다. 나는 이런 미녀의 옆자리에 한 번 앉아 본 것만으로도 행운이라면 행운이고, 기적이라면 기적이 아닐 수 없다고 생각하였습니다."

"내가 힐끗힐끗 쳐다보는 것을 의식한 그녀는 진작부터 창밖으로 시선을 돌린 채, 나 따위에는 아무런 관심도 없는 듯이 도도했습니다. 그럴수록 그녀의 아름다움은 더없이 신비했습니다. 나는 이런 상상을 하였습니다. '내 분수에 저렇게 아름다운 여자의 손을 잡거나, 키스를 하거나, 하룻밤을 같이 자는 것은 그야말로 그림의 떡이겠구나.'

나는 평소에도 주제 파악을 제법 잘하는 편입니다. 그래서인지 겨우 사립 중학교에서 국어 선생을 하는 내 신세가 한없이 초라하게 느껴졌습니다. 저토록 아름다운 여자가 내가 기껏 중학교 선생이라는 것을 알면 얼마나 실망을 할까 생각하니 온몸에 기운이 쫘악 빠지고 앞이 캄캄했습니다."

"대학교수도 아니고, 고등학교 선생도 아니고, 겨우 중학교 선생을 하는 가난한 문학청년인 줄 알면, 그녀는 내게 조금도 관심을 가질 리가 없을 것만 같았습니다. 내 생각이 여기까지 미치자 별 볼 일 없는 내 처지가 나를 더욱 비참하게 만들었습니다. 그래서 나는 '그녀에게 큰 기대를 하지 말아야지' 하고 다짐했습니다.

한편으로는 '저 아름다운 미녀와 차 한 잔만 마실 수만 있다면!'이란 생각도 들었습니다. 이런 생각을 멈추려고 해도, 내 주제 파악을 하면서 나를 아무리 추슬러도, 그녀의 아름다움 앞에서는 조금도 도움이 되지 않았습니다. 이미 그녀의 아름다움에 너무 깊게 빠져서인지 도저히 그 늪에서 빠져나올 수가 없다는 사실에 절망하지 않을 수 없었습니다."

"'더 이상 허우적거리지 말고 미녀의 늪에서 빨리 빠져나와야지'하면서도, 그녀의 아름다운 매력의 늪에서 도저히 한 발짝도 탈출할 수가 없었습니다. '저 아름다운 여자의 손목을 잡아보지 않아도 좋다. 저 아름다운 여자와 입맞춤을 하지 않아도 좋다. 저 아름다운 여자와 하룻밤을 자지 않아도 좋다. 다

만, 차 한 잔만 마실 수 있다면 나는 원도 한도 없을 것이다.'

그녀는 시종일관 나 같은 것은 안중에도 없는 듯 계속해서 창밖만 쳐다보고 있었습니다. 버스는 '서면'을 지나고 있었습니다. 이제 내가 내릴 '거제리'는 두 개의 정거장밖에 남지 않았습니다. 나는 초조해지기 시작했습니다. 아무리 머리를 굴려도 어떻게 작전을 짜야 좋을지 뾰족한 수가 떠오르지 않았습니다."

"무슨 말이라도 한마디 걸어봐야 할 것 같았습니다. 어떤 멘트를 날려야 할지 곰곰이 생각해 보았습니다. '같은 값이면 다홍치마'란 말처럼, 나는 아주 고상하고 멋진 멘트를 날리고 싶었습니다. '쌈박하면서도 멋있는 멘트는 어떤 것일까?' 아무래도 첫 멘트를 너무 무겁게 하면 그녀에게 도리어 부담을 줄 것이라는 생각이 들었습니다.

'실례지만 어디까지 가십니까?'

'아니다!' 이런 촌스러운 멘트로 그녀에게 점수를 딴다거나 철옹성처럼 굳게 닫힌 그녀의 마음의 문을 연다는 것은 절대 불가능할 것만 같았습니다. 한마디로 어림 반 푼어치도 없을 것 같았습니다. 그러니 굳이 멘트를 날린다면 반드시 이보다 더 세련되고, 고상하고, 멋진 멘트를 날려야만 합니다. 그런데 아무리 내 머리를 쥐어짜고 흔들어봐도 마땅한 멘트가 생각나지 않았습니다.

'그녀가 버스에서 내리면 나도 따라 내려서 작업을 해 본다?'

'아니다!' 이런 수법은 함량 미달 사람이나 하는 아주 구질구질한 짓거리입니다. 사내자식이 여자 꽁무니를 따라가서 수작을 거는 건 세련되지 못한 아주 빛바랜 수법입니다. 그러면 어찌해야 한단 말인가. 점점 나 자신에게 짜증이 났습니다."

"한 정거장이 남았습니다. 그때까지 그녀는 자세와 표정 하나 흐트러짐 없이 계속 창밖만 쳐다보고 있었습니다. 이런 상황을 보면 아마 그녀는 나보다 더 멀리 가는 것이 분명했습니다. 그렇다면 이번 정거장에 버스가 멎으면 그녀를 포기하고 내가 내리든지, 내리지 않고 계속 앉았다가 그녀가 내리면 따라 내려서 수작을 걸어보든지 중에 택일해야 할 판이었습니다.

그런데도 그녀를 따라 내려 수작을 거는 건 아무리 생각해도 너무 촌스러운 수법 같았습니다. 그렇다면 길은 하나입니다.

'모든 것을 포기하고 이번에 내려야 한다!'

내가 정거장에 내리는 순간, 그녀는 내게서 영원히 사라져버리고 말 것입니다. 이름도 성도 모르고, 집도 절도 모르는 그녀를 어느 세월에, 어느 하늘 아래에서 다시 만날 수 있다는 보장이 없기 때문입니다."

"버스가 거제리 정거장에 도착했습니다. 궁즉통(窮則通)이라고, 그 순간 나는 재빨리 내 손목시계를 풀어서 그녀의 무릎 위에 가지런하게 놓인 두 손에 강제로 쥐여주면서 말했습니다.

'이번 주 일요일 오후 세 시에 시청 앞에 있는 ○○○ 다방으로 나오세요!'

그리고 잽싸게 자리에서 일어나 출입문으로 도망치듯이 뛰어내렸습니다. 허겁지겁 뛰어내리는 내 모습을 본 사람들이 소매치기로 오해했을지도 모를 정도였습니다. 내가 내리자마자 버스는 바로 출발했습니다.

'휴우!' 멀어져 가는 버스의 뒷모습을 멍하니 바라보면서, 나는 안도의 한숨을 쉬며 빙그레 미소를 지었습니다."

"여러분! 이 정도 순발력이면 내 실력이 어느 정도인지 대충 짐작이 가나요?"

"대단합니다. 선생님!"

"일요일 오후에 그녀가 약속 장소에 나왔을까요? 나오지 않았을까요?"

학생들 대부분이 이구동성으로 대답했다.

"당연히 나왔을 것입니다!"

나는 웃으면서 이야기를 마무리했다.

"다음 이야기는 적당한 기회가 생기면 하겠습니다. 많이들 기대하기 바랍니다. 이 정도면 내 연애 실력이 어느 정도인지 대충 짐작이 가고도 남지 싶습니다. 그런데 나의 작업 실력을 외부에는 절대로 소문내지 말기 바랍니다. 나는 실력 있는 국어 선생으로 소문이 나면 몰라도 겨우 연애 박사로 소문이 나는 것은 원치 않습니다. 내 말뜻을 이해합니까?"

"예, 선생님! 충분히 이해합니다."

또다시 박수갈채와 환호성이 이어졌다. 나는 곧이어 두 번째 이야기를 시작했다.

"자, 두 번째 이야기는 세계적으로 유명한 독일의 철학자 칸트(Kant, Immanuel)의 일화입니다. 나중에 기회가 있으면 칸트 오빠의 철학적인 주제들에 관한 이야기는 따로 자세히 공부하겠습니다. 오늘은 칸트 오빠의 철학을 공부하는 것이 아니라 단지 재미있는 일화 하나를 소개할까 합니다."

"어느 마을에 사는 예쁜 처녀가 칸트 오빠에게 청혼했습니다. 뜻밖의 청혼을 받은 칸트 오빠는 다음과 같이 말했습니다. '아가씨! 저에게 좀 여유를 주십시오. 결혼하는 게 행복할지, 결혼하지 않고 독신으로 사는 게 행복할지에 대해서 깊이 생각해 봐야겠어요. 그러니 좀 기다려 주십시오.'

칸트 오빠는 학자입니다. 학자는 논문을 씁니다. 논문을 쓰는 학자는 자기주장보다 남의 저서를 많이 보고, 최대한 인용을 많이 합니다. 칸트 오빠는 청혼을 받고 '독신이냐? 결혼이냐?'라는 중요한 두 명제를 놓고 고민에 빠졌습니다."

"그 시대는 아주 옛날입니다. 그때는 처녀, 총각이 손만 잡으면 임신하던 시대입니다. 사실 나도 대학 때까지만 해도 처녀, 총각이 손만 잡으면 임신하는 줄 알았습니다. 아무튼 칸트 오빠는 독신과 결혼을 놓고 판단하기 힘들었습니다. 그래서 다른 사람들의 선행 연구를 많이 참고한 뒤에 신중하게 결정하고자 했습니다.

그러고 나서 칸트 오빠는 자기 서재에 있는 수많은 책 중에서 '결혼하는 것이 좋다'는 쪽의 자료들을 찾아서 탐독하였습니다. 논문을 쓰는 학자가 한쪽 주장만 많이 읽고 결정을 내리면 바람직합니까? 바람직하지 않습니까?"

"바람직하지 않습니다. 선생님!"

"양쪽 주장의 자료를 모두 참고해야 합니다. 선생님!"

"칸트 오빠는 이번에는 '독신을 예찬하는 쪽'의 자료들을 찾아 탐독하였습니다. 독신을 예찬하는 자료를 보니 이 주장도 만만치가 않았습니다. 양쪽 주장이 다 설득력이 있어서 칸트 오빠는 점점 헷갈리기 시작하였습니다. 그럴수록 칸트 오빠는 더 많은 자료를 찾아서 공부하였습니다.

그러나 공부를 하면 할수록 점점 해답을 얻을 수가 없었습니다. 그 바람에 칸트 오빠는 각각 '결혼 예찬'과 '독신 예찬'에 대한 책을 쓸 정도가 되었습니다. 하지만 어느 쪽이 더 좋은지 판단할 수는 없었습니다."

"그런데 칸트 오빠의 집에는 하인이 한 명 있었습니다. 그는 매일 청소를 하면서 칸트 오빠의 책상 위에 두 분야의 책들이 점점 쌓여가는 걸 알게 되었습니다. 그러던 어느 날, 하인은 양쪽의 책 제목을 훑어보았습니다. 한쪽에는 결혼을 예찬하는 책들이었고, 다른 한쪽에는 독신을 예찬하는 책들이었습니다. 하인은 책의 권수를 세어보았습니다.

다음 날 하인이 칸트 오빠에게 말했습니다.

'주인님, 감히 제가 하인 주제에 주인님께서 요즘 공부하시는 책들을 보았습니다. 주인님 책상 위에 나날이 쌓이는 책들이 궁금해서 말입니다. 무식한 하인 주제에 책의 내용이야 알 수 없지만, 양쪽 책의 제목만은 대충 읽어 보았어요. 그런데 한쪽은 쉰네 권이고, 한쪽은 쉰아홉 권이더군요. 그렇다면 거의 비슷한 것입니다. 그 정도로 비슷하다면, 주인님께서 일단 결혼을 한번 해보시는 게 좋을 것 같습니다.'

하인의 말에 칸트 오빠가 대답했습니다.

'그래, 자네 말이 옳아! 결혼해야겠어. 빨리 그녀에게 가서 내 결심을 말해줘야겠다.'"

"칸트 오빠는 즉각 허겁지겁 그녀의 집으로 달려갔습니다. 집에 도착해서 초인종을 눌렀더니, 늙은 할아버지가 나왔습니다. 그녀의 아버지였습니다.

'뉘시오?'

칸트 오빠가 더듬더듬하면서 말했습니다.

'저는 아랫마을에 사는 임마누엘 칸트입니다.'

'용무가 뭐요?'

'얼마 전에 댁의 따님에게 청혼을 받았습니다. 그래서 제가 심사숙고한 끝에 그 청혼을 받아들이기로 하고, 이 기쁜 소식을 따님에게 전하기 위해서 왔습니다. 저는 댁의 따님과 결혼하기로 결심했습니다!'

그러자 할아버지가 먼 산을 바라보면서 이렇게 말했습니다.

'우리 딸은 조금 전에 큰애는 오른손으로 잡고, 작은애는 왼손으로 잡고, 막내는 등에 업고 개울가에 빨래하러 갔소만!'"

학생들의 폭소가 터졌다. 나는 계속해서 말을 이었다.

"여러분, 말뜻을 알겠어요? 이런 면에서는 칸트 오빠가 지혜로워요? 바보예요?"

"바보요!"

"그렇습니다. 제가 보기에도 칸트는 바보입니다. 우리는 이 아름다운 세상에 살면서 무엇이든지 직접 해봐야 합니다. 논문만 쓰면서 세월을 다 보낼 것이 아니라 직접 사랑을 해봐야 합니다. 설령 예쁜 여자에게 따귀를 한 대 맞을 땐 맞더라도 사랑을 해봐야 합니다. 그런데 멋진 사랑을 해보지도 않고 논문만 쓴다? 이런 인간, 불쌍해요? 안 불쌍해요?"

"불쌍해요!"

"불쌍한 게 아니라 한심해요. 아니, 한심한 것이 아니라 미친놈 아닌가요?"

내 이야기에 학생들은 다시 폭소가 터졌다.

"자, 결론 삼아 중요한 것을 한 가지 질문합니다. 나도 입이 근질거려서 이 질문을 하지 않을 수가 없습니다. 질문합니다. 칸트 오빠와 하륜 오빠, 둘 중 누가 더 연애 고수입니까?"

"하륜 오빠요!"

"선생님, '하륜 오빠'가 더 고수입니다."

"이 대목에서 분명히 해야 할 것이 있습니다. 철학이나 학문적인 분야에서는 하륜 오빠가 도저히 따라갈 수가 없습니다. 저는 칸트 오빠의 구두 닦을 실력도 안 됩니다. 그러나 연애는 칸트 오빠보다 내가 한 수 위입니다."

"오늘 소개한 두 오빠의 이야기를 비교하면, 칸트 오빠는 하륜 오빠의 적수가 안 된다고 생각합니다. 이런 내 주장에 찬성합니까? 반대합니까?"

"찬성합니다. 선생님!"

"선생님이 더 연애 박사입니다."

"칸트 오빠가 몇 수 아래입니다. 선생님!"

"그런데 내가 연애 박사란 사실을 비밀에 부치기로 한 약속은 반드시 지켜주기 바랍니다."

"걱정하지 마세요. 선생님!"

그때 누군가가 말했다.

"선생님, 손목시계 풀어준 그 미인 아가씨와 어찌 되었는지에 대해서 빠른 시일 안에 이야기해주시기 바랍니다. 여러분들도 궁금합니까? 안 궁금합니까? 나는 칸트 오빠 이야기보다 하륜 선생님 이야기가 더 궁금합니다. 내 이야기에 찬성하는 학생은 박수 한번 보내주세요!"

한 학생의 갑작스러운 발언이 뜻밖의 만루 홈런을 쳤다. 교실 안은 박수갈채와 환호성으로 거의 아수라장이 되고 말았다.

2
파고다 공원의 고수 할아버지

일요일 오전이었다. 딱히 가고 싶은 곳도 없고, 갈만한 곳도 없었다. 그렇다고 자취방에서 종일 죽치고 있기도 좀 거시기하고, 여기저기 헤매는 것도 좀 거시기할 것 같았다. 그 순간 퍼뜩 떠 오른 곳이 파고다 공원이었다. 파고다 공원에 가서 한적한 벤치에 앉아 책을 읽으며 시간을 보내는 것도 그리 나쁠 것 같지가 않았다. 거기다가 '공책 아저씨'라도 만나서 공책을 여러 권 살 수 있다면 금상첨화가 될 것 같았다.

나는 평소에도 파고다 공원에 자주 갔다. 내가 서울 지리에 익숙하지 못한 탓도 있지만, 그보다 더 근본적인 이유는 여기저기 쏘다니는 것을 그리 좋아하지 않는 내 성격 탓이 크지 싶다. 공원 구석에 있는 빈 벤치를 향해 뚜벅뚜벅 걸어갔다. 너무 일러 그런지 한가롭게 벤치에 앉아 있는 사람은 없었다. 나는 적당한 벤치에 가방을 내려놓고 털썩 앉았다.

마침 할아버지 한 분이 벤치 옆 구석 땅바닥에 퍼질러 앉아 여기저기에서 주워 모은 조간신문 등의 폐지를 간추리고 있었다. 나는 그 할아버지에 아무 관심도 없었다. 언제나처럼 허리를 꼿꼿이 펴고 벤치에 앉아서 책을 읽기 시작하였다. 그런데 점점 시간이 지남에 따라 눕고 싶은 생각이 간절해졌다. 그렇다고 해서 선뜻 벤치에 눕기에는 아무래도 용기가 나지 않았다. 보는 사람만 없으면 당장이라도 눕겠는데 여기저기에 사람들이 있어서 그럴 수도 없었다. 눕지 못하는 대신에 등을 벤치 등받이에 비스듬히 기대었다.

시간이 조금 지나자 이번에는 두 다리를 길게 내 뻗었다. 거의 누운 자세에 가깝게 몸을 더 길게 뻗었다. 그럴수록 의자 바닥에 아예 길게 눕고 싶은 마음을 참을 수가 없었다. 주위를 자연스럽게 쓰윽 두리번거렸다. 마침 가까이에는 한 사람도 없었다. '에라 모르겠다' 하면서 벤치에 누웠다. 누운 자세로 폐지를 간추리는 할아버지를 힐끔힐끔 쳐다보았다.

그 순간 놀라운 사실을 하나 알았다. 아까부터 폐지를 간추리는 할아버지의 동작이 아무래도 예사롭지 않아 보였다. 사람들이 한 번 보고 버리는 신문지를 여기저기에서 주워 와 수북이 쌓아놓고 차곡차곡 간추리는데, 그 손놀림이 아무리 봐도 범상치 않았다. 주워온 신문의 구겨진 부분을 정성껏 한 장씩 바로 폈는데, 바로 편 신문지를 일일이 다른 장과 나란히 키를 맞추는 모습이 내 호기심에 불을 붙였다.

할아버지가 그동안 간추려 놓은 신문지 더미를 살펴보고 나는 또다시 놀라지 않을 수 없었다. 한마디로 예술이었다. 신문사에서 신문 꾸러미가 나올 때도 저 정도로까지는 가지런하지 않을 것만 같았다.

나는 벤치에서 벌떡 일어났다. 자세를 바로잡고 신문을 가지런히 펴서 정리하는 할아버지의 작은 동작을 하나하나 유심히 쳐다보았다. 할아버지의 형형한 눈빛과 신중한 손놀림이 너무나 진지하였다. 나는 더 이상 참을 수가 없었다.

"할아버지, 한 가지 여쭈어보아도 되겠습니까?"

"……?"

할아버지는 대꾸 대신 물끄러미 나를 쳐다보았다.

"할아버지, 저는 학생들을 가르치는 일을 합니다. 그래서 세상일에 관심이 아주 많습니다. 할아버지께서 주워온 신문을 간추려서 폐지로 파실 건가요?"

할아버지는 대답 대신 고개를 끄덕였다.

"폐지로 팔기 위해서 이렇게까지 정교하게 간추리지 않아도 되지 않습니까?"

이번에도 할아버지는 대답 대신 고개를 끄덕였다.

"그러면 왜 그렇게 정교하게 간추리시는지요? 무슨 다른 사연이 있는지요?"

내 물음에 할아버지는 대꾸하지 않을 듯하다가 내가 집요하게 물어올 것을 눈치챘는지 겨우 한마디 했다.

"내가 올해 일흔여덟 살인데 집중력을 떨어트리지 않게 하려고 훈련 삼아 하는 거요. 이 작은 일을 하면서도 집중력 훈련을 하는 중이요."

그 순간 나는 벤치에서 벌떡 일어나 할아버지 옆자리에 털썩하고 주저앉았다.

"선생님!"

당장 호칭이 '할아버지'에서 '선생님'으로 달라졌다.

"한 수 배우겠습니다."

조금 전까지만 해도 '할아버지'라고 부르다가 갑자기 '선생님'이라고 호칭을 바꾸고 땅바닥에 털썩 주저앉는 것이 아무래도 신기한 모양이었다. 선생님은 나를 물끄러미 쳐다보더니 빙그레 웃었다. 나도 멋쩍게 따라 웃었다. 나는 선생님 옆에 퍼질러 앉아서 집중력 훈련 연습을 따라 하였다. 생각보다 쉽지가 않았다. 내 딴에는 잘한다고 해도 선생님이 한 것과 비교하면 '영 아니올시다'였다. 나의 작업 속도는 선생님의 절반도 따라가지 못했다.

그 순간, 나는 나 자신을 돌아보았다. 선생님은 폐지를 간추리는 것조차도 저렇게 진지하게, 저렇게 치열하게 온몸으로 하는데, 나는 그동안 내 삶의 순간순간들을 얼마나 가볍게, 얼마나 성의 없게 대충대충 살았던가를 크게 반성하면서 후회하지 않을 수 없었다.

어쭙잖은 순간, 어쭙잖은 자리에서 만난 선생님은 내 삶에서 만난 또 한 분의 스승이 아닐 수 없었다. 나는 선생님 몰래 몇 번이나 선생님의 옆모습을 훔쳐보았다. 선생님은 보면 볼수록 거룩한 성자 같았다. 나는 성자의 얼굴을 보면서, 내 마음을 추스르면서 삼십 분 가까이 집중력 훈련을 따라 하는 동안 너무 즐겁고, 너무 행복했다.

'반짝인다고 전부 황금은 아니다'라는 말이 생각났다. 그런데 많은 사람들은 '스승'에 대해 잘못 알고 있다. 일류 대학을 나오고, 박사 학위가 있고, 사회적으로 이름난 사람이나 권위 있는 제복을 입고 있는 성직자들을 스승이라고 생각한다. 그러나 널리 알려진 스승보다 파고다 공원에서 만난 폐지 할아버지야말로 '진정한 스승'이 아닌가 싶은 생각이 들었다.

그런데 세상에는 엉터리 선지식들이 너무 많다. 무슨 대학을 나왔다는 것, 무슨 학위를 받았다는 것, 무슨 자격증을 가졌다는 것, 또 성직자 제복을 입고 있다는 것 하나만으로 존경받는 선지식들이 도리어 가장 한심하고 불쌍한 인간일 수 있을 것이라는 생각을 하였다.

가령, 박사 학위는 그 분야의 전문지식이 있음을 증명하는 것뿐이다. 기생충 연구로 박사 학위를 받은 사람이 있다면, 그 기생충 연구가 그 사람의 삶에 무슨 도움이 된단 말인가!

또한, 선사시대 유적 연구로 박사가 된 사람이라면, 그 연구가 그 사람의 삶에 무슨 도움이 될까? 기생충에 대한 지식이,

또 선사시대에 대한 지식이 그들의 삶이 성숙해지며, 삶 속 통찰력이 생기는 것에 얼마나 기여할까?

이런 인간들은 지식만 머릿속에 가득 차 있을 뿐이다! 이런 인간들의 '머릿속 지식'보다 천배 만배나 더 많은 지식들이 도서관에 있는데, 머릿속에 지식을 잔뜩 채워놓았다는 것이 무슨 자랑이 되며, 무슨 벼슬이라도 된단 말인가!

알고 보면 세상에는 엉터리 스승과 함량 미달 선지식이 너무 많다. 그리고 엉터리 스승과 함량 미달 선지식을 만나서 아까운 삶을 착각 속에서 허비하면서 속고 살아온 사람들도 너무 많다. 이들은 하나같이 함량 미달 스승을 제대로 된 스승인 줄 착각하고, 수많은 시간을 따라다니면서 한없는 정성과 맹목적인 사랑을 쏟는다.

지혜가 생화(生花)라면, 지식은 조화(造花)다! 조화는 애당초부터 '살아 있는' 적이 없는 가짜 꽃이다! 그런데 많은 인간들이 조화에 물을 주는 삶을 살고 있다. 이 얼마나 멍청하고 한심한 일인가! 조화에 물을 줄 게 아니라 '살아 있는' 생화에 물을 주어야 한다!

머릿속에 가득 차 있는 것은 죽은 지식일 뿐이다. 그것이 지혜가 되게 하려면 자신의 삶으로 검증해야 한다! 자기 삶으로 검증하지 못한 죽은 지식이 머릿속에 가득 차 있는 박사와 교수와 선지식들은 다 조화일 뿐이다!

나는 선생님께 정중히 인사를 드리고 싶었다. 바로 땅바닥에 넙죽 엎드려 큰절을 올렸다.

"선생님! 오늘 참으로 귀한 것을 배웠습니다. 부디 건강하시기 바랍니다. 감사합니다. 선생님!"

선생님은 아무 말도 하지 않고 내게 다가와 내 손을 잡아주었다.

3
톨스토이에게 일침을 가한 사람

"반갑습니다. 이번 시간에는 톨스토이이(L. N. Tolstoy)의 일화를 공부하고자 합니다. 그동안 나는 톨스토이를 흠모하고 사랑하였습니다. 파란만장한 그의 삶에 압도당하여 많은 밤을 뜬눈으로 보냈습니다. 특히 그가 무지한 민중을 일깨우지 않으면 죽도 밥도 안 된다고 생각하여 민중들에게 글자를 가르치는 일에 몰두한 것과 세상에서 가장 중요한 문제의 본질은 '소유'에 있다고 갈파(看破)하고, 마침내는 자신의 전 재산을 농노들에게 나누어 준 것에 감명받았습니다.

이후 집을 나온 톨스토이가 아스타포보 기차역에서 객사하기까지 그의 장엄한 삶을 통해서 나는 감동의 눈물을 엄청 많이 흘리고, 또 흘렸습니다. 그래서 톨스토이에 대해서는 할 이야기가 너무 많습니다. 앞으로 시간 나는 대로 여러분에게 하나하나 이야기해 줄 참입니다."

"이 대목에서 중요한 것 하나를 강조합니다. 내 이야기를 듣는 태도가 싸가지가 없으면 안 된다는 것입니다. 내 딴에는 혼신을 다해서 이야기하는데, 듣는 놈들이 대충대충 설렁설렁 들으면 들으나 마나입니다. 그러니 단 한 사람도 고개를 숙이거나 딴짓을 하는 것을 허용할 수 없습니다.

몸이 아픈 놈은 학교에 오지 말고 병원으로 가고, 등교할 때는 안 아팠는데 학교에 와서 아픈 놈은 조퇴 후에 병원으로 가고, 그 정도가 아니면 양호실에 가서 쉬다가 오기를 바랍니다. 내가 혼신을 다해서 이야기하는 것처럼 여러분도 혼신을 다하여 내 이야기를 경청해야 합니다. 내 말뜻을 이해합니까?"

"예, 선생님!"

"백번 천번 이해합니다. 선생님!"

"그런데 톨스토이의 위대한 명작들은 여러분이 직접 읽으면서 공부해야 합니다. 한 줄 한 줄 밑줄을 그으면서 갈아 마시고, 한 장면 한 장면 뜨거운 눈물로 씹어 먹어야 합니다. 그래야 피가 되고 살이 될 것입니다. 그러지 않고 단순히 글자만 읽으면, 그저 죽은 지식이 되어 머릿속에 쌓일 것입니다. 이런 인간들은 머리만 발달하고, 가슴은 퇴화하여 마침내 냉혈동물로 전락하고 말 것입니다.

불행하게도 수많은 사람들은 글자만 읽는 독서를 합니다. 이런 독서는 아무리 많이 해도 소용이 없습니다. 이런 엉터리 독서를 많이 한 인간들은 반드시 교활하고, 위선적이고, 이기적인 인간 말종이 될 수밖에 없습니다. 이런 내 말이 맞는지 안 맞는지 확인하려면, 여러분 주위에 많이 공부한 인간들의 민낯을 관찰해보면 대번에 답이 나올 것입니다."

"이번 시간에는 톨스토이의 작품 공부가 아니라 그의 재미있는 일화 하나를 소개하고, 그 일화에 담긴 의미를 공부할 것입니다. 그래도 여러분을 위해서 톨스토이에 관한 자료를 세 권이나 가지고 왔습니다. 톨스토이의 대표작에 해당하는 《부활》과 《전쟁과 평화》, 《안나 카레니나》입니다. 내 덕분에 책의 표지라도 한 번 구경하기 바랍니다. 이렇게 친절하게 하는 것이 고마워요? 안 고마워요?"

"고맙습니다. 선생님!"

"너무너무 감사합니다. 선생님!"

"어느 날 아침, 톨스토이가 일찍 교회로 갔습니다. 아직도 어둠이 덮여 있는 이른 새벽이었습니다. 그런데 교회에서 톨스토이는 예기치 않은 광경을 보았습니다. 마을에서 제일 부자인 사람이 기도하는 중이었는데, 그 부자는 신(神) 앞에서 '저는 죄인입니다'라고 고백하고 있었습니다. 이에 흥미를 느낀 톨스토이는 계속 귀를 기울였습니다.

'저는 제 아내를 속였습니다. 아내 몰래 다른 여자와 외도를 한 적이 한두 번이 아닙니다. 화류계 여자와의 관계는 물론이고 건넛마을 물레방앗간 아주머니와의 관계는 도저히 죽어도 끊을 수 없는 사이가 되고 말았습니다……'

톨스토이는 들으면 들을수록 흥미가 당겨서 살금살금 더 가까이 다가갔습니다. 그런 줄도 모르고 부자는 계속해서 열심히 신에게 고백하고 있었습니다.

'저는 죄인입니다. 그리고 당신이 저를 용서하지 않는다면 저에게는 다른 방법이 없습니다. 저는 남들을 착취하며 살아왔습니다. 저는 몹쓸 죄인입니다. 그리고 저는 어떻게 저 자신을 변화시켜야 하는지 모르고 있습니다. 당신이 은총을 내려주시지 않는다면 저는 어떻게 할 수가 없습니다. 제발 저에게 은총을 베풀어 주십시오!'

부자는 뜨거운 참회의 눈물을 줄줄 흘리고 있었습니다. 그 순간, 갑자기 인기척을 느낀 부자는 깜짝 놀라면서 주위를 둘러보았습니다. 그리고 톨스토이가 서 있는 것을 발견했습니다. 매우 화가 난 부자는 톨스토이에게 큰소리로 말했습니다.

'내 말을 똑똑히 들으시오! 내가 지금 말한 것은 신에게 한 것이지 당신에게 한 것이 아니오. 만일 당신이 내가 말한 것들을 다른 사람에게 한마디라도 말한다면, 나는 명예훼손죄로 당신을 고소할 것이오. 그러니 내가 한 말들은 못 들은 것으로 하시오. 이는 신과 나 사이의 개인적인 대화였소. 그리고 나는 당신이 여기 있는 줄 몰랐소. 당신이 여기서 내 말을 엿듣는 줄 알았다면, 지금 한 말을 한마디도 하지 않았을 것이오!'"

"자, 우리는 '부자의 이야기'를 통해서 무엇을 공부해야 할까요? 각자 집에 가서 이 부자에 대해서 공부하기 바랍니다. 그럼, 오늘은 이 질문만 던지고 마치겠습니다."

"선생님! 감사합니다."

"선생님, 감동입니다. 감동!"

박수갈채와 환호성이 한동안 그치지 않았다.

4
한국 문단의 독버섯, 신인추천제도

한국 문단에는 오래전부터 '독버섯'이 도사리고 있었다. 그러나 이 독버섯의 존재와 폐해를 제대로 아는 사람은 별로 없었다. 설령 이를 안다고 해도 여러 가지 불이익이 무서워서 입도 뻥긋하지 못했을 것이다. 이제 독버섯은 자랄 대로 자라서 엔간한 방법으로는 쉽사리 뽑히지 않는 상황이 되고 말았다.

내가 보기에는 이 독버섯의 정체와 문제점을 제대로 아는 사람이 그리 많지 않다는 건 정말 불행한 일이다. 물론 일반인들이 이를 모른다면 굳이 시비할 것은 없다. 그러나 문인이나 문학평론가들이 이를 잘 모른다면 도저히 묵과할 수가 없다. 이는 일종의 직무유기라고 할 수 있다.

결론을 먼저 말한다. 내가 말하는 독버섯이란, 다름 아닌 '신인추천제도'이다. 이에 대해서 잘 모르는 문인들이 너무 많다는 것이 한국 문단이 안고 있는 큰 병폐이고, 가장 큰 불행이 아닐 수 없다.

한국 문단에 신인들이 등단하는 방법은 크게 세 가지가 있다. 첫째는 일간 신문사에서 주최하는 '신춘문예제도'이고, 둘째는 각종 문학잡지에서 주관하는 '신인추천제도'이며, 셋째는 저자가 직접 비용을 내는 '자비출판'이다.

먼저 간략하게 이를 좀 짚어보자.

첫째, 신문사가 주최하는 신춘문예는 가장 화려하고 멋진 문단 입성 방법이다. 언론의 화려한 조명을 듬뿍 받으면서 등단하기 때문에 문학 지망생들이 가장 부러워하는 방법이다. 그도 그럴 것이 신춘문예 당선을 하면 그야말로 과거에 장원급제하는 것과 다를 바 없는 명예이자 자랑이 아닐 수 없다.

군침은 잔뜩 돌지만, 경쟁이 워낙 치열하여 한마디로 '그림의 떡'이다. 물론 가장 화려한 신인 등용문이기는 하지만, 당선까지의 길이 매우 좁으며 배출하는 신인의 수가 너무 적다는 문제를 안고 있다. 거기다가 일 년에 단 한 번의 기회뿐이라는 단점이 있다.

둘째, 월간, 계간, 연간으로 출간되는 문학잡지를 통한 신인추천제도이다. 물론 신인상도 포함된다. 이 제도는 시, 소설, 평론, 아동문학 분야에 문학 지망생들이 작품을 투고하고, 추천위원이 심사하여 신인추천을 받고 등단하는 방법이다.

사실 문학잡지를 만들고 출간하기까지 많은 경비가 든다. 매달 운영비와 제작, 홍보 등의 경비를 조달하려면 잡지 발행인은 여간 힘든 일이 아닐 수 없다. 그러니 잡지를 발행하는 입장에서는 신인추천 관문이야말로 짭짤한 수입원이자 효자 상품이라 하지 않을 수가 없다.

따라서 잡지사의 입장에서는 이 수입원을 할 수 있는 범위 내에서 최대한 넓히지 않을 수 없다. 그러다 보면 작품의 질은 점점 떨어지고, 어중이떠중이에게 문인이란 딱지를 싸게 파는 건 불 보듯 뻔한 것이다.

입이 열 개라도 할 말이 없는 이 한심한 제도가 매달 저질 문인들을 양산하고, 저질 문인의 양산은 곧 한국 문단의 저질 화와 직결된다. 그런 이유로 신인추천제도는 한국 문단의 독 버섯이라 하지 않을 수 없는 것이다. 이 독버섯을 계속 방치하 면 머지않아 문인들의 수가 수천, 수만으로 늘어나서 '개나 소 나 문인'인 시대가 될 것이 뻔하다.

셋째, 자비출판은 출판사에서 저자가 자비(自費)로 출판하는 것이다. 이 자비출판이야말로 신인이 세상에 얼굴을 내밀 수 있 는 가장 좋은 방법이라고 할 수 있다. 그 까닭은 누구의 눈치도 보지 않아도 되기 때문이다. 그러나 막대한 비용은 문학 지망생 에게 여간 큰 부담이 아니다. 거기다가 자비로 출판을 해도 문 단에서 잘 인정을 해주지 않는 고약한 풍토가 있다. 그래서 자 비출판도 마냥 쉽지만은 않다. 그러다 보니 일반적으로 문학 지 망생들이 가장 선호하는 방법은 문학잡지의 신인추천제도였다.

그런데 신인추천제도가 어중이떠중이 문인을 양산하는 문제보다 더 큰 근본적인 문제가 있다. 이것이 무엇인지 아는 사람도 그리 많지 않다고 생각한다. 이 문제는 저질 문인을 양산하는 것보다 더 중요한 본질적인 문제이기 때문에 내친김에 제대로 한번 짚어보고자 한다.

가령, 물건을 만드는 것과 시나 소설 등의 작품을 창작하는 것은 근본적으로 다르다! 왜냐면 물건을 만드는 것은 제작이고, 작품을 만드는 것은 창작이기 때문이다. 제작과 창작은 차원이 다르고, 그 성격도 전혀 다르다.

예를 들어 도자기를 만드는 것과 시를 창작하는 것은 얼핏 보면 '만든다'는 면에서 같을지 모른다. 그러나 그 속내를 제대로 들여다보면 하늘과 땅만큼 다르다. 왜냐면 제작과 창작은 전혀 다른 차원의 산물이기 때문이다.

제작의 특징은 '숙련'이다. 고수 밑에서 욕 얻어먹고, 뒤통수를 맞아가면서도 참아내며 기초부터 차근차근 배워서 오랜 기간 동안 실력이 조금씩 늘게 되는 것이다. 그런 과정을 통해서 실력이 점점 늘어서 나중에는 독립하여 자기만의 물건을 만들 수 있게 된다. 이게 제작이다. 또 한 가지, 제작의 가장 큰 특징은 대량 생산이 가능하다는 것이다. 대량 생산하는 것은 창작이 아니라 제작이다!

반면 창작의 가장 큰 특징은 '독창성'이다. 독창성은 선배나 고수를 오래 따라 연습하면서 배우거나 익히는 것이 아니다.

오히려 선배나 고수에게서 뛰쳐나와 자기만의 세계를 만들어서, 자기만의 작품을 창조하는 것이다. 바로 이점이 내가 말하고자 하는 가장 중요한 대목이다!

그런데 신인추천제도는 문학 지망생이 자기 독창적인 작품보다 추천위원의 구미에 맞는 작품을 쓰지 않고는 추천이 거의 불가능하다. 만약에 시인 이상이 '오감도'란 괴상한 시를 문학잡지의 신인추천에 응모하였다면, 과연 어느 정신 나간 추천위원이 이런 괴작을 추천할까?

내 말뜻을 제대로 못 알아듣는 사람들을 위해서 조금 더 설명을 붙인다. 가령 앞서 언급한 대로 도자기를 만드는 일이라면, 선배나 고수 밑에서 뒤통수를 맞아가며 시키는 대로 하여 한 수 한 수 배워서 실력이 늘어나 그 분야의 전문가가 될 수 있다. 이 문제에 대해서 누구도 시비할 수가 없을 것이다. 왜냐면 이런 분야는 기본이 기술이기 때문이고, 수련생은 기술을 배우는 것이 목적이기 때문이다. 그러나 기술과 예술은 전혀 다르다! 그냥 다른 정도가 아니라 하늘과 땅만큼 다르다.

다들 알다시피 기술은 숙련가나 기술자 밑에서 기초부터 배워서 오랜 숙련으로 다져지고 연마되는 것이다. 이런 과정을 거치면 마침내 한발 한발 장인에 다가가게 된다. 그런데 이런 분야는 기술이지 예술이 아니다!

하지만 시나 소설은 기술의 산물이 아니다! 예술이다! 그래서 시나 소설을 쓰는 시인이나 소설가는 이와는 전혀 다를 수밖에 없다. 왜냐면 시나 소설은 어떤 물건을 제작하는 것이 아니라 예술 작품을 창조하기 때문이다.

기술자는 선배나 고수의 기술을 배우는 것이 기본이지만, 시인이나 소설가는 고수에게 기술을 배우는 것이 아닌 자기 나름의 독자적이고, 독창적인 작품을 만들어야 한다. 그러자면 기존 질서나 전통적 가치를 반대하고, 새로운 깃발을 들고 독립군으로 나서는 것이 대단히 중요하다. 이것이 예술가의 기본자세이자 기본 정신이며, 출발점이라고 할 수 있다.

피카소(Pablo Picasso)의 그림 한 점이 백만 달러에 팔렸다. 그림을 산 귀부인은 그것이 진품인지를 감정을 받기 위해 미술평론가를 찾아가서 감정해 달라고 하였다. 작품을 감정한 뒤 미술평론가가 말했다.

"이 작품은 진품임이 틀림없습니다. 이 그림을 그릴 때, 마침 내가 그 현장에 있었으니까요."

그림을 감정한 미술평론가는 피카소의 친구였다.

"피카소가 이 그림을 그릴 때 내가 현장에 있었기 때문에 이것이 진품이라는 사실에는 의심할 여지가 눈곱만큼도 없습니다."

그럼에도 귀부인은 안심이 되지 않았다. 고민하던 귀부인은 결국 피카소를 직접 찾아가 말했다.

"나는 이미 이 그림을 샀기 때문에 모조품이라고 해도 할 수 없는 일입니다. 다만 정말로 이것이 진품인지를 알고 싶을 뿐입니다. 그러니 솔직히 말씀해 주시기 바랍니다."

그런데 그림을 본 피카소는 엉뚱한 대답을 했다.

"이 그림은 진품이 아닙니다."

피카소의 친구인 미술평론가도, 그와 동거했던 애인도 그 자리에 있었지만, 그는 그 그림이 진품이 아니라고 말하였다. 그러자 피카소의 애인이 물었다.

"내가 보는 앞에서 당신은 이 그림을 그렸어요. 게다가 이 평론가 선생도 그 자리에 함께 있었어요. 그런데 어떻게 이것이 진품이 아니라고 할 수 있어요?"

그러자 피카소는 차분하게 설명했다.

"내가 그 그림을 그린 것은 명백한 사실이오. 하지만 그것은 진품이 아니오. 나는 과거에도 그와 똑같은 그림을 그린 적이 있소. 달리 할 일이 없었기 때문에 나는 똑같은 그림을 반복해서 그렸던 것이오. 진품은 지금 파리 박물관에 소장되어 있소. 가서 확인해 보면 알겠지만, 이것은 사본에 불과하오. 누가 이 사본을 그렸는가는 그리 중요하지 않소. 설사 나 자신이 그 사본을 그렸다고 해서 사본이 진품이 되지는 않는 것이오.

나에겐 첫 번째 그림만이 진품이오. 왜냐하면, 그것은 내 존재의 침묵으로부터 탄생한 것이기 때문이오. 이 그림의 원본을 그릴 때, 나는 무아(無我)의 경지여서 내가 무엇을 그리고 있는지도 알지 못했소. 그러나 이 그림을 그릴 때는 그렇지 않았소. 이 그림은 마음의 산물이지만, 가장 처음 그렸던 그림은 마음을 초월한 곳에서 탄생하였던 것이오."

피카소가 그린 그림은 사실이지만, 진품은 아니란 말이 무슨 소리일까. 피카소의 표현을 존중하여 말하면, 자기가 그린 것은 사실이나 진품은 아니라고 강조한 것이다. 이 말이 가장 중요한 핵심이다.

순진한 사람들은 피카소가 그린 것이 사실이면 진품이라고 생각할 것이다. 그러나 피카소는 그렇지 않았다. 즉, 아무리 자기가 그렸다 해도 같은 작품을 여러 장 그렸을 경우, 최초의 작품 한 점만 진품일 뿐이지 그다음에 그린 그림들은 모두 '복사품'이라는 의미이다. 왜냐면 최초의 작품을 그릴 때는 자기 전 존재를 쏟아부어서 그렸고, 그다음에는 그런 마음과 그런 자세로 그리지 않았기 때문이다. 그래서 복사품이란 것이다.

피카소의 잣대로 보면, 이 땅의 수많은 화가 중에서 복사품 장사하는 저질들이 한둘이 아니다. 피카소의 위대한 점이 바로 여기에 있다고 생각한다. 실력 없는 저질 화가와 고객들은 피카소가 그린 것이 사실이기만 하면 무조건 진품이라 생각할 텐데, 피카소는 최초의 한 작품만 진품이고, 그다음에 그린 것은 모두 복사품이라고 생각하는 것이다.

이런 점에서 신인이 기존 작가인 추천위원에게 작품을 심사

받고, 추천으로 등단하는 자체가 너무나 시대착오적이며, 어리석은 반예술적인 바보짓이 아닐 수 없다. 그래서 문단의 독버섯인 신인추천제도는 하루속히 없애야 할 나쁜 전통이자 관행이 아닐 수 없다.

부산에서 상경한 지 여러 달이 되었다. 학교생활도 익숙해졌고, 학생들에게 인기도 많아서 내 생활도 많이 안정되었다. 학교 일은 한시름 놓게 된 것이다. 그러니 이제부터 한국 문단에 등단할 수 있는 길을 모색해야 한다. 나는 장고 끝에 이번 연말 신춘문예에 응모하기로 마음을 굳혔다.

5
마지막 설교

"반갑습니다. 이번 시간에는 '어느 목사의 마지막 설교'란 제목으로 이야기하겠습니다. 이 이야기의 핵심은 대단히 중요합니다. 그러니 내 이야기를 경청하면서 귀중한 삶의 지혜를 한수 배우기 바랍니다.

어떤 한 교회에서 있었던 일입니다. 목사의 인기가 별로 좋지 않았습니다. 그는 신도들에게 졸음이 오게 설교를 했습니다. 그 바람에 신도들은 그의 설교에 싫증을 느끼고 있었습니다. 마침내 장로들은 그 목사를 해임하기로 결정했습니다. 장로 대표가 목사에게 말했습니다.

'목사님! 죄송합니다만, 이제 그만 교회를 떠나 주셨으면 합니다.'

그러자 목사가 말했습니다.

'그렇다면 제가 마지막으로 설교할 기회를 단 한 번만 주세요. 신도들이 졸지 않게 설교를 할게요. 그래도 나를 떠나라고 하면 그때는 아무 말도 하지 않고 떠나겠습니다.'"

"일요일이 되었습니다. 많은 교인들이 교회에 모였습니다. 드디어 목사의 마지막 설교가 시작되었습니다. 그런데 이날 설교는 목사가 그동안 하던 것과는 달랐습니다. 우선 내용이 아주 좋았고, 감동적이었습니다. 교인들은 다들 기뻐했습니다. 설교가 끝나자 교인들이 목사의 주위로 몰려와서 다들 한마디씩 하였습니다.

'목사님, 오늘 설교는 정말 훌륭했습니다. 정말 은혜를 많이 받았습니다.'

'목사님, 성령이 충만한 설교였습니다.'

그리고 장로 대표가 목사에게 말했습니다.

'목사님은 떠날 필요가 없습니다. 이 교회에서 오늘과 같은 그런 훌륭한 설교를 해주시면 감사하겠습니다. 보수도 늘려 드리고, 모든 면에서 종전보다 좋은 대우를 해 드리겠습니다.'

이때 누군가 목사에게 질문을 했습니다.

'목사님, 목사님께서 아까 설교하실 때 왼손을 올리고, 손가락 두 개를 세웠습니다. 그리고 설교를 마칠 때는 오른손을 올리고, 손가락 두 개를 세웠습니다. 그것은 무엇을 뜻합니까?'

목사가 질문에 대답했습니다.

'그 의미는 간단합니다. 손가락 두 개는 문장 부호, 즉 따옴

표(인용한 말의 앞뒤에 쓰는 문장 부호)를 의미합니다.'

목사가 한 설교는 자기의 독창적인 설교가 아니라, 다른 사람의 설교를 인용한 것이란 소리입니다. 다시 말하면 자기의 땀과 눈물이 스며 있는 '자기 이야기'를 중심으로 설교를 한 것이 아니라 모조리 다른 사람의 설교나 자료를 베낀 것이란 소리입니다."

"이 이야기에서 우리는 무엇을 배워야 합니까? 우리 주위에 설교를 잘하는 목사들이 제법 있습니다. 그런데 그들의 설교를 자세히 살펴보면 대부분이 위의 이야기에 나오는 마지막 설교를 한 목사의 설교와 비슷하지 싶습니다. 다시 말하면 자기의 땀과 눈물이 스며 있지 않은 이 책 저 책에서 적당히 긁어온 이야기 아니면 여기저기에서 주워들은 이야기를 적당히 짜깁기한 재탕, 삼탕, 짝퉁 설교에 불과합니다."

"그렇다면, 이 이야기는 설교할 때만 해당되는 이야기입니까?"

"아닙니다. 선생님!"

"그렇습니다. 설교할 때만 해당되는 것이 아니라 우리 삶 전체에 해당되는 이야기입니다. 결론을 말하면, 설교나 일상적인 말뿐 아니라 삶 전체가 이 책 저 책에서 긁어와서 짜깁기한 것이 아니라 자기의 땀과 눈물이 스며 있는 '자기 삶'이어야 한다는 것입니다. 한마디로 주체적인 삶을 살아야 합니다. 그런데 많이 배운 인간일수록 주체적인 삶을 살지 않고 이 책 저책에서 베낀 짝퉁 삶을 살고 있습니다. 이런 또라이들이 우리 주위에 너무 많다는 것을 여러분은 알고 있나요?"

"예, 선생님! 알고 있습니다."

"다행입니다. 오늘은 여기에서 마치겠습니다.

"감사합니다. 선생님!"

교실 안은 박수갈채와 환호성이 터졌다.

6
독일인이 비빔밥을 '뒤죽박죽'이라고 하다

어느 날, 귀한 자리에 초대를 받았다. 독일인 제럴드 박사가 그 자리의 주빈이었다. 그는 순수 독일 혈통의 독일인이었으나 오래전부터 한국 인삼에 대한 깊은 관심으로 심도 깊은 연구를 한 세계적인 인삼전문가였다. 나는 몇 해 전에 에스페란토(Esperanto) 때문에 제럴드 박사를 알게 되었다. 제럴드 박사는 한국의 어느 대학에서 인삼과 관련된 특강을 부탁하는 바람에 갑자기 서울에 왔다고 하였다.

나는 제럴드 박사에게 점심을 대접할 기회를 한번 달라고 간곡히 부탁했다. 그러자 그는 흔쾌히 수락하였다. 날짜와 장소 그리고 메뉴를 협의하기로 하였다. 나는 무슨 음식을 대접할까를 놓고 한참 동안 고심했고, 주위 사람의 조언도 들었다. 처음에는 불고기를 대접할까도 하였다. 그러나 불고기는 너무 알려진 음식이었고, 독일인에게 고기가 그다지 매력적인 음식이 아닐 것 같았다.

'불고기 말고 다른 적당한 음식이 없을까'하고 생각한 끝에 비빔밥이 좋겠다고 마음을 굳혔다. 하기야 이번 기회에 독일 인에게 한국의 비빔밥을 소개하는 것도 제법 의미 있는 일이 될 것 같았다.

그러나 나는 비빔밥을 잘하는 집이 어디인지 전혀 몰랐다. 그래서 이 사람, 저 사람에게 어느 집이 비빔밥을 잘하는지 물 어보았다. 다행히 비빔밥에 대해서 잘 아는 분에게 식당 추천 을 부탁했다.

"비빔밥을 제대로 하는 집이 어디 있는지 적당한 곳을 좀 추 천해 주십시오."

"서울에 있는 대부분의 비빔밥집은 다 그저 그래요!"

그는 한 박자 말을 늦춘 뒤에 명쾌하게 말했다.

"안양!"

그리고는 친절하게도 자기 수첩을 뒤척이더니 안양의 비빔 밥집 전화번호를 내게 알려 주었다.

드디어 제럴드 박사와 약속한 날이 왔다. 우리 일행은 잔뜩 기대하고 안양의 그 유명하다는 비빔밥집으로 갔다. 도심에서 벗어난 산속에 비빔밥집이 있었다. 소문대로 손님들이 많아 발 디딜 틈이 없었다. 우리 일행 중에 외국 사람이 있어 그런 지 여자 종업원이 깔끔한 방으로 우리를 안내하였다.

사람 수대로 비빔밥을 시켰다. 잠시 후에 비빔밥이 나왔다.

상차림이 환상적이었다. 예사로운 음식상이 아니라 완전한 작품이었다. 커다란 쟁반에 색색의 나물들이 부챗살처럼 펼쳐져 있는 것만으로도 내 눈을 황홀하게 했다.

제럴드 박사는 비빔밥의 아름다움에 감탄하여 탄성을 질렀다. 거기까지는 순조로웠고 무난하였다. 그런데 일제히 비빔밥을 비비는 순간에 너무 뜻밖의 문제가 생기고 말았다. 다들 보리밥이 깔린 각자 대접에 각종 나물을 적당히 덜어서 넣고, 끝으로 고추장을 두어 숟갈 퍼 넣고 천천히 비비기 시작했다.

이 광경을 의아한 눈으로 지켜보던 제럴드 박사가 통역자의 귀에 대고 뭐라고 말했다. 그러자 통역자가 즉각 통역하였다.

"그 아름답던 것들을 왜 뒤죽박죽으로 만듭니까?"

통역자는 무척 당황한 표정으로 '뒤죽박죽'이란 단어를 강조하여 통역했다. 그런데 우리 중에 비빔밥을 보고 '뒤죽박죽'이라고 하는 독일인에게 '비빔밥은 결코 뒤죽박죽이 아니다'라고 반박할 사람이 없었다. 그렇다고 아무도 반박을 하지 않으면 비빔밥이 뒤죽박죽이라고 인정을 하는 꼴이 될 판이었다. 할 수 없이 내가 나섰다. 나는 통역자에게 확인차 물었다.

"지금 제럴드 박사님께서 분명히 '뒤죽박죽'이라고 했습니까?"

통역자는 제럴드 박사에게 '뒤죽박죽'이란 단어를 다시 한번 확인하고는 '뒤죽박죽'이 틀림없다고 대답했다.

나는 침을 한 번 꿀꺽 삼키고 통역자에게 말했다.

"제 말을 정확하게 통역해 주십시오."

내 표정이 비장해 보였던지 통역자도 제법 긴장하고, 우리 일행도 긴장하였다. 제럴드 박사도 이를 눈치를 챘는지 긴장하는 것 같았다. 나는 눈앞에 펼쳐진 '뒤죽박죽'을 가리키며 아주 느긋하게 말했다.

"제럴드 박사님께서 이것을 '뒤죽박죽'이라고 했는데, 결코 '뒤죽박죽'이 아닙니다!"

통역자가 내 말을 제대로 통역을 한 모양이었다. 그러자 제럴드 박사가 고개를 가로저으면서 말했다.

"이게 왜 뒤죽박죽이 아니란 말입니까? 이건 누가 봐도 명백한 뒤죽박죽입니다."

나는 웃으면서 차분히 설명을 시작했다.

"박사님의 이해를 돕기 위해서 독일의 예를 들어서 말씀드리겠습니다. 독일이 음악으로 유명하니 음악의 경우를 예로 들지요. 오케스트라 연주를 살펴보기로 하겠습니다."

나는 잠시 말을 끊었다. 그사이 통역자는 제럴드 박사에게 정확하게 통역하는 것 같았다. 자연스레 웃는 제럴드 박사의 표정에서 이를 짐작할 수 있었다.

나는 계속해서 말을 이었다.

"오케스트라 연주를 할 때 지휘자의 지휘에 따라서 수십 개의 악기가 동시에 연주를 시작하는 것을 독일인들은 뭐라고 합니까? 이를 '뒤죽박죽'이라 합니까?"

나는 일부러 이 대목에서 말을 끊었다. 통역자는 차분하게 통역을 하였다. 그런데 이 대목에서 제럴드 박사는 난색을 드러냈다. 나는 계속 말했다.

"독일인 중에 누구도 '뒤죽박죽'이라고 하지 않을 것입니다. 그것을 독일어로 말하면 '뒤죽박죽'이 아니고 '하모니(Harmonie)'입니다. 독일인들은 다들 하모니라고 할 것입니다."

그 순간 제럴드 박사의 표정이 잠시 긴장하는 듯하다가 금세 밝게 웃었다. 나는 계속 말을 이었다.

"한국 사람들은 비빔밥 비비는 것을 아무도 '뒤죽박죽'이라고 하지 않습니다. 이것은 한국 사람들이 음식을 통해서 즐기는 일종의 '하모니(조화)'이기 때문입니다!"

그제사 제럴드 박사가 활짝 웃으면서 말했다.

"아아! 죄송합니다. 제가 생각이 짧았습니다. 음식의 하모니에 대해서 오늘 처음 알았습니다. 한국의 비빔밥이 음식의 하모니의 극치란 사실에 놀랐으며, 감동하였습니다."

내 말이 끝나자마자 다들 박수를 보냈다.

"이왕 비빔밥 이야기를 한 김에 한마디 더 보태겠습니다."

통역자에게 통역해달라는 신호를 눈으로 보냈다. 그러자 통역자도 알았다고 눈으로 대답했다. 나는 계속해서 말했다.

"한국 음식을 대표하는 것은 정식(定食)입니다. 정식의 가장 큰 특징을 노래에 빗대어 말하면 독창이 아니라 합창이고, 연주에 빗대어 말하면 독주가 아니라 합주입니다. 합주의 극치에 해당하는 건 오케스트라입니다. 상다리가 부러질 만큼 가득 나오는 정식과는 달리 단일 품목이지만, 한국 음식의 특징을 가장 잘 살린 것이 바로 비빔밥입니다.

비빔밥은 한 상 가득 차린 정식을 대접 하나에 담은 축소판입니다. 정식 한 상에 숨겨진 한국 음식의 철학과 정신을 비빔밥은 대접 하나에 축소하여 그대로 담은 것입니다.

이런 의미에서 한국의 정식은 세계 최고 수준의 '맛의 합창'이고, 세계 최고 수준의 '맛의 합주'입니다. 세계 최고의 '맛의 교향곡'이고, 세계 최고의 '맛의 오케스트라'가 아닐 수 없습니다. 그러니 정식을 대접 하나에 축소한 비빔밥을 먹는 것은, 세계 최고의 '맛의 교향곡'을 감상하는 것이나 다름없습니다.

물론 교향곡을 제대로 즐기려면 음악에 대한 기본 소양과 기초 지식이 필요한 것처럼 수준 높은 한국 비빔밥의 맛을 제대로 알려면 한국 음식 문화의 정신과 철학을 좀 알아야 합니다.

음식을 통하여 혀끝의 하모니를 제대로 느낄 수 있는 세계 최고 수준의 음식 교향곡인 한국 비빔밥은 노점상 눈에는 뒤죽박죽 혹은 엉망진창(정체불명)으로 보일지 몰라도, 칼끝으로 잔재주 부려 만드는 얄팍한 수준의 음식과는 그 질과 격이 다릅니다. 독주밖에 모르는 우물 안 개구리라면 오케스트라의 진면목을 이해하기가 쉽지 않을 것입니다."

나의 비빔밥에 대한 해명과 '음식 교향곡' 설명은 제럴드 박사에게 큰 충격을 주었다. 그런데 그 문화적 충격은 제럴드 박사에게 적지 않은 감동을 주었다고 제럴드 박사가 떠난 뒤에 통역자가 말해주었다.

7
시카고에서 팔 병신이 된 형님

내가 쓴 시 한 편 때문에 난리가 났다. 이 시는 대학 때 내가 학생운동을 할 때 나를 이끌어준 선배를 위해 지은 시였다. 이 선배는 미국 시카고로 건너가 단순 노동자로 빌빌대며 살았다. 그러던 어느 날, 공장에서 작업 중에 팔이 잘리고 말았다. 선배의 소식을 들은 나는 '시카고에서 팔 병신이 된 형님'이란 시를 썼다.

이 선배를 만난 건 내가 대학 3학년 때 일이다. 어느 날, 선배 한 분이 중앙도서관 잔디밭에서 나를 찾고 있다는 전갈을 받았다. 나는 터벅터벅 중앙도서관 앞 잔디밭으로 갔다. 벤치에 앉아 나를 기다리고 있던 덩치가 작은 남자가 불쑥 말했다.

"너, 하륜 맞지?"

"제가 하륜 맞습니다."

"여기 좀 앉아봐라. 나는 이형우이다. 오늘부터 형우 형이라고 불러라."

형우 형은 비록 덩치는 작았지만, 엄청난 거인이라는 것을 대번에 알았다. 법학과를 7년째 다닌다고 했다. 내가 물었다.

"형님은 학교를 왜 7년씩이나 다니는지요?"

"공부는 안 하고 백날 천날 데모에 앞장서다 보니 걸핏하면 정학 먹느라 아직 졸업을 못 했다. 우선 용건부터 말하겠다. 이번 총학생회 회장에 당선된 손영두라고 알아?"

"모릅니다."

"걔도 내가 아끼는 후배이다. 그런데 총학생회장이 되었으니 앞으로 멋지게 학생회를 운영하고 싶은데, 혼자서는 불가능하단 말이다. 그러니 여러 부서에서 같이 일할 실력 있는 놈들이 있어야 한다고 하더라. 그래서 각 부서의 책임을 맡길 실력 있는 애들을 찾아보았는데, 마지막으로 학예부장을 맡길 놈이 없단 말이다. 학예부장 맡길 놈을 찾는 와중에 누가 하륜을 추천하더라."

나는 '왜 하륜을 추천하는가' 물었더니 형우 형이 대답했다.

"우리 학교 국문과 학생 중에서 최고 인물이라고 하더라. 네가 대학문학상 두 분야를 휩쓸었다고 하던데? 너 그리도 잘난 놈이야?"

형은 나의 옆구리를 쿡 쥐어박으면서 말했다.

나는 담담하게 대답했다.

"아닙니다. 잘난 척하고 돌아다닌 적은 없어요. 형님, 제가 시와 소설 두 분야에서 대학문학상을 둘 다 받은 것은 사실이지만, 잘난 척한 적도 없고, 설치고 돌아다닌 적은 더더욱 없습니다."

형우 형은 '허허허' 웃으면서 말했다.

"소문대로 넌 참 멋있는 놈이구나. 네가 이번 총학생회에 학예부를 맡아라."

"저한테 총학생회 학예부장을 하라는 소립니까?"

"그래."

"형님! 저는 학생운동을 한 적도 없고, 데모할 때 앞장을 서본 적도 없습니다."

"너 지금 형 앞에서 무슨 소리하고 있노? 누가 너보고 데모하라고 했나, 새로 구성하는 총학생회 학예부장을 맡아달라는 부탁을 한 것뿐이라고!"

"…………."

나는 너무 뜻밖의 부탁이라서 선뜻 답변할 수가 없었다. 그러자 형우 형이 말했다.

"참, 총학생회 학예부장을 하면 한 학년 동안 전액 장학금을 준다. 요즘 같은 보리 숭년에 전액 장학금이 어딘데!"

그러면서 형우 형은 다시 내 옆구리를 쿡 쥐어박았다. 나는 그런 형우 형을 보고 씽긋 웃었다. 그러자 형우 형은 다시 한번 내 옆구리를 쥐어박고 자리에서 일어섰다.

"하륜! 앞으로 이 형을 믿고 한번 잘해봐라. 너를 믿는다. 그리고 무슨 문제가 생기면 언제든지 이 형한테 의논해라. 알 았나?"

"예, 알겠습니다. 형님!"

형우 형님 덕분에 나는 난데없이 총학생회 학예부장을 맡았 다. 그 뒤 고향에 가서 부모님께 뻥을 좀 치면서 자랑을 하였다.

"제가 이번에 일 년 동안 전액 장학금을 받게 되었습니다."

어머니는 눈이 휘둥그레지며 말했다.

"니가 우째 장학금 받을 만치 공부를 잘하나?"

"아닙니다. 공부만 잘하는 것이 아니라 시도 잘 쓰고, 소설 도 잘 쓰기 때문에 주는 장학금입니다."

나는 끝까지 총학생회 학예부장이란 직책 때문에 장학금을 받게 되었다는 소리는 한마디도 하지 않았다.

나는 형우 형의 도움으로 총학생회 학예부장 노릇을 별문제 없이 수행할 수 있었다. 거기다가 내가 3학년 때 현대문학 특 강 하러 온 초빙교수를 쫓아낼 때 우리 학과장은 나를 퇴학시 키려고 하였다. 그때 형우 형은 화를 버럭 내면서 곧장 총장실 로 쳐들어가서 총장에게 항의하였다.

"총장님! 우리 대학 국문과 3학년 하륜 군은 우리 대학에서 최고 보물입니다. 그런데 실력 없는 초빙교수를 나무랐다고 퇴학을 시킨다는 것은 말도 안 됩니다! 만약 하륜 군을 퇴학시

키면 그다음에 벌어질 일들이 만만치가 않을 것입니다."

그러자 총장은 쩔쩔대며 말했다.

"이놈, 형우야! 너는 왜 졸업을 하지 않고 아직도 학교에서 얼쩡대냐!"

"졸업을 시켜주면, 당장 졸업하겠습니다."

"도대체 몇 년째 얼쩡대냐?"

"벌써 7년째입니다. 올해는 꼭 졸업 좀 하게 해주십시오. 총장님!"

"빨리 나가라! 형우야, 제발 내 앞에서 얼쩡대지 마라. 내가 무슨 수를 써서라도 네놈 졸업하게 해주마."

내가 졸업 전에 잠시 삼랑진 중학교에 근무할 때 형우 형도 우리 하숙집의 다른 방에서 얼마간 하숙을 하였다. 형수는 미국에 간호사로 취업하고, 바로 이민을 가는 바람에 형우 형만 혼자 한국에 남게 되었다. 그런 차에 형은 내가 하숙하는 삼랑진 철길 옆 하숙집 문간방까지 찾아와서 하숙을 한 것이다.

이럴 만치 형우 형과 나는 각별한 사이였다. 그 후, 형수가 미국에서 유명한 병원의 간호사로 자리를 잡았다. 그러자 형도 더 이상 한국에서 세월을 낭비하지 않으려고 미국행을 결심했다. 그리고 마침내 형우 형도 미국으로 갔다.

그러나 서툰 영어 실력에 특별한 기술도 없었던 형우 형에게 미국 생활이 호락호락하지는 않았다. 결국, 형은 험한 막노

동을 하다가 스위치 하나를 잘못 눌러서 오른쪽 손이 잘리고
말았다. 나는 이 소식을 듣고 시를 한 편 썼다.

***

시카고에서 팔 병신이 된 형님

1.
조국을 떠나
시카고 어느 허름한 공장에서
힘겹고 위험한 일을 하신다던
형님께서 팔 병신이 되어
편지조차 쓸 수 없게 되었다니요?

2.
바닷바람이 매섭게 불어오는
부산시 동래구 거제동 산 1번지
썰렁하게 떨고 있을 아우의 겨울
아우의 불면 곁으로
태평양을 건너온
형님의 사랑
USA 마크가 선명한 전기담요 1장

3.

제가

삭발하고 상경했을 때

서울의 거리

서울의 지붕 밑에는

격려 광고가 눈발처럼 나부껴

우리의 가슴은 뜨거웠지만

겨울은 더욱 모질게 얼어붙고

투명한 노래를 부르던 새들은

날개가 부러져

갈 곳 없는 어둠 속으로 빨려 들어가고

못난 얼굴들끼리 퍼 마시는 소줏잔 속에

출렁이는 부끄러움으로

취하지도 않는 손끝이 떨리고

가책의 비를 맞으며

진달래가 허드러지게 피는 꿈을 꿨어요

그러나 그것은

다만 악몽일뿐.

4.

간밤에 또 형님 꿈을 꾸었어요

무슨 죄가 있다고

형님이 뜨거운 피를
사랑하는 그 한 가지 죄밖에 없는
형수인데
이제 팔 병신이 된
지아비 몫까지
과외근무를 더 해야 하고
4월에 서울에 비가 어른은
4월에 피가 흐르는
애새끼를 미국 놈 탁아소에 맡겼다가
저녁이면 고달픈 몸으로
애새끼 찾아 차에다가 담아 싣고
저녁이면 고달픈 몸으로
애새끼를 찾아
무거운 발자국으로
병동을 긴 복도를 지나
문을 밀고 들어서면
눈 떠 있는 팔 병신 팔 병신
무슨 시련인가
부족한 믿음을 시험 하는 것인가
파김치가 되어 집에 돌아오면
아 토스트 한 쪽 우유 한 모금,
들어갈 목구멍은 없는가

대사관 이민국에 편지 하고

변호사 만날 궁리하고

힘이 될 만한 선후배 찾고

친정집 시가 집에

지아비가 팔 병신 됐다고 기별하고

무슨 죄가 있다고

그 시퍼런 나이에

뼈만 남고

눈망울만 커져야 하나요

5.

어제 시카고 산다는 명희 엄마가 귀국해서

형님, 소식 자세히 들려 주더군요

미국놈, 십장 새끼가

우리나라를 업신여기는 마음에서

단추를 섣불리 눌러

형님 오른손 자유의 글발을 쓰던 그 장한 오른손이

댕강 잘렸다고 했을 때

북받쳐 오르는 끈끈한 아픔으로 목이 매여

고개를 들어 창밖을 보니

또 한 쌍의 진달래꽃만 흐드러지게 피었지만

형님,

서울은 아직도 겨울입니다

* * *

나는 이 작품을 어느 한 잡지에 발표하였는데 난리가 났다. 내 작품의 내용에 문제가 있다면서 잡지의 배포를 즉각 중지하라는 명령을 받았다. 한동안 티격태격하다가 결국 내 시만 빼고 제본을 다시 하는 조건으로 잡지 배포를 허락하였다. 그 덕분에 잡지사는 더 이상 곤욕은 치르지 않았다고 들었다.

8
신춘문예 투고용, '오빠의 방'

연말이 가까워지자 내 머릿속에는 온통 신춘문예 응모 문제로 가득해 머리가 터질 것 같았다. 시 부문에 응모할 것인가? 소설 부문에 응모할 것인가? 작품은 어느 작품을 보낼까? 써 놓은 작품 중에 적당한 것을 골라서 보낼까? 아예 신작을 쓸 것인가? 하면서 별별 생각을 다 하였다.

나는 시나 소설 중 어느 한 부문이 아니라 시도, 소설도 두 부문 다 자신이 있었다. 고심 끝에 마침내 소설 부문에 응모하기로 결정하였다. 내가 굳이 소설 부문에 응모를 결정한 것은 두 가지 이유가 있었다. 하나는 소설 부문이 상금이 많은 것이고, 다른 하나는 시보다 소설의 평가가 더 객관적일 것이라고 기대했기 때문이다.

사실 시는 소설만큼 객관성이 없다고 할 수 있다. 그래서 심사위원에 따라서 시를 평가하는 것이 상당히 큰 차이가 있을 수 있다. 그런데 이런 점에서 소설의 평가는 시와는 다르다.

소설은 시를 평가하는 기준보다 비교적 훨씬 객관적인 평가를 받을 수 있었다.

나는 짬짬이 원고를 쓰기 시작했고, 마침내 단편 소설 한 편을 완성했다. 제목을 결정하는데 많이도 망설였다. 이것저것을 놓고 고심한 끝에 '오빠의 방'이라고 정하였다. 이번에는 어느 신문사에 응모하느냐를 놓고 머리를 굴렸다. 나는 간도 작은 데다 겁까지 많아 〈조선일보〉나 〈동아일보〉 신춘문예에 투고하기보다는 그보다 한 수 아래라고 할 수 있는 곳에 투고하는 것이 낫지 싶었다. 이리 재고 저리 잰 끝에 〈조선일보〉나 〈동아일보〉보다는 경쟁이 약한 〈서울신문〉에 투고하기로 마음을 굳혔다.

* * *

오빠의 방

1.

아무래도 내가 이해할 수 없는 곳입니다. 오빠의 방, 거기는 또 하나 다른 새로운 세계이며, 오빠라는 인간의 합계가 구축하고 있는 오빠만의 세계이기 때문입니다. 그 이상한 세계에서 오빠는 고산 식물처럼 고요하게 살고 있습니다.

기이한 벽화가 걸려있는 벽이며, 서재에는 몇 달째 돌보지 않아 어지럽게 흩어져 있는 책들과 그 위에 자욱이 앉아 있는 먼지며, 이곳으로 이사를 온 후로 줄곧 그 자리에 걸려있는 빈 사진틀이 이루는 야릇한 조화가, 외계와는 차단된 독자적인 세계와 현묘한 분위기를 이루고 있는 가운데 빛을 차단하는 두꺼운 커튼이, 시간의 흐름까지 단절시키기라도 할 듯이 무겁게 드리워져 동굴 분위기를 더욱더 음침하게 하였습니다.

오빠는 실상 나와는 다른 시간의 질서를 거느리고, 나와는 별개의 공간에서 살고 있었습니다. 그러면서도 오빠 그 음침한 동굴 속에서도 빛을 두려워하고 있었습니다. 오빠는 자기 방에 큰불을 켜는 것조차도 꺼렸습니다. 촉수가 낮은 스탠드 불을 켜거나, 아예 불을 끄고 있는 것이 예사였습니다. 더더욱 스탠드 불을 켰을 때도, 타월이나 옷가지로 스탠드에 갓을 씌워 빛의 확산을 철저히 막곤 했을 정도였으니, 이러한 오빠의 흉중을 저로서는 도저히 헤아릴 재간이 없었습니다.

오빠 매일 아침, 늦게 일어납니다. 오빠가 연출해 내는 갖가지 행위 가운데서 아침에 늦게 일어난다는 사실은 조금도 대수로울 것이 없습니다. 그런데 특히 내가 의아하게 생각하는 것은 문제의 동백 분의 관리입니다.

오빠가 동백 분에 쏟는 정성은 관리라기보다는 차라리 집념입니다. 이는 외형상으로는 아침이면 엊저녁에 제 손으로 들여놓았던 동백 분을 자기 손으로 현관 앞에다 내다 놓는 단조로운 일일 뿐입니다. 이 일의 외형이야 매우 단조로운 듯하지만, 오빠가 이 단조로운 행위를 연출하는 표정이나 자세를 보면 결코 단조로운 일이 아님을 충분히 읽을 수가 있습니다.

여러 개의 화분 중에서 유독 그 나이 어린 동백 분 하나에 대한 애정만은 너무나 애틋하고 강한 집념으로 나타나기 때문에 아무래도 이해할 수 없는 수수께끼가 아닐 수 없습니다.

특히 오빠가 화분에다 물을 줄 때는 동백나무에 말을 한다는 사실입니다. 내가 그런 광경을 처음 보았을 때는 단순한 호기심으로 여기고 흘려버렸지만, 여러 번 훔쳐보는 사이에 어느덧 그것도 오빠를 이해하는데 빼놓을 수 없는 비밀의 포인트이며, 또한 오빠 생활의 중요한 한 부분이라는 사실을 직감할 수 있었습니다.

어느 비 오는 날이었습니다. 그날 나는 동백 분 앞에 쪼그리고 앉아 있는 오빠를 또 발견하였습니다. 오빠가 동백 분에 물을 주면서 뭐라고 말을 하였습니다. 바싹 긴장한 나의 귓전에는 오빠의 마지막 몇 마디가 잡혔습니다.

"머지않아 넌 원망처럼 붉게 필 거야. 아냐, 그것은 원망이 아니라 위대한 생명이야. 붉다 못해 피를 토하며 처절한 생명으로 검붉게 필 거야……."

사랑하는 여인의 볼을 어루만지듯 짙푸른 동백 잎을 조심스레 만지며, 웃고 있는 오빠의 모습은 너무나도 온화하고 밝았습니다. 오빤 아주 자연스럽고 다정하게 동백나무에 말을 하고 있었던 것입니다. 그 후에도 몇 시간이나 계속해서 일어설 줄 모르고 그대로 동백 분 앞에 앉아 있었습니다.

2.

법과를 고집하던 아버지를 거역하고 오빠 한사코 문과를 선택하였습니다. 나는 지금까지 오빠가 쓴 습작조차도 본 적이 없으며, 하다못해 잡문 한 편이라도 썼다는 소문조차도 들어본 적이 없었습니다.

사실 오빠 왼쪽 다리를 절룩거리는 신체적 결함 때문에 남 앞에 나서는 것을 대단히 두려워하였습니다. 그래서 오빠는 가능하면 그런 기회가 있을라치면 대부분 적당한 구실을 삼아 미리 피하는 쪽을 택하였습니다. 그래서 오빠는 좀처럼 남과도 잘 어울리지 않고 항상 대학 도서관에서 세월을 보냈다고들 합니다.

오빠의 대학 시절에서 중요한 한 사건이 있습니다. 바로 이 사건에서 동백 분에 얽힌 수수께끼를 푸는 중요한 실마리를 찾을 수 있을지도 모릅니다. 이 사건이란 자기보다 나이가 셋이나 많은 어떤 여학생을 오빠가 너무나 깊이 사랑한 일입니다.

이 사건은 오빠의 상처 받기 쉬운 여린 영혼에 그녀가 차지한 비중이 너무 컸기 때문에 결과적으로 지울 수 없는 못 자국을 남긴 중요한 일이었습니다. 오빠는 스스로 신체적 결함으로 인한 심한 열등감 때문에 자신의 진실한 사랑의 깊이와 순도를 제대로 표현하지 못하고 내심으로 감추고 있었습니다. 그녀는 이러한 오빠의 흉중을 알고 있었습니다.

그러나 오빠는 언젠가는 결혼 문제로 한 차례의 홍역을 치러야 할 것이라는 점을 지레 계산하고 있었기 때문에 더 이상 아픈 못을 서로의 가슴에 깊이 박지 말아야 한다고 판단하고 어떤 결단을 내려야겠다고 생각하였습니다.

사실 오빠의 성격으로 보아서 분명한 것은 비단 그녀가 어떤 여자였든지 간에 결혼 문제가 대두될 때, 세속적으로 부딪힐 갖가지 벽들을 뛰어넘을 용기가 없을 것이란 점입니다. 오빠는 손수건을 떠올렸습니다.

3.

오빠의 밀월여행(?), 그것은 졸업을 앞둔 그해 가을이었습니다. 오빤 그 연상의 여학생과 손수건을 흔드는 일을 엄숙한 의식으로, 그리고 멋진 행사로 꾸미고 싶은 감정의 사치를 억제하지 못하고 굳이 그쪽을 선택하였습니다.

내가 그녀를 처음 본 것은 언젠가 오빠의 사진첩을 살짝 훔쳐보았을 때였습니다. 오빠와 나란히 매화나무 아래에서 찍은 사진이었습니다. 훤칠한 키, 커다란 눈, 창백한 피부가 주는 귀족적 기품, 입술 끝에 가볍게 머금고 있는 미소, 날 선 콧날과 넓은 이마를 가진 그녀는 한마디로 오빠의 취향에 잘 맞는 그런 미인이었습니다.

그해 가을의 밀월여행, 그것이 결국은 오빠의 의식 구조까지 뒤흔드는 그토록 사나운 돌풍을 몰고 올 줄 사실 오빠 자신도 예측하지 못하였던 것입니다.

오빠는 무엇에 쫓기는 사람처럼 초조하고 불안한 표정으로 스스로 간직하고 있던 불안을 감추기라도 하듯이 서둘러 여행을 떠났던 것입니다. 오빠 물론 그런 내색을 조금도 보이지 않으려고 초연함을 가장하였으나 나는 그 저변에 감추고 있는 오빠의 의표를 충분히 가늠할 수 있었습니다.

사실 오빠 내게 졸업여행을 떠난다고 했습니다. 그러나 그 말을 하는 오빠의 표정에는 이상한 어둠과 석연찮음을 감추고 있음이 역력했습니다. 그때 나는 오빠에게 닥쳐올 어떤 어둠의 전조를 읽을 수 있었습니다. 나는 오빠가 감추고 있는 두렵고 큰 음모를 찾을 듯이 호기심의 촉수를 곤두세우고 오빠를 쳐다보았을 때, 오빠는 공허하게 웃을 뿐이었습니다.

오빠 단지 내게 여행에 필요한 몇 가지 장신구와 속옷 따위를 새것으로 사다 줄 수 있느냐고 물었을 때 나는 마치 나의 예측이 적중하리라는 확증이라도 잡은 듯이 기뻐서 쾌히 승낙

하면서 오빠의 이번 밀월여행의 시작에서 나는 어떤 끝을 예감하였습니다. 머지않아 틀림없이 내가 예측한 대로 확실하고 분명한 오빠의 파멸이 명백한 사실로 내 눈앞에 전개될 것이라고 믿었습니다.

　나는 오빠의 마지막 뒷바라지를 해주면서 오빠가 꾸미고 있는 음모에 공범자가 된 것 같은 착각에 빠졌습니다. 오빠는 한 주일 때쯤 머물고 돌아오겠다고 하면서 떠났습니다.

　4.
　그렇습니다. 오빠 말대로 한 주일 때쯤이면 복잡 미묘한 감정을 풀어서 정리하고 이별하는 데 충분한 시간은 결코 아니지만, 이별의 형식을 갖추는 기간으로서는 족할지도 모릅니다. 특히 마지막을 멋지게 장식하여 영원히 아름답고 멋진 기억으로 간직하겠다는 오빠의 감정의 사치를 충족시키는 데는 족한 시간일지도 모릅니다.
　나는 오빠가 떠난 뒤로 내 속으로 추리한 오빠의 음모의 추이를 지키듯이 초조하게 기다렸습니다. 실상 내가 그토록 오빠를 기다린 것은 오빠가 여행에서 돌아온다는 사실에 대해서라기보다 오히려 오빠의 여행 결과에 대한 판가름 쪽에 더 큰 관심을 두고 있었으며 그랬기 때문에 더욱 오빠를 안타깝게 기다렸던 것입니다.

5.

오빠가, 오빠가 돌아왔습니다. 내가 그토록 기다렸던 오빠가 돌아왔는데, 내 가슴이 철렁 내려앉았습니다. 왜냐하면, 뜻밖에도 닷새 만에, 그러니까 예정을 이틀이나 앞당겨 돌아왔기 때문입니다.

그동안 오빠를 기다리면서 내 속에 쌓았던 기대가 일순간에 와르르 무너지는 것 같았습니다. 오빠를 그렇게나 기다렸으면서도 막상 예기치 않은 시각에 오빠가 돌아온 것을 보았을 때 내가 받은 충격은 엄청난 부담이었으며 또한 두렵게 나를 압박해 오는 끈끈한 아픔이었습니다.

오빠가 현관에다 커다란 가방을 내려놓는 순간 아무래도 오빠 혼자서 감당할 수 없는 무서운 형벌의 꾸러미를 풀고 있다고 하는 생각이 들자 나도 모르게 오빠가 측은해 보여서 눈시울이 시큰해졌습니다. 오빠가 그토록 큰 절망을 앞으로 어떻게 다스릴까 하는 의아심 때문에 잠시 입을 열지 못하고 있다가 겨우 입을 열었습니다.

"오빠, 벌써 오우?"

나는 정말 그 '벌써'라는 말이 오빠의 환부를 찌른 결과가 되는 줄을 미처 예측하지 못했기 때문에 뜻밖에도 '벌써'라는 단어를 쓰고 말았습니다. 오빠는 애써 태연한 척하면서 말했습니다.

"응, 그럴 사정이 좀 있어……."

말꼬리를 감추고 당황하면서 대답하는 오빠는 그 닷새 동안에 수십 년을 앓고 돌아온 사람처럼 창백하였습니다.

그날 밤, 욕탕에서 돌아온 오빠는 곧장 잠자리에 들었습니다. 나는 오빠 방의 기척을 헤아리면서 뜬눈으로 밤을 밝혔습니다. 마치 무슨 일이라도 일어날 것만 같은 두렵고 불길한 생각 때문에 도무지 잠을 이룰 수가 없었습니다. 오빠의 방에서 새어 나오는 인기척을 잡기 위해서 나는 귓전의 촉각을 곤두세운 채 한잠도 이룰 수가 없었습니다.

그날 이후로 오빠는 모든 외출을 삼가고 방에 틀어박혀 열병을 앓기 시작하였습니다. 내심에서 부글거리는 고통을 억제하면서 스스로 다스리는 열병이었습니다. 그것은 육신의 고통이 아니라 내부의 균열에서 오는 영혼의 통증과 그 고통에 대한 다스림이며, 또한 무너져 내리는 자신에 대한 새로운 정립인지도 모릅니다.

나는 오빠의 시중을 들면서 오빠 방의 변화에 대해서 주의 깊게 관찰했습니다. 오빠가 앓는 열병에 대한 작은 실마리라도 포착하기 위해서 때로는 친절을 가장해서, 때로는 그럴싸한 구실을 붙여서 오빠의 방을 드나들었으나 그런 나의 기대나 계산은 번번이 무너지고 말았습니다.

그 무렵 오빠는 마치 중병 환자 같았습니다. 하루에 한 끼 정도의 끼니도 제대로 찾지 않은 탓으로 우선 건강의 균형에 틈이 생기고 있었습니다. 그러나 오빤 그런 문제는 강인하게 감추었으나 오빠의 얼굴만 보아도 무너지고 있는 오빠의 건강과 황량한 심상을 충분히 읽을 수 있었습니다.

그런데 내가 중대한 사실을 발견한 것은 그로부터 며칠 후였습니다. 오빠가 잠이 들었을 무렵, 빨랫감을 챙기기 위해서 오빠의 방에 들어갔을 때입니다. 오빤 나의 이 침입을 알 까닭이 없었으며, 또한 자기의 비밀의 가장 중요한 실마리가 되는 것을 내가 훔쳐보는 줄도 모르고 깊이 잠들어 있었습니다.

사진입니다. 그 사진을 보는 순간 '옳지, 이것이구나. 지금까지 내가 찾고 있던 실마리가 바로 이것이구나!' 하고 흥분을 억누르며 오빠의 비밀의 입구를 가만히 훔쳐보았습니다.

어느 고찰의 대웅전 앞에서 찍은 사진이었습니다. 연상의 그녀와 함께 서 있는 오빠의 모습은 무엇에 쫓기는 사람처럼 초조함이 역력히 나타나 있었습니다. 그녀의 오른손은 아래로 내린 상태였는데 메마른 손의 관절들이 금방 풀려서 쏟아질 것 같았으며 왼손으로는 핸드백을 들고 있었는데 손가락 끝에 겨우 걸린 가느다란 끈 때문에 떨어지기 직전의 순간이 렌즈에 잡힌 것만 같았습니다.

사진을 한동안 들여다본 후에 나는 잠이든 오빠의 얼굴을 들여다보았습니다. 이불의 자락이 오빠의 목을 덮고 있었습니다. 하얗게 드러난 턱이 싸늘하게 빛나고 있었으며 오빠는 가늘게 숨을 쉬고 있었습니다. 핏기가 가셔버린 오빠의 모습을 쳐다보고 있자니 왈칵 무서운 생각이 들었습니다. 마치 촉루를 보는듯한 섬뜩한 기분이 들어서 황급히 오빠의 방을 빠져나왔습니다.

그날 이후로 나는 오빠의 방에 들어가는 것이 무서웠습니다. 그때 잠이든 오빠의 모습은 바로 오빠의 주검의 얼굴처럼 보였습니다. 그 무서운 인상이 강렬하게 나의 뇌리에 박힌 후로는 행여나 그 무서운 얼굴을 다시 마주치지나 않을까 하는 불안 때문에 다시는 오빠의 방에 들어가는 것은 물론, 오빠를 바로 쳐다보는 것조차도 두려웠습니다.

그러나 이러한 것은 나의 기우일 뿐, 그토록 무서운 오빠의 얼굴도 문제의 사진도 그 후론 일체 볼 수가 없었습니다. 물론 오빠는 자신의 비밀의 입구를 내가 훔쳐본 줄은 까마득히 모르고 있었습니다.

6.

뜻밖에 오빠가 여행용 가방을 챙기고 있었습니다. 나는 불현듯 불안한 생각이 들어 겁에 질린 목소리로 물었습니다.

"오빠, 어디 가우?"

"음, 시골로 좀 갈까 해."

옷가지를 정리하던 손을 멈추고는 힐끔 나를 쳐다보면서 건성으로 대답했습니다.

오빠 내게 아무것도 도와 달라고 부탁하지 않았으나 나는 재빨리 오빠의 속옷들을 챙겨주었습니다. 아무 말도 하지 않고 받아서 여행용 가방에 챙겨 넣는 오빠의 옆모습을 쳐다보니 왈칵 무서운 생각이 들었습니다.

오빠가 이번에는 또 무슨 음모를 꾸밀 결심을 하였을까를 생각하니 공연히 불안한 생각이 들었습니다. 지난번 여행에서 허망과 좌절을 한 아름 담아온 바로 그 여행용 가방을 들고 현관문을 나서면서 무겁게 오빠가 입을 열었습니다.

"당분간 시골로 가서 좀 쉬어야겠어. '아라진 중학교'에 마침 강사 자리가 있대. 잘됐지. 나 자신을 좀 정리해야겠어."

공허한 이 한마디를 남기고는 오빠는 떠나고 말았습니다.

7.

아라진에서 오빠의 편지가 온 것은 오빠가 떠난 지 약 보름 후의 일이었습니다. 처음 며칠 동안 교장의 사택에서 머물다가 이제는 학교에서 좀 떨어진 강변에다 하숙을 구했다는 것이 내용의 전부였습니다.

나는 오빠의 편지를 받자마자 갑자기 오빠가 보고 싶었습니다. 그러나 아무래도 오빠는 내 마음과 같지 않아서 과연 나를 반겨줄 것인가 염려스러웠습니다.

겨울이 왔습니다. 눈발이 희끗희끗 뿌리는 언 일요일이었습니다. 마침내 나는 오빠에 대한 그리움을 더 이상 억제할 수가 없어서 용기를 내어 일어섰습니다.

오빠에게 간다는 것은 일종의 모험이 아닐 수 없습니다. 전보라도 칠까 하다가 나대로의 계산이 있어서 그대로 기차를 타고 말았습니다. 내가 전보 한 장도 치지 아니하고 오빠에게 불쑥 찾아간다는 것은 일종의 기습입니다. 이처럼 내가 굳이 기습을 감행하고자 한 것은 꾸미지 아니한 오빠의 모습과 생활의 단면을 보고자 하는 작은 욕심 때문이었습니다.

기차가 북쪽으로 달렸습니다. 차창에 와 닿는 눈발이 부서지고 창 안쪽에는 성에가 끼어서 차창 밖이 잘 보이지 않았습니다. 오빠를 보고 싶은 마음이 점점 간절해지면서 내 마음은 초조해졌습니다. 나는 오빠의 눈망울이, 오빠의 꾸미지 않는 생활이, 그리움처럼 내 속에서 돋아나기 시작하였습니다.

나는 손톱으로 성에를 긁으면서 차창 밖의 풍경을 살폈습니다. 점점 세차게 쏟아지는 눈발 속에서 갑자기 나는 오빠의 환상을 보았습니다. 후줄근한 회색 바바리코트 자락을 펄럭이면서 눈발 속으로 절뚝이면서 미친 듯이 강둑을 달리는 오빠를 보았습니다. 다친 짐승처럼 다리를 절뚝이면서 달리는 모습은 처절한 몸부림만 같았습니다. 창백한 얼굴을 하고 무너질 듯한 자신을 가까스로 부여안고 절뚝거리면서 강둑을 달리는 오빠의 모습은 절망적인 한 인간의 최후처럼 처참하게 보였습니다.

나는 그런 오빠의 모습을 더는 상상하기가 고통스러워 고개를 가로저으며 오빠의 환상을 지우려고 했으나 여운을 남기고 오빠의 모습은 한동안 사라지지 않아 나를 한없는 연민에 떨게 하였습니다.

8.

오빠의 하숙을 향해 강변 쪽으로 방향을 꺾어 강둑 위로 올라갔습니다. 수없이 많은 설편들이 조락하는 꽃잎처럼 강물 위로 떨어져 지고 있었습니다. 걸음을 재촉하며 오빠의 하숙 앞에 닿을 때까지 다리를 절뚝이며 강변을 걷고 있을 오빠의 모습은 끝내 보이지 않았습니다. 이상한 일입니다. 아무래도 이상한 일입니다.

오빠의 하숙을 예상보다 쉽게 찾아 대문 앞에서 주인아주머니를 만나 오빠가 집에 계시느냐고 묻고 있을 때 그때 마침 방문이 열리며 하얀 오빠가 검은 고무신을 떨떨 끌며 나왔습니다.

"오빠, 그간 잘 있었수?"

"그래, 너두 잘 있었니?"

오빤 나의 손을 잡고 방으로 안내를 하였습니다. 오빠의 방에 들어서는 순간 나는 감전된 사람마냥, 짐짓 놀라서 그 자리에 서고 말았습니다. 나를 석고처럼 그 자리에 서게 한 것은 언젠가 내가 오빠 방에서 훔쳐본 문제의 밀월여행 기념사진 바로 그것이었습니다. 나의 모습을 보고 오빠도 무척이나 당황하였습니다.

이불을 뒤집어쓰고 누워있던 오빠의 머리맡에 놓여 있는 한 장의 사진 때문에 잠깐이나마 오빠와 나를 거북하게 만들었습니다. 오빠는 그 사진을 보고 있다가 내 목소리를 듣고 미처 치우지 않고 나왔던 것이 분명했습니다. 나는 오빠를 다시 쳐다보았습니다. 오빠가 한없이 작아 보이고 또 불쌍해 보였습니다.

오빠가 권하는 대로 이불속으로 발을 묻고는 방안을 살펴보았습니다. 장식이라고는 아무 데도 한 것이 없고 군데군데 신문지를 바른 벽과 거미줄이 쳐진 천장이 궁색한 시골의 단면을 그대로 말해주고 있었습니다. 앉은뱅이책상 위에는 책들이 어지럽게 쌓여 있고 여러 날 동안 쓸지 않은 방에는 먼지가 구석구석 소복이 쌓여 있었습니다.

오빠의 얼굴에는 창백한 기운은 아직 다 가시지 않았으나 이따금 담배 연기를 길게 내뿜는 모습이나 멍하니 연기가 사라지는 것을 쳐다보는 휑한 오빠의 눈망울에서는 아직도 지나간 쓰린 상처가 다 아물지 않은 흔적으로 남아 있음이 역력했습니다.

나는 아무래도 이해할 수가 없었습니다. 도대체 한 여인을 사랑한 것이 무슨 커다란 잘못이었기에 저토록 어리석게 오래 아파하고 더없는 자기모멸로 자신을 씹어야 하는가를 생각하니 오빠가 한없이 불쌍하고 초라하게 보였습니다.

그런데 이상하게도 나의 호기심을 자극하는 것이 있었습니다. 그것은 바로 나이 어린 동백나무가 심긴 작은 화분이었습니다. 음산한 방 안 분위기와는 좋은 대조를 이루고 있는 동백 분이 방 안에서 생기 있는 유일한 모습으로 살아서 싱싱한 생명을 과시하고 있었습니다.

아마 오빠가 아라진에서 구하여 지금까지 가꾸어 온 것이 틀림없어 보였습니다. 아침에 물을 주었던 흔적이 남아 있었습니다. 나는 그렇게나 게으른 오빠가 어찌 물을 주었을까를 상상하니 한편으로는 괴이하기도 하고 우습기도 하여 입가에 미소를 머금었습니다. 그러자 오빠가 의아하다는 듯이 물었습니다.

"얘야, 넌 뭐가 우습니?"

나는 아무 말도 하지 않고 미소를 머금은 채 동백 분을 쳐다보았습니다.

9.

그날 밤, 나는 오빠의 만류를 한사코 거절하면서 밤차를 탔습니다. 기차가 홈을 빠져나갈 때까지 나를 향해 손을 흔들고서 있던 오빠의 모습은 처절하리만치 초라해 보여서 내 마음이 찢어지는 듯 아팠습니다.

겨울임에도 오빤 얇은 회색 바바리코트를 걸치고 어둠 속에서 손을 흔들고 서 있었습니다. 차갑게 식은 빗돌처럼 창백한 표정으로 오빠는 기다란 손으로 허공을 휘젓고 있었습니다.

어쩌면 그렇게도 오빠의 손이 길어 보였는지요. 한참 동안 쳐다보고 있으니까 오빠의 그 휘저음은 오빠 자신 속에 쌓여 있는 아픔의 찌꺼기를 휘저을 뿐만 아니라 오빠에 대한 연민으로 가득 찬 내 가슴까지 휘젓는 것만 같아서 오빠의 기다란 손이 나의 마음을 갈기갈기 찢는 것만 같았습니다.

마침내 눈발 속에서 어둠과 싸우면서 비원처럼 아프게 어두운 밤을 휘젓는 오빠의 모습이 작은 점으로 멀어져 갔습니다.

10.

승강구에서 객실로 들어오면서 강둑을 걸을 때 오빠가 내게 무심코 던졌던 말을 떠올렸습니다. 오빠는 강 건너 '버들 섬' 쪽으로 고개를 돌리면서 무겁게 입을 열었습니다.

"애야, 넌 누굴 사랑해 본 적이 있니?"

오빠의 목소리는 침울하지는 않았으나 애조를 띤 음색에는 한없는 괴로움이 묻어 있었습니다. 오빠의 그 질문은 나에게 어떤 대답을 듣기 위한 것이 아니라는 것을 너무나 잘 알 수 있었기 때문에 아무 말도 하지 않고 그저 오빠를 먼눈으로 쳐다보았습니다.

오빠는 이미 나의 대답 따윈 기대하고 있지 않다는 듯이 허공 저쪽을 쳐다보고 있었습니다. 눈발이 흩날리는 어둠 속에서 본 오빠는 무서우리만치 커 보였습니다.

잠시 후 오빠는 시선을 내게로 주면서 내게 던진 질문의 부질없음을 후회하는 표정을 지었습니다. 그런 오빠의 흉중을 헤아릴 수 있었기 때문에 역에 닿을 때까지 나는 아무 말도 건네지 않았으며 오빠 역시 내게 아무 말도 건네지 않는 바람에 우리 둘 사이에는 줄곧 침묵이 따라왔습니다.

결국은 오빠의 그 질문 한마디 때문에 오빠와 나 사이에 뜻하지 않은 단절을 가져오게 되었고, 그 바람에 우리는 역에 닿을 때까지 아무 말도 하지 않았습니다.

나는 곰곰이 생각해 보았습니다. 오빠가 한 여인을 사랑했다는 그 한 가지 이유 때문에 저토록 오랫동안 처절하게 아파해야 하고 한없는 괴로움 속에서 헤어나지 못해야 하는 가를 아무래도 이해할 수가 없었습니다.

사랑의 열병, 그 후유증이 고집스럽고 억센 한 남성을 저토록 유순하고 여린 한 마리 어린 짐승으로 변모하게 하는 그 신비를 나는 도저히 이해할 수가 없었습니다.

오빠를 만나고 돌아온 그날 밤, 나는 오빠에 대한 연민으로 잠을 이룰 수가 없었습니다. 오빠를 저토록 여리고 가냘픈 한 송이 꽃으로 변모시킨 것은 무엇일까를 생각하면서 그 밤을 하얗게 밝혔습니다.

11.

오빠가 돌아왔습니다. 아라진으로 떠난 지 약 반년이 지났을 때, 그 커다란 여행용 가방과 동백 분을 들고 오빠가 돌아왔습니다.

오빠의 얼굴에는 처음 떠날 때보다는 얼마간 화색이 돌아 보였으나 가슴속의 깊은 아픔은 아직도 완치되지 않았음이 오빠의 일상에서 그대로 드러났습니다.

아라진에서 오빠가 돌아온 후, 나는 줄곧 오빠의 뒷바라지를 했습니다. 그런데 오빠는 온종일 자기 방에 틀어박혀 무엇을 하는지 알 수가 없었습니다. 나는 오빠의 신경을 날카롭게 세우지 않기 위해서 오빠 방의 출입을 극도로 삼갔기 때문에 밥상을 들고 갈 때나 빈상을 들고 나올 때 외에는 오빠를 직접 접할 기회가 없었습니다.

온종일 방에 틀어박혀 있으면서도 내게 말 한마디 걸어오지도 또 내가 말 걸 틈도 주지 않는 오빠를 볼 때마다 점점 두려운 생각이 들었습니다.

오빠는 아라진에서 돌아온 후로 줄곧 자기가 구축한 세계에서 조금도 벗어나지 않으려는 듯이 그 알 속에서 칩거하고 있었습니다.

그러던 오빠가 출판물 인쇄 관계로 인쇄소에 나가기 시작하고부터는 오빠의 생활에 약간의 변화가 일어났습니다. 아침에 허둥지둥 서둘러 집을 나가서는 통금이 가까워서야 술에 취해서 돌아왔습니다. 그런데 신기한 것은 아무리 술에 취해서 돌아올 때라도 우편물이 온 것이 없느냐고 묻는 일은 단 하루도 잊은 적이 없었습니다.

이는 오빠가 무엇인가를 애절하게 기다리고 있음이 분명한데 무엇을 그토록 애타게 기다리는지 나는 이해할 수가 없었습니다. 그리고 오빠가 밖에 나가서 도대체 무슨 일을 하고 돌아다니는지 알 수 없을뿐더러 밤중에 돌아온 오빠가 제 방에서 또 무슨 음모를 꾸미는지를 도저히 알 수가 없었습니다.

12.

어느 날 밤이었습니다. 오빠가 허겁지겁 층계를 밟으며 달려왔습니다. 나는 오빠가 누구에게 다급하게 쫓기는 몸인 줄로 알고 다급하게 물었습니다.

"오빠, 무슨 일이우?"

이렇게 질문을 던지는 순간, 나는 '아차'하고 소스라치게 놀라지 않을 수가 없었습니다. 현관의 불빛 아래 선 오빠의 눈빛을 보는 순간, 나는 나의 작은 부주의로 말미암아 오빠를 이토록 허겁지겁 달려오게 하였다는 것을 깨닫고 일이 낭패스럽게 되었다고 생각했습니다.

초저녁에 내가 오빠의 방에 들어갔다가 깜박 잊고 불을 끄지 않았던 것입니다. 방에 불이 켜져 있는 것을 본 오빠가 누군가가 와서 기다리고 있는 것으로 알고 허겁지겁 달려왔다는 것을 알았을 때, 아, 나는 정말 몸 둘 바를 몰랐습니다.

지금까지 오빠는 매일 우편물을 기다렸던 것 이상으로 누군가를 초조하게 기다리고 있었던 것입니다. 나는 오빠의 기다림의 대상이 어느 특정한 개인이라기보다는 막연한 기다림이라고 추측하여 왔습니다.

오빠는 자기에게 손님이 와 있을 경우에만 자기 방에 불을 켜도 좋다고 했습니다.

오빠는 항상 버스에서 내려 집으로 올 때, 극장 옆을 돌아서는 순간 자기 방에 불이 켜져 있는가, 꺼져 있는가를 확인하는 순간, 온종일 기다렸던 기대가 일순간에 다 무너져 내린다고 말한 적이 있습니다. 나는 오빠에게 나의 작은 부주의 때문에 오빠를 허겁지겁 달려오게 해서 정말 미안하다고 말했습니다. 그러나 오빠는 현관에 선 채로 아무 말도 하지 않고 멍하니 어둠 속을 쳐다보고 있었습니다.

나는 오빠를 현관에 남겨두고 살며시 내 방으로 돌아와서 오빠가 방으로 들어가는 기척이 날 때까지 기다렸습니다. 그런데 오빠는 오랫동안 그 자리에서 서 있었습니다. 그것은 나에 대한 원망이 아니라 자기 자신에 대한 모멸을 씹고 있을 뿐이었습니다.

그러나 나의 작은 부주의 때문에 오빠의 가슴 저 깊은 곳에 침전되어 있던 아픔의 찌꺼기를 뒤흔들었으니 나도 커다란 잘못을 저지른 것만 같아서 마음이 아파 견딜 수가 없었습니다.

13.

그날 밤, 나는 내 방으로 돌아와서 오빠의 방에서 새어 나오는 기척을 헤아리면서 오빠가 무슨 일을 하고 있을까를 상상해 보았습니다. 틀림없습니다. 지금쯤 오빠는 밀월여행 사진을 꺼내놓고 음모하듯 비밀의 수를 놓고 있을 것이 분명합니다.

맹수들이 자기의 환부를 스스로 혓바닥으로 핥으며 치유하듯, 틀림없이 오빠도 가슴 깊은 곳에서 저며오는 생채기를 핥고 있을 것이 분명합니다.

내가 잠이 들 무렵이었습니다. 뜻밖에 오빠의 방에서 무슨 소리가 나는 것 같았습니다. 귀를 기울였더니 가늘게 흐느끼는 소리였습니다. 아니, 어쩌면 내가 잘못 들었는지 아니면, 나의 상상의 나래 끝에 돋아난 환청인지도 모릅니다.

그렇습니다. 그것이 환청이라도 좋습니다. 그러나 분명한 것은 그때까지도 오빠는 스스로 파놓은 길고 먼 미궁에서 헤어나지 못하고 허우적거리고 있을 것이란 사실입니다. 오빠의 흐느낌, 그것은 바로 오빠의 고통의 신음 바로 그것이라고 생각하니 다시금 오빠가 한없이 불쌍해 보였습니다.

눈을 감고 오빠의 흐느낌 소리를 숨죽여 엿듣는 내 가슴은 미어질 듯 따갑고 쓰렸습니다. 순간, 나는 그 쓰린 아픔에서 벗어나려는 듯이 눈을 떴습니다.

천장을 쳐다보았습니다. 그러나 깜깜한 어둠 속이라 아무것도 보이지 않았습니다. 나는 갑자기 어둠 속에서는 아무것도 보이지 않는다는 나의 고정관념의 벽을 깨고 싶었습니다.

그러자 나의 시야에는 그때까지 어둠 속에서 얼굴을 감추고 있던 천장이 조금씩 그 자신의 얼굴을 드러내기 시작하자 사방 연속무늬가 보이더니 마침내 사방 연속무늬가 어둠 속에서 빛나기 시작했습니다.

내가 시선을 바른쪽으로 던졌을 때 바른쪽 시작과 왼쪽 끝이 보였습니다. 다음에는 시선을 왼쪽으로 던졌을 때는 왼쪽 시작과 바른쪽 끝이 보였습니다. 이번에는 시선을 천장 한가운데로 던졌습니다. 그러자 사방 연속무늬의 끝이 사방으로 흩어졌습니다.

그러나 그것은 시작도 끝도 아니었습니다. 이쪽의 시작은 저쪽의 끝을 만들고, 저쪽의 시작은 이쪽의 끝을 만들고 있었습니다. 시작이 끝이요, 끝이 곧 시작의 경지에서 그들은 거기에 그렇게 있을 뿐이었습니다. 그것은 시작이어도 좋고, 끝이어도 좋고, 설령 시작이 아니어도 좋고, 끝이 아니어도 좋은 경지에서 거기 그렇게 있었습니다.

순간, 나는 불현듯 오빠의 사랑이 떠올랐습니다. 그렇습니다. 오빠의 사랑, 그것도 바로 저 사방 연속무늬처럼 시작과 끝이 따로 있는 것이 아니라 오빠의 숭고하고 아름다운 사랑이 오빠의 가슴속에 그렇게 있을 뿐이라는 것을 깨달았습니다.

그러자 나는 갑자기 오빠가 가꾸는 동백 분이 떠올랐습니다. 나는 그제사 오빠와 동백 분의 관계를 이해할 수 있었습니다. 이제 나는 오빠를 이해할 수 있을 것 같았습니다.

지금까지 오빠가 동백 분에 그토록 깊은 애정을 쏟아 놓으면서 가꾸는 의식을 이해할 수 있을 것 같았습니다. 사철 푸른빛으로 자라고 있는 동백나무 잎새는 바로 오빠의 가슴속에 있는 사랑 바로 그것이었습니다.

흙에 뿌리를 내리고 생명에 대한 끝없는 갈증을 태우면서 몰래몰래 날마다 날마다 생명의 불씨를 머금고 자라는 푸른 동백나무에다 오빠가 부여한 의미를 알 것 같았습니다.

오빠는 잠재워도 잠재워도 내부에서 들끓고 있는 사랑의 불기둥을 동백나무에다 뿌리며 동백나무를 키워 온 것입니다.

그러고 보니 오빠가 동백나무에 말을 한 것이 무엇을 뜻하는 지를 알 수 있었습니다.

　나의 생각이 여기까지 미치자 비로소 그동안 오빠가 진지하 게 동백나무에 말을 하던 모습이 성자인 양 엄숙한 모습으로 머리에 떠올랐습니다. 비로소 나는 오빠가 동백 분을 자기 책 상 앞에 놓고 몇 시간씩 불을 끄고 앉아 있던 그 눈 시린 긴 응 시의 의미를 알았습니다.

　그러고 보니 오빠는 동백 분에다 사랑하던 여인을 심었던 것이며, 또한 그녀에 대한 지울 수 없는 사랑을 심었던 것이었 습니다. 오빠가 지금까지 가꾸어 온 것은 단순한 동백나무가 아니라 사랑의 생명나무, 바로 그것이었습니다. 그 때문에 오 빠는 한순간도 방심하지 않고 자신의 사랑을 소중하게 가꾸어 온 것이었습니다.

　그렇습니다. 오빠가 단 한 번이라도 동백 분에 물을 주는 일 만은 나에게 시킬 수가 없었던 그 이유를 알았습니다.

　나는 순간, 오빠의 방으로 달려가서 와락 오빠를 껴안고 싶 은 충동이 났습니다. 한편으로는 지금까지 오빠를 이해하지 못하였던 나 자신이 부끄러웠으며 순간순간 한없이 초라해 보 였던 오빠가 한없이 큰 거인 같았습니다. 그러자 나도 모르게 눈시울이 젖어왔습니다. 뜨거운 눈물이 어둠을 타고 내 볼에 하염없이 흘러내렸습니다.

나는 빨리 이 밤이 가고 새날이 밝아오기를 기다렸습니다. 날이 새면 나의 사랑하는 오빠가 동백 분을 들고 나와서 물을 주는 모습을 보고 싶었기 때문입니다.

생명의 나무, 사랑의 나무에다 맑고 깨끗한 사랑을 뿌리는 한 성자를 보고 싶었기 때문입니다.

14.

아침이 되자 오빠는 여느 때와 똑같이 동백 분을 들고 현관으로 나왔습니다.

오빠는 여느 때와 똑같이 동백나무에 물을 주면서 말을 하였습니다. 오빠는 여느 때처럼 그 일에 너무나 열중해 있었기 때문에 등 뒤에서 내가 빙그레 웃고 서 있는 줄을 몰랐다가 문득 나와 눈이 마주치자 심각한 표정을 지으면서 말했습니다.

"얘야, 넌 뭐가 우습니?"

나는 아무 말도 하지 않고 미소를 머금고 서 있었습니다.

(끝)

9
달력을 고쳐라

"반갑습니다. 이번 시간에는 보통 사람으로서는 상상도 할 수 없을 만큼 기발하고, 아주 특별한 이야기를 하겠습니다. 바로 알렉산더 대왕(Alexander the Great)의 일화로, 배울 점이 무척 많습니다. 늘상 하는 소리지만, 이번 시간에도 내 이야기를 경청하여 삶의 중요한 지혜를 한 수 배우기 바랍니다."

"알렉산더 대왕이 승승장구하고 마침내 페니키아를 정복할 때 이야기입니다. 다른 지방은 다 정복되었지만, 테베만은 정복하지 못하고 있었습니다. 알렉산더 대왕은 점술가에게 점을 치게 했습니다. 점술가는 점을 치고 나서 '이달 안으로 정복이 가능할 것'이라고 말했습니다.

알렉산더 대왕은 수많은 부하들 앞에서 큰 소리로 말했습니다.

'다음 공격 목표는 테베다. 이달 안에 함락시킬 것이다.'

그러자 신하들이 다 같이 포복절도할 듯이 웃었습니다. 알렉산더 대왕은 너무나 화가 났습니다. 「감히 누구 앞에서, 누구 말끝에 겁도 없이 웃는단 말인가?」 그는 신하들에게 화를 내며 고함을 쳤습니다.

'왜 웃는 거야!'

신하들이 말했습니다.

'폐하! 오늘이 이달 말입니다. 그리고 테베까지 가는 데만 해도 일주일이 더 걸릴 것입니다. 그러니 이달 안에 함락시킨다는 것은 시간상으로도 도저히 불가능합니다.'

알렉산더 대왕이 말했습니다.

'그래? 그러면 지금 달력을 고친다. 오늘을 이달 23일로 하라! 지금 바로 출전한다! 전군, 총진격하라!'

곧바로 출전한 알렉산더 대왕은 그달에 테베를 함락시키고 말았습니다.”

“나는 알렉산더 대왕이 테베를 공격할 때 달력을 고치는 것에서 참으로 귀한 삶의 지혜를 배웠습니다. 나도 언젠가 내 나이를 동결할 것입니다. 아직은 나도 젊은 나이이기 때문에 나이 따위에 신경을 쓸 이유도 없고, 가치도 없습니다.

나중에 환갑 무렵이 되면 내 나이를 고칠 참입니다. 정확히 말하면 나이를 고치는 것이 아니라 나이를 동결할 참입니다. 나이를 동결한다는 것은 이 세상 모든 사람들이 해마다 먹는 나이를 나는 해가 바뀌어도 먹지 않는다는 것입니다. 내가 나이를 동결하겠다는 계획에 대해서 시비할 사람 있어요?"

"없습니다. 선생님!"

"오늘 내가 들려준 알렉산더 대왕의 달력을 고친 이야기가 어찌 보면 너무 황당하지만, 그 의미를 곰곰이 따져보면 역시 알렉산더 대왕다운 위대한 발상과 위대한 결단이 아닐 수 없습니다. 여러분도 오늘 이야기로 알렉산더 대왕에게 삶의 중요한 지혜와 용기를 한 수 배우기 바랍니다. 내 말 이해합니까?"

"예, 선생님, 백번 천번 이해합니다. 감사합니다."

"나는 이날까지 살아오면서 알렉산더 대왕처럼 멋진 분을 본 적이 없습니다. 그의 일화는 아주 많습니다. 그 많은 이야기 중에는 재미있고 교훈적인 이야기들이 아주 많습니다. 그런데 그에게 위대한 스승이 있었습니다. 그 스승이 누구입니까?"

"아리스토텔레스(Aristoteles)입니다. 선생님!"

"그렇습니다. 아리스토텔레스입니다. 아리스토텔레스 같은 훌륭한 스승이 있었기 때문에 알렉산더 대왕은 귀한 것을 많이 배우고 높은 사색을 하는 거인으로 성장한 것입니다. 여러분도 반드시 훌륭한 스승을 만나기 바랍니다. 스승의 구두를 매일 닦아주면서라도 귀한 삶의 지혜를 배워서 나날이 성장하고 발전하기를 바랍니다.

알렉산더 대왕은 철학적 자기 세계를 구축한 멋진 대왕이었습니다. 앞으로도 기회가 있으면 종종 알렉산더 대왕에 대한 공부도 하겠습니다. 그럼 오늘은 이만 마치겠습니다."

"감사합니다. 선생님!"

교실 안은 박수갈채와 환호성이 터졌고, 마치 시장 바닥처럼 소란스러웠다.

10
통지표 사건

초등학교 2학년 때지 싶다. 며칠 전부터 어머니가 물었다.

"통지표 줄 때가 되엤지 싶은데 와 안 받아오노?"

"선생님이 안 주던데예."

대답은 이렇게 했지만, 속으로는 간이 철렁했다. 나는 그동안 열심히 공부를 하지 않았기 때문에 통지표를 보나마다 틀림없이 성적이 엉망일 것이라 생각했기 때문이다.

그런데 그동안은 선생님이 통지표를 아이들에게 내주지 않았기 때문에 그런대로 명분이 섰지만, 오늘이라도 통지표를 주는 날이면, 받아놓고 안 받았다고 거짓말을 할 수도 없는 일이라 정말 빼도 박도 못 할 사정이 될 것이다.

만약 받고도 성적이 나빠서 안 받았다고 거짓말을 했다가 어머니가 다른 동무들에게 '통지표 안 받았나?'고 물어보기라도 하여 들통이라도 나는 날이면 그야말로 큰일이다.

나는 아침에 학교에 가면서도 혹시 오늘은 통지표를 내줄까 봐 걱정이 태산 같았다. 할 수 있는 데까지 최대한 하루라도 더 미루는 것이 좋겠다고 생각하면서 학교에 갔다.

학교에서도 온종일 통지표 때문에 간이 조마조마했다. 마지막 시간까지도 선생님의 입에서 통지표란 말이 나오지 않았기 때문에 나는 '오늘 하루도 무사히 넘어가는구나' 하고 안도의 한숨을 쉬었다.

그런데 마지막 수업이 끝나고 나서 선생님이 교단 앞에 섰다. 나는 제발 저 입에서 통지표 이야기가 나오지 않았으면 하고 간절히 바랐다.

이윽고 선생님이 말했다.

"오늘 통지표를 내준다. 그동안 여러분이 한 학기 동안 공부한 결과가 이 통지표에 잘 나타나 있다. 그러니 성적이 지난 학기보다 떨어진 사람은 새 학년에 가서는 더 열심히 하고, 지난해보다 향상된 학생은 더 향상되도록 노력하기 바란다. 다음 주 월요일까지 부모님이 통지표를 보고, 도장을 찍어달래서 반드시 도장 찍은 것을 제출하기 바란다. 이상!"

그 순간, 나는 간이 철렁하였다. 며칠 동안 통지표 때문에 조마조마하게 가슴 졸이던 일이 오늘 드디어 끝장이 나는 것 같았다. 선생님은 번호 순서대로 아이들의 이름을 불렀다. 그러자 아이들이 저마다 다른 표정을 지으면서 선생님 앞으로 나가서 통지표를 받았다. 어떤 학생들은 받은 그 자리에서 통지표를 펴 보는 이도 있었고, 어떤 학생들은 통지표를 받아서 펴 보지도 않고 책 보따리에 싸는 학생도 있었다.

나도 앞에 나가서 통지표를 받았다. 통지표를 받자마자 내 자리로 돌아오면서 펴 보았다. 성적이 아주 나빴다. '수'는 한 개밖에 없고, '우'가 두 개에 나머지는 대부분 '미'와 '양'이었고, '가'도 군데군데 섞여 있었다. 통지표를 확인한 순간부터 나는 앞이 캄캄했다.

집으로 돌아오는 길이 평소보다 그렇게나 멀고 지루했다. 어깨에 힘이 빠져 축 처지고, 다리도 힘이 빠져 후들후들하였다. 점점 마을이 가까워지자 걱정이 태산 같았다. 어느덧 마을 어귀에 접어들었다. 보통 때 같으면 마을 앞길로 갔을 텐데, 오늘따라 앞길로 가기가 싫었다. 동네 사람들이 내 통지표를 아는 것 같은 착각이 공연히 들었다. 그래서 마을 사람들과 부딪치는 것이 싫었다.

나는 마을 뒷길로 갔다. 한참 가다가 골대장군을 모신 사당 앞에 이르자, 도저히 더 이상 걸음이 떨어지지 않았다. 사당 앞 아카시아나무 밑 풀밭에 털썩 주저앉았다.

몸이 천근이나 무거운 것 같았다. 풀밭에 누워서 풀잎을 따서 풀피리를 불었다. 그런데 오늘따라 풀피리 소리가 잘 나지 않았다. 풀피리를 불면서도 마음속에는 온통 통지표 걱정으로 가득 차 있었기 때문이다.

나는 풀피리를 집어던져 버렸다. 아무 재미가 없었다. 다시 책보를 풀어서 통지표를 꺼내 보았다. 아무리 통지표를 뚫어지게 보아도 아까 교실에서 봤던 것과 달라진 것이 없었다. '수'가 한 개밖에 없어서 걱정이 태산 같았다.

집에 오니, 어른들은 다 밭에 일 나가고 아무도 없었다. 저녁때 아버지와 어머니가 돌아와서 통지표를 보자면 어쩌나 하는 걱정 때문에 배고픈 줄도 몰랐다.

나는 마루 한 귀퉁이에 쪼그리고 앉아 이 궁리, 저 궁리를 하였다. 그러던 끝에 무릎을 탁 치며 생각했다.

'옳지, 통지표를 고쳐야지!'

통지표를 고쳐야겠다고 마음먹은 순간부터 가슴이 콩콩 뛰기 시작했다. 살금살금 아버지 책상으로 갔다. 아버지 책상은 여닫이 식이었는데, 조심스레 책상 서랍을 여니 잉크와 펜이 있었다. 나는 잉크병의 뚜껑을 열고는 펜에다 잉크를 찍었다. 그리고 통지표의 '수' 칸에 동그라미를 그렸다. 몇 갠지 세지도 않고 계속 그리다가 혹시 너무 많이 그린 게 아닌가 하는 생각이 들어서 동그라미 그리기를 멈추었다. 갑자기 '수'가 많아지자 성적이 원래보다 훨씬 좋아졌다. 잉크병을 닫고, 펜을 붓통에 꽂고, 책상 서랍을 닫았다.

이 대목에서 한 가지 덧붙이자면, 선생님은 붓두껍으로 '수, 우, 미, 양, 가'를 찍었는데, 나는 펜에다 잉크를 찍어서 동그라미를 내 손으로 그렸다는 점이다. 이 얼마나 명청한 짓인가!

거기다가 더 바보 같은 것은 선생님이 붓두껍으로 찍은 것을 먼저 지운 뒤에 동그라미를 그려야 했는데, 나는 붓두껍으로 찍은 것을 지우지도 않고 '수' 칸에다 동그라미를 내 마음대로 그린 것이다.

저녁때가 되었고, 집에 돌아온 어머니가 내게 말했다.

"통지표는 받아왔나?"

나는 아무 말도 없이 통지표를 두 손으로 조심스레 내밀었다. 어머니는 통지표를 받아서 찬찬히 들여다보다 말고는 헛간 쪽으로 갔다. 나는 영문을 몰랐다. 잠시 뒤에 헛간에서 나온 어머니의 손에는 회초리가 여러 개 들려 있었다.

나는 눈앞이 캄캄했다. 다짜고짜로 내 팔을 나꿔챈 어머니는 회초리로 사정없이 종아리를 때렸다.

"이놈아! 대가리 소똥도 안 벗겨진 놈이 에미를 속여? 글 배워서 훌륭한 사람 되라고 학교에 보냈더니, 하라는 공부는 안 하고 에미를 속여?"

"엄마, 잘못했어요. 다시는 안 그럴게요."

"나쁜 놈! 너 같은 놈은 학교에 다닐 필요가 없어!"

나는 어머니의 목소리가 그렇게 큰 줄 처음 알았고, 그렇게 무서운 어머니의 표정을 처음 보았다. 마침내 종아리에 피가 났다. 그래도 어머니는 계속 회초리를 놓지 않았다. 나는 두 손을 싹싹 비비며 다시는 안 그러겠다고 용서를 빌었다.

"엄마, 다시는 안 그럴게요. 다시는!"

그러나 어머니는 막무가내였다.

"이놈의 손아, 벌써부터 에미를 속이려 드는데, 니 같은 놈을 키우면 뭐 하겠노, 니 죽고 나 죽자!"

아무도 말리지 않으면, 어머니는 나를 완전히 잡을 것 같았다. 어머니는 정말로 내가 보는 앞에서 죽기라도 할 것 같았다. 나는 겁이 더럭 났다. 나 때문에 어머니가 죽기라도 하는 날이면 어쩌나 하고 걱정이 태산 같았다. 통지표를 고친 것이 이토록 어마어마한 사건으로 커질 줄은 꿈에도 몰랐다.

아까부터 이 광경을 옆에서 발을 동동 구르며 지켜보고 있던 할머니가 치마폭으로 나를 감싸며 말했다.

"어멈아, 대강해라! 귀한 손잔데, 아예 잡을 참이가!"

어머니는 아랑곳없이 나를 개 끌듯이 질질 끌어 삽작문 밖으로 쫓아내고, 삽작문을 걸었다. 할머니는 어머니에게 몇 번이나 봉변을 당하면서도 삽작문을 열었지만, 어머니의 노여움이 풀리지 않아 나를 구출하지 못했다. 나는 그날 저녁을 촐촐 굶은 채로 울타리 밑에 쪼그리고 앉아 모기에 뜯기면서 잠이 들었다.

11
신춘문예 낙방과 시 추천 도전

새해 첫날이 밝았다. 나는 일찍 시내로 나갔다. 신문가판대로 가서 〈서울신문〉을 샀다. 그리고 신춘문예 발표를 보았다. 내가 당선되지 않았다는 것은 이미 알고 있었다. 만약 내가 당선이나 가작 입선을 했다면, 내게 당선 소감을 써 보내라는 전화가 며칠 전에 왔어야 하는 데 아무 기별이 없었으니, 나는 낙선이 된 것이 분명했다.

그래도 당선작이 어떤 작품인지 궁금하였다. 거기다가 내가 쓴 '오빠의 방'보다 더 좋은 작품인지, 그보다 못한 작품인지가 궁금하기도 하였다. 신문을 펼쳐 심사평을 찬찬히 보니 당선작도 없고, 가작도 없었다. 최종심에 오른 작품이 네 작품이었는데, 그중에 내가 쓴 '오빠의 방'도 포함되어 있었다. 그런데 심사위원들이 제각각 다른 작품을 추천하는 바람에 의견 일치를 볼 수 없어서 가작조차 결정하지 않았다고 하였다.

나는 참 재수가 없었다. 죽은 자식 불알 만지는 꼴이지만, 내 작품이 당선작이 아니라 하다못해 가작으로 뽑혔더라도 문단에 등단은 할 수가 있는 것이다.

결국, 내 꿈은 산산조각이 나고 말았다. 그 바람에 기고만장하던 자신감은 온데간데없이 사라졌고, 나는 꼬랑지를 완전 내리고 말았다. 기가 죽어 금방이라도 쓰러질 것 같았다. 최선책이 신춘문예라면 차선책은 신인추천이다. 나는 문단에 선이 닿을 인연이 없을까 하고 두리번거렸다.

그러던 어느 날, 뜻밖의 소문을 들었다. 대학 때 '문예사조사'와 '문학개론'을 가르친 조봉제 선생님이 시문학사에서 문학사전을 만드는 일에 참여하고 있다는 것이었다. 나는 시문학사로 전화를 걸어 조봉제 선생님을 찾았다. 운이 좋아서인지 선생님과 통화할 수 있었다. '그 주 퇴근길에 한 번 찾아뵙겠다' 전하고 전화를 끊었다.

퇴근길에 서대문에 있는 시문학사로 갔다. 대학 때 은사였던 조 선생님이 반갑게 나를 맞아 주었다. 조 선생님을 모시고 서대문 골목에 있는 허름한 대폿집으로 갔다. 조 선생님은 시문학사에서 만드는 《한국문학대사전》 편찬 작업의 실무를 도우느라 매일 출근을 한다고 했다. 내가 S고등학교에 입성한 이야기를 하였더니, 조 선생님도 아주 기뻐하였다.

조 선생님이 먼저 말문을 열었다.

"하 군! 이제 문단에 등단할 준비를 해야지?"

듣던 중 반가운 소리였다. 마침 그것 때문에 조 선생님을 만나러 왔는데, 조 선생님께서 나의 가려운 데를 먼저 긁어 주신셈이다. 나는 솔직하게 대답했다.

"선생님, 그동안은 학교 생활에 적응하느라고 미처 문단 등단 문제는 생각할 겨를이 없었습니다. 이제 학교에서는 제 자리를 잘 잡은 셈입니다. 그러니 이제 문단에 등단하는 문제를 한번 부딪쳐 보면 좋겠습니다."

조 선생님이 말했다.

"하 군은 시를 쓸 참인가? 소설을 쓸 참인가? 대학 다닐 때 자네는 동아문학상을 시와 소설 다 받았지?"

"예, 선생님!"

"내가 마침 시문학사에서 출판하는 《한국문학대사전》 작업의 실무를 하고 있고, 시문학사 발행인 문덕수 선생과도 가까운 사이니까, 우선 시문학사를 통해서 시인으로 등단하는 것이 좋지 않을까?"

선생님의 제안에 귀가 번쩍 뜨인 나는 흥분하여 말했다.

"선생님 조언대로 하겠습니다. 저는 시도 좋고, 소설도 좋고 아무것이나 다 좋습니다. 그런데 선생님께서 시를 말씀하시니, 그러면 시를 써서 응모하도록 하겠습니다."

"그래, 그동안 써 둔 시 중에서 몇 편을 잘 다듬어서 시문학사의 '시 추천 요강'을 보고 응모하기 바란다."

"선생님, 감사합니다."

　그날 밤, 나는 서대문에서 조 선생님과 헤어져서 쌍문동까지 오는 동안 너무나 흥분하여서 어떻게 왔는지 도통 기억이 나지 않았다. 그야말로 꿈인지 생시인지 모를 정도로 기뻤다. 자취방에 돌아오자마자, 그동안 써 둔 시를 몇 편 골랐다. 그리고는 깨끗하게 정서해서 시문학사에 보내기로 했다.

　다음 날 점심때, 나는 응모 작품을 넣은 우편 봉투를 들고 학교 근처에 있는 우체국에 직접 가서 등기로 발송했다. 그리고는 '휴우'하고 안도의 한숨을 쉬었다. 물론 단번에 추천을 받는다는 보장은 없다. 그러나 첫 번째 응모한 작품으로 추천을 받지 못하면, 다른 작품으로 다시 투고하고, 그래도 추천을 받지 못하면 또다시 다른 작품으로 투고를 계속할 참이었다. 추천을 받을 때까지 좌절하지 않고 계속 투고를 할 생각이었다. 그러면 언젠가는 반드시 추천을 받을 수 있을 것이 아닌가!

　내 생각이 여기에 이르자, 마치 이미 추천을 받은 것 같은 착각이 들 정도로 기뻤다. 나는 콧노래를 부르면서 가벼운 걸음으로 학교로 돌아왔다.

12
은자의 행복

"반갑습니다. 이번 시간에는 '은자의 행복'이란 제목으로 이야기하고자 합니다. 먼저 '은자'란 말뜻을 간단히 설명하겠습니다. 은(隱)이란 '숨는다'는 뜻입니다. 즉 '나서지 않고 조용히 숨어 있다'라는 뜻입니다. 그러니 은자(隱者)란, 나대지 않고 조용히 숨어서 사는 사람을 말합니다."

"어느 날, 몇몇 사냥꾼들이 깊은 숲속으로 들어갔다가 작은 오두막집을 발견했습니다. 그런데 한 은자가 나무 십자가 앞에서 기도를 드리고 있었습니다. 그 은자의 얼굴은 행복으로 환히 빛나고 있었습니다.

사냥꾼 중에 누군가가 은자에게 물었습니다.

'안녕하십니까! 형제여, 신께서 참 좋은 오후를 주시었구려. 그리고 당신도 참 행복해 보이는구려.'

'나는 늘 행복합니다.'

'이런 오두막집에서 외롭게 살면서도 행복한가요? 우리는 거의 모든 것을 누리고 있는데도 별로 행복한 것을 못 느끼는 데, 당신은 어디서 행복을 찾소?'

'나는 이 조그만 오두막집 안에서 행복을 찾지요. 저 창밖을 보세요. 아마 나의 행복을 볼 수 있을 것입니다.'

그러면서 은자는 오두막집 벽면의 작은 창을 가리켰습니다.

'이것 보시오, 창밖으로 보이는 건 그저 나뭇가지 몇 개뿐 아니오?'

사냥꾼은 고개를 갸웃했습니다. 그러자 은자가 말했습니다.

'다시 한번 보십시오.'

'아무리 보아도 우리가 볼 수 있는 것은 나뭇가지 몇 개뿐이오. 그리고 저 작은 창으로 보이는 작은 하늘뿐……'

그러자 은자가 말했습니다.

'바로 그겁니다. 그것이야말로 내가 행복한 이유지요. 바로 저 작은 창에 보이는 하늘의 푸르름 한 조각이 저를 행복하게 해준답니다.'"

"여러분! 이 대목에서 미국의 국민 시인 월트 휘트먼(Walt Whitman)의 이야기를 잠시 안 할 수가 없습니다. 휘트먼은 제대로 공부도 못한 사람입니다. 그런데 그는 길가에 있는 풀잎을 보며 '신의 손수건'이라고 시로 노래하였습니다. 수많은 사람들은 길가에 있는 풀잎을 보는 둥 마는 둥 지나갑니다. 눈길

한번 제대로 주지 않고 그냥 지나갈 뿐입니다.

그러나 휘트먼은 길가의 풀잎을 보고 '신의 손수건'이라고 노래한 것입니다. 길가의 흔해 빠진 풀잎을 보고도 '신의 소리'를 듣고, '신의 얼굴'을 본다는 의미입니다. 이 얼마나 대단한 시인입니까? 그래서 휘트먼을 미국의 국민 시인이라고 부릅니다."

"방금 한 이야기의 주인공인 은자와 휘트먼은 일맥상통하는 데가 있습니다. 우리가 은자에게 배울 것은 '행복은 결과가 아니라 자세'란 사실입니다. 행복은 욕망의 최종 결과가 아닙니다. 즉 행복은 자세이지 욕망이 아닙니다. 지금 당장이라도 누구나 행복한 자세만 취하면, 곧바로 행복해질 수 있습니다. 그러나 많은 사람들이 이를 모르고 행복한 자세를 취하지 않고 살기 때문에 행복하지 않은 것입니다.

한번 더 강조합니다. '행복은 자세'입니다. 어떤 자세로 사느냐에 따라 행복과 불행이 갈라지는 것입니다. 누구나 순간순간 작은 것에 감사하고, 작은 것을 소중하게 여기는 자세로 살면 매일매일 행복할 수 있습니다."

"다시 한번 강조합니다. 사람을 대할 때 어떤 자세를 취하느냐에 따라서 행복할 수도 있고, 불행할 수도 있습니다. 밥을 먹을 때 어떤 자세를 취하느냐에 따라서 행복할 수도 있고, 불행할 수도 있습니다. 일할 때 어떤 자세를 취하느냐에 따라서 행복할 수도 있고, 불행할 수도 있습니다.

월급봉투를 받을 때 어떤 자세를 취하느냐에 따라서 행복할 수도 있고, 불행할 수도 있습니다. 사랑하는 사람을 만나서 어떤 자세를 취하느냐에 따라서 행복할 수도 있고, 불행할 수도 있습니다. 왜냐면 행복은 삶을 어떤 자세로 받아들이느냐에 따라서 좌우되기 때문입니다.

알고 보면 행복은 삶의 곳곳에 널려 있습니다. 그런데 사람들은 단지 행복을 찾는 방법을 몰라서 행복하지 않은 것입니다. 오늘 노래를 잘 부르지 못하는 사람은, 내일 노래를 잘 부를 리가 없습니다. 이처럼 오늘 행복할 줄 모르는 사람은, 내일 행복할 리 없습니다. 그래서 오늘 당장 행복해야 하는 것입니다. 아니, 오늘이 아니라 지금 이 순간 행복해야 합니다.

한 가지 분명한 것은 노래를 잘 부르기 위해서는 연습을 많이 해야 하지만, 행복하기 위해서는 연습이 필요하지 않다는 사실입니다. 누구나 '행복한 자세'를 취하기만 하면, 주위에 널려 있는 행복이 보입니다. 그것들을 주워 담기만 하면 됩니다. 산과 들, 꽃과 나무, 하늘과 구름, 새와 나비, 해와 달, 강아지와 고양이, 조용필과 송해, 윤정, 동대문 시장, 청량리역을 보기 바랍니다.

모든 존재는 행복으로 만들어져 있습니다. 여러분이 행복한 자세를 취하는 순간부터 당장 행복할 수 있음을 명심하기 바랍니다. 여러분은 지금 어디서, 어떤 자세로, 무엇을 하고 있습니까? 과연 여러분의 자세는 행복한 자세인지, 불행한 자세인지 확인하기 바랍니다!"

"여러분! 오늘도 내가 한 이야기에서 삶의 귀한 지혜를 한 수 배웠습니까?"
"예, 선생님! 아주 귀한 지혜를 배웠습니다. 감사합니다."
"다행입니다. 오늘 공부는 여기서 마치겠습니다."
학생들의 박수갈채와 환호성이 터져 나왔다.

13
요오깡 사건

부산 이모가 사 온 요오깡(※주-양갱[羊羹]-엿에 팥, 설탕, 우무 등을 넣고 반죽하여 끓인 후 식혀서 굳힌 과자이다)을 난생처음 먹어 보고, 이 세상에서 제일 맛있는 과자라고 생각했다. 그토록 맛있는 과자가 세상에 있다는 것이 좀처럼 믿어지지 않았다. 그래서 그런지 그날 밤에는 요오깡을 먹는 꿈까지 꾸었다. 그 뒤에도 자주 요오깡 먹는 꿈을 꾸었다. 그러나 내게는 요오깡 사 먹을 돈이 없었다.

그 무렵 우리 동네 구멍가게에서 팔던 과자는 다 합쳐야 대여섯 가지밖에 되지 않았다. 비과, 진해콩, 십리과자, 부채과자, 알사탕 등이 고작이었다. 그런 내가 요오깡을 처음 먹고는 너무나 달콤한 그 맛에 빠가지 않을 수가 없었다.

내 혀끝에서는 요오깡 맛이 지워지지 않았다. 학교 갈 때도 요오깡 맛이 생각났고, 공부하면서도 요오깡 맛이 생각났다. 그리고 집에 와서 잘 때도 요오깡 맛이 생각났다. 어떤 날은 가게 근처를 왔다 갔다 하면서 힐끔힐끔 요오깡을 쳐다보곤 했다. 그럴수록 나는 점점 더 요오깡이 먹고 싶었다.

물론 나만 요오깡을 좋아한 것이 아니었다. 우리 동무들도 다들 요오깡을 좋아했다. 그런데 요오깡은 일 년에 한두 번 먹을 수 있을까, 말까였다. 나는 요오깡 꿈을 꾸기도 하였다. 요오깡 공장에 사환으로 취직이 되어 매일 일찍 출근하고, 청소를 하고, 심부름을 하면서 이따금 공장에서 나온 부스러기 요오깡을 얻어먹는 꿈이었다.

우리 집에 돈이라곤 아무에게도 없었다. 아버지도 없었고, 할머니도 없었다. 단지 어머니 호주머니에만 돈이 있었다. 그것도 항상 있는 것이 아니고, 새벽 시장에 무나 시금치 등을 내다 팔았을 때 한해서이다. 마침내 나는 중대 결심을 하였다. 어머니가 새벽 시장에 나가서 시금치나 호박이나 가지 등을 팔고 오면, 어머니 호주머니에 있는 돈을 훔치기로 하였다.

어머니 호주머니에서 돈을 훔칠 생각을 하는 순간, 나는 간이 펄떡펄떡 뛰었다. 그러자 어머니를 똑바로 바라보는 것도 두려웠다. 어머니가 혹시 내 마음을 알면 어쩌나 하는 두려움 때문에 어머니를 바로 쳐다볼 수도 없었다. 그래서 어머니와 눈이 마주치기를 꺼려했다. 나도 모르게 슬슬 어머니의 눈을 피하게 되었다.

드디어 기회가 왔다. 어머니는 새벽 시장에 시금치 따위를 잔뜩 머리에 이고, 아직 어두컴컴한 시간에 집을 나섰다. 나는 어머니가 시장에 나가는 뒷모습을 이불속에 숨어서 훔쳐보았다. 그리고는 뜬 눈으로 어머니가 시장에서 돌아올 때를 기다렸다. 해가 뜰 무렵에 어머니가 볼이 상기된 채로 돌아왔다.

"오늘은 운이 좋았어. 진작 다 팔았다!"

시장에서 돌아오자마자 어머니는 방 안에도 들어오지 않고, 검정 오버를 툇마루에 걸쳐놓은 채 부엌으로 들어가서 가족들이 먹을 아침 준비를 서둘렀다. 그때 나는 자리에서 일어났다. 어머니가 나를 보고 말했다.

"우짠 일이고? 잠꾸러기가 이리도 빨리 일어나다니!"

나는 그 말이 혹시 어머니가 내 계획을 눈치채고 하는 말이 아닌가 하는 생각이 들어서 다시금 간이 펄떡펄떡 뛰기 시작했다. 우물가에서 세수를 하는 둥 마는 둥 하고, 툇마루에 벗어놓은 어머니의 오버 근처로 슬금슬금 다가갔다.

마침 어머니는 부엌에서 나물을 무치고 있었다. 때는 지금이다! 나는 재빨리 어머니 오버의 호주머니에 손을 넣어 종이돈 한 장을 집었다. 천환이었다. 나는 그 종이돈을 꼬깃꼬깃 내 손바닥에 접어 쥐었다.

아침을 먹고 가게로 갔다. 평소에도 가게에는 손님이 거의 없었다. 가게 아주머니는 방 안에 있었다. 손님이 가게에서 고함을 지르면 방 안에 있던 아주머니가 부스스 나오곤 했다. 그런데 가게 앞까지는 갔지만, 차마 '요오깡 주소'라고 소리 지를 용기가 나지 않았다. 그렇게 가게 앞에서 쭈뼛쭈뼛하다가 가게를 지나쳤다. 동네 어귀까지 갔다가 다시 가게로 돌아와서 '요오깡 주소'라고 소리를 지르려다 또 지나쳤다. 왜냐면 가게 아주머니가 꼭 이렇게 말하지 싶었다.

"인마! 너 이 돈이 어디서 났니? 집에 친척이라도 왔니?"

당연히 돈 나올 곳이 없다. 그리고 친척도 아무도 오지 않았다. 물론 친척이 온다고 나에게 용돈을 주는 것도 아니다. 나에게 용돈을 추는 친척은 몇 명 되지 않는다.

드디어 요오깡을 샀다. 꼬깃꼬깃한 천환짜리 한 장을 건네주고, 요오깡 두 개를 샀다. 운이 좋아 그런지, 가게 아주머니는 돈의 출처를 묻지 않았다. 그래서 다소 안심이 되었지만, 그래도 가슴은 두근두근했다. 가게 아주머니는 아무 말도 하지 않고, 다시 방 안으로 들어갔다.

나는 요오깡 두 개를 주머니에 감추고 어디에 가서 먹을지를 생각하였다. 동네에서 요오깡을 먹다가는 온 동네에 소문이 날 것이 분명했다. 그럴 수는 없는 노릇이다. 할 수 없이 사람들의 눈에 가장 적게 띄는 공동묘지 쪽으로 나가기로 했다.

마침 우리 등너머 밭에 가려면 마을 앞에 있는 공동묘지를 지나쳐야 한다. 누가 나에게 '어디 가느냐'고 물으면, '등너머 밭에 심부름 간다'고 둘러대기도 좋을 것 같았다. 몇 번이나 뒤를 돌아보면서 공동묘지로 갔다. 다행히도 마을 사람들이 보이지 않았다.

봉분이 가장 높은 곳으로 갔다. 봉분 뒤에서 숨어서 요오깡을 먹었다. 한입 베어 무는 순간 입안이 황홀하였지만, 그날따라 그 맛이 아니었다. 봉분 뒤에 숨어서 요오깡을 먹는 나를 보고 '너 돈이 어디서 나서 요오깡을 사 먹니?'라고 한다면 그마저 큰일이 아닐 수 없다. 혹시 요오깡 먹는 내 모습을 누가 볼까 봐 주위를 계속 두리번두리번했다.

대학교 졸업을 앞둔 어느 날, 고향집에서 어머니와 저녁을 같이 먹었다. 내가 좋아하는 멸치젓갈이 나오고, 갈치조림도 나왔다. 나는 밥을 먹으면서 갑자기 요오깡 생각이 났다. 물을 한잔 마시고 어머니에게 말했다.

"엄마! 제가 어릴 때 요오깡이 너무 먹고 싶어서 엄마 오버 호주머니에서 천환을 훔쳐서 요오깡을 사 먹었어요!"

어머니는 아무 말도 하지 않고 빙그레 웃기만 했다. 내가 다시 말했다.

"엄마 오버 호주머니에서 천환을 훔쳤다니깐요!"

그래도 어머니는 아무 말도 하지 않고 빙그레 웃기만 했다. 그제사 내가 물었다.

"엄마, 혹시 알고 있었나요?"

그러자 어머니가 말했다.

"그래, 네가 내 오버 호주머니에 손을 넣는 것을 보았다!"

"아아!"

그 순간 나는 비명을 질렀다. 그리고 펄쩍 뛰며 말했다.

"그러면 그때 왜 회초리를 들지 않았어요? 통지표 고쳤다고 개 패듯이 때린 그 회초리를 그때도 들었어야지요?"

어머니는 담담하게 대답했다.

"그래, 네 말대로 회초리를 들려고 했는데, 통지표 고친 것 때문에 너를 때린 지 며칠이 되지 않았다. 네 종아리 상처가 아물지 않았을 때라 차마 회초리를 또 들 수가 없었다. 나중에 상처가 다 아물면, 그때 회초리를 들 생각이었다. 그리고 한편 으로는 '저놈이 요오깡이 얼마나 먹고 싶었으면 저랬을까'하고 모르는 척했다."

나는 자리에서 벌떡 일어나 큰 소리로 말했다.

"엄마, 지금 종아리를 때려주셔요!"

어머니가 말했다.

"시끄럽다. 누가 들을라!"

나는 아무 말도 못 하고 어머니를 쳐다보았다. 내 눈에는 두 줄기 눈물이 줄줄 쏟아졌다. 어머니는 내게 다가앉으면서 손 수건으로 내 눈물을 닦아 주었다.

14
자비로운 거짓말

"반갑습니다. 이번 시간에는 '자비로운 거짓말'이란 제목으로 공부할 것입니다. 그런데 오늘 공부할 거짓말은 좀 색다른 거짓말입니다. 내가 말하고자 하는 거짓말은 보통의 거짓말이 아니고 '자비로운 거짓말'입니다.

아마 여러분은 자비로운 거짓말이란 소리도 처음 들을 것입니다. 이번 시간에 내 이야기를 제대로 이해하기만 하면, 엄청난 삶의 지혜를 배울 것입니다. '자비로운 거짓말'이란 제목부터 벌써 호기심이 생기고, 궁금하지 않아요?"

"선생님, 억수로 궁금합니다."

"자, 내 말을 귀로 듣지 말고, 온몸으로 듣기 바랍니다."

"준비되었습니까?"

"예, 선생님!"

"옛날 옛적에 많은 사람에게 존경을 받는 위대한 스승이 있었습니다. 어느 날, 그 스승과 제자가 먼길을 가고 있었습니다. 그런데 그들은 그만 길을 잃고 말았습니다. 예정대로라면 그들은 벌써 몇 시간 전에 도시에 도착해야 했습니다. 그러나 석양 무렵이 되도록 도시가 나타날 기미조차 보이지 않았습니다.

결국, 그들은 한 언덕에서 먼 곳을 보고 있었습니다. 제자는 매우 염려스러웠습니다. 왜냐면 그의 스승은 늙고 병들었으며, 밤에 편히 쉴 곳이 필요했기 때문입니다. 온종일 스승은 늙고 병든 몸을 이끌고 걸었습니다.

그때 바로 옆에서 벌목꾼이 나무를 모으고 있는 것이 눈에 띄었습니다. 제자가 그에게 물었습니다.

'가장 가까운 도시가 얼마나 남았습니까?'

벌목꾼이 대답했습니다.

'염려하지 마십시오! 2마일도 안 남았습니다.'

그 말을 듣고 제자는 새로운 힘을 얻었습니다. 옆에 있던 스승은 미소를 지었습니다. 그러나 제자는 스승이 왜 미소를 짓는지 이해할 수 없었습니다. 제자는 너무 지쳐 있었으므로 거기에 신경을 쓸 여력이 없었습니다."

"그들은 2마일을 더 갔지만, 여전히 도시는 보이지 않았습니다. 제자는 길옆 농장에 살고 있는 노파에게 물었습니다.

'도시까지 얼마나 남았습니까?'

노파가 대답했습니다.

'2마일도 채 남지 않았네. 자네는 이미 당도한 것이나 다름없네. 조금만 더 가면 되네.'

제자가 말했습니다.

'아까 어떤 사람도 2마일밖에 남지 않았다고 하더니, 이 할머니도 같은 말을 하는군요!'

스승이 또 웃으면서 말했습니다.

'2마일밖에 남지 않았다니, 길을 서두르자.'

그런데 또 2마일이 지났지만, 여전히 도시는 눈에 들어오지 않았습니다. 그들은 맞은편에서 오는 나그네를 만났습니다. 그는 도시에서 나오는 것이 틀림없었습니다. 제자는 흥분하여 물었습니다.

'도시가 얼마나 남았습니까?'

나그네가 대답했습니다.

'얼마라고 할 것도 없소. 2마일만 더 가면 되니까!'"

"그러자 스승은 또다시 웃었습니다. 이제 제자는 참을 수가 없었습니다. 화가 난 제자가 말했습니다.

'스승님! 우리는 지쳤습니다. 그런데 스승님은 여전히 웃으시는군요. 스승님은 저를 비웃는 것이 틀림없습니다. 여기에 저 말고 또 누가 있습니까. 이제 깜깜해졌고, 어디에도 불빛이 보이지 않습니다. 저는 매우 염려스럽습니다. 그리고 이 지방 사람들은 이상한 사람들입니다. 모두 2마일이라고 말하지 않았습니까? 우리는 이미 6마일을 왔단 말입니다. 이 지방 사람들은 2마일밖에 계산할 줄 모르는 사람들인가 봅니다.'"

"화가 난 제자에게 스승이 말했습니다.

'너는 이해하지 못하구나. 이것이 바로 내가 평생을 해 온 일이다. 이 지방 사람들은 매우 인정 많은 사람들이다. 사실 그들은 도시가 2마일보다 훨씬 멀리 있다는 걸 알았다. 그러나 그들은 거짓말을 함으로써 우리를 6마일이나 더 가게 하지 않았느냐? 그들의 거짓말은 자비심에서 나온 것이다. 그것이 내가 웃은 이유이다. 나는 너를 보고 웃은 게 아니다. 내가 웃은 것은 이것이 내가 그동안 해 온 일과 똑같기 때문이다.'"

"스승은 계속해서 말했습니다.

'사람들이 내게 「얼마나 더 가야 깨달음을 얻을 수 있습니까?」하고 물을 때마다 나는 항상 2마일만 더 가라고 대답했다. 「조금만 더 가라. 그대는 이미 도달한 것이나 다름없다.」

항상 2마일이 남아 있다. 그렇다! 이것이 사람들이 앞으로 나아가는 방식이다. 그들은 깨달음과 점점 더 가까워진다. 이 지방 사람들은 아주 자비로운 사람들이다. 이들은 사람의 심리를 잘 이해하고 있다.'"

이야기를 마친 나는 다시 학생들에게 말했다.

"여러분, 거짓말은 자기의 이익을 위해서 하는 경우가 대부분입니다. 그런데 위의 이야기에 나오는 사람들은 자기의 이익을 위해서 거짓말을 한 것이 아니고, 상대의 이익을 위해서 거짓말을 한 것입니다.

자기를 위한 거짓말은 나쁜 것이지만, 상대를 위한 거짓말은 결코 나쁘지 않다는 사실입니다. 그런데 많은 사람들은 '자비로운 거짓말'에 대해서 모르고 삽니다. 내 생각에는 그냥 거짓말과 자비로운 거짓말을 잘 구분하여 자비로운 거짓말이 필요한 경우에는 하는 것이 더 좋다고 생각합니다. 내 말에 공감합니까?"

"예, 선생님! 공감하다 뿐입니까!"

"그럼, 오늘은 여기에서 마치겠습니다."

"감사합니다. 선생님!"

박수갈채와 환호성이 교실을 떠나가게 하였다.

15

부잣집 애가 바보가 될 가능성이 많다?

"반갑습니다. 이런 귀한 자리에 강연할 수 있어서 너무너무 기쁘고 고맙습니다. 사실 나는 이 강연을 위해서 엄청나게 많은 시간 동안 고민하면서 준비하였습니다. 한 가지 분명히 말할 것은 내가 강연을 하는 동안에 여러분들의 경청하는 태도와 호응이 시원찮으면 즉각 강연을 중단하고 단상에서 내려오겠으니 그리 알기 바랍니다. 방금 내가 한 말이 무슨 소린지 이해합니까?"

"예, 선생님!"

약속이라도 한 듯이 학생들이 일제히 합창처럼 대답했다.

"이번 시간에는 '부잣집 애가 바보가 될 가능성이 많다?'라는 제목으로 강연하고자 합니다. 혹시 이 자리에 부잣집 아들이 있으면 다른 학생보다 두 배 세 배 더 열심히 듣고 귀한 삶의 지혜를 한 수 배우기 바랍니다."

"어떤 교수가 바다를 여행하고 있었습니다. 어느 날 밤, 교수는 늙은 뱃사공에게 자신을 소개한 후 물었습니다.

'당신은 해양학을 압니까?'

늙은 뱃사공이 해양학에 대해서 아무것도 모른다고 하자 교수는 놀라면서 말했습니다.

'쯧쯧, 당신은 인생의 4분의 1을 허비했소! 바다를 가로질러 가고 있는데, 해양학이 무엇인지도 모르다니요?'

다음 날 밤, 교수는 다시 늙은 뱃사공에게 물었습니다.

'당신은 기상학은 압니까?'

이번에도 늙은 뱃사공이 고개를 가로젓자 교수가 한심하다는 투로 말했습니다.

'당신은 인생의 절반을 허비했소!'

다시 다음 날 밤, 교수가 늙은 뱃사공에게 물었습니다.

'당신은 천문학에 대해서 압니까?'

'모르오.'

'쯧쯧, 당신은 바다 한가운데에서 항해하려면 별을 볼 줄 알아야 하는데, 천문학에 대해서 아무것도 모른단 말이오? 당신은 당신 인생을 거의 다 허비했소!'

그때 갑자기 폭풍이 일었습니다. 늙은 뱃사공이 교수에게 물었습니다.

'교수 양반, 당신은 헤엄칠 줄 아시오?'

교수가 대답했습니다.

'수영에 관한 책은 많이 읽었지만 정작 헤엄칠 줄은 몰라요.' 늙은 뱃사공이 말했습니다.

'쯧쯧, 참 안됐군요! 지금 배에 물이 들어와서 배가 가라앉고 있습니다. 당신은 곧 물에 빠져 죽을 것입니다. 당신은 한심하게도 인생의 전부를 허비했구려. 나는 헤엄쳐 뭍으로 나가야겠소. 그럼 안녕히!'"

"저 한심한 또라이 교수 말마따나 해양학도 좋고, 기상학도 좋고, 천문학도 좋습니다. 그러나 배가 가라앉는 마당에는 그보다 천배 만배 더 중요한 것이 바로 헤엄치는 것입니다! 그런데 우리 주위에는 저런 또라이 교수도 너무 많고, 이들과 같은 부류의 많이 배운 '맹탕 인간'들이 너무 많습니다! 그들은 인생이라는 배에 매 순간순간 물이 들어와서 배가 점점 물속으로 가라앉고 있다는 것을 꿈에도 모르고 있습니다."

"나는 언젠가 유명 인사가 텔레비전 강연 프로에 나와서 '행복'에 대해 이야기하는 것을 듣고 큰 충격을 받았습니다. 그 강연은 한마디로 가관이었습니다. 왜냐면 정작 강연을 하는 자는 행복을 모르는데, 행복에 대해서 부끄러운 줄 모르고 마냥 행복 타령을 늘어놓았기 때문입니다. 시청자들 중에 행복에 대해서 자기보다 더 많이 아는 백전노장의 고수가 많이 있다는 것을 꿈에도 모르고, 겁도 없이 어설프게 유치한 썰을 풀고 있었습니다.

그가 행복에 대해서 말하는 것은 내가 보기에는 엉터리 약장수가 만병통치약(?)을 선전하는 것과 크게 다를 바 없었습니다. 요즘 엉터리 약장수 같은 유명인사가 한둘이 아니고, 그들의 엉터리 만병통치약 신전을 곧이듣는 순진한 사람들 또한 적지 않습니다. 알고 보니 그는 제법 알려진 가톨릭 신부였습니다. 백보 양보해서 그가 아무리 유명 인사라 해도, 신부라는 직업의 특성상 아무래도 행복이 무엇인지 올바로 알기가 쉽지 않을 것입니다. 왜냐면 신부는 한마디로 '야생 사자'가 아니라 '동물원 사자'이기 때문입니다."

"내가 알기로는 요즘 세상에 신부라면 최소한 의식주 걱정은 안 해도 되는 정말 좋은 직업이지 싶습니다. 한마디로 의식주 걱정을 안 해도 되는 직업에 종사하는 사람이라면, 인간사의 깊이를 제대로 알기가 쉽지 않습니다. 가령, 잘 곳 걱정 없고, 입을 것 걱정 없고, 먹을 것 걱정 없다면 시쳇말로 '만고땡'이 아니고 무엇인가요? 의식주가 해결되면 팔자가 늘어진 것 아닌가요? 이보다 좋은 팔자가 세상에 어디 있을까요?

사람이 춥고, 배고프고, 힘겨운 것은 대부분 의식주 때문입니다. 고상하게 말하지 않고, 좀 거칠고 단순하게 말하면 사는 게 뭐 별거 있나요? 의식주 문제를 해결하기 위해서 울고, 웃고, 싸우고 괴로워하는 것이 인생입니다. 이 세상 수많은 사람들이 제일 고민하는 문제가 바로 이것 아닙니까?

그런데 누군가가 하라는 대로 말없이 따라 하면 의식주 문제는 자동으로 해결되는 직업에 종사하는 사람이라면, 그런 사람이 인생의 바닥과 깊이를 제대로 안다는 것은 애당초 불가능한 일이 아닐까요?

앞선 이야기 속 교수란 놈 말대로 해양학도 좋고, 기상학도 좋고, 천문학도 좋습니다. 그러나 그보다 더 절박하고, 사람 피눈물 나게 하는 것은 그런 '죽은 지식'들이 아니고 당장 먹고 사는 것입니다. 지금 당장 배에 물이 들어와서 배가 점점 가라앉고 있는데, 무슨 얼어 죽을 해양학이며, 무슨 개뼈다귀 천문학이며, 무슨 소뼈다귀 기상학입니까."

"지금 이 순간에도 지구상의 수많은 사람들은 해양학, 기상학, 천문학이 아니라 의식주 문제로 고통당하고 있습니다! 그 중에서 상당수의 많은 사람들은 당장 마실 깨끗한 물도 없습니다! 해마다 굶어 죽는 사람이 수백만이 넘는다고 합니다."

"나는 얼마 전에 택시를 탔습니다. 그런데 운전기사 얼굴에 수심이 가득 차 있었습니다. 내가 물었습니다.

'기사님! 무슨 걱정이 그리도 많습니까?'

'예에? 어떻게 압니까?'

'저는 글 쓰는 사람인데, 책도 제법 읽고, 이것저것 보고 들

은 것이 많아 얼추 무당입니다.'

　운전기사는 백미러로 나를 훑어보더니 머뭇머뭇하다가 말했습니다.

　'아들이라고 하나 있는 놈이 좋은 대학도 못 나오고, 가락동 시장에서 막일하고 있습니다.'

　'그게 왜 어때서요?'

　'좋은 대학 나와서 좋은 회사에 취직해야 하는데, 좋은 대학 못 나와서 가락동 시장 막일을 하고 있으니, 애비로서 어찌 걱정이 안 되겠습니까?'

　'아드님의 건강은 어떻습니까?'

　'건강은 해요.'

　'그러면 축복입니다. 축복!'

　운전기사는 어리둥절한 표정을 지으며 말했습니다.

　'선생님, 그게 무슨 뜻입니까?'

　'제 말을 정확하게 아드님께 전해 주셔요. 아드님이 일류대학을 못 나오고, 좋은 회사에 취직도 못 하고, 가락동 시장에서 막일하는 것은 축복입니다.'"

　"운전기사는 다시 한번 백미러로 나를 뚫어지게 쳐다보았습니다.

　'정규군과 게릴라를 비교해 봅시다. 정규군은 기상나팔 불면 일어나면 되고, 연병장에 집합하라 하면 집합하면 되고, 식사하라 하면 식사하면 되고, 구보를 하라면 구보하면 되고, 사격하라면 사격하면 되고, 일석점호를 하자면 하면 되고, 취침하라면 취침하면 됩니다. 즉 시키는 대로 하면 잠잘 걱정, 먹을 걱정, 입을 걱정, 아무것도 걱정할 필요가 없습니다. 총도 주고, 실탄도 주고, 건빵도 주고, 화랑 담배도 주고, 워커도 주고, 내복에 팬티까지 다 줍니다. 높은 놈이 시키는 대로 하면 아무 걱정할 것이 없습니다.'

'그런데 게릴라는 완전히 다릅니다. 일어나라고 하는 사람도 없고, 밥 주는 사람도 없고, 워커 주는 사람도 없고, 재워주는 사람도 없습니다. 아침 한 끼 겨우 먹고 나면, 점심은 어디서 뭘 먹을지 기약이 없고, 저녁에 잠잘 곳도 기약이 없습니다. 그때 가봐야 하고, 그때 상황을 봐야 합니다. 먹을 게 없으면, 풀뿌리라도 캐 먹거나 남의 것을 훔치거나 적군에게 빼앗아야 합니다. 입을 게 없으면, 적군을 죽이고 빼앗거나 민가에 내려가서 훔치기라도 해야 합니다.

그래서 게릴라는 한순간도 방심해서는 안 되고, 하루 스물네 시간을 항상 깨어 있어야 합니다. 정규군 3년 한 놈과 게릴라 3년 한 놈 중에 어느 놈이 더 강하고, 어느 놈이 더 끈질기고, 어느 놈이 더 용감하겠습니까? 두 놈이 서로 한판 붙으면 누가 이기겠습니까?'"

"운전기사는 다시 한번 백미러로 나를 훑어보았습니다. 내가 결론을 지었습니다.

'아드님이 지금 가락동 시장에서 막일을 하는 것은 거의 게릴라 훈련과 다름없습니다. 소위 말하는 일류 회사에 취직한 애들이 정규군이라면, 가락동 시장에서 막일을 하는 애들은 게릴라입니다. 만약 아드님께서 가락동 전투에서 한 3년간 전사하지 않고 살아남기만 하면, 나중에 세상을 살아가면서 반드시 승리할 것입니다. 정규군이 트럭으로 몰려와도 눈 하나 까딱 안 하고 다 무찔러 낼 것입니다. 아드님이 가락동 전장에서 지금 현역으로 전투하는 것이 얼마나 자랑스럽고 대단한 일인지 이제 알겠습니까?'

'선생님, 말뜻을 알겠습니다. 선생님 말씀을 듣고 보니 제가 기운이 나고 용기가 납니다. 오늘 한 시간 일찍 시마이하여 아들에게 빨리 이 말을 전하겠습니다. 그러면 아들 녀석도 아마 큰 용기를 얻을 것입니다.'

계속해서 운전기사가 말했습니다.

'사당동에 도착했습니다. 택시비는 1만 4천 원입니다. 선생님, 오늘 귀한 말씀해준 것으로 봐서 차비를 받지 않아야 하는데, 저도 먹고살아야 하니까 천 원만 빼 드리겠습니다. 죄송합니다. 선생님!'"

"누구의 삶이라도 본질적인 면에서 보면 명성도, 부도 다 헛된 것입니다. 삶에서 정작 중요한 것은 '매 순간 어떻게 살았느냐'입니다. 매 순간을 기쁨으로 채웠는가? 매 순간 삶을 찬미했는가? 매 순간 작은 일들에 감사하고 행복을 느꼈는가?

목욕하고, 차 마시고, 청소하고, 정원 산책하고, 꽃 심고, 사랑하는 이와 마주 보고 앉아서 달을 바라보고, 새소리를 들으며 행복했는가? 순간을 행복의 시간으로 변형시켰는가? 매 순간을 기쁨으로 가득 채웠는가?

이런 작은 것들이 정작 삶에서 가장 중요한 것들입니다. 그런데 많은 사람들이 착각하는 게 있습니다. 부잣집에 태어나서 어릴 때부터 가정교사를 두고, 그렇게 공부하여 일류대학에 들어가고, 마침내 졸업해서 좋은 직장에 취직하거나 '사(師)' 자 붙은 자격증을 따서 개업하면 출세한 줄 압니다. 그러면 성공한 줄 알고, 그러면 행복한 줄 압니다."

"그게 다가 아닙니다! 삶의 진정한 고수가 되면 그런 '눈에 보이는 성공은 가장 확실한 실패'라는 사실을 죽을 때쯤에는 아는 게 보통입니다. 인생사에는 '철저한 성공'이 '철저한 실패인' 경우가 의외로 많습니다.

세속적 성공으로 물질적 풍요는 누릴 수 있을지 몰라도, 진정한 행복을 누리는 것은 별개의 문제입니다. 행복은 물질적 풍요의 부산물이 아닙니다. 행복은 어떤 노력의 결과물이 아니라 삶의 방식이고, 자세입니다. 아무리 부자라도 이를 모르면 행복할 수 없고, 아무리 가난해도 이를 알고 실천하면 금세 행복해질 수 있습니다. 그래서 세속적으로 성공했다는 사람들 중에 진정으로 행복한 사람은 그리 많지 않은 것입니다.

부잣집에 가면 최고급 침대가 있습니다. 그런데 그 최고급 침대에 자는 사람들은 얼추 불면증에 시달리고 있습니다. 그런데 노숙자들은 공원 풀밭이나 지하철 바닥이나 아무데서나 잡니다. 대가리만 처박으면 금세 곯아떨어집니다. 그들의 침대는 빵점인데, 수면의 질은 최상입니다. 만점입니다!

부자들은 매일 무엇을 먹을까 끼니때만 되면 걱정합니다. 쌈박하게 입맛 돋게 할 맛이 있는 것이 어디 가면 있을까 궁리하는 것이 일과입니다. 그들은 항상 배가 고프지 않기 때문에 뭘 먹어도 맛이 없습니다. 맛은 배고픔이 전제되어야 합니다. 그런데 먹고 싶은 것을 언제든지 먹을 수 있는 부자들에게는 배고픔이란 있을 수 없습니다.

배고픈 줄 모르는 사람은 산해진미를 먹어도 맛있지 않고, 배고픈 거지나 노숙자들은 뭘 먹어도 꿀맛입니다! 부자가 많이 가지고, 많이 누리고 있다고 해서 누구보다 열배 백배 행복한 것은 아닙니다!"

"고대 인도의 어느 왕국에 한 왕이 있었습니다. 그 왕은 원하는 모든 것을 가지고 있었습니다. 부와 힘, 건강은 물론 아름다운 왕비와 사랑스러운 왕자까지 있었습니다. 그런데도 왕은 행복하지 않았습니다. 왕은 왕좌에 앉는 것이 싫었고, 슬펐

습니다. 스스로 불행하다고 느낀 왕은 '반드시 행복해지겠다!'
결심하고 전의를 호출했습니다.

왕이 말했습니다.

'나는 행복을 원한다. 나를 행복하게 만들어라. 그러면 나는
그대에게 엄청난 부를 주겠다. 그러나 나를 행복하게 만들어
주지 못한다면, 그대의 머리를 내게 바쳐야 할 것이다.'

전의는 당황했습니다. 어떻게 해야 왕을 행복하게 할 수 있
단 말인가? 전의가 말했습니다.

'전하, 시간이 걸리겠습니다. 경전들을 뒤져보도록 내일 아
침까지 말미를 주십시오.'"

"전의는 밤새도록 경전들을 뒤졌지만, 어떤 경전에도 행복
에 대한 해답은 없었습니다. 고심 끝에 그는 한 가지 묘안을
얻을 수 있었습니다.

다음날, 전의는 왕에게 가서 말했습니다.

'아주 간단합니다. 전하께서는 행복한 사람을 찾아서 그의
팬티를 입으셔야 합니다. 그러면 전하께서는 행복하게 되고,
행복이 무엇인지도 알게 될 것입니다.'

왕은 기뻤습니다. 행복한 사람의 팬티를 구해서 입는다는
것은 아주 쉬울 것이라 생각했습니다. 왕은 신하에게 팬티를
구하도록 명령했습니다. 신하는 부잣집 사람이면 행복하겠지
싶어서 어느 부잣집에 가서 연유를 말하고, 그의 팬티를 요구

했습니다. 그러자 부잣집 사람이 말했습니다.

'팬티는 얼마든지 드릴 수 있습니다. 그러나 저는 행복하지가 않습니다. 행복한 사람을 찾기 위해서 저도 하인들을 내보낼까 합니다.'

신하는 많은 사람들을 찾아다녔지만, 어느 누구도 행복하다는 사람이 없었습니다. 그때 누군가 말했습니다.

'나는 행복한 사람을 알고 있습니다. 그는 밤마다 저 강가에서 피리를 붑니다. 그는 매일 밤에 강가에 옵니다.'

그날 밤, 신하는 그를 찾아 강가로 갔습니다. 마침 누군가 피리를 불고 있었습니다. 피리 소리는 너무 아름다웠고, 행복에 넘쳐 있었습니다. 신하가 가까이 가서 말했습니다.

'당신은 행복하지요?'

'나는 행복하오.'

'당신의 팬티를 주셔야겠어요. 왕이 필요로 하오'

그 사람은 한참 뒤에 입을 열었습니다.

'그건 불가능하오. 왜냐면 나는 팬티를 입지 않았소. 왕을 위해서 내 목숨을 달라면 줄 수도 있지만, 팬티는 없소.'

신하가 물었습니다.

'팬티조차도 없다면서 어떻게 행복하다고 합니까?'

'나는 모든 것을 잃었소. 팬티는커녕 아무것도 가진 게 없소. 모든 것을 잃어버리자 나는 행복하게 되었다오.'"

"이번에는 서울 강남의 어느 초등학생이 글짓기한 것을 소개하겠습니다. 학생들에게 '가난'이란 주제로 글을 써 오라고 글짓기 숙제를 냈습니다. 한 여자 어린이가 다음과 같은 글을 써 왔다고 합니다."

「우리 집은 엄청 가난합니다. 그래서 우리 집 사람들은 아무도 행복하지 않습니다. 정말로 우리 가족은 행복하지 않습니다. 우리 집 운전사도 가난하고, 우리 집 파출부도 가난하고, 우리 집 정원사도 가난합니다. 정말로 우리 집은 가난합니다.」

"정원사까지 있는 부잣집에서 자란 애가 가난을 알 수 있을까요? 이렇게 자란 애가 가난한 사람들 사정을 알 수 있을까요? 춥고 배고픈 서러움을 알 수 있을까요? 이런 애가 아는 가난은 몸으로 체득한 가난이 아니고, 머리로 상상한 가난입니다. 가난을 경험하지 않은 사람은 행복을 알 수도 없고, 누릴 수도 없습니다. 이는 마치 배고파 보지 않은 사람이 음식 고마운 줄 제대로 알 수 없는 이치와 똑같습니다."

"요즘 인기가 높다는 어느 텔레비전 연속극에 나오는 남자 주인공을 봅시다. 걔는 가난한 집 아이입니다. 그런데 윗사람을 대하는 태도나 말투가 영 시건방지고, 싸가지가 없습니다. 이런 애는 가난해도 문제가 아닐 수 없습니다.

이런 애가 열심히 공부해서 명문대에 합격할지는 모릅니다. 만약 이런 싸가지가 명문대를 나오면 무슨 의미가 있을까요? 이런 애는 명문대를 떨어져도 문제고, 합격해도 문제고, 일류 회사에 취직해도 문제고, 교수가 되어도 문제고, 법관이 되어도 문제고, 의사가 되어도 문제고, 뭐가 되어도 문제고, 뭐가 안 되어도 문제입니다.

이런 애가 나중에 높은 자리에라도 오르면, 그때는 문제가 아주 복잡해져서 상황에 따라서는 재앙이 될 수도 있습니다. 그래서 가난한 집 애라고 무조건 '장땡'은 아닙니다."

"삶에서 '살아 있는 것'은 모두 위험하고, '죽은 것'은 다 안전합니다. 삶 속 위험을 무릅쓰지 않고는 절대로 위대한 일, 가치 있는 일과 만날 수가 없습니다. 많은 것을 잃을 각오로 위험 속에 들어가지 않으면, 여러 의미 있고 가치 있는 일은 절대로 일어나지 않기 때문입니다.

뭔가를 위해 소중한 것을 바칠 준비가 되어 있지 않다면, '진정한 삶'을 살 수 없습니다. 오직 위험 속에 들어가고, 마침내 위험 속에서 죽을 준비가 되어 있는 자만이 '진정한 삶'을 얻을 수 있습니다. 위험 속에서 사는 것이 아니면, 삶의 전부를 사는 것이 아니기 때문입니다!"

"진정으로 가치 있는 삶은 위험할 수밖에 없습니다. 가령,

안전한 삶을 원하면 종합병원 침대에서 사는 것이 가장 안전합니다. 종합병원에는 의사도 많고, 시설도 좋고, 간호사도 많고, 약도 많습니다. 그러나 이런 삶은 진정한 삶이 아니라 시체 같은 삶입니다. 가장 안전한 것은 '죽은 시체'이고, 살아 있는 모든 생명은 항상 위험합니다!

만약 부자로 안전하게 사는 것이 가치 있는 삶이라면, 붓다(Buddha)가 굳이 아내와 아들과 아버지와 왕관까지 포기하고 왕궁을 뛰쳐나가지 않았을 것입니다. 가치 있는 삶이 무엇인가를 붓다는 이미 2천5백 년 전에 보여주었습니다."

"거기다가 예수는 2천 년 전에 에이스 침대 위가 아니라 아예 마구간에서 태어났습니다. 앞으로 우리가 만들어야 할 아름다운 세상은 새우와 고래가 함께 숨 쉬는 바다, 토끼와 사자가 함께 뛰놀고, 장미꽃과 패랭이꽃이 함께 피는 초원입니다.

그러자면 부잣집에서 자라난 애들이 이 아름다운 세상을 만드는데 주역이 될 수 있도록 올바로 가르치는 것은 가정과 학교 그리고 우리 사회가 해야 할 몫이라고 봅니다. 오늘 내 이야기는 여기에서 마치겠습니다. 경청해 주어서 고맙습니다."

학생들의 우레와 같은 박수갈채와 열광적인 환호성이 터져나왔다. 거의 조용필 팬들이 열광하는 수준이었다고 해도 과장된 표현이 아닐 것이다.

어떤 학생들은 자기의 모자를 벗어서 천장으로 던졌다. 그러자 여기저기에서 수많은 모자들이 공중에서 낙엽처럼 흩날렸다. 강당에서 모자들이 꽃잎처럼 흩날릴 때 학생 대표가 꽃다발을 들고 단상에 올라왔다.

그 순간 또다시 환호성이 터져 나왔다. 장내는 난장판 수준으로 요란한 박수갈채와 환성이 터져 나왔다. 거의 광란의 수준에 가까웠다. 그러자 다른 학생 두 명이 꽃다발을 들고 단상으로 올라왔다. 다시 한번 광란에 가까운 환호성과 박수가 터져 나왔다.

내 입으로 이런 소리 하는 것이 적절하지 않겠지만, 제1회 안병욱 교수 강연 때도 이러지 않았고, 제2회 김형석 교수 강연 때도 이러지 않았다. 내가 강당에서 내려와서 장내를 빠져나갈 때까지 박수와 환호성이 끊어지지 않았다. 나도 그동안 여러 곳에서 강연을 하였지만, 이런 열광적인 반응은 난생처음 받아 보았다.

이왕 내친김에 그 뒤 이야기를 한마디 덧붙이지 않을 수가 없다. 그 뒤로 나는 강당에 자주 서게 되었다. 그것은 크게 두 가지 이유였지 싶다.

그 하나는 외부 강사를 초빙하는 문제가 그리 호락호락하지 않았다. 강사의 유명세에 알맞은 비싼 강연료를 주는 것이 문제였다. 그런 차에 학생들에게 거의 전폭적인 인기를 한몸에 받는 나를 강연료 한 푼 없이 써먹을 수 있는 장점이 있었다.

그런데 언젠가 학생 대표들이 도봉동 내 자취방으로 와서 너무나 뜻밖의 말을 하였다.

"선생님! 강당에서 하는 외부 강사 강연에 대해서 말씀드리겠습니다."

"뭔데?"

"학생들의 반응이 다 일치합니다."

"무신 소리고?"

"외부 강사의 강연은 더 이상 듣지 않고, 오직 하륜 선생님 강연만 들을 수 없을까 하는 것입니다."

"야, 이 새끼들아! 그걸 지금 말이라고 하니? 너희들이 나를 신뢰하고 사랑하여 내 강연에 열광적인 반응을 보이는 것은 나로서는 대단히 고마운 일이다. 그렇다고 해서 외부 강사를 초빙하지 않고 나 혼자만 계속 강단에 서면, 안 그래도 다른 선생은 단 한 명도 강단에 서지 않은 불만이 폭발 직전이지 싶은데, 나만 혼자 계속 강단에 서는 것이 말이 된다고 생각하니? 그런 근시안적인 편협한 생각은 결과적으로 나를 엿 먹이는 꼴이 된단 말이다! 내 말 알아들었냐?"

"예, 선생님! 선생님 말씀을 듣고 보니 저희들의 생각이 무척 짧았다는 것을 알겠습니다. 선생님 판단에 따르겠습니다."

나는 학생 대표의 옆구리를 치면서 말했다.

"고맙다. 여기까지 왔으니 오늘 내가 짜장면 한 그릇 사고 싶은데 이의 있냐? 없냐?"

"이의 없습니다. 선생님!"

우리는 정거장 근처에 있는 중국집으로 갔다. 학생들은 짜장면 보통을 시켰다. 아무 말도 하지 않고 나는 곱빼기를 시켰다. 그러자 학생들 표정에 금방 반응이 왔다. 내가 한마디 하지 않을 수가 없었다.

"곱빼기로 먹을 사람은 곱빼기를 먹어도 좋다."

그 순간, 우리는 짜장면 곱빼기로 통일이 되었다. 그야말로 만장일치가 이루어졌다. 나는 학생들 사이에서 인기 폭발인 것은 물론 나를 향한 학생들의 신뢰도 날로 높아졌다.

16
비 새는 자취방에서 10년간 살다

"반갑습니다. 오늘은 '비 새는 자취방에서 10년간 살다'란 제목의 이야기를 하겠습니다. 실제로 내가 중학교 시절부터 비새는 문간방에서 자취한 이야기입니다. 여러분들이 내 자취이야기를 귀담아듣고, 삶의 귀한 지혜를 배울 수 있기 바랍니다. 미리 말해 둘 것은 만약 여러분이 예전의 나처럼 비 새는집에서 살지 않는다면, 그것이 얼마나 고마운 일인지부터 분명히 알기 바랍니다."

"나는 중학교 1학년 때 부산의 판자촌 동네 중 한 곳이었던서대신동 1가 216번지 4통 3반 이득우 씨의 집에서 자취를 시작했습니다. 작은 문간방이었는데, 비가 오면 방안으로 빗물이 줄줄 새었습니다. 당시 서대신동 1가 216번지는 산비탈이었는데, 동네가 전부 '하꼬방(판잣집)'이었습니다. 비가 오면 우리 자취방만 비가 새는 것이 아니라 온 동네가 난리였습니다.

나는 비가 새는 것도 크게 두 가지 종류가 있다는 것을 그때 처음 알았습니다. 하나는 천장에서 빗물이 뚝뚝 떨어지는 것이고, 다른 하나는 빗물이 벽을 타고 줄줄 흘러내리는 것입니다. 그런데 우리 자취방은 후자였습니다. 요즘은 비가 새는 방을 구경하기 쉽지가 않지만, 그때는 6·25 전쟁 이후 어려운 시기라서 비 새는 방이 많았습니다.

처음에는 작은 누나와 자취를 하였습니다. 작은 누나는 부산의 최고 명문 부산여고를 졸업하였지만, 대학 갈 형편이 되지 않아서 고향으로 돌아가고 말았습니다. 그래서 부산여중에 입학한 여동생과 자취를 하였습니다. 비가 오는 저녁이면 우리는 한숨도 잠을 잘 수가 없었습니다. 비가 벽을 타고 줄줄 흘러내리기 때문에 방바닥에 이불을 펼 수도 없었고, 잠을 잘 수도 없었습니다."

"나는 여동생과 역할을 분담하여 밤새 빗물을 마른 수건으로 훔쳐내야 했습니다. 내가 벽에 걸상을 놓고 올라가 천장에서 흘러내리는 빗물을 수건으로 훔쳐내면, 여동생은 방바닥에 쪼그리고 앉아서 내 걸레질에서 벗어난 빗물이 아래로 흘러내리는 것을 수건으로 닦았습니다.

그때 나는 걸상에 서서 빗물을 훔쳐내면서, 방바닥에서 빗물을 닦는 중학교 1학년짜리 여동생에게 말했습니다.

'옥아! 엄마한테 비 샌다고 말하면 절대 안 돼! 만약 말하면

너는 내 손에 죽는 줄 알아라!'

'오빠, 비 샌다는 말을 하면 와아 안 되노?'

'이 바보야! 엄마가 알면, 비가 올 때 우리 걱정으로 잠을 못 잘 거 아이가! 시골에서 엄마가 아무리 걱정해봐야 비는 계속 샐 거 아이가!'

내 말에 여동생은 아무 대꾸도 하지 않았습니다. 빗물은 계속 줄줄 흘러내렸습니다. 나는 아무래도 여동생 입단속을 단단히 하는 것이 좋을 것 같았습니다.

'옥아! 내 말 단디 들어라. 비 샌다는 말을 엄마한테 절대로 하면 안 된다! 비 샌다고 입만 뻥긋하면 그때는 진짜로 니는 내 손에 죽는 줄 알아라!'"

"나는 비가 새는 자취방에서 중학교 1학년 때부터 자취를 시작하여 그 방에서 대학까지 졸업하였습니다. 그러니까 꼬박 10년을 비가 새는 방에서 자취한 것입니다. 그 무렵 나의 동무들은 여러 번 자취방을 옮겼지만, 나는 10년 동안 한 번도 이사하지 않았습니다.

그럴 수 있었던 이유는 비가 매일 오지는 않았기 때문입니다. 일 년 전체로 보면 비가 오는 날보다 비가 오지 않는 날이 훨씬 많았습니다. 비가 많이 내려야 새지, 적게 내리면 새지 않았습니다. 거기다가 주인집 아주머니의 마음씨도 좋았고, 주인집 가족 모두 착한 사람들이었기 때문입니다.

당시 나는 잠 한숨 못 자고 빗물을 닦으면서 이런 생각을 하였습니다.

「비가 새더라도 빗물이 벽을 타고 흘러내리지 말고, 차라리 천장에서 뚝뚝 떨어지면 얼마나 좋을까? 혹시 나중에 이사했는데 또다시 비 새는 방을 만나더라도……, 그냥 비가 천장에서 뚝뚝 떨어졌으면 좋겠다.」

"이처럼 비가 새는 방에서 10년 자취를 한 나는 이제 엔간한 어려움은 다 참을 수가 있는 역전의 용사가 되었습니다. 대학을 졸업한 이후로 이날까지 살아오면서 내가 본 방들은 모두 내가 살았었던 비 새는 자취방보다 호화판이었습니다.

나는 이날까지 비 새던 우리 자취방보다 나쁜 방은 본 적이 없습니다! 우리 부모님은 가난하였기에 우리를 비 새는 자취방에 자취를 시켰던 것이 결과적으로는 나를 강하게 키우게 되었습니다. 내 말뜻을 이해합니까?"

"예, 선생님! 충분히 이해하고, 감동입니다."

"선생님! 존경합니다."

"참고로, 지금 내가 자취를 하는 서울 도봉여중 앞 자취방은 비 한 방울 안 새고, 자그마치 방도 두 개씩이나 됩니다. 한마디로 호텔 방 수준입니다. 나는 정말 행운아입니다. 이것이 다 비 새는 자취방에 살면서도 좌절하지 않고 꿋꿋이 버티어온 결과라고 생각합니다.

　물론 내가 이 세상에 사는 동안 혹시 또 비 새는 방에서 살아야 한다고 해도 나는 누구도 원망하지 않고 열심히 살 것입니다. 지금까지 내가 한 말을 이해하면 오늘 집에 가서 '비가 새지 않는 것만 해도 감사하다'라는 말을 부모님께 하기 바랍니다. 내 말뜻을 이해합니까?"

　"예, 선생님, 백번 천번 이해합니다."

　"선생님, 감사합니다."

　"선생님을 존경합니다."

　"그럼, 마치겠습니다."

　학생들의 박수갈채와 환호성이 그치지 않고 계속 이어졌다.

17
동물원 사자와 야생 사자

"반갑습니다. 이번 시간에는 '동물원 사자와 야생 사자'란 제목으로 이야기하겠습니다. 먼저 한 가지 질문을 하겠습니다. 밀림의 사자, 즉 야생의 사자와 동물원 사자 중에 어느 놈이 더 행복할까요?"

학생들은 선뜻 대답을 하지 못하고 있었다.

"왜 대답을 못 합니까? 내가 던진 질문만 봐도 답을 알 수 있습니다. 답을 알겠지요?"

"예, 선생님!"

"그런데 답만 알아서는 안 됩니다! 문제의 본질을 올바로 알아야 합니다. 내 자랑 같지만, 어쩌다가 종종 특강을 할 기회가 생기는데, 지난달에 외부 특강을 하였습니다. 나를 잘 아는 모 회사의 중견 간부가 자기 회사에서 특강을 해달라고 부탁을 했습니다. 그래서 내가 물었습니다.

'무슨 주제로 특강을 해야 합니까? 제가 잘할 수 있는 주제라면 수락하겠고, 제가 잘할 수 없는 주제라면 사양하겠습니다.'

그러자 그 간부는 이렇게 말했습니다.

'하륜 선생님! 선생님께서 잘 아시겠지만, 우리 회사는 소위 유명하다는 강사들만 골라서 초청을 합니다. 그동안 내로라하는 강사들은 한 번씩은 다 왔다 갔습니다. 그래서 제가 하 선생님께는 특별한 부탁을 하겠습니다. 누구나 다 할 수 있는 이야기는 그동안 다른 강사들에게 수없이 들었고, 앞으로도 계속 들을 기회가 있을 것입니다. 그러니 하 선생님은 다른 강사들이 할 수 없는 이야기를 해주시면 좋겠습니다.'"

"나는 곧잘 강연할 기회가 있습니다. 더러는 차비 정도는 받기도 하고, 대부분은 공짜로 하였습니다. 그런데 강연을 할 때 이런 별난 주문을 하는 것은 처음이었습니다. 이런 것만 봐도 내가 아무래도 좀 별난 사람인가 봐요. 그래요?"

내 말에 학생들은 폭소를 터뜨렸다.

"아무래도 내가 좀 모난 사람인 것 같습니다. 그러나 한편으로는 이런 주문을 하는 것이 기분이 좋았습니다. 어중이떠중이 강사들이 다 할 수 있는 강연을 하지 말고, 아무도 할 수 없는 이야기를 해달라는 것은 나를 인정한다는 것이겠지요?"

"예, 선생님!"

"참 신나는 일입니다. 아무나 부를 수 있는 노래를 부르는 것보다 누구도 부를 수 없는 노래를 부른다는 것은 참으로 자랑스러운 일이 아닐 수 없습니다. 저쪽에서 처음부터 이런 주문을 한다는 건 이쪽의 실력을 아주 높게 인정해준다는 말이기 때문입니다. 다시 말하면, 하륜은 '하륜의 목소리'가 있다는 걸 저쪽에서 인정하는 것입니다! 그러니 내 기분이 좋겠어요, 안 좋겠어요?"

"예, 좋겠습니다!"

"그래서 저는 흔쾌히 수락했습니다."

그러자 학생들이 박수를 치며 환호하였다.

"흔쾌히 수락하고 이틀 뒤엔가 그 간부가 다시 전화를 걸어 왔습니다.

'하륜 선생님! 우리 회사 간부들만 오십여 명 모여서 선생님의 특강을 들을 것입니다. 그런데 그날 선생님께서 우리 회사 간부들에게 반드시 충격을 줄 수 있는 새로운 이야기를 해주시면 좋겠습니다.'

'왜요?'

'안주하고 있는 사람들에게는 정신을 번쩍 들게 해주는 충격 요법이 필요한 것 아닙니까?'

'알겠습니다.'"

"나는 그 뒤 여러 날을 고민했습니다. 과연 무슨 이야기를 해야 그들에게 충격을 줄 수 있을까? 막상 쉽게 수락을 했지만, 날이 갈수록 걱정이 되었습니다. 무슨 이야기를 할까 하고 여러 날을 고심하다가 마침내 무릎을 쳤습니다.

'동물원 사자와 야생의 사자 중에서 어느 쪽이 행복할까?'

이 주제로 결정을 하는 순간, 나는 그들에게 충격을 줄 수 있을 것이라 확신하였습니다. 드디어 강연을 시작했습니다."

"여러분! 반갑습니다. 저는 하륜입니다. 이런 귀한 자리에 저를 불러 주어서 대단히 기쁩니다. 이번 시간에 제가 말씀드리고자 하는 주제는 '동물원 사자와 야생 사자'입니다.

결론을 먼저 말하면, 동물원 사자는 겉모습만 사자이지, 사자가 아닙니다! 동물원 사자는 사육사를 물지만 않으면 죽을 때까지 정육점의 고기를 하루도 빠지지 않고, 한 끼도 빠지지 않고 줍니까? 안 줍니까?"

"줍니다."

"심지어 동물원 사자는 아프면 수의사가 와서 치료해 줍니까? 안 해줍니까?"

"치료해 줍니다."

"그러면 동물원 사자는 땡잡은 것 아닙니까? 아니, 그 이상 무슨 땡을 잡습니까! 이런 땡이야말로 팔자가 늘어진 것 아닙니까! 팔자가 늘어졌어요? 안 늘어졌어요?"

"팔자가 늘어졌어요."

"동물원 사자는 사육사를 물지만 않으면 오늘은 정육점에서 사 온 소고기를, 내일은 정육점에서 사 온 돼지고기를, 모래는 정육점에서 사 온 닭고기를 줍니다. 그런데 이게 과연 땡잡은 것입니까? 제가 보기에는 땡잡은 것이 아니라 불쌍한 것입니다! 진정한 사자는 사육사가 주는 정육점 고기를 언어먹을 것이 아니라 자기가 직접 사냥을 해야 합니다!

어떤 때는 멧돼지도 잡고, 어떤 때는 얼룩말도 잡고, 어떤 때는 여우도 잡고, 어떤 때는 늑대도 잡아야 합니다. 정 안되면 토끼라도 잡아야 합니다. 그런데 동물원 사자는 동물원에 들어오는 순간부터 죽어서 동물원을 나가는 날까지 단 한 마리의 멧돼지도, 단 한 마리의 얼룩말도, 단 한 마리의 여우도, 심지어 단 한 마리의 토끼도 잡지 못하는 것입니다! 이게 진정한 사자입니까?"

"진정한 사자가 아닙니다."

"이게 사자의 삶입니까?"

"아닙니다."

"이게 행복한 삶입니까?"

"아닙니다."

"가령, 가정주부가 매일 나돌아다니더라도 저녁때가 되면 집에 돌아와서 아무 일도 없었던 것처럼 청소도 하고, 저녁밥도 해놓아야 하는 것 아닙니까? 해가 져도 집에 돌아오지 않고 싸돌아다니는 산토끼들은 애초에 시집을 가지 말았어야지요!"

내 이야기에 청중들은 '와하하' 폭소가 터졌다.

"저녁때가 되어서 깡충깡충 싸돌아다니는 주부들은 '주부 사표'를 내야지요!"

청중들의 폭소는 멈추지 않았다.

"하기야 다이아몬드 반지 낀 채 온종일 집에만 갇혀있는 토끼도 불쌍하기는 마찬가지지요?"

"하하하하!"

나는 웃음 폭탄이 빵빵 터진 청중들에게 다시 말을 이었다.

"사자가 동물원에 들어온 이후로 토끼 새끼 한 마리도 사냥하지 못하고, 죽는 순간까지 동물원 울타리 밖으로 나가지 못하는 삶이 불쌍해요? 안 불쌍해요?"

"불쌍해요."

"비참해요? 안 비참해요?"

"비참해요."

"비참한 것이 아닙니다. 한심해요!"

나는 잠시 말을 멈추고 학생들을 바라보았다. 초롱초롱한 눈빛으로 내 이야기를 경청하던 학생들은 빨리 다음 이야기가 이어지기를 기다리는 표정이었다.

"나는 그 사람들에게 결론으로 이렇게 말했습니다.

'내가 생각하기에 여러분은 이 회사 회장님 욕만 안 하고, 회사의 복사용지나 건전지 등 회사 물건을 집에 훔치지만 않고, 시키는 대로 일하기만 하면 월급 많이 받고, 보너스도 많이 받고, 휴가도 많이 가는데 여러분이야말로 야생 사자라고 생각합니까? 동물원 사자라고 생각합니까?'

그러자 어느 한 사람도 대답하지 못하였습니다. 장내에 찬물을 끼얹은 것 같았습니다. 이 정도면 제가 그들에게 충격을 주었겠습니까? 충격을 못 주었겠습니까?"

"선생님, 주고도 남았겠어요."

"그 자리에 앉아 있던 사람 중에 더러는 내 말이 기분을 나쁘게 하였을 수도 있겠지만, 적지 않은 사람들에게는 충격을 주었을 것이라 생각합니다. 내 말귀를 제대로 알아들었다면 엄청난 충격을 받았을 것입니다. 그동안은 자기들이 최고의 회사에, 최고의 대우를 받으면서 일하는 것이 최상의 행복인 줄 알았는데, 난데없이 내가 한 동물원 사자 이야기에 한 방 먹었지 싶습니다.

동물원에서 정육점 고기를 얻어먹고 살이 뒤룩뒤룩 찐 '무늬만 사자'는 진정한 야생의 사자를 모욕하는 놈들입니다. 모욕할 뿐 아니라 진정한 사자를 망신시키는 놈들입니다. 그러니 이런 놈들은 무늬만 사자일 뿐 사자가 아닙니다!

진정한 사자는 초원에서 자고 싶으면 자고, 배고프면 사냥을 하고, 제가 가고 싶은데 마음대로 가면서 제멋대로 자유롭게 사는 것입니다. 얼룩말이 걸리면 얼룩말을 사냥하고, 사슴이 걸리면 사슴을 사냥하고, 멧돼지가 걸리면 멧돼지를 사냥해야 합니다. 만약 겨울에 폭설이 내려서 아무것도 사냥할 수 없으면, 다음 해 봄 눈이 녹을 때까지 촐촐 굶고 견뎌야 합니다."

"여러 날 동안 토끼 새끼는커녕 쥐새끼 한 마리 못 잡아먹으면 하루에 살이 5킬로그램 내지는 10킬로그램이 쭉쭉 빠질 것입니다. 그래서 주린 배를 참고 내년 봄까지, 눈이 녹을 때까지 악착같이 살아남아야 합니다. 그게 진정한 사자입니다! 토끼 새끼 한 마리도 사냥 못 하고, 정육점 고기만 얻어먹으며 살만 뒤룩뒤룩 찐 놈들은 결코 사자가 아닙니다!

그런데 우리 사회에는 동물원 같은 직장에 다니는 것을 자랑으로 아는 오빠들이 많고, 그런 회사에 가는 것을 목표로 삼고 열심히 공부하는 청년들이 쌔고 쌨습니다. 참 묘한 일이 아닐 수 없습니다! 그리고 순진하고 맹한 언니들은 동물원에 다니는 오빠와 결혼한 것을 행복이라 생각하고, 동물원 오빠와 결혼하지 못한 것을 불행이라 생각합니다.

내 이야기가 오해 없이 전달되기 바랍니다. 더러 내 이야기가 기분을 상하게도 할 것입니다. 그런데 단순히 기분이 좋고 나쁜 정도에서 머물 것이 아니라 자신의 삶을 진지하게 되돌아보는 계기가 되었으면 좋겠습니다.

과연 내 삶은 동물원 사자의 삶인지, 야생 사자의 삶인지를 깊이 생각해보고, 스스로 점검하고, 새로운 출발을 하는 단초를 제공했으면 좋겠습니다. 자, 이쯤에서 내 이야기를 마치겠습니다."

"선생님, 고맙습니다."

"선생님, 수고하셨습니다."

박수갈채와 환호성이 터져 나왔다.

18
주제 발표 대신 노래로 때우다

어느 단체에서 주관하는 문학 세미나에 주제 발표를 하러 갔다. 주제 발표자는 모 대학교의 김 아무개 박사와 나, 두 사람이었다. 굳이 나를 주제 발표자로 결정한 것은 이 단체의 대표로 있는 안 아무개 선생이 나의 문학적 열정과 함께 끊임없이 공부하면서 치열하게 살아가는 내 모습을 인정하였기 때문이지 싶다.

세미나 발표장은 양평 근교였는데, 주말이라 길이 막혀서 예정 시간보다 두 시간이나 늦게 도착하였다. 원래 일정은 주제 발표를 먼저 하고 난 뒤에 저녁 식사를 할 참이었다. 그러나 참가자들이 두 시간이나 늦게 도착하였고, 다들 배고프다고 아우성치는 바람에 일정을 바꾸지 않을 수가 없었다. 결국, 저녁 식사를 먼저 하고 그 뒤에 주제 발표를 하기로 했다. 행사장 마당의 한구석에 간이 천막을 치고, 그 아래 평상을 깔아 만든 자리에서 저녁 식사를 한 후에 주제 발표를 시작하였다.

먼저 모 대학 김 아무개 박사가 첫 번째 주제 발표를 했다. 나는 구석 자리에 앉아서 김 아무개 박사의 주제 발표를 귀담아들었다. 그런데 행사장의 한쪽 구석에서는 방금 백여 명이 먹은 음식 그릇을 설거지하느라 딸그락거렸고, 회원들도 막 식사를 끝낸 탓인지, 너무 무더워서인지, 혹은 주제 발표가 시원찮아서 그런지, 아니면 마이크 성능이 나빠서인지 귀담아듣지 않는 것 같았다. 심지어 어떤 사람은 졸고 있었고, 어떤 사람은 옆에 있는 사람과 소곤거렸다.

나는 그 순간 초등학교의 운동장 조회가 생각났다. 매주 월요일 운동장에서 전교생이 모여 조회를 했다. 조회 때마다 교장선생님이 훈화를 했는데, 학생들은 처음 한두 마디 정도는 듣는 둥 마는 둥 하다가 나중에는 다들 듣지 않았고, 옆의 동무와 장난을 치거나 발로 땅바닥에 그림을 그리면서 딴전을 피웠다. 그래도 교장선생님의 훈화는 끝이 없었다. 훈화가 길어지면 길어질수록 듣는 학생들은 줄었고, 마침내는 전교생 중에 듣는 애가 몇 명 될까 말까 하였다. 그럴 때마다 나는 교장선생님이 너무 딱해 보였다. 왜 아무도 듣지도 않는 이야기를 계속할까? 나중에는 이런 교장선생님이 딱하다 못해 바보 같아 보였다.

여전히 김 아무개 박사는 아무도 귀담아듣지 않는데도 주제 발표를 계속하고 있었다. 그리고 김 아무개 박사의 주제 발표가 끝나고, 이어서 내가 주제 발표를 할 것을 생각하니 눈앞이 캄캄했다. 나라고 무슨 용빼는 재주가 있는 것도 아니고, 대부분의 회원들이 듣지 않을 것을 상상하니 정말 난감했다.

마침내 내 차례가 되었다. 나는 단상에 올라가서 마이크를 잡고 이렇게 말했다.

"여러분 반갑습니다. 저는 김 박사님께서 주제 발표를 할 때 저쪽 끝자락에서 앉아 있었습니다. 그런데 한쪽에서는 설거지한다고 시끄럽고, 마이크는 노래방 수준이고, 게다가 저녁 먹은 직후라 배가 부르고 졸려서 그런지 주제 발표를 귀담아듣는 사람이 별로 없었습니다. 지금 제가 주제 발표를 해도 여러분이 귀담아듣지 않는다면 하나 마나가 아닙니까! 저도 여러분이 귀담아듣지 않을 것을 뻔히 알면서 주제 발표를 한다는 것은 어리석은 짓이라고 생각합니다.

그래서 이런 제안을 하겠습니다. 제가 하려는 발표 내용은 여러분에게 미리 나눠드린 유인물에 다 나와 있습니다. 여러분이 유인물을 찬찬히 한번 읽어보면 다 알 수 있을 것입니다. 그러니, 제가 주제 발표 대신에 차라리 노래를 한 곡 부르는 게 어떻겠습니까?"

그 순간 여기저기에서 환호성이 터져 나왔다.

"옳소!"

"좋아요!"

이어서 내가 말했다.

"회원 여러분은 제가 노래를 부르는 것에 찬성하는 것이 확실합니다. 그런데 문제는 이 단체의 회장이 엄연히 계시는데 아무리 회원들이 원한다고 해도 회장이 찬성하지 않으면 안 된다고 생각합니다. 이런 내 염려가 타당합니까? 타당하지 않습니까?"

"타당합니다!"

"회장님도 찬성할 겁니다."

앞자리에 앉아서 미소를 머금고 있는 안 회장에게 물었다.

"회장님! 제가 노래를 해도 되겠습니까?"

안 회장이 자리에서 일어나서 말했다.

"아주 좋습니다. 멋쟁이 하룬 선생에게 우리 모두 다 같이 박수 한번 보냅시다."

그러자 박수갈채가 터지고 여기저기에서 환호성까지 터졌다. 드디어 내가 연단으로 올라가 마이크를 잡고 말했다.

"한 가지 부탁이 있습니다. 오늘 세미나에서 하 아무개가 주제 발표를 안 하고 노래를 불렀다는 소리는 밖에 나가서 절대로 안 하겠다고 약속해야 노래를 부르겠습니다. 약속합니까?"

"약속합니다."

"한 가지 부탁이 더 있습니다. 제 노래를 듣고 나서 제가 노래 잘한다는 소문도 내지 말기 바랍니다. 저는 안 그래도 바쁜 사람인데, 여기저기에서 노래하러 오라고 초청까지 하면 정말

골치 아플 것입니다. 이 약속도 지키겠다고 해주십시오."

"아따, 잔소리가 많네! 쓸데없는 소리 그만하고 빨리 노래나 불러요!"

여기저기에서 장난스러운 야유가 터져 나왔다. 나는 마이크를 잡고 말했다.

"잔소리 그만하고, 이제 노래를 부르겠습니다. 이왕 노래하는 김에 앵콜까지 두 곡을 연창하겠습니다."

회원들의 환호성과 박수갈채가 터져 나왔다.

그날 저녁 나는 '스타(?)'가 되었다. 만약 그때 김 아무개 박사처럼 나 역시 회원들이 졸거나 말거나 주제 발표를 꾸역꾸역했더라면 절대로 박수갈채를 받지 못했을 것이고, 스타도 되지 못했을 것이다. 그날 주제 발표 대신에 노래로 때우기를 백번 천번 잘했다고 생각한다.

19

참치 오빠 이야기

참치 오빠는 마흔아홉 살이고, 자녀가 둘이고, 중소기업의 사장이다. 그는 서울대학교 경영학과를 우수한 성적으로 졸업한 후, 유명 재벌회사의 미주지사장을 맡아 국제무대에서 맹활약하였다. 이후 참치 오빠는 실력을 높게 평가받아 본사 기획실에서 영업이사로 활동했을 정도로 경력이 화려한 분이다.

내가 참치 오빠를 좋아하고 존경하는 까닭은 그의 실력도 실력이지만, 그의 열정과 순수함, 그리고 그의 정의감 때문이다. 우리는 처음 보는 순간부터 의기투합하였지만, 서로 처한 위치가 다르고, 하는 일이 달라서 좀처럼 만날 기회가 없었다. 그런데 최근에 무슨 행사장에서 우연히 참치 오빠를 만났다. 행사가 늦게 끝났는데 귀가 방향이 비슷하여 택시를 함께 탔다.

참치 오빠가 말했다.

"하륜 선생님, 괜찮으시면 이왕 늦은 김에 어디 가서 대포라도 한잔하시면 어떻겠습니까? 제가 한잔 사겠습니다."

"좋지요."

중앙시장 근처에 택시를 세우고, 그가 잘 가는 집이 있다면서 나를 거기로 안내했다. 참치 전문점이었다. 사실 나는 참치를 쳐다보기만 해도 속이 니글니글하고 구역질이 난다. 좀 과장되게 말하면 참치집 앞으로 지나갈 때도 속이 니글거릴 정도로 참치를 싫어한다.

참치의 벌건 빛깔도 영 마음에 들지 않을 뿐 아니라 그 두꺼운 살점은 보기만 해도 너무너무 역겹다. 역겹다 못해 구역질까지 날 정도이다. 그래서 이날까지 단 한 점의 참치도 먹은 적이 없고, 앞으로도 내가 이승에 사는 동안에는 단 한 점의 참치도 먹을 계획이 없다.

그런 나를 안내한 곳이 참치 전문점이었다. 그가 기어이 나를 대접하겠다고 해서 거절하지 못하고 따라 들어간 것이다. 사실 우리는 행사장에서 술을 조금 마셨다. 그런데 그는 나보다 취기가 더 있는 것 같았다. 참치집 입구 문간방에 친절한 안내를 받았다. 여종업원의 서빙하는 태도로 보아 참치 오빠가 자주 오는 단골집인 것이 분명하였다.

그가 '참치'라고 구체적으로 말을 하지 않고 손가락으로 주문하는 모습이 한두 번 주문한 것이 아닌 것 같았다. 바로 밑반찬 류가 들어오고, 마침내 메인 메뉴인 참치가 등장하였다. 참치의 벌건 살점이 받침 있는 나무 접시에 올라왔다.

나는 그가 눈치채지 못하게 연기를 하였다. 모처럼 만난 자리인데, 내가 초를 치면 말이 안 된다. 그래서 밑반찬 내지는 공짜 안주를 이것저것 집어 먹기 시작했다. 멀리서 보면 나도 참치를 잘 먹는 사람으로 보였을 것이다. 그러나 나의 젓가락은 한 번도 참치에 가지 않았다. 그는 참치를 겨자에 찍어서 맛있게 먹었다. 나는 그가 입안 가득 참치를 넣고 씹는 모습만 보아도 속이 니글니글하였다.

내가 참치를 한 점도 먹지 않았다는 것을 그가 눈치채지 못하게 해야 한다는 강박관념이 나를 사로잡았다. 참치에 아예 젓가락을 대지 않으면 그가 눈치를 챌 것 같았다. 그래서 나는 참치 한 점을 집어서 내 앞접시 위에 놓고, 다른 참치 한 점을 집어와서 포개기도 하고, 포갠 것을 다시 집어서 위치를 서로 바꾸기도 하였다. 처음 등장할 때 가지런했던 참치를 헝클어지게 하려고 내 딴에는 제법 신경을 썼다. 나의 잔머리 작전 덕택에 천만다행으로 내가 참치를 한 점도 먹지 않은 사실을 그는 끝까지 눈치채지 못하였다.

우리는 새벽 한 시 정도에 참치집을 나왔다. 그는 나도 자기처럼 참치를 맛있게 먹은 줄로 착각하는 것이 분명하였다.

나는 그에게 아주 태연하게 말했다.

"고맙습니다. 오늘 참 맛있게 잘 먹었습니다."

"선생님, 감사합니다. 잘 가셔요."

기어이 그는 택시를 잡아서 나를 태워주었다. 그런데 일주일 뒤에 그를 다시 만날 일이 있었다. 이번에는 잠실 석촌 호수 근처에서 만났다.

그가 말했다.

"하륜 선생님, 긴히 드릴 말씀이 있습니다. 좀 조용한 곳으로 모시겠습니다."

나는 아무 생각 없이 그가 안내하는 곳으로 따라갔다.

세상에! 그가 나를 안내한 곳은 또다시 참치집이었다. 나는 눈앞이 캄캄했다. 지난번의 참치집 악몽이 떠올랐지만 어쩔 수가 없었다. 내가 술을 산다면 내 마음대로 안내를 하겠지만, 이번에도 그가 나를 대접하는 형식이라 내게는 메뉴 선택권이 없었다.

이 참치집도 그가 자주 오는 집인 것 같았다. 카운터 언니와 주방 쪽 사람들이 반갑게 인사하는 것으로 보아서 그의 단골 집이 분명해 보였다. 우리는 아늑한 방으로 안내를 받았다. 윗 도리부터 벗고 자리에 앉자 금세 공짜 안주류가 나오고, 메인 메뉴인 참치가 나왔다.

이날도 나는 벌건 참치만 보아도 속이 니글니글하였다. 지난번처럼 나는 그가 눈치채지 못하게 공짜 안주를 이것저것 부지런히 먹었다. 그는 벌건 참치를 입안 가득 넣고, 쩝쩝 소리를 내면서 맛있게 먹었다. 그러나 나는 조금도 먹음직스러워 보이지 않았다.

이날도 지난번처럼 앞접시에 참치를 집어다 포개어 놓았다가 도로 제자리에 놓기도 하고, 초장을 찍어서 제자리에 놓기도 하고, 깔끔한 접시 위의 참치를 조심스레 계획적으로 헝클어 놓기도 하였다. 이날도 그는 내가 참치를 한 점도 먹지 않았다는 것을 눈치채지 못하였다. 헤어질 때 기어이 택시를 잡아서 나를 태워주면서 운전사에게 차비를 미리 찔러주었다.

"하륜 선생님, 제가 이번 주일에 중국 다녀와서 다음 주에 또 봬요. 제가 다녀와서 전화 올리겠습니다. 안녕히 가세요. 선생님!"

그 뒤로 그가 중국에 잘 다녀왔고, 중국에서 한 일도 잘되었다면서 싱글벙글하는 목소리로 전화를 걸어왔다. 주말에 대포를 대접하겠다면서 만날 날을 잡았다. 이번에는 광화문에서 만나기로 했다. 나는 이번만이라도 절대로 참치집에서 만나지 말자고 말하고 싶었지만, 끝내 말하지 못하였다. '설마 이번에도 참치집은 아니겠지' 하면서도 한편으로는 은근히 걱정하지 않을 수가 없었다.

약속한 장소에 제시간에 나갔더니 그가 먼저 와 있었다. 반가운 악수를 하고 우리는 적당한 장소를 찾으러 먹자골목 안으로 들어갔다. 그가 두리번두리번하더니 적당한 장소를 찾은 모양이었다.

"하륜 선생님, 저 집 어떻습니까?"

그가 손가락으로 가리킨 곳은 참치집이었다.

'아!'

나는 작은 신음 소리 같은 비명을 지르고 말았다. 공교롭게도 그는 내 비명 소리를 듣지 못한 것 같았다. 나는 난감하였다. 이번에도 그가 나를 대접하면서 만드는 자리라 '감 놔라, 배 놔라' 할 처지가 못 되었다. 결국 아무 소리도 못 하고 참치집으로 들어갔다.

그가 참치를 시켰다. 곧 공짜 안주류가 나오고, 메인 안주인 참치가 나왔다. 벌건 살점만 보아도 속이 니글니글하였다. 그는 벌건 참치를 입에 가득 넣고 우적우적 씹었다. 다 삼키기 전에 말을 할 때는 참치의 파편이 상 위로 튀기도 하였다. 나는 그가 눈치채지 못하게 참치를 집었다 놨다, 위치를 바꿨다 말았다를 번갈아 하느라 애를 먹었다. 이날도 그는 내가 참치를 한 점도 먹지 않았다는 사실을 조금도 눈치채지 못하였다. 나는 들키지 않아서 다행이라 생각하면서도 등에는 진땀이 나는 것 같았다.

헤어질 때 그가 말했다.

"하륜 선생님, 아까 그 참치집, 정말 잘하지요?"

나는 뭐라고 대답을 할까 잠시 망설이지 않을 수 없었다. 그는 내가 자기 말을 못 알아들은 줄 알고 다시 말했다.

"아까 그 집, 정말 참치 잘하지요?"

"아, 네에……."

"하륜 선생님, 다음에 아까 그 집에 한 번 더 가십시다."

"아, 네에⋯⋯."

나는 벌레 씹은 기분 내지는 똥 밟은 기분으로 억지 대답을 하였다. 그러나 그는 나의 이런 기분을 조금도 눈치채지 못하였다. 생각하면 생각할수록 기가 막히는 일이다. 그가 무려 세 번이나 나를 참치집으로 안내했고, 세 번 모두 나는 참치를 단 한 점도 먹지 않았다는 사실을 꿈에도 눈치채지 못하였다.

이런 기막힌 경험은 난생처음이다. 처음에는 그가 정말 눈치가 없고, 상대를 배려하는 것이 부족한 사람이 아닌가 생각했다. 그런데 곰곰이 생각해보니, 이런 내 판단은 무척 잘못되었다는 것을 알았다. 그가 나를 좋아하지 않았다면, 무려 세 번씩이나 자진해서 술자리를 마련하지 않았을 것이다.

또한, 그가 나를 좋아하고 존경하지 않는다면 번번이 그토록 예를 갖추어 나를 대하지 않았을 것이다. 그의 이런 점을 감안하면 내가 참치 따위 한 점 먹지 않은 것은 아무것도 아니다! 이야깃거리가 되지 않는다. 다시는 참치 한 점 안 먹었다는 소리는 입 밖에도 꺼내지 말아야 한다.

나는 참치 오빠의 단순함을 좋아하고, 그의 순진함을 좋아하고, 그의 순수함을 좋아한다. 거기다가 나는 그의 정의감을 좋아하고, 그 바람에 그를 존경한다. 만약 다음에 그가 또 참치집에 가자고 해도 나는 아무 소리 하지 않고 기쁜 마음으로 따라갈 생각이다.

왜냐면 참치 오빠처럼 순수하고, 정의감 넘치고, 멋진 사람을 만나기란 그리 쉽지가 않기 때문이다. 앞으로도 나는 그와 함께 참치집에서 술을 마시면서 참치 한 점도 먹지 않는 것을 들키지만 않는다면, 조금도 주저하지 않고 또 따라갈 생각이다. 그를 기쁘게 해주려면 세 번이 아니라 서른 번이라도 아무 소리 하지 않고 참치집에 가야 한다.

설령 참치집에서 참치에게 손가락을 물리는 한이 있어도 가야 한다. 아니 그를 기쁘게 하도록 다음에는 내가 먼저 참치집으로 그를 초대해야 한다. 물론 절대로 나는 참치를 안 먹는다는 사실을 들키지 말아야 한다. 내가 한순간이라도 방심하여 들켜서 그의 기분을 망치게 해서도 안 되고, 그를 미안하게 해서는 더더욱 안 된다. 참치 오빠처럼 순수하고 멋진 사람과 함께 있는 시간은 너무나 즐겁고 행복하기 때문이다.

유럽인이 한국인을 재수 없어 하는 세 가지

"반갑습니다. 이번 시간에는 '유럽인이 한국인을 재수 없어 하는 세 가지'라는 제목으로 이야기하겠습니다. 항상 강조하는 말이지만, 이번 시간에 내가 하는 이야기를 경청하고, 귀한 삶의 지혜를 반드시 한 수 배우기 바랍니다. 이 이야기는 내가 잘 아는 서정옥 선생한테 들었습니다. 서 선생은 연극을 하는 분입니다. 젊은 날에는 학교 선생도 하고, 연극배우도 했고, 에스페란토(Esperanto)도 잘해서 국제 대회에 한국 대표로 나가기도 하였습니다. 그러던 중 독일 사람과 결혼하여 독일에서 살고 있습니다.

나는 우리나라 밖에는 아무 데도 가 본 적이 없는 철저한 국내파이고, 완전 우물 안 개구리입니다. 거의 천연기념물에 가까운 사람입니다. 이런 나에 비해 서 선생은 여러 나라를 여행하여 견문이 아주 넓은 완전 국제통입니다. 그는 나의 우물 안 개구리식 좁은 안목을 항상 걱정했습니다. 그런 차에 어느 날 그가 나에게 아주 중요한 것 하나를 일깨워주었습니다. 작년에 한국에 왔을 때 우물 안 개구리에게 아주 놀라운 이야기를 해주었습니다."

"'하 선생님! 제가 독일 가서 살면서 유럽 여러 나라를 돌아보고, 여러 나라 사람들과 사귀곤 했어요. 그런데 유럽 사람들이 나와 점점 친해지니 그전에는 말하지 않던 자기 속에 있는 이야기를 하는 거예요. 그들이 속에 품고 좀처럼 말하지 않는 놀라운 이야기 하나를 소개해 드릴게요.'

'무엇입니까?'

'유럽 사람들은 특히 한국 유학생들에게 아주 재수 없어 하는 것이 세 가지가 있대요.'

'그게 뭔데요?'

'첫째는, 하우 두유 필?(How do you feel?)'

'……!'

'둘째는, 왓 두유 원트?(What do you want?)'

'……!'

'셋째는, 텔 미 유어 스토리!(Tell me your story!)'

'……!'"

"그 순간 나는 짧은 비명을 질렀습니다.

'와아, 정말 멋진 지적입니다. 정말 놀라운 말입니다.'

내가 너무 좋아하자 서 선생도 신이 나서 말했습니다.

'한국 유학생들은 위의 세 가지 관문에서 거의 다 박살이 나요.'

나도 맞장구를 쳤습니다.

'안 봐도 뻔합니다. 한국 사람들이 위 세 가지 관문을 쉽게 통과할 사람이 과연 얼마나 될지 말입니다. 고맙습니다. 서 선생이 오늘 아주 중요한 이야기를 해주어서 감사합니다.'"

이야기를 끝낸 나는 학생들을 바라보았다. 학생들도 다음 이야기가 궁금했는지 어서 내가 이야기하기를 재촉하는 표정이었다. 나는 세 가지 지적들을 하나씩 설명해나가기 시작했다.

"자, 첫 번째 지적을 따져봅시다.

'하우 두 유 필?(How do you feel?)'

한국 사람들은 자기 느낌을 말하지 않습니다. 맛있으면 맛있다고 하지도 않고, 짜면 짜다고도 하지 않습니다. 마냥 꾸역꾸역 먹기만 하는 벙어리입니다. 참 놀라운 지적이 아닐 수 없습니다."

"두 번째 지적을 따져봅시다.

'왓 두 유 원트?(What do you want?)'

한국 사람들은 자신이 뭘 원하는지 말을 안 합니다. 다들 꿀먹은 벙어리가 됩니다. 나와 차를 한잔 마시자든지, 나와 술

한잔을 하자든지, 아니면 하룻밤 자자든지 무슨 말을 해야 하는데, 마냥 입을 열지 않는 것입니다. 이 두 번째 지적도 역시 대단한 지적입니다."

"세 번째 지적을 따져봅시다.
'텔 미 유어 스토리!(Tell me your story!)'
나는 위의 세 가지 지적 중에서 마지막 지적에 가장 큰 충격을 받았습니다. 한국 사람들은 많이 배운 사람이나 많이 배우지 못한 사람이나 하나 같이 자기 이야기는 단 한마디도 안 합니다. 그저 남의 이야기나 이 책 저 책에 있는 이야기, 아니면 방송이나 신문에 난 것을 이야기합니다.

나는 평소에도 이 문제에 대해서 깊은 회의를 느끼고 있었기 때문에 '내 이야기'를 하려고 내 딴에는 노력을 하는 편입니다. 그러다 보니 비교적 내 이야기를 많이 했고, 가능하면 내 느낌을 많이 말했고, 가능하면 내가 무엇을 하고 싶다는 것을 비교적 잘 표현하였습니다.

그 바람에 더러 '너무 잘난 척한다'라는 욕을 먹기도 하였습니다. 이런 나에게 변명할 기회를 준다면, 내 이야기를 많이 한 것은 앞의 유럽 사람들 지적처럼 '텔 미 유어 스토리'를 지키기 위함이었던 것입니다."

"여러분! 오늘 내가 한 이야기를 통해서 귀한 삶의 지혜를 배웠습니까?"

"예, 선생님!"

"선생님, 아주 중요한 것을 배웠습니다. 감사합니다."

"그럼 마치겠습니다."

학생들의 박수갈채와 환호성이 터졌다.

21
작가 정길수 씨와 원수가 된 사연

과천에 사는 원로 작가 이 아무개 선생님 댁에 인사를 하러 갔다. 작가 정길수 선생과 시인 안영진 선생을 중간에서 만나 함께 갈까 하다가 아예 이 선생님 댁에서 만나기로 했다. 우리는 선생님 댁에 제시간에 도착했다. 이 선생님은 건강한 모습으로 우리를 맞아 주셨다. 반가운 마음에 선생님께 큰절을 하려고 했는데, 선생님께서 한사코 사양하시는 바람에 가벼운 인사를 하였다. 선생님께서 곶감과 녹차를 내놓았다. 오랜만에 네 사람이 만나 그런지 다들 반가운 기색이 역력했다.

여느 때처럼 정길수 선생이 말문을 열었다. 정 선생은 또 환단고기(桓檀古記)와 관련한 이야기를 꺼내었다. 그는 입만 열었다 하면 환단고기란 것을 아는 사람은 다 안다. 그런데 이 선생님과 안영진 선생은 어떤지 몰라도 나는 환단고기에 대해서는 별로 관심이 없다. 그래도 오랜만에 만났는데, 정길수 선생이 환단고기 이야기를 꺼내는 것에 대해서 나만 별나게 뭐라고 트집을 잡을 수가 없었다.

이 선생님도 아무 말씀도 하지 않고 묵묵히 들었고, 안영진 선생도 아무 말 없이 묵묵히 들었다. 물론 나도 아무 말도 하지 않고 묵묵히 들어야 했다. 그런데 정길수 선생은 듣는 사람의 처지는 전혀 개의치 않고 계속해서 환단고기에 관한 이야기를 하였다.

나는 아무도 눈치 못 채게 살짝 시계를 보았다. 만난 지 얼추 한 시간 반이 지났다. 그런데도 정길수 선생은 계속 환단고기 특강을 하고 있었다. 누구도 제지하지 않았고, 누구도 불평하지 않았다. 모르긴 해도 아무도 말리지 않으면 정길수 선생의 환단고기 이야기는 밤이 깊어도 끝나지 않을 것 같았다. 그래서 할 수 없이 내가 말했다.

"정 선생님, 말을 끊어서 대단히 죄송합니다. 정 선생님께서 환단고기 관련 이야기를 근 한 시간 반 동안 계속하고 계십니다. 사실 저는 환단고기에 대해서 별다른 관심이 없습니다. 그리고 오늘 여기 온 목적이 환단고기 특강을 들으러 온 것이 아닙니다."

그 순간 정길수 선생의 표정이 굳어졌고, 이 선생님과 안영진 선생도 당황한 표정이었다. 분위기가 갑자기 험악해졌다. 나는 이왕 십자가를 지기로 자청을 했으니 말을 끝까지 하지 않을 수가 없었다.

"저는 정 선생님은 물론 다른 누구에게도 환단고기 이야기는 듣고 싶지 않습니다. 저는 정 선생님께서 그동안 무슨 좋은 작품을 썼는지, 아니면 어떤 작품을 구상하고 있는지, 아니면 무슨 좋은 책을 읽었는지, 아니면 무슨 기발한 아이디어를 생각해내었는지 하는 생산적이고 창조적인 이야기를 듣고 싶습니다. 물론 이 선생님께도 이런 이야기를 듣고 싶고, 안영진 선생님께도 이런 이야기를 듣고 싶습니다. 이런 이야기를 듣고 저도 한 수 배우고자 합니다."

분위기가 냉랭한 정도를 넘어 폭발 직전이었다. 나는 말을 마무리 지었다.

"만약 제가 환단고기에 관심이 있다면 〈월간 조선〉이나 〈신동아〉 따위의 특집을 구해서 보든지, 아니면 전문가들의 학술 서적을 구해서 보면 될 것입니다. 그러니 이제 남은 시간은 제발 환단고기 이야기는 그만하셨으면 좋겠습니다."

완전히 벌레 씹은 표정으로 굳어 있던 정길수 선생이 말했다.

"하 선생, 미안해요. 정말 미안해요."

내가 대답했다.

"고맙습니다. 정 선생님. 그리고 저도 미안합니다."

그 뒤로 정 선생은 환단고기 이야기를 하지 않았다.

거기까지는 잘 매듭이 지어졌다. 그런데 문제는 그다음이다. 그 뒤로 나는 정길수 선생을 더 이상 볼 수가 없었다. 그날 이후로 정길수 선생과 나는 한마디로 '웬수'가 되고 말았다.

우리는 남의 이야기로 시간 낭비할 것이 아니라 가능하면 자기 이야기를 해야 한다. 만약 자기 이야기를 할 게 없으면 남의 이야기를 귀담아듣기라도 해야 한다. 다시 한번 강조하자면, 자기 이야기를 할 게 없다는 것은 자기 삶을 치열하게 살지 않았다는 것을 의미한다. 그러니 이런 사람은 이제부터라도 남의 이야기로 또라이짓 하지 말고, 자기의 땀과 눈물이 섞인 자기 이야기를 당당하게 할 수 있도록 자기 삶을 치열하게 살아야 할 것이다.

청중 수준이 높아야 강사의 수준도 높아진다

"여러분! 이번 시간에는 '청중의 수준이 높아야 강사의 수준도 높아진다'라는 제목으로 공부하고자 합니다. 귀로 듣는 청취를 할 것이 아니라 온몸으로 듣는 경청을 하여 반드시 삶의 귀한 지혜를 배우기 바랍니다. 경청할 준비가 되었습니까?"

"예, 선생님!"

"내가 하는 '5분 특강'을 경청하면서 열심히 공부하면 여러분의 수준도 날로 높아질 것입니다. 한 가지 강조하고 싶은 것은, 청중의 수준이 높아야 강사의 수준도 높아진다는 사실입니다. 가령, 청중의 수준이 낮으면 질 낮은 강사들이 여기 와서 헛소리 틱틱하고, 웃고 자빠지는 소리만 하다가 가도 됩니다. 이런 경우라면 실력 있는 강사는 여기 올 수가 없습니다. 왜냐면 저질 청중이 그의 고질 강의 내용을 이해하지 못하기 때문입니다. 청중 수준이 낮으면 고급 강사의 유식하고 고급스러운 말귀를 알아들을 수가 없을 것입니다."

"그런 상황이 계속되면 강사의 질은 점점 떨어질 수밖에 없습니다. 실실 웃기고, 헛소리하고, 농담 따먹기 식의 말장난을 하는 강사만 오고 말 것입니다. 이는 마치 동네 주부의 수준이 낮아서 진짜 꿀인지 가짜 꿀인지 구별을 못 해서 가짜 꿀이 판을 치는 상황과 다를 바 없습니다. 가짜 꿀을 비싸게 사는 주부들이 많아지면, 진짜 꿀이 팔리겠습니까? 안 팔리겠습니까? 아니 누가 원가가 훨씬 비싸게 드는 진짜 꿀을 만들고, 또 이를 팔려고 하겠습니까? 싸구려 가짜 꿀을 가져와도 주부들이 멍청해서 계속 사준다면 말입니다.

그러니 진짜 꿀을 알아보는 아줌마들이 많고, 진짜 꿀을 제값 주고 사는 아줌마들이 많아야 진짜 꿀 장수가 망하지 않으며, 계속 좋은 진짜 꿀을 팔러 올 거 아닙니까! 그러나 동네 아줌마들이 진짜 꿀을 몰라보고 가짜 꿀을 사준다면, 머지않아 진짜 꿀 장수는 굶어 죽고 말 것입니다. 그러면 그 결과는 어떻게 됩니까! 멍청한 아줌마는 영원히 진짜 꿀은 맛도 못 보고, 엉터리 가짜 꿀만 먹게 될 것입니다."

"다시 한번 강조합니다. 동네 아줌마들의 안목과 수준이 높아야 합니다. 그래야 가짜 꿀 장수는 그 동네에 얼씬도 못 할 것입니다. 가짜 꿀 장수가 설치지 못하게 장내 정리를 잘해야 진짜 꿀 장수가 진짜 꿀을 마음 놓고 가지고 올 것 아닙니까! 그런데 꿀만 그럴까요? 여러분! 내가 지금 무슨 말을 하는지 알겠습니까?"

"예, 잘 알겠습니다. 선생님!"

"진짜 꿀과 가짜 꿀의 차이는 자기 노래냐, 남의 노래냐의 차이와 비슷합니다. 예를 들겠습니다. 어떤 사람이 사랑에 대해서 논문을 계속 썼어요. 수십 편을 썼어요. 그런데 정작 진짜 사랑은 단 한 번도 해보지 않고 죽었어요. 반면 다른 한 사람은 논문은 조금만 쓰고, 진짜 멋진 여자와 아름다운 사랑을 했어요. 어느 쪽이 나아요? 또 누가 한심한 사람입니까? 진짜 사랑을 해봐야지! 사랑에 대한 논문만 쓰고 정작 사랑은 못 해본 오빠는 한심해요. 꿀 장수를 여기에 대비해도 마찬가지입니다. 자기가 더러 벌에 쏘이면서, 직접 벌을 키우면서 꿀을 채취하는 것과 벌은 한 마리도 구경도 안 하고, 설탕과 다른 재료 등을 섞어서 만든 엉터리 벌꿀을 싸구려로 파는 것과 같은 일입니까?"

"이제 결론을 말합니다. 뭐든지 우리네 삶에서 땀과 눈물을 흘리면서 자기가 실제로 경험해봐야 합니다. 자, 오늘은 이만 마치겠습니다."

"선생님! 감사합니다."

학생들의 박수와 환호성이 터졌다.

23
사자 따라 하기

나는 매일 아침 세면장에서 '사자 따라 하기'를 한다. 난데없이 사자 따라 하기 이야기를 하자니, 먼저 요가(Yoga)에 대해서 한마디 하지 않을 수 없다. 다 알다시피 요가는 몸과 마음을 다스리는 운동이자 수행방법이다. 요가는 예수가 태어나기 이미 3천여 년 전에 인도에서 시작된 과학적인 운동이다.

여러 가지 동작으로 육체의 틀어짐을 바로 잡고, 호흡을 가다듬어서 마음을 바로 잡고, 명상을 수행하여 자기 내면에서 일어나는 변화를 지켜보면서 자신을 성장시켜 나가는 운동이자 명상 수련의 한 방편이기도 하다. 즉 요가는 몸을 통하여 자기 내면으로 들어가는 한 방편이라고 할 수 있다.

그런데 요가는 제대로 실천 수행을 하는 자만이 진정한 요가의 맛을 알 수 있으며, 자신의 몸을 도구로 하여 호흡과 명상을 통해서 자기 자신을 치료한다. 한마디로 요가는 몸과 마음의 균형을 잡아 주위의 모든 것들과 조화를 이루는 운동이자 최고의 수행법인 것이다.

또한, 오랫동안 요가를 수행하여 도가 튼 사람을 요기(Yogi)라고 부른다. 이 요기들이 산속에 살면서 사자나 호랑이를 관찰한 끝에 놀라운 사실 하나를 발견하였다. 그야말로 우연이었다. 사자의 동작 중에 종종 눈에 띄는 것이 바로 모가지를 쭉 뽑으며 좌우로 흔들면서 입을 크게 벌리고 혓바닥을 최대한 길게 내미는 동작이다. 이 동작은 세계적으로 유명한 미국 할리우드 영화사 메트로 골드윈 메이어(MGM)의 로고인데, 원안의 사자가 포효하는 모습이다. 영화의 첫 장면에 반드시 이 사자 로고가 나오기 때문에 우리에게 아주 친숙하기도 하다.

숲속에 살던 요기들은 사자의 이런 동작을 처음에는 예사로 보았다. 그런데 여러 번 되풀이해서 보는 사이에 뭔가 그 동작이 예사롭지 않다고 생각했다. 그리고 사자의 동작을 눈여겨 관찰하면서 그 동작의 의미를 알아내려고 애를 썼다. 이런 호기심은 처음에는 한두 명의 요기들이 가졌지만, 나중에는 대부분의 요기들이 호기심을 갖게 되었다. 그러나 오래도록 이 의문은 풀 수 없었다.

그러던 어느 날, 한 요기가 무릎을 쳤다!

'아하! 사자가 혓바닥을 길게 내미는 동작은 필시 소화를 돕는 것일 터이지 싶다.'

그렇다! 사자의 혓바닥 내미는 동작은 사자의 소화를 촉진하는 아주 중요한 동작이란 놀라운 사실을 알게 되었다. 그래서 요기들은 그것을 본떠서 요가 중에서도 그와 비슷한 동작을 집어넣게 된 것이다.

나는 부산에 살 때 어떤 책을 보고 이 사실을 알았다. 나도 무릎을 쳤다.

'우아! 사자가 혓바닥을 최대한 길게 내미는 것이 그런 깊은 의미가 있었구나!'

그 순간 당장 세면장에 가서 양치질하며 혓바닥을 길게 내밀어 보았다. 그리고 칫솔을 혓바닥 안쪽으로 최대한 깊이 넣어서 칫솔질을 해보았다. 처음에는 바로 구역질이 나왔다.

'웩! 웩!'

다음 날부터 나는 혓바닥을 최대한 길게 내밀고 구역질을 참으면서 칫솔질을 하였다. 이 칫솔질의 핵심은 혓바닥을 최대한 내미는 것이다. 그것뿐이다. 그러면서 어떤 날은 구역질이 더 심하게 나고, 또 어떤 날은 구역질이 덜하게 난다는 사실을 알았다. 그리고 구역질의 상태가 전날 나의 몸 컨디션에 따라서 차이가 있다는 사실을 알아냈다. 즉 양치질을 하면서 전날 내 몸의 컨디션을 정확하게 점검하는 것이다.

이런 괴이한 양치질을 하는 사람들이 적지 않다고 한다. 이런 양치질이 의학적으로 입증(?)이 된 탓인지, 혹은 요가를 하는 사람들이 늘어나서인지는 나도 모르겠다.

24
황제인 줄 모르고 거지로 살고 있다

그대는 황제이다!

그대는 이 놀라운 사실을 모르고 지금까지 거지로 살아왔다. 태어날 때 인간은 누구나 위대하게 태어난다. 인간은 더 이상 보탤 것도 없고, 더 이상 향상시킬 것도 없다. 그러나 그대는 이날까지 자신의 내면을 한 번도 들여다보지 않고 과소평가하며 거지로 살아온 것이다.

그대는 황제이다!

알고 보면 그대는 그대의 내면에 일평생 넉넉하게 살 수 있는 다이아몬드가 가득 차 있는 황제이다. 그러나 그대는 그동안 잘못된 정치, 잘못된 교육, 잘못된 종교, 잘못된 문화, 잘못된 전통에 세뇌되어 그대 자신을 정확하게 들여다본 적이 한 번도 없었던 것이다.

그대는 황제이다!

한마디로 그대는 자신에 대해서 눈을 감고 살아온 것이다. 그대가 감고 있는 두 눈만 뜨면, 그대는 거지가 아니라 황제임을 대번에 알 것이다. 사실 그대가 황제가 되기 위한 어떤 노력도 하지 않아도 된다. 다만 지금까지 감고 있던 눈만 뜨면 된다!

그대는 황제이다!

인간의 모든 성장은 자각, 혹은 각성을 통해서 일어나는 법이다. 그대의 실존적 변화가 필요하지 않다. 그대의 실존은 예전과 똑같다. 다만 그대가 눈을 뜨는 순간, 즉 자각하는 순간에 그대는 자신이 황제임을 발견하는 것이다. 그 순간 지금까지 살아온 거지는 사라지고, 새로운 황제가 탄생하는 것이다.

그대는 황제이다!

그대가 눈을 뜨고 나서 내면의 주머니에 손만 넣으면 다이아몬드를 발견할 것이다. 그 순간 그대가 황제임을 다시 한번 실감할 것이다. 예전에도 그대의 내면에는 다이아몬드가 있었고, 지금도 그 다이아몬드가 있을 뿐이다. 다만 한 가지 변한 것은, 그대가 다이아몬드를 가지고 있는 걸 의식한 것뿐이다. 이때 아무것도 변하지 않는다. 상황은 똑같다.

그대는 황제이다!

그대가 해야 할 일은 노력이 아니고 각성이다! 아무것도 노력할 필요가 없다! 단지 그대가 감고 있던 눈을 뜨기만 하면 된다. 분명한 것은 그대가 스스로를 증진시키기 위한 어떤 노력도 도리어 그대에게 혼란과 스트레스만 가져올 뿐이다. 그대가 자신을 발전시키려고 노력할수록 도리어 그대는 점점 곤경과 혼란에 빠질 것이다. 왜냐면 그런 노력은 그대의 본성을 거스르기 때문이다.

그대는 황제이다!

그대는 본질적으로 변화해야 할 아무것도 없다. 지금 그대 모습이 실체이다. 따라서 그대가 더 이상 개량하고, 더 이상 발전시켜야 할 것은 아무것도 없다. 그대는 오로지 각성을 통해서 성장할 수 있을 뿐이다. 그대가 지금 당장 해야 할 일은 눈을 떠 그대가 황제임을 자각하는 일이다.

만약 그대가 내 말귀를 못 알아들으면 지금 한강으로 가든지, 약방에 쥐약 사러 가는 것이 좋지 싶다.

함석헌 선생님께 들은 망나니 아들 이야기

"반갑습니다. 이번 시간에는 내가 명동 성경 모임에서 함석헌 선생에게 감명 깊게 들은 이야기 하나를 소개하고자 합니다.

어느 부잣집에 아들 하나가 있었는데, 망나니였습니다. 망나니의 아버지는 스승을 모셔다가 아들을 바로 잡아보기로 했습니다. 그리고 유명한 스승을 초대했습니다. 그런데 스승은 아들에게 아무것도 가르치지도, 말하지도 않았습니다.

그러구러 한 주일이 지났습니다. 아들에게는 아무런 변화도 없었습니다. 여전히 아들은 망나니짓만 하고 다녔습니다. 결국, 아버지는 스승이 아무 도움이 되지 않는다고 생각했습니다. 아버지가 스승에게 조심스럽게 말했습니다.

'선생님, 대단히 죄송하지만, 이제 제 아들을 위해서 저희 집에 오시지 않아도 됩니다.'

그러자 스승은 알았다고 하면서 외투를 걸치고 방에서 나왔습니다. 이 광경을 마침 아들이 지켜보고 있었습니다. 스승은 아무 말도 하지 않고 마루에 걸터앉았습니다. 구두를 신고 끈을 맬 참이었습니다.

그때 스승이 아들에게 말했습니다.

'애야, 나를 좀 도와주겠니?'

망나니 아들은 의아하게 생각하면서 대답했습니다.

'예, 선생님!'

스승이 말했습니다.

'내가 이제 나이 탓인가 봐. 구두끈 매는 것도 힘에 겨우니. 네가 내 구두끈을 좀 매 주련?'"

"망나니 아들은 별것 아니라 생각하고 스승의 구두끈을 매기 시작했습니다. 그런데 구두끈을 매고 있는 망나니의 손등에 뭔가 한 방울 뚝 떨어졌습니다. 다시 한 방울이 떨어졌습니다. 망나니가 이것이 무엇인가 하고 자세히 살펴보니 스승의 눈물이었습니다. 그 순간 망나니는 많은 것을 깨달았습니다. 갑자기 펑펑 울면서 말했습니다.

'스승님, 제가 정말 잘못했습니다. 앞으로 훌륭한 사람이 되겠습니다. 저를 용서해 주십시오!'"

"나는 이 이야기를 아주 감동적으로 들었습니다. 망나니를 깨닫게 한 것은 스승의 설교도 아니고, 훈화도 아니고, 꾸지람도 아니었습니다. 바로 눈물이었습니다. 그렇습니다. 망나니는 자기 손등에 떨어지는 눈물방울에서 무엇을 보았을까요? 그것은 스승님의 사랑과 연민입니다. 망나니는 그 순간 처음으로 스승님께서 자기를 얼마나 사랑하는가를 알았습니다. 그리고 스승님께서 자기를 얼마나 불쌍히 여기는 줄을 알았습니다. 그 순간 망나니는 불현듯 깨달은 것입니다.

이 얼마나 감동적인 장면입니까? 이 얼마나 훌륭한 스승의 모습이며, 이 얼마나 훌륭한 제자의 모습입니까? 이 이야기에서 알 수 있는 건 한 인간을 감동시키는 것은 멋진 훈화도 아니고, 멋진 꾸중도 아니란 사실입니다. 그것은 스승의 눈물입니다. 그 눈물은 스승이 제자를 진실로 사랑하는 마음과 제자를 불쌍하게 여기는 연민의 상징입니다. 내 말 이해합니까?"

"예, 선생님. 이해하겠습니다."

"감사합니다. 선생님!"

"그럼 마치겠습니다."

학생들의 박수갈채와 환호성이 터졌다.

5부

송창식의 '고래사냥'
긴급 특강

1
송창식의 '고래사냥' 특강하다

출근길 버스 안에서 이런 일이 생기리라고 나는 한 번도 상상하지 못했다. 평소에 버스 운전사가 제멋대로 선곡하여 크게 틀어놓는 저질 유행가 소리에 경기를 일으키던 나를 바싹 긴장시키는 뜻밖의 노래가 흘러나왔다. 몇 소절을 들으면서 내 귀를 의심하지 않을 수 없었다.

다른 날 같았으면 창밖의 각종 간판이나 도로 표지판 한글 글자꼴을 눈알 빠지게 쳐다보느라 운전사가 틀어놓는 저질 유행가 가사는 귀에 좀처럼 들어오지 않았을 것이다. 그런데 이날따라 처음 들어보는 노래 가사 몇 줄이 나를 완전히 사로잡고 만 것이다. 그 노래를 부른 가수는 송창식이었다. 신곡인지, 아닌지는 알 수 없었지만, 나로서는 처음 듣는 노래가 분명하였다.

그런데 아무리 들어도 가사가 예사롭지 않았다. 그 예사롭지 않은 가사가 나를 바짝 긴장하게 한 것이다. 하기야 평소에 우습게 여기던 유행가 가사가 이토록 나를 긴장하게 한 것은 난생처음 있는 일이었다. 그 바람에 창밖의 간판이나 도로 표지판의 한글 글자꼴이 하나도 내 눈에 들어오지 않았다.

몇 대목을 더 들어보아도 처음 듣는 노래가 분명했다. 나중에 알았지만, 노래 제목이 '고래사냥'이라고 했다. 이 가사는 엔간한 유행가 가사꾼의 실력이 아니란 것을 대번에 눈치를 챌 수 있었다. 저질 작사가라면 골백번 죽었다 깨어나도 쓸 수 없는 대단한 수준의 아주 멋진 가사였다.

다시 말하면 '선수'가 아니고는 도저히 쓸 수 없는 가사였다. 스케일도 크고, 지향하는 바도 높은 대단한 걸작이었다. 가사가 담고 있는 용기도 용기지만, 그런 가사를 쓸 수 있는 작사가의 역사의식이 대단하였다. 이런 대단한 유행가 가사를 쓰는 선수가 건재한다는 건 아직 이 나라가 망하지 않을 것이란 믿음과 기대를 부풀게 할 정도였다.

한 줄 한 줄이 대중가요의 가사치고는 여간 의미심장한 가사가 아니었다. 흔들리는 버스 안이라서 가사 전체를 제대로 알아듣지는 못했지만, 군데군데 알아들은 대목들만 해도 예사롭지 않았다. 그동안 내가 혐오하던 그 흔해 빠진 유행가 가사들과는 전혀 차원이 다른 수준의 명품이었다. 나는 곡보다 가사에 더 신경이 쓰였다. 가사의 표면상 의미는 '고래사냥을 떠나자'라는 소리인데, 그 속내는 단순히 고래 잡는 이야기가 아니었다.

나는 잽싸게 가사를 받아 적고 싶었다. 그러나 복잡한 버스 안이라서 도저히 가사를 받아 적을 수가 없었다. 그렇다고 해서 몇 소절 건너뛰고 적자니 그래봤자 개운하지 않을 것 같아서 할 수 없이 후일을 기약하고 단념하였다. 만약 그 노래를 다시 들을 기회가 있으면, 그때는 작심하고 재빨리 가사를 다 받아 적어야겠다고 굳게 다짐했다.

그런 일이 있은 며칠 후, 퇴근길 버스에서 송창식의 '고래사냥'이 또 흘러나왔다. 나는 잽싸게 가사를 받아 적었다. 처음 들었을 때 어찌나 강렬한 인상을 받았는지, 이번에는 바짝 긴장하고 한 소절도 빠트리지 않고 다 따라 적을 수 있었다.

* * *

고래사냥

술 마시고 노래하고 춤을 춰봐도
가슴에는 하나 가득 슬픔뿐이네
무엇을 할 것인가 둘러 보아도
보이는 건 모두가 돌아 앉았네

자 떠나자 동해 바다로
삼등삼등 완행열차 기차를 타고

허~

간밤에 꾸었던 꿈의 세계는
아침에 일어나면 잊혀 지지만
그래도 생각나는 내 꿈 하나는
조그만 예쁜 고래 한 마리

자 떠나자 동해 바다로
신화처럼 숨을 쉬는 고래 잡으러
우리의 사랑이 깨진다 해도
모든 것을 한꺼번에 잃는다 해도
우리들 가슴 속에 뚜렷이 있다
한 마리 예쁜 고래 하나가

자 떠나자 동해 바다로
신화처럼 숨을 쉬는 고래 잡으러
자 떠나자 동해 바다로
신화처럼 숨을 쉬는 고래 잡으러

* * *

받아 적은 가사를 한 소절 한 소절 정독하는데 나도 모르게 '야!' 하는 탄성이 터져 나왔다. 흔해 빠진 유행가 가사가 아니라 대단한 시였다. 암울한 현실을 이렇게도 멋지게 풍자하여 깊은 의미를 담았단 말인가! 나는 탄복의 수준을 넘어 경탄하였다. 유행가 가사에 호감을 갖거나 감동을 한 적은 더러 있었지만, 탄복의 수준을 넘어 경탄한 것은 난생처음이었다.

노래 가사를 쓴 사람이 누군지 몰라도 이 정도의 멋진 노랫말을 쓴 사람은 보나 마나 대단한 시인이지 싶었다. 처음 노래를 들은 날보다 노래 가사 전체를 알고 나서 더 흥분하지 않을 수 없었다. 갑자기 한시라도 빨리 학교에 가고 싶어지면서 내 마음도 더 다급해졌다. 이 노래 가사에 대해서 반마다 한 시간 동안 긴급 특강을 할 상상을 하자 내 흥분도 그만큼 커지지 않을 수가 없었다. 그러나 흥분이 갑자기 커진 만큼 내 긴장도 그만큼 팽배해졌다.

첫째 시간 수업종이 울리기 전에 도우미가 와서 내 책상 위의 자료를 챙기면서 말했다.

"선생님! 저는 2학년 X반 도우미 아무개입니다. 이번 시간은 2학년 X반 국어 시간입니다."

"그래, 알았다!"

내가 교실 문을 열고 들어서자 학생들이 일제히 제비 새끼처럼 반갑게 인사를 했다.

"반갑습니다! 선생님!"

나도 그들을 향해서 답례 인사를 했다.

"반갑습니다!"

교단 앞에 섰다. 내가 이미 잔뜩 흥분해 있다는 것을 눈치 빠른 학생들이라면 대충 짐작을 했을 것이다. 내가 심각한 표정을 풀지 않고 잠시 호흡을 가다듬는 동안 짧은 침묵이 흘렀다. 마침내 침묵을 깨고 말했다.

"여러분! 이번 시간은 긴급 특강을 하겠습니다. 아주 뜨끈뜨끈한 긴급 특강이 될 것입니다. 대충 한 시간 정도 걸리지 싶어요. 내 시간 계산이 틀리지 않는다면, 오늘은 교과서 공부는 하지 않고 교과서 밖의 공부만 하게 될지 몰라요. 국어책은 아예 덮기 바랍니다."

학생들도 긴장하지 않을 수 없었을 것이다. 다른 날에는 국어 시간에 40분은 교과서 공부를 하고, 10분은 교과서 밖의 국어 공부를 해 왔는데, 오늘은 난데없이 교과서 공부는 아예 하지 않고 전체를 교과서 밖의 공부를 한다고 말했으니 여간 놀라고 당황하지 않을 수 없었을 것이다. 그러면서도 다른 한편으로는 너무 궁금하기도 하고, 그만큼 기대 또한 컸을 것이다.

"며칠 전 일입니다. 출근길 버스 안에서 내 귀를 쫑긋하게 하는 유행가를 들었습니다. 나는 평소에는 버스를 타면 저질 유행가를 듣지 않으려고 창밖의 간판과 도로 표지판의 한글 글자꼴을 연구하였습니다. 그러다 보니 버스만 타면 시선을 창밖의 간판이나 도로 표지판 한글 글자꼴로 쏘았습니다. 그러니 운전사가 트는 저질 유행가는 내 귀에 좀처럼 들어오지 않았습니다.

그런데 어제는 참으로 뜻밖의 일이 벌어졌습니다. 며칠 전에 내 귀를 쫑긋하게 하였던 바로 그 노래가 또 흘러나왔습니다. 나는 재빨리 가사를 받아 적었습니다. 한 줄 한 줄 따라 적은 노랫말이 내 가슴에 비수처럼 꽂히고 말았습니다. 그리고 생각했습니다.

'이 노래 가사는 우리 시대의 암울한 분위기를 너무나 멋지게 풍자하고 있구나! 이런 멋진 노랫말을 쓴 사람은 대단한 시인이겠구나! 정말 대단한 가사이다!'"

"사실, 이 노래를 처음 들을 때는 노래 가사를 정확하게 알아듣지 못했습니다. 그러나 군데군데만 들어도 한 소절 한 소절이 예사롭지 않다는 것을 대번에 알았습니다. 그런데 어제 퇴근길 버스 안에서 또 그 노래가 나오기에 재빨리 가사를 따라 적었던 것입니다. 노래 제목은 '고래사냥'이고, 노래하는 가수는 송창식이었습니다. 혹시 여러분도 이 노래를 알고 있나요?"

학생들은 일제히 대답했다.

"예! 다 알아요!"

"그 노래 다 알아요!"

나는 학생들에게 내 생각을 말했다.

"나는 이 노래를 어제 두 번째 들었습니다. 아주 만만치 않은 대단한 노래란 것을 알고 흥분하여 오늘 여러분에게 이 노래에 대한 긴급 특강을 하고자 하는 것입니다. 여러분의 생각은 어떤지 묻겠습니다. 내가 생각한 대로 이번 수업 시간은 '고래사냥' 노래에 대해서 긴급 특강을 하는 것이 좋겠어요? 종전처럼 국어 교과서 공부를 40분간 하고 나머지 10분, 교밖 공부 시간에 특강을 줄여서 하면 좋겠어요?"

학생들이 큰 소리로 대답했다.

"오늘 수업은 '고래사냥' 긴급 특강을 하시면 좋겠습니다!"

"그러면 이 노래 가사를 한 줄 한 줄 소개하면서 내가 해설을 하겠습니다. 이 노랫말은 명시입니다. 그래서 이번 시간은 명시 해설 시간이 될 것입니다. 그런데 미리 한 가지 부탁이 있습니다. 내가 이런 긴급 특강을 하면 이번 시간에는 교과서 공부를 못하게 됩니다.

그러니까 이런 날은 여러분들이 집에 가서 참고서와 문제집을 보고 자습을 평소보다 더 많이 하기 바랍니다. 그래야 나도 마음이 좀 놓일 것입니다. 그러면 앞으로 이런 긴급 특강을 자주 할 수 있을 것입니다. 오늘은 집에 가서 평소보다 공부를 더 많이 하겠다고 약속합니까?"

"예, 선생님! 약속합니다."

"선생님! 집에 가서 자습을 더 많이 하겠습니다."

나는 침을 한번 꿀꺽 삼키고 말했다.

"지금 나는 엄청 흥분됩니다! 근래에 유행가 가사를 듣고서 이런 충격은 처음 받았기 때문입니다. 대중가요 가사가 내게 이런 충격을 주고, 또 나를 이렇게 흥분하게 한다는 것은 나로서는 난생처음 경험하는 일입니다. 여러분도 이 노래 한 곡의 가사를 통해서 많은 것을 생각하고, 많은 것을 깨닫는 계기가 되기를 바랍니다. 그럼 가사의 첫째 줄을 소개하기 전에 먼저 제목부터 따져보겠습니다."

'고래사냥!'

"이 고래사냥이란 제목부터 심상치가 않습니다. 노루사냥도 아니고, 멧돼지사냥도 아니고, 도대체 '고래사냥'이란 무엇을 상징할까요? 이것은 헤밍웨이(E. Hemingway)의 작품 《노인과 바다》의 마지막 장면과 흡사합니다. 노인은 사투를 벌인 끝에 18피트나 되는 거대한 다랑어를 잡아서 항구로 돌아옵니다.

지칠 대로 지쳤던 노인은 오두막집에 오자마자 쓰러져 잠이 듭니다. 그리고 그날 밤, 노인은 꿈을 꿉니다. 노인의 꿈에 사자가 나타난 것입니다.

'고래사냥' 가사도 바로 헤밍웨이의 《노인과 바다》의 마지막 장면에 나오는 '사자 꿈'과 같은 상징을 하고 있습니다. 거대한 꿈, 원대한 희망을 상징하는데, 이는 우리네 현실이 그에 반해서 정반대라는 은유를 감추고 있습니다. 이는 마치 가장 처절한 밑바닥에 갔을 때 가장 높은 도약을 꿈꾸는 것과 같습니다.

박정희 장군 유신독재의 암울한 시대에 아무 희망이 없고, 아무 출구가 없어서 좌절한 젊은이들이 할 수 있는 것은 꿈꾸는 것밖에 없습니다. 그 꿈을 나타난 게 바로 고래사냥입니다. 우리도 고래사냥을 떠나야 합니다. 내 말 이해합니까?"

"예, 선생님! 이해합니다."

박수갈채와 환호성 터졌다.

"여러분이 혹시 내 말귀를 못 알아들으면 버전을 조금 낮출까 했는데, 여러분의 박수와 환호성을 보니 내 말귀를 제대로 이해한 것처럼 보입니다. 내 판단이 맞나요? 틀렸나요?"

"맞습니다! 선생님!"

"정확합니다. 선생님!"

"좋아요. 그럼 제목에 대한 설명은 그 정도로 하고, 첫째 줄 가사를 살펴보겠습니다."

'술 마시고 노래하고 춤을 춰봐도
가슴에는 하나 가득 슬픔 뿐이네'

"이 첫 구절부터 기가 막힙니다. 이 시대 젊은 놈들이 가슴이 터질 듯이 답답하니 할 수 없이 술을 마시고, 노래를 하고, 춤을 춥니다. 그러나 그러면 그럴수록 기쁨이나 즐거움은커녕 가슴에는 도리어 슬픔만 가득 찬다는 것입니다. 아니, 이게 무슨 소리입니까? 이게 말입니까? 절규입니까?"

"절규입니다. 선생님!"

"그렇습니다. 이것은 은유적 절규입니다. 오늘 우리의 현실에 대한 간접적 비판인 동시에 수준 높은 은유적 비판입니다. 귀때기 새파란 젊은 놈들이 술 마시고, 노래하고, 춤을 추면 신바람 나야 정상 아닙니까? 그런데 신바람은커녕 가슴에는 슬픔만 가득 찬다니, 참 기가 막히고 코가 막히는 일 아닙니까? 이것이 오늘 이 땅의 젊은 놈들이 처한 현실이란 것을 통렬히 비판하는 것입니다. 이 말뜻을 이해합니까?"

"예, 선생님! 이해합니다."

학생들의 박수와 환호성 터졌다.

"다음 구절을 살펴보겠습니다."

'무엇을 할 것인가 둘러 보아도
보이는 건 모두가 돌아 앉았네'

"오늘 이 땅의 젊은 놈들이 가슴이 터질 것 같아서 술을 퍼 마시고, 노래하고, 춤을 아무리 미친 듯이 추어 봐도 가슴에는 슬픔만 가득하다 했습니다. 그런데 이 젊은 놈은 마냥 좌절하고만 있을 수가 없어서 무엇인가 해보려고 사방을 둘러봅니다. 젊은 놈에게 가장 큰 죄악은 아무런 도전도 하지 않는 것입니다. 안주하는 것도 죄악이지만, 아예 도전하지 않는 것이 더 큰 죄악입니다. 그래서 가슴 가득 슬픔을 안고 있지만, 그래도 좌절하고 가만히 있을 수 없어서 무엇이라도 해야지 하고 사방을 둘러보니, 보이는 모든 것이 돌아앉아 있습니다."

"이건 정말 기막힌 일 아닙니까? 세상의 모든 것이 나를 환영하여야 할 판인데 모든 것이 나를 외면하고 돌아앉아 있다니 진짜 사람 잡는 일 아닙니까? 그렇다면 '모두 돌아앉아 있다'라는 말이 무슨 의미입니까? 나와 대화하겠다는 것입니까? 대화하지 않겠다는 것입니까? 나를 받아들인다는 말입니까? 나를 받아들이지 않겠다는 것입니까? 세상의 모든 것이 나를 거부하고, 나를 부정한다는 말입니다. 그러면 이제 나는 어찌해야 합니까?"

"이 땅의 피 끓는 젊은 놈들은 어찌해야 합니까! 사방에 모든 것이 돌아앉아 있으니 여기서 주저앉아 절망해야 합니까? 아닙니다! 그래도 새로운 시도를 해야 합니다! 다음 구절을 살펴보겠습니다."

'자 떠나자 동해 바다로
삼등삼등 완행열차 기차를 타고'

"이 땅의 젊은 놈들은 그대로 주저앉아서 절망하지 말고 새로운 시도를 하자는 것입니다. 주위에 모든 것이 자기를 외면하고 돌아앉아 있으니, 다른 새로운 세계, 미지의 세계로 도전할 수밖에 없는 것입니다. 그렇다면 어찌해야 합니까? 가만히 있어야 합니까? 현실에서 탈출해야 합니까?"

"탈출해야 합니다. 선생님!"

"어디론가 떠나야 합니다. 선생님!"

"그렇습니다. 모든 것이 돌아앉아 있는 숨 막히는 현실에서 가만히 있을 수가 없으니 이 현실을 박차고 떠나야 합니다. 그것이 바로 도전입니다. 그것이 바로 모험입니다. 그런데 어디로 떠나야 합니까? 어디로 가야 합니까?"

"동해 바다입니다."

"맞습니다. 동해 바다로 떠나는 것입니다. 우리나라에서 가장 넓은 세상이 바로 동해 바다입니다. 한라산이 아닙니다. 백두산도 아닙니다. 한라산보다 백두산보다 동해 바다가 더 광대한 세계입니다. 한라산이나 백두산은 제한된 지역입니다. 그러나 동해 바다는 광대무변한 세계를 향하는 창입니다!

"이 땅의 젊은 놈들 가슴에는 터질 듯한 슬픔뿐이지만, 그래도 절망하지 않고, 그래도 좌절하지 않고, 동해 바다로 떠나자는 게 너무너무 멋지고 자랑스러운 희망이 아닙니까? 내 말뜻 이해합니까?"

"예, 선생님!"

"충분히 이해합니다. 선생님!"

"여기에서 말하는 동해 바다는 좀 전에 지적한 대로 헤밍웨이의 《노인과 바다》의 마지막 장면에 노인이 '사자 꿈'을 꾸는 것과 같은 상징으로 해석해도 좋습니다. 아마 가사를 쓴 분은 이런 생각에서 동해 바다를 지칭했지 싶습니다. 다음 구절을 살펴보겠습니다."

'허~'

"여기서 '허~' 하는 소리는 허탈하고 자조적인 절망을 상징하지만, 그 자조와 절망에 주저앉지 말고 일어서는 멋진 도전이 기다리고 있는 것에 주의해야 합니다."

'간밤에 꾸었던 꿈의 세계는
아침에 일어나면 잊혀지지만'

"그렇습니다. 간밤 잠자리에서 아무리 아름답고 기막힌 꿈을 꾸었다 해도 자고 나면 그것은 한낱 꿈에 불과합니다. 그 꿈의 세계가 아무리 광대무변하더라도 그것은 꿈일 뿐입니다. 아침에 일어나면, 즉 자고 나면 잊혀지는 것은 어쩔 수 없는 현실입니다. 그 꿈에서 깨어나서 돌아오는 곳, 거기가 현실입니다. 그러나!"

'그래도 생각나는 내 꿈 하나는
조그만 예쁜 고래 한 마리'

"그 간밤의 꿈에서 또렷이 기억하는 것은 바로 '조그만 예쁜 고래 한 마리'입니다. 《노인과 바다》에서 노인의 꿈속에 사자가 한 마리 나오는데, 이 노래 가사에는 예쁜 고래 한 마리가 나옵니다. 사자와 고래는 같은 상징입니다. 내일에 대한 희망이자 내가 바라는 이상이고, 꿈입니다."

"이것이 바로 이 땅의 가슴 뜨거운 청춘, 가슴 뛰는 젊은 놈들이 잊어서는 안 되는 꿈이고, 희망이며, 이상이어야 합니다. 그래서 그다음에 무엇을 어찌해야 합니까?"

'자 떠나자 동해 바다로
신화처럼 숨을 쉬는 고래 잡으러'

"이 땅의 젊은 놈이 처한 현실에는 모든 것이 돌아앉아 있는데 동해 바다로 떠나야 하는 것은 운명이고, 당위이기도 합니다. 그것이 역사의 길입니다. 새 역사 창조의 길입니다. 그래서 가슴 뜨거운 이 땅의 젊은 놈들이 앞다투어 가야 할 길입니다. 갈 수만 있다면 목숨이라도 바쳐서 반드시 가야 할 길입니다."

"이것은 역사적 소명이기도 합니다. 이것은 현실 도피가 아니라 가열찬 현실 참여를 위해 잠시 휴면기를 갖자는 것입니다. 숨이 막혀 죽을 것만 같은 이 참담한 현실에서 탈출하기 위해 동해 바다로 떠나자는 것입니다."

"그러면 무엇을 하러 떠납니까? 동해 바다로 가서 뭘 하겠다는 것입니까? 넓은 수평선을 바라보며 탱자탱자 놀자는 것입니까? 아닙니다. 아닙니다! 간밤에 본 예쁜 그 고래를 잡으러 떠나는 것입니다."

"그 고래는 어떤 고래입니까? 그냥 일반적인 물고기처럼 숨을 쉬는 흔해 빠진 그런 고래가 아니라, 신화처럼 숨을 쉬는 고래입니다! 신화처럼 숨을 쉰다는데 방점을 찍거나 밑줄을 그어야 합니다. 이 고래는 예사로운 고래가 아닙니다.

가슴 뜨거운 젊은 놈들이라면 하늘처럼 우러러보아야 할 이상을 상징하는 그런 의미의 표상입니다. 이런 엄청난 고래를 잡으러 가자는 것입니다. 신화처럼 숨을 쉬는 고래를 잡으러 가는데, 비록 우리의 사랑이 깨어진다 해도 우리는 뒤돌아보지 않고 떠나야 합니다!"

'우리의 사랑이 깨진다 해도
모든 것을 한꺼번에 잃는다 해도'

"우리의 사랑이 깨어진다고 해도, 모든 것을 다 잃는다 해도, 어떤 두려움도, 어떤 미련도 없이 우리는 떠나야 합니다. 이를 악물고 뒤돌아보지 않고 떠나야 합니다. 이것은 군인으로 말하면 산화입니다. 다시 말하면 장렬하게 전사하는 것입니다. 젊은 놈들은 살아서 돌아올 것이 아니라 전장에서 전사해야 합니다. 산화해야 합니다. 이것은 조국을 위한 최대의 헌신이자 순국입니다."

"여러분과 나는 '우리'이고 '한 몸'입니다. 그래서 마지막까지 왜적에 맞선 이순신 장군처럼 싸워야 합니다.
'아직 열두 척의 배가 있습니다. 그리고 이순신이 있습니다.'
이순신 장군은 우리나라 전쟁사에서 가장 장렬한 전사를 한 위대한 영웅이고, 역사이며, 신화입니다. 지금도 살아 숨 쉬는 이 나라 역사의 불사신입니다."

"그렇다면 이 땅의 가슴 뛰는 젊은 놈들도 주둥아리 쳐 닫고 개돼지처럼 비굴하게 살 것이 아니라, 유신독재의 압제에 항거해야 하고, 저 거대한 불의와 싸우다 마침내 산화라도 해야 합니다. 그러면 우리는 모두 다 잃어도 아까울 것도 없고, 아무 미련도 없는 것입니다. 그런데!"

'우리들 가슴 속에 뚜렷이 있다
한 마리 예쁜 고래 하나가'

"그래서! 우리들 가슴 속에는 분명한 하나가 있습니다. 그것은 신화처럼 숨을 쉬는 '예쁜 고래' 한 마리입니다. 이 예쁜 고래는 우리에게 북극성이고, 우리의 정북향이며, 우리의 이정표이자 우리의 희망봉입니다."

'자 떠나자 동해 바다로
신화처럼 숨을 쉬는 고래 잡으러'

"이 땅의 젊은 놈들은 모든 것들이 다 돌아앉아 있다고 탄식하거나 좌절하지 말고, 지금 당장 고래사냥을 하러 떠나야 합

니다. 한가하게 탄식이나 넋두리하면서, 교활하게 변명하면서
구국의 기회를 놓칠 때가 아닙니다."

"다시 강조합니다. 천만다행으로 우리의 가슴 속에 '예쁜 고
래' 한 마리가 있습니다. 그런데 바보와 등신들은 이를 모를
뿐입니다. 우리의 가슴 속에서 살아 숨 쉬고 있는 이 고래는
흔해 빠진 멍청한 고래가 아니라 저 넓은 동해 바다의 깊은 곳
에서 신화처럼 숨을 쉬는, 원대한 꿈을 가진 어마 무시한 고래
입니다. 그 고래가 바로 젊은이들의 꿈이고 희망입니다."

  '자 떠나자 동해 바다로
  신화처럼 숨을 쉬는 고래 잡으러'

"이 얼마나 멋진 노랫말입니까! 할 수만 있다면 우리도 책이
고, 책가방이고 다 집어던지고, 당장이라도 동해 바다로 떠나
야 하지 않겠습니까?"
"선생님! 동해 바다로 떠나요!"
갑자기 박수갈채와 환호성이 터졌다.

"지금까지 내가 한 줄 한 줄 설명한 것을 종합적으로 묶어서
한마디로 결론을 짓겠습니다. 고래사냥의 노랫말은 참담한 우
리 시대를 너무나 적절하고, 너무나 품위 있게 은유하고 있습

니다. 박정희 군사 독재 정권의 암울한 시대에 사는 불행한 이 땅의 젊은이들에게 꿈과 희망을 주는 멋진 노랫말입니다. 이 토록 멋진 노랫말을 쓴 작사가와 이런 멋진 노래를 작곡한 작곡가와 절창(絶唱)을 한 가수 송창식 씨에게 경의를 표하면서 뜨거운 박수를 아낌없이 보냅시다!"

그러자 학생들의 박수갈채와 환호성 터졌다.

"자, 이런 의미에서 우리 다 함께 고래사냥을 불러 보면 어떻겠습니까? 단 옆 교실에 방해되지 않게 작은 소리로 불렀으면 합니다. 오늘 내가 한 고래사냥 특강에서 내가 강조하고자 하는 의미를 잘 이해하였습니까?"

"예, 선생님! 고래사냥 긴급 특강 감동입니다."

"감동입니다. 선생님!"

"고래사냥도 멋지지만, 하륜 선생님이 더 멋집니다."

그 순간 다시 한번 박수갈채와 환호성이 터졌다. 그리고 나는 학생들에게 제안했다.

"여러분, 다 함께 불러 봅시다. 옆 반에 방해가 되지 않게 되도록 작은 소리로 부르면 좋겠습니다!"

처음에는 아주 작은 소리로 '고래사냥' 노래를 시작하였지만, 점점 커져서 마침내 중간쯤에서는 우렁찬 행진곡처럼 되고 말았다. 노래를 부르면서 더러 눈물을 닦는 학생들도 있었다. 나 역시 부끄러운 줄도 모르고 손등으로 눈물을 계속 닦았다.(※주–내가 들어가는 학급마다 국어 시간에 한 시간 동안 위와 같은 '고래사냥' 긴급 특강을 하였다. 며칠 뒤, '고래사냥'은 방송 금지곡으로 지정되었다. 또한, 동학혁명을 노래한 신동엽이 장편서사시 《금강》(창비출판)을 학급마다 돌아가며 '고래사냥' 때처럼 긴급 특강을 하였다. 그런데 내 특강이 끝나자마자 《금강》 시집도 출판금지가 되고 말았다.)

2
드디어 〈시문학〉 지 1회 추천받다

자신이 넘친 나머지 당선 소감부터 먼저 써놓고 쓴 단편 소설 '오빠의 방'을 〈서울신문〉 신춘문예에 응모했으나 최종심까지 올랐다가 탈락한 것은 생각할수록 자존심이 상하고 열 받는 일이 아닐 수 없었다.

심사 후기를 보니 최종심에 올라온 네 편을 두고 당선작 한 편을 결정하기 위해 심사위원들끼리 오랜 갑론을박을 벌였지만, 의견이 하나로 모이지 않아서 결국 당선작을 내지 못하고, 입선작도 내지 못했다고 하였다.

나는 참 운이 나쁘고 재수가 더러운 것이 분명하다. 결국, 신춘문예 낙방이 내게는 아주 큰 악몽과 저주가 되고 말았다. 이 악몽과 저주에서 한시라도 빨리 벗어나기 위해서라도 문단 등단을 서둘러야 한다는 강박관념으로 나의 몸과 마음은 날로 지쳐만 갔다.

가장 당당하고 멋지게 신춘문예로 등단하는 것은 물 건너갔으니, 차선책이라도 감지덕지해야 할 초라한 신세가 되고 말았다. 이런 내 꼴은 말이 아니었다. 초라한 내가 차선책이라고 하는 것은 문학잡지에서 실시하는 신인추천제도를 말한다.

할 수 없다. 이제 차선책이라도 군소리하지 말고 받아들여야 한다. 나는 찜찜한 기분을 감추지 못했지만, 평소에 써 놓았던 습작 시 중에서 몇 편을 골라서 시문학사에 등기 우편으로 보냈다.

그날 이후로 온통 나의 관심은 〈시문학〉 지에 가 있었다. 월말이 가까워지면, '새달 〈시문학〉 지가 나왔겠지' 기대를 하고 책방에 나갔다. 잡지 서가 앞에서 새달 〈시문학〉 지의 목차를 펼치고, 추천자 명단에 내 이름이 끼어 있는지 후딱 확인하였다. 책방에 갈 때까지만 해도 잔뜩 기대에 부풀었는데, 막상 내 작품이 추천되지 않았음을 확인하는 순간, 다리에 힘이 쭈욱 빠져서 그 자리에 금방 쓰러질 것 같았다.

사실 학교생활은 예상보다 빨리 자리 잡았고, 학생들에게 인기도 날로 높아졌기 때문에 내가 딱히 걱정해야 할 것은 없었다. 그러나 시인으로 추천을 받고 문단에 등단하는 일은 그 어떤 일보다 급하고 중요한 일인데도 시문학사에서는 반가운 소식은커녕 아무런 기별도 없었다.

〈시문학〉 지는 한 달에 한 번 발행하는 월간지이다. 다음 달 잡지가 나올 때까지 또 한 달을 기다리는 것이 왜 그리도 길게 느껴지는지 알다가도 모를 일이었다. 월말이 가까워지면 〈시문학〉지를 사러 책방에 가는 꿈을 꿨고, 꿈에서조차 헛소리를 할 정도로 내 생각은 온통 〈시문학〉지의 신인추천에 쏠려 있었다.

신인추천 응모에 투고한 지 석 달이 지난 어느 날, 평소처럼 종로서적 월간지 가판대 앞에 서서 새로 나온 〈시문학〉지를 뽑아 들고 목차를 살폈다. 조마조마한 마음을 감추고, 두 눈을 부릅뜨고 신인추천에 내 이름이 있는지를 먼저 살폈다. 그 순간 내 눈을 의심하였다.

"아!"

나도 모르게 짧은 비명을 질렀다. 이달에 추천받은 사람 명단에 '하륜'이라고 내 이름이 끼어 있었다. 그 자리에서 나는 덩실덩실 춤이라도 추며 환호성을 지르고 싶었다. 그러나 주위를 의식하여 환호성을 지르지도, 춤도 추지는 않았지만, 하마터면 맛이 간 놈처럼 환호성을 지르며 춤을 출 뻔하였다.

〈시문학〉지의 추천 규정으로는 총 2회 추천을 받아야 정식으로 등단을 한다. 하지만 사실 1회 추천을 받기만 하면, 2회 추천을 받는 것은 시간문제라고 할 수 있다. 그러니 1회 추천이 어려운 일인데, 나는 그 어려운 1회 추천이란 최초의 관문을 드디어 통과한 것이다.

얼른 〈시문학〉지 한 권을 샀다. 종로서적을 나오면서 조금 전에 사서 가방에 넣었던 〈시문학〉지를 꺼내어 목차를 살펴보았다. 분명히 이달의 추천자 명단 중에 내 이름이 있었다. 아까 확인하였지만, 다시 확인해 봐도 좀처럼 믿어지지 않았다. '심청전 버전'으로 말하면 '꿈이냐 생시냐?' 수준이었다.

나도 모르게 '하륜', '하륜' 하고 중얼거렸더니, 마치 하륜이 나와 아무 상관이 없는 먼 타인처럼 느껴졌다. 그때 정신을 차린 나는 다시 중얼거렸다.

'아니다. 시인 하륜이 나와 타인이 되면 안 된다. 나와 하나가 되어야 한다. 그냥 하륜이 시인 하륜이고, 시인 하륜이 그냥 하륜이 되어야 한다. 두 사람은 하나가 되어야 한다. 절대로 따로 놀면 안 되고 하나가 되어 하나로 놀아야 한다.'

그 순간 나는 세상을 향해 큰 소리로 외치고 싶었다.

"하륜은 시인이고, '시인 하륜'은 '그냥 하륜'이다! 두 사람은 동일인이다!"

나는 여기저기 오만데떼만데 전화를 해서 자랑을 하고 싶었다. 그런데 막상 전화를 하려니 주춤하지 않을 수 없었다. 그동안 전화를 안 하다가 겨우 제 자랑을 하려고 불쑥 전화한다는 것이 아무래도 좀 거시기하였다. 순간 '사촌이 땅을 사면 배가 아프다'라는 말이 떠올랐다. 할 수 없이 자랑질은 좀 참고, 한 박자 늦추기로 하였다.

한편으로 '누가 이 일을 진정으로 기뻐하고 축하해 줄까'를 생각하니 아무래도 부산에 계시는 어머니일 것 같았다. 부산 고향집에 전화를 하였다. 마침 어머니가 전화를 받았다. 어머니가 걱정스러운 목소리로 물었다.

"야야, 우짠 일로 전화했노?"

나는 흥분한 목소리로 말했다.

"엄마, 반가운 소식이 있어서 전화했어요."

"방금 머라캤노?"

"반가운 소식이라 했어요."

"반가운 소식? 먼데?"

나는 침을 한번 꿀꺽 삼키고 말했다.

"제가 〈시문학〉 이란 잡지에 시인으로 추천을 받았습니다."

어머니가 다시 물었다.

"그게 무신 소리고?

나는 신인추천에 대해서 간단히 설명하였다. 그러자 어머니가 놀란 듯이 대답했다.

"그라모 니가 과거 급제를 한 것이나 다름없구나! 그렇제?"

"예, 엄마! 이제 한 번만 더 추천을 받으면 정식으로 시인 등단을 하는 겁니다! 그러면 제가 드디어 상경한 꿈을 이루는 것입니다."

어머니도 기쁜 듯이 말했다.

"참 반가운 소식이구나. 니가 여기 있었다면 소는 못 잡아도, 돼지라도 한 마리 잡아서 온 동네 사람에게 한턱을 내야 할 일이네!"

나는 다시 설명을 했다.

"엄마! 아직 돼지 잡을 정도는 아닙니다. 이제 1회 추천을 받았으니 목적을 절반만 달성했어요. 2회 추천마저 받아야 정식으로 '시인' 인정을 받는 것입니다. 그때 돼지 새끼라도 잡으면 됩니다."

그러자 어머니가 다시 말했다. 기쁨에 찬 목소리였다.

"내 기분 같아서는 지금 한 마리 잡고, 그때 또 한 마리 잡으면 좋겠다."

"저도 그만큼 기쁩니다. 아버지께도 잘 설명해 주십시오."

"오냐, 내가 대충은 설명하겠다만, 자세한 것은 밤에 니가 다시 전화해서 직접 설명하려무나!"

"예, 알겠습니다!"

그날 밤 나는 잠자리에 들었다. 자리에 누워서도 〈시문학〉지를 품에 안고 추천받은 작품을 찬찬히 읽었다.

넝쿨

하 륜

소주를 마시고
어지러운 마음으로 돌아오는 길에
아직 꺼지지 않은 작은 불을 보았다.
누구를 위한 불면인가.
말하라.
기다림으로 남아 있는
그대의 인고를 말하라.
어둠 속에 가라앉아 보이지 않는
그대의 잘디잔 진실을 엮어
아무도 모르는 밤의 무게를 계산해 보아라.
가령 그대가 밤의 깊이를 계산하기 위해서
또 하나 지등을 누가 달아야 할 때
꺼져가는 어떤 영혼의 진실을 만난다면
무엇인가.
이런 만남 속에 숨어 있는
우리의 부끄러움은
씻을 수 있을 것인가.
한 장 한 장 잠을 깨우며

서걱이는 고통의 가장자리를 맴돌며
우리들이 가지고 싶은
넝쿨이 누릴 자유마저
가로막고 일어서는 것은 무엇인가.

* * *

몇 번을 다시 읽어 보았다. 좀 더 잘 다듬어서 더 간결하게
썼더라면 하는 아쉬움이 들었다. 그러나 이미 배는 출항을 하
고 말았다. 나중에 시집을 낼 경우에 손을 좀 보아서 깔끔한
이미지로 다듬으면 좋을 것 같았다.

〈시문학〉지의 1회 추천을 받았으니, 곧 2회 추천에 응모를
준비해야 한다. 새로운 작품을 빨리 써서 시문학사로 보내야
한다. '무슨 주제로 신작 시를 쓸까'하고 생각하니, 도저히 잠
이 오지 않았다.

'이불속에서 끙끙댈 것이 아니다!'

벌떡 자리에서 일어나 책상 앞에 앉았다. 쇠뿔도 단김에 빼
라는 말처럼, 나는 단김에 시를 쓰고 싶었다. 책상 앞에 원고
지를 놓고 새로운 시를 한 편 쓰려고 끙끙댔지만, 끝내 한 줄
도 쓰지 못한 채 다시 자리에 누웠다. 그래도 눈은 말똥말똥
잠이 쉬 오지 않았다.

3
다른 꽃은 모조리 뽑고, 장미꽃만 심자

"반갑습니다. 이번 시간에는 '다른 꽃은 모조리 뽑고, 장미꽃만 심자'라는 제목으로 이야기를 하겠습니다. 종교에 관한 주제를 다룰 것이니 종교에 관심 있는 사람이나 종교를 가지고 있는 사람은 정신 바짝 차려 귀담아듣고, 자기를 돌아보면서 어리석음을 발견하는 귀한 지혜도 한 수 배우기 바랍니다. 이번 시간에도 평소 하던 대로 두 귀로 청취하지 말고, 온몸으로 경청하기 바랍니다. 경청할 준비가 되었습니까?"

"예, 준비되었습니다. 선생님!"

"결론을 먼저 말하면, 제발 '장미 미치광이'가 되지 말기 바랍니다. '장미 미치광이'란, 이 세상의 수많은 꽃 중에 오직 장미꽃이 가장 예쁘다고 생각한 나머지 다른 꽃들은 모조리 뽑아내고, 장미꽃만 심자는 사람을 말합니다. 장미꽃을 가장 예쁘다고 생각하는 것까지는 아무 문제가 없습니다. 문제는 그

다음입니다. 다른 꽃들을 모조리 뽑아내고 장미꽃만 심자는
건 한심한 짓거리입니다.

여러분도 알다시피 이 지상에는 수많은 꽃이 있습니다. 각
자의 취향에 따라 이 꽃을 좋아하는 사람도 있고, 저 꽃을 좋
아하는 사람도 있습니다. 이는 각자의 자유입니다. 이것은 아
무 잘못도 아니고, 아주 자연스러운 일일 뿐입니다. 그런데 우
리 주위에는 장미꽃이 가장 아름다우니 다른 꽃들은 모조리
뽑아내고, 그 자리에 장미꽃만 심자고 하는 사람들이 너무 많
습니다.

이런 사람들이 과연 정상일까요? 비정상일까요? 한마디로
'장미 미치광이'입니다. '장미 미치광이'란 말은 내가 만든 말
입니다. 이 세상에 기여하는 바가 없지는 않지만, 악영향이 백
배 천배 더 많다고 생각합니다."

"다시 한번 강조합니다. 이 지상에는 수많은 꽃들이 있습니
다. 다양한 꽃들이 저마다 독특한 모습으로, 저마다 독특한 향
기를 뿜으면서 활짝 피는 것이 자연의 순리이고, 자연의 아름
다움입니다. 그런데 '장미꽃이 최고이니 다른 꽃들은 모조리
다 뽑아 버려야 한다'라고 여기저기 돌아다니면서 외치고, 온
갖 또라이짓을 하는 장미 미치광이들을 그냥 내버려 두어야
할까요? 당장 추방해야 할까요?

이 대목에서 한 가지 질문합니다. 여러분은 장미꽃으로 통

일하는 것은 찬성할 수 없지만, 국화꽃으로 통일하는 것에는
찬성합니까?"

"……."

학생들은 모두 잠자코 조용히 있었다. 나는 다시 학생들에
게 물었다.

"왜 대답이 없습니까? 국화꽃으로 통일하자는 소리가 말이
되는 소립니까? 도저히 말이 안 되는 개소리입니까?"

"말이 안 됩니다. 선생님!"

"다행입니다! 그러면 개나리꽃으로 통일하면 좋다고 생각합
니까? 아니면, 연꽃으로 통일하면 좋다고 생각합니까?"

"그것도 아닙니다. 선생님!"

"그렇습니다. 어떤 꽃이라도 한 가지 꽃으로 통일하면 안 됩
니다! 문제의 핵심은 '무슨 꽃' 혹은 '어떤 꽃이냐'가 아닙니다!
꽃이 문제가 아니라 한 가지로 통일하는 것이 문제입니다! 이
대목에 이의 있습니까?"

"이의 없습니다. 선생님!"

"저는 이 주장에서 한 치도 물러설 수 없습니다. 이것은 제
신념입니다! 사람들의 취미는 다양해서 애완견을 좋아하는 이
도 있고, 고양이를 좋아하는 이도 있습니다. 그런데 어떤 동네
동장이 확성기를 틀고 이렇게 말했습니다.

'동민 여러분! 동민 여러분! 저는 아무개 동장입니다. 여러

분들 중에 고양이를 키우는 사람들은 지금 즉시 동사무소로 고양이를 끌고 나오십시오. 그러면 아주 귀여운 애완견과 교환해 드리겠습니다.'

아무개 동장, 정신병자 아닙니까! 솔직히 말하면 미친놈 아닙니까?"

교실 안에 폭소가 터졌다.

"이런 미친놈이 동장 짓을 오래 하게 내버려 두면 큰 사고 칠 사람 아닙니까?"

또다시 폭소가 터졌다.

"이런 인간은 동네 동장에서 끌어내려야 하는 것 아닙니까?"

계속해서 폭소가 끊이지 않았다.

"지금까지 내가 한 이야기가 무슨 소리인지 대충 감을 잡은 사람들은 박수를 한번 보내보세요."

학생들의 박수갈채가 터졌다.

"천만다행입니다. 여러분들이 내 이야기의 핵심을 제대로 이해하는 것 같아서 너무 다행이고, 너무 기쁩니다. 마치겠습니다."

"감사합니다. 선생님!"

학생들의 박수갈채와 환호성이 터졌다.

4
이준연 선생의 눈 보고 중대 결심하다

나는 동화작가 이준연 선생님을 참 좋아한다. 마침 선생님 댁 근처에서 어느 모임의 야간 강연을 할 기회가 생겼다. 오랜만에 이 선생에게 안부 전화를 하여 내 강연 사정을 말했다.

"좀 일찍 출발하여 선생님 댁에서 두어 시간 정도 보내고, 야간 강연을 하러 가면 어떨까요?"

그러자 이 선생님은 흔쾌히 수락하였다. 길눈이 어두워서 몇 번이나 물어물어 선생님 댁으로 갔다. 나를 반갑게 맞이하는 것을 보니 연락하기를 참 잘했다는 생각이 들었고, 앞으로도 자주 안부 전화를 해야겠다고 생각하였다.

문간방에 선생님과 마주 앉았다. 선생님은 그동안 출간된 동화책들을 내게 사인해 주시겠다면서 앉은뱅이책상 가까이 다가갔다. 앉은뱅이책상 위에는 선생님의 동화책이 놓여 있었다. 그런데 책상 높이가 아무래도 좀 이상했다. 보통 앉은뱅이책상보다 훨씬 높았기 때문이다. 아무리 보아도 시중에 파는 앉은뱅이책상이 아니었다.

누군가 아주 서툰 솜씨로 뚝딱뚝딱 만든 것 같았다. 어디를 봐도 깔끔한 데가 없고 거칠고 울퉁불퉁한 것이 어쩌면 선생님이 직접 만들었지 싶었다. 문제는 책상의 높이였다. 자세히 보니 보통 책상보다 약 이십 센티미터는 더 높았다. 그 바람에 앉은뱅이책상으로서는 너무 부자연스럽고 너무 어색해 보였다.

선생님이 책에 사인하기 위해 책상 앞에 앉아서 첫 번째 사인을 하는 순간 앉은뱅이책상의 높이에 대한 의문이 확 풀렸다. 문제는 선생님의 시력이다. 사실 선생님의 시력이 좋지 않다는 소문은 이미 들은 적이 있었다.

그런데 책에 사인하기 위해서 선생님이 책상 위로 바싹 고개를 숙이는 순간 나는 비명을 지를 뻔했다. 선생님의 눈과 사인할 책과의 거리는 불과 5, 6센티미터 정도 될까 말까였다. 선생님의 시력이 아무리 나빠도 그 정도로 나쁜지는 꿈에도 상상하지 못하였기 때문이다.

선생님이 펜을 잡고 조심스레 사인하는 동안, 나는 아무 말도 못 하고 감전된 듯이 꼼짝 않고 숨죽이며 쳐다만 보았다. 사인이 다 끝나자 내가 조심스레 말했다.

"선생님, 선생님의 시력이 좋지 않다는 소문은 이미 들었는데, 이렇게 나쁜 줄은 몰랐습니다."

선생님은 멋쩍게 '허허'하고 웃었다.

"내 눈이 이 정도인지 몰랐어요?"

"예, 선생님. 이렇게 나쁜지 꿈에도 몰랐습니다."

"최고로 유명하다는 공안과에 가서 치료도 했지만, 다 소용이 없었어요."

선생님은 너무 뜻밖의 말을 하였다.

"한쪽 눈은 거의 보이지 않고, 한쪽 눈만 겨우 보입니다."

나는 걱정스러운 표정으로 물었다.

"선생님, 언제부터 눈이 그리 나빠졌습니까?"

"오래되었습니다. 오래."

"그러면 그 눈으로 공부를 하고, 독서를 하고, 그 많은 작품들을 썼습니까?"

"그럼요."

선생님은 대수롭지 않게 말했다. 그 순간 나는 내 눈을 만져 보았다. 두 눈 다 멀쩡한 것이 좀 미안한 생각이 들었다.

"선생님, 정말 대단하십니다. 저는 선생님께서 이렇게 나쁜 눈으로 그 좋은 작품을 많이 쓰신 것에 대해서 존경하지 않을 수 없습니다. 선생님, 정말 대단하십니다."

그럴 즈음에 사모님께서 술상을 차려왔다. 선생님은 따님이 동화작가가 된 이야기, 박사과정에서 공부를 열심히 하는 이야기, 지금 살고 있는 집을 오래전에 싸게 산 이야기 등 여러 가지 재미있는 이야기를 했다.

선생님의 이야기를 들으면서 나는 내 눈을 생각했다. 나는 두 눈이 멀쩡하다. 신문도 보고, 명함 밑에 박힌 작은 주소 글자까지 다 볼 수 있다. 그런데 선생님은 저런 악조건 속에서도 한국 아동문학사에 남을 명작들을 수없이 썼는데, 나는 그동안 뭘 했단 말인가? 나는 자괴감이 들었고 내가 참 초라하고 작은 것을 알았다.

나는 그날 강연장에 들어가자마자 칠판에 다음과 같이 썼다. '아동문학가 이준연 선생의 역경과 위대한 승리!'

나는 준비해 갔던 내용의 강연을 하지 않았다. 이준연 선생의 눈에서 받은 충격과 감동이 너무 컸기 때문에 강연 주제를 바꾸지 않을 수가 없었다. 강연을 무사히 마치고 집으로 돌아오는 차 안에서 생각했다. '이준연 선생보다 열배 백배나 더 좋은 눈을 두 개나 달고 그동안 나는 뭘 했나'하고 반성하며 자책했다.

집에 오자마자 책상머리에 앉아 그동안 생각한 것을 정리했다. 그리고 목표와 실천 강령을 정했다.

• 나의 목표

박정희 대통령이 새마을 운동을 하기 이전의 우리나라 농촌 풍경을 6백 편의 동시와 6백 편의 동화로 담는다.

• 실천강령

매일 한 편을 쓰지 않으면 밥을 굶는다.

나의 목표와 실천강령을 A4 용지에 매직으로 여러 장 썼다. 이를 책상 앞에 붙이고, 침대 머리맡에도 붙이고, 화장실에도 붙였다. 그리고 다음 날부터 즉각 실천에 옮겼다. 나는 신들린 사람처럼 매일매일 한 편씩 작품의 초고를 썼다. 한 편을 쓰고 밥을 먹을 때는 전과는 아주 다른 묘한 느낌이 들었다. 보람도 있고, 자신감도 생겼다.

이 계획을 도중에서 중단하지 않고 계속 밀고 나가면, 우리 농촌의 정서가 물씬 풍기는 토종 동시 6백 편과 토종 동화 6백 편은 무난히 쓸 수 있을 것 같은 자신감이 생겼다.

5
알렉산더 대왕 죽을 때 손의 위치

"반갑습니다. 이번 시간에는 '알렉산더 대왕 죽을 때 손의 위치'란 제목으로 이야기하겠습니다. 내가 항상 강조하는 소리지만, 이번 시간에도 내 이야기를 귀로 듣는 청취를 하지 말고 온몸으로 듣는 경청을 하여 삶의 중요한 지혜를 한 수 배우기 바랍니다. 경청할 준비가 되었습니까?"

"예, 선생님!"

"알렉산더 대왕이 죽기 전의 일입니다. 대왕이 신하들에게 말했습니다.

'이제 나의 죽음이 가까워지고 있다. 그래서 나는 마지막으로 그대들에게 부탁이 있다.'

그러자 신하들은 촉각을 곤두세웠습니다. 신하로서 혹은 부하로서 대왕의 죽음 그 자체에 대한 슬픔도 슬픔이려니와 한편으로는 '혹시 나에게 유리한 무슨 떡고물 생기는 유언이라도 있지 않을까'하는 기대도 생기지 않을 수가 없었습니다. 직급이 낮은 치들은 자기에게 직접 떡고물 생길 일이야 없겠지만, 자기 보스(Boss)나 자기 계보에 유리한 떡고물이 떨어질 것은 기대할 만한 것입니다."

"민정계는 민정계대로, 민주계는 민주계대로, 공화계는 공화계대로 제각기 꿍꿍이속이 달라서 헛물켜는 질과 양도 다를 수밖에 없습니다. 이렇게 졸개들이 저마다 다른 꿍꿍이속을 하고 헛물을 켜고 있을 때 알렉산더 대왕이 말했습니다.

'그대들이 내 시체를 거리로 운반할 때, 내 양손이 나오도록 하라!'

이 말은 민주, 민정, 공화계는 물론 왕당파나 서명파에게 너무나 뜻밖의 말이었습니다. 신하들은 눈이 휘둥그레졌습니다. 자기들이 은근히 기대한 것과는 다르게 너무나 엉뚱하고 거리가 먼 주문이었습니다.

알렉산더 대왕은 계속해서 말했습니다.

'그리고 내 두 손을 절대로 덮지 말아라!'

은근히 떡고물을 기대하던 신하들은 완전히 김이 새버렸습니다. 게다가 대왕의 유언은 너무 뜻밖의 것이었습니다. 그러자 신하들에게 약간의 혼란이 일어났습니다. 지금까지 아무도 죽은 뒤에 그런 식으로 운구한 적이 없었기 때문입니다. 신하들은 도저히 이해가 되지 않았습니다. 신하들 중에서 누군가가 조심스럽게 대왕에게 말했습니다.

'폐하, 무슨 말씀이십니까? 이는 일반적인 방식이 아닙니다!'

그러자 다른 신하도 거들며 말했습니다.

'폐하, 아뢰옵기 황공하오나, 지금까지 관례는 몸 전체를 덮는 것이 보통입니다. 왜 하필 폐하의 어수(御手)가 나오기를 바라십니까?'

알렉산더 대왕이 대답했습니다.

'야, 이 멍텅구리들아! 내 말을 왜 그리도 못 알아듣냐! 나는 내가 빈손으로 죽는다는 사실을 알리고 싶어 그런다. 누구나 이것을 보아야 하며, 아무도 다시는 알렉산더 대왕처럼 되려고 해서는 안 된다. 나는 많은 것을 얻었으나 사실은 아직 아무것도 얻지 못했으며, 내 왕국은 거대하지만, 나는 여전히 가난하다.'"

"알렉산더 대왕이 부탁한 마지막 말은 '아!'하는 경탄의 감탄사 없이는 들을 수 없는 말이기도 합니다.

'나는 내가 빈손으로 죽는다는 사실을 알리고 싶다. 나는 많은 것을 얻었으나 사실 아무것도 얻지 못했으며, 내 왕국은 거대하지만, 나는 여전히 가난하다!'

알렉산더 대왕조차도 '많은 것을 얻었으나 사실은 아직 아무것도 얻지 못했다'라고 탄식한 것입니다. 알렉산더 대왕이야말로 살아생전에는 이 세상 그 누구보다 강한 명장이었고, 또 위대한 대왕이었지만, 죽는 순간에는 진실한 한 명의 인간으로, 가장 위대한 철학자로 죽은 것이라 생각합니다."

"여러분, 우리는 지금 너무 많이 가지고 있지 않은가 하고 자신에게 물어봐야 합니다. 지금 당장 누구를 용서해 주어야 할 사람은 없는가 생각해 봐야 합니다. 지금 당장 갚아야 할 빚은 없는가 생각해야 합니다. 그 빚이 물질적이든, 마음의 빚이든 상관없습니다.

또한, 여러분은 지금 누구를 오해하고 있지는 않은지 반성해야 합니다. 그리고 지금 너무 부질없는 것에 너무 아등바등하는 것은 아닌지 자문해야 합니다.

우리는 지금 터무니없는 욕심 때문에 눈과 귀가 멀지 않았는지 자문해야 합니다. 지금 정말 부질없는 것을 갖기 위해서 인생의 가장 중요한 시기를 다 쓰고 있지 않은지 생각해 볼 일입니다. 지금 가려운 다리를 긁는 게 아닌 엉뚱한 다리를 긁고 있지는 않은지 생각해 볼 일입니다. 이러한 철저한 자기반성, 내지는 자기 검정을 해야 합니다."

"여러분! 알렉산더 대왕의 일화를 통해서 삶의 귀한 지혜를 한 수 배웠기 바랍니다. 어쩌면 지금 이 시간에 배운 한 수가 엉터리 교수에게 한 학기 강의 들은 것보다 더 귀한 것일지 모릅니다. 아니 어쩌면 엉터리 대학에서, 엉터리 교수에게 4년 동안 배운 것보다 더 가치 있는 것일지도 모릅니다. 내 말 이해합니까?"

"예, 선생님!"

"그럼 마치겠습니다."

박수갈채와 환호성이 터졌다.

6
운명적으로 만난 지상 최고의 미인(1)

영어 선생과의 좋지 않은 기억이 거의 지워져 갈 무렵이던 어느 날, 광화문에 있는 출판문화협회 사무실 행사에 갔다. 전문가 몇 사람이 주제를 발표하고 난 뒤 청중들과 질의응답을 하였다. 나는 출판에 대해서 별로 아는 것이 없어서 한마디도 못하고, 남의 말을 경청할 수밖에 없었다.

평소에 더러 이런 행사에 참석하는 경우가 있는데, 행사가 끝나고 돌아갈 때마다 생각이 크게 둘로 갈라졌다. 하나는 '오길 참 잘했다'이고, 다른 하나는 '이럴 줄 알았으면 오지 않았을 텐데'이다. 그런데 이 모임은 이도 저도 아니고, 그저 그랬다.

집으로 가는 길에 아무래도 입이 좀 심심해서 출판문화회관 아래에 있는 다방에 가서 차라도 한잔 마시고 싶었다. 출판문화회관 때문인지 다방 분위기가 예사롭지 않았다. 자세히 보니 분위기도 분위기이지만, 차를 나르는 아가씨들의 분위기 또한 만만치가 않았다.

평소 버릇대로 구석 자리에 앉아서 차를 시켰다. 그런데 자리에 앉자마자 아름다운 여자를 발견하고는 내 눈을 의심하였다. 키도 크고, 몸매도 멋진 스물일곱에서 여덟쯤 되는 여자가 밤색 낙엽 무늬 투피스 치맛자락을 바닥에 잘잘 끌면서 손님들에게 눈인사를 하고 있었다.

'절세의 미인'이란 말이 떠올랐다. 그녀를 보는 순간 대번 감전되고 말았다. 그때까지 나는 예쁜 여자를 더러 보았는데, 절세의 미인이 내 눈앞에서 치맛자락을 잘잘 끄는 것은 처음 보았다. 다방 청소도 하고, 차를 나르는 레지가 아니라 얼굴마담으로 보였다.

이날까지 마음에 드는 여자에게 내가 먼저 말을 붙여서 인연을 만드는 재주는 예나 지금이나 없다. 만약 내게 그런 재주나 용기가 있었으면, 내 운명은 진작 달라졌을 것이다. 그런데 내게 어디서 그런 용기가 있었는지 이해할 수가 없지만, 나는 종이쪽지에 내 전화번호와 이름을 적고 그녀에게로 성큼성큼 걸어가서 즉흥 대사를 읊었다.

"제 이름은 하륜입니다. 저는 부산사람인데 이번 신학기에 서울 S고등학교에 부임하여 현재 국어 선생을 하고 있습니다. 그대처럼 아름다운 분은 처음 보았습니다. 차 한 잔 같이할 기회를 제게 한 번 주시면 좋겠습니다. 아무 때라도 시간이 나면 제게 전화해 주시기 바랍니다. 매일 밤낮으로 눈 빠지게 전화를 기다리겠습니다."

아무리 즉흥 대사라 해도 엄청 자연스럽게 읊었다. 많이 해본 솜씨로 오해받기 딱이었다. 《로미오와 줄리엣》에서 몬터규 집안의 아들 로미오가 원수지간인 캐퓰렛 집안의 무도회에만 가지 않았더라면 줄리엣을 만나지 않았을 테고, 그랬더라면 로미오와 줄리엣의 비극적 사랑은 이루어지지 않았을 것이다.

어떻게 집에 돌아왔는지 전혀 기억이 없었다. 집에 돌아온 나는 그녀의 환상에 사로잡혀 완전히 넋이 빠지고 말았다. 한숨도 잠을 이루지 못하고 뜬눈으로 밤을 새웠다. 그날 출판문화협회의 행사에 가지 않았더라면, 갔더라도 볼일만 보고 다방에 들리지 않고 그대로 돌아왔더라면 나의 운명의 방향은 달라졌을 것이다.

그녀의 전화를 눈이 빠지게 기다렸다. 수업 시간이 끝날 때마다 허겁지겁 교무실로 달려가서 급사에게 말했다.

"내게 전화 온 사람은 없었니?"

급사는 고개를 가로저었다. 매시간 허겁지겁 달려와서 전화 유무를 확인하는 게 반복되자 급사는 내가 저만치서 허겁지겁 달려오기만 해도 고개를 가로젓거나 손을 저었다.

이 일은 내게 너무나 중요한 일과가 되고 말았다. 그녀의 전화를 기다린 지 어느덧 여러 주일이 지났다. 그러나 그녀의 전화는 오지 않았다. 그렇다 보니 그녀와의 인연은 더 이상 이어질 가망이 없구나 하고 포기를 할까 말까 고심하였다. 한없이 들떠 있었던 내 마음은 조금씩 사그라들었다. 그러구러 한 달쯤 지났다. 드디어 그녀의 전화가 왔다. 나는 너무 들떠서 제대로 말을 못 하였다.

"고맙습니다. 그동안 매일 전화를 기다렸습니다. 이번 토요일 오후에 차라도 한잔하면 어떻겠습니까?"

"예! 선생님!"

다행히 내 마음이 전해진 모양이다. 그녀는 조금도 주저하지 않고 나의 제안을 흔쾌히 수락하였다. 주말 오후, 우리는 혜화동 로터리에 있는 어느 제과점에서 만났다. 그리고 서로 정식으로 통성명을 하였다. 나는 내 소개를 아주 간략히 했고, 그녀도 자기소개를 했다. 그녀는 나보다 두 살이 아래로, 고향은 전남 광주였다. 현재는 동숭동에서 살고 있으며, 대학 때 성악을 전공했다고 했다.

나는 남녀 간의 사랑이 맹목적이라는 사실을, 그리고 남녀의 만남에는 운명적인 데가 있다는 사실을 잘 몰랐다. 그날 밤, 그녀와의 만남을 소재로 '어느 전생에 만났기에'란 제목의 시를 한 편 썼다.

어느 전생에 만났기에

어느 전생에 만났기에
마주 앉아 잔을 들면
어느 하늘 한 점 구름으로 머물다가
혹은 무서리 지는 강 언덕
젖은 풀잎으로 떨며
누구를 기다리다
옥이 되었나
잔이 부딪는 소리마다
열리는 가슴
어느 전생에 만났기에
눈 감아도 감아도
다가서는 것일까.

* * *

젊은 시인의 가슴속에 타오르는 사랑의 불길은 그 무엇으로도, 그 누구도 끌 수도 잡을 수도 없이 활활 타올랐다.

7
나훈아와 노훈아의 근본적 차이

내 강연이 학생들로부터 인기가 천정부지로 솟고, 이것이 입소문으로 번져나가는 탓인지 외부 강연 부탁이 점점 늘어났다. 어느 날, 글 쓰는 사람과 그림 그리는 사람이 섞여 있는 작은 모임에서 문학에 대한 내 이야기를 듣고 싶다고 해서 흔쾌히 수락하였다. 인사동 무슨 회랑으로 갔다. 여남은 명의 청중이 있었다. 강연 시간이 되자 모임의 총무격인 사람이 자리에서 벌떡 일어났다.

"안녕하세요. 이 모임의 총무 아무개입니다. 오늘은 시를 쓰는 하륜 선생님을 모시고 선생님의 귀한 이야기를 들어보는 시간을 마련하였습니다. 선생님은 서울 S고등학교에서 교편을 잡고 있는데, 학생들에게 인기가 전설적이라고 들었습니다. 그래서 하 선생님을 모시고 귀한 말씀을 듣고자 이런 자리를 마련하였습니다. 하륜 선생님을 박수로 환영해주시면 감사하겠습니다."

나는 청중들 앞으로 나가서 작은 칠판에다 강연 제목을 다음과 같이 적었다.

'나훈아와 노훈아'

"여러분 반갑습니다. 저는 방금 사회자의 소개처럼 시를 공부하면서 서울 S고등학교에서 국어 선생을 하고 있는 하륜입니다. 아직 이런 자리에서 잘난척할 군번은 아닙니다. 그런데 이런 귀한 기회를 마련해 주어서 고맙고 기쁩니다.

오늘 저는 '나훈아와 노훈아'란 제목으로 제 생각을 전하려고 합니다. 강연의 제목이 마치 문학이 아니라 음악에 대한 이야기 같습니다. 그러나 저는 음악 이야기를 하려는 것이 아니라 진정한 프로의 자세에 관해 이야기하고자 합니다."

"나훈아와 노훈아! 두 사람 중 한 사람은 진짜 '나훈아'이고, 다른 한 사람은 나훈아의 모창 가수 '노훈아'입니다. 다시 말하면 한 사람은 진짜이고, 한 사람은 짝퉁입니다. 이 두 사람을 한번 따져봅시다.

과연 두 사람의 음악적 재능 차이는 얼마나 될까요? 얼추 두 배 정도 될까요? 두 배는 안 될까요? 두 배까지는 안 되지 싶습니다. 제 생각에는 두 사람의 재능의 차이는 거의 비슷하지 싶습니다. 왜냐면 모창 가수 노훈아의 가창력도 만만치 않기 때문입니다. 그래서 두 사람의 실력 차이를 따지기가 그리 쉬운 일이 아니라고 생각합니다.

그런데 제가 오늘 강조하고자 하는 대목은 이 두 사람의 음악적 재능의 차이가 아니라 프로로서 몸값의 차이입니다. 두 사람의 음악적 재능은 거의 비슷한데, 몸값은 하늘과 땅 차이가 난다는 사실입니다.

가령 나훈아는 무대에 한 번 서면 몸값이 억대인데, 노훈아는 밤업소 무대에 서면 백만 원대에 불과하다고 합니다. 왜 이런 엄청난 차이가 난다고 생각합니까?"

"결론을 말하겠습니다. 그것은 나훈아는 자기 노래를 부르고, 노훈아는 '나훈아 노래' 즉 남의 노래를 부르기 때문입니다. 다시 말하면 한 사람은 자기 노래를 부르고, 다른 한 사람은 남의 노래를 부른다는 사실입니다.

제가 오늘 이 자리에서 강조하고 싶은 말이 바로 이 대목입니다. 노래뿐 아니라 글을 쓰거나 말을 할 때도 자기 이야기를 해야 한다는 것입니다. 이 책 저 책에서 긁어온 이야기를 적당하게 짜깁기해서 썰을 풀 것이 아니라 자기의 땀과 눈물이 스며 있는 자기 이야기를 해야 한다는 것입니다. 이 점을 강조하려고 이 자리에 선 것입니다."

"자기 글을 쓰지 않고 남의 글을 쓰면, 마치 모창 가수 노훈아가 '나훈아 노래'를 부르는 것과 조금도 다를 바가 없다는 말을 하고 싶은 것입니다. 그러면 자기 글이란 어떤 글일까요?

자기의 생각과 자기의 삶이 고스란히 글 속에 녹아 있는 글이 자기 글입니다. 만약 자기의 생각과 자기의 삶이 글 속에 묻어 있지 않으면, 그것은 아무리 미사여구를 많이 늘어놓아도 남의 글이 되고 말 것입니다.

아무리 노훈아가 '잡초'나 '무시로'를 잘 불러도 그것은 자기 노래가 아니라 나훈아의 노래를 흉내 내는 것일 뿐입니다. 이는 짝퉁이란 소리입니다. 그래서 글 쓰는 사람은 자기 생각과 진솔한 자기 삶이 묻어 있는 자기만의 글을 써야 합니다."

"자기 삶이 묻어 있는 글이란, 자기의 땀과 눈물이 스며 있어야 합니다. 그래서 자기 땀과 눈물이 묻어 있지 않은 글을 쓰는 것은 일종의 범죄이며, 그것은 곧 죄악이라고 할 수 있습니다. 왜냐면 그런 짝퉁 글을 묶어서 책을 낼 경우에도 열대우림에 수십 년, 수백 년 묵은 나무를 잘라야 하기 때문입니다. 종이를 만들려면 오래된 나무를 잘라야 하는데, 허접쓰레기 같은 글을 써서 책을 만들자고 그 아까운 나무를 자르는 것은 죄악이 아닐 수 없습니다.

다시 한번 강조합니다. 좋은 글을 쓰려면 자기 생각대로, 자기 삶을 살아야 합니다. 자기 삶이란, 주체적으로 사는 것을 말합니다. 또 주체적인 삶이란, 지구가 자기중심으로 돌아가는 그런 삶입니다. 생각도 자기 생각이어야 하고, 종교도 자기 종교여야 하고, 말도 자기 말이어야 합니다. 남의 생각, 남의 종교, 남의 말로는 절대로 주체적인 삶을 살 수가 없습니다. 주체적인 삶이 아닌 것은 굴종의 삶이요, 노예의 삶입니다."

"나훈아는 '나훈아 노래'를 부르고, 노훈아는 '노훈아 노래'를 불러야 각각 주체적으로 사는 것입니다. 이는 마치 장미는 장미꽃을 피우고, 패랭이는 패랭이꽃을 피워야 하는 것과 같습니다. 여러분도 여러분의 목소리로, 여러분의 글을 쓰기 바랍니다. 자기 삶을 살고, 자기 땀과 눈물이 스며 있는 자기 글을 쓰는 것이야말로 글 쓰는 사람에게는 최상의 행복이라고 생각합니다.

나훈아와 노훈아의 근본적 차이에 대한 제 이야기는 이쯤에서 마치겠습니다. 감사합니다."

청중들의 박수갈채가 터졌다.

8
드디어 시인으로 등단하다

마침내 〈시문학〉지 2회 추천을 받았다. 미당 서정주 선생의 추천으로 한국 문단에 등단한 것이다. 나는 이제 문학청년이 아니라 공인된 시인이다. 한국 문단에서 인정하는 당당한 시인이 된 것이다. 이것으로 내가 상경한 목적을 달성하였다.

2회 추천을 받은 작품은 다음과 같다.

* * *

참회록

애초에 면밀한 욕심으로 당신을 탐한 것은 나의 어리석은 맹목의 죄입니다. 하루를 백날로 오래 두고 참회해도 못다 씻을 자책으로 입춘이 지난 내 뜰에는 아직도 봄이 오지 않습니다. 우리들 젊었던 시절에 함께 우러러 보던 그 높푸른 그 하

늘이 어느새 수심을 헤아릴 수 없는 무서운 바다로 내 속에서
사납게 출렁이며 우체국 앞만 지나쳐도 인고의 지병이 재발합
니다.

* * *

새

비상에 지친
소망의 새는
바다에도 앉고 싶다.

그러나
아무 적기도 없으면서
바다에는 앉지 않는다.

사랑이 함부로 할 일이 못되듯
바다에도
멋 모르고 앉을 일이 아니다.

* * *

비밀

출근할 때와는 낯선 얼굴로 돌아와도 습관성 미소와 마주친다.

모두들 돌아가는 길목에 혼자 서 있는 가로수 욕망의 모가지들이 여윈 그림자를 감추고 숨죽여 기울고 있을 때 어둠이 열리는 귓전 가까이 갈증의 밤이 다시 일어선다. 숨겨온 기억의 무게만큼 무거운 뉘우침이 언제나 흐린 얼굴로 되살아 빈 가지를 흔드는 바람을 부르면 사각 사각 빛나는 환상의 손을 만난다.

* * *

넝쿨

소주를 마시고
어지러운 마음으로 돌아오는 길에
아직 꺼지지 않은 작은 불을 보았다.
누구를 위한 불면인가
말하라
기다림으로 남아 있는
그대의 인고를 말하라

어둠 속에 가라앉아 보이지 않는
그대의 잘디잔 진실을 엮어
아무도 모르는 밤의 무게를 계산해 보아라
가령 그대가 밤의 깊이를 계산하기 위해서
또 하나 지등을 누가 달아야 할 때
꺼져가는 어떤 영혼의 진실을 만난다면
무엇인가
이런 만남 속에 숨어 있는
우리의 부끄러움은
씻을 수 있을 것인가
한 장 한 장 잠을 깨우며
서걱이는 고통의 가장자리를 맴돌며
우리들이 가지고 싶은
넝쿨이 누릴 자유마저
가로 막고 일어서는 것은 무엇인가.

9
위대한 음악가에게 배울 것

"반갑습니다. 이번 시간에는 '위대한 음악가에게 배울 것'이란 주제로 공부하겠습니다. 내 이야기를 경청하여 삶의 중요한 지혜를 배우기 바랍니다. 경청할 준비가 되었습니까?"

"예, 선생님! 준비되었습니다."

"어느 왕국에 위대한 음악가가 있었습니다. 왕은 그 음악가에게 매우 큰 관심이 있었습니다. 왕은 음악을 무척 사랑하는 사람이었습니다. 왕이 음악가에게 말했습니다.

'내 궁전에 와서 그대의 음악을 연주해다오.'

그러자 음악가가 말했습니다.

'폐하! 한 가지 조건이 있습니다. 제가 연주를 하고 있을 때 모든 사람들은 대리석 석상처럼 앉아 있어야 합니다. 감동 때문일지라도 조금도 움직여서는 안 됩니다. 누구라도 머리를 흔들어서는 안 됩니다. 만일 누군가가 머리를 흔든다면, 바로

그 사람의 머리를 베어야 합니다.'

　음악가의 연주 조건에 왕은 매우 놀랐지만, 그에게 대답했습니다.

　'좋다. 그대의 조건을 들어주겠다. 대신에 그대는 반드시 음악을 연주해야 한다.'

　이 사실은 곧 도시 전체에 공포되었습니다.

　'연주를 들으러 오는 사람은 조심해야 한다. 머리를 흔들어서는 절대로 안 된다. 모두 주의해야 한다! 만일 머리를 흔들면 그 머리가 달아날 줄 알아라!'"

　"사람들은 크게 놀랐습니다. 그런 무서운 조건이 붙은 음악회는 처음이었기 때문입니다. 수천 명의 사람들이 그 유명한 음악가의 연주를 듣고 싶었지만, 그 조건이 너무 무서워서 겨우 백여 명 만 참석했습니다. 그들은 요가 자세를 취하며 꼼짝도 하지 않고, 음악가의 연주를 들었습니다. 왕은 청중들의 주변에 칼을 뽑아 든 병사를 풀어서 머리를 움직이는 사람은 그 자리에서 목을 베어도 좋다고 했습니다."

　"음악가는 드디어 연주를 시작했습니다. 그는 참으로 위대한 음악가였습니다. 아주 훌륭한 연주를 하였습니다. 그의 음악은 사람들의 마음은 물론 차가운 대리석 기둥 속까지 스며들 정도로 훌륭한 음악이었습니다.

그런데 시간이 지날수록 몇몇 사람들의 머리가 조금씩 움직이기 시작했습니다. 마침내 열 명 정도의 사람이 머리를 움직였습니다. 이에 왕은 근심 어린 표정으로 음악가에게 물었습니다.

'그대는 진심으로 이 사람들을 죽이기를 원하는가?'

음악가가 대답했습니다.

'아닙니다. 이 사람들은 제 음악을 들을 자격이 있는 사람들입니다. 지금부터 저는 이들을 위해서만 연주를 하고 싶습니다. 이들을 제외한 다른 사람들은 모두 돌아가게 하십시오. 다른 사람들에게는 제 음악을 들려줄 수가 없습니다. 저는 이들과 같은 사람들을 발견하기를 간절히 바랐습니다. 그래서 그런 무서운 조건을 내걸었습니다. 이 사람들이야말로 진정으로 감동하는 사람, 죽음까지도 무의미하게 만들면서 진정으로 몰입하고, 도취하며 그 음악과 하나가 되는 멋진 사람들입니다.'"

"자, 이 이야기가 무슨 소린지 대충 이해는 하겠습니까?"

"선생님, 대충은 이해하겠습니다."

"음악가의 이야기는 대단히 수준 높은 이야기입니다. 이 이야기를 듣고 감동하여 무릎을 치지 못하는 학생들은 계속해서 내 이야기를 들을 자격이 부족하다고 생각합니다. 이런 학생들은 더욱 부지런히 공부해서 자신의 실력을 한 단계 더 높이기 바랍니다."

"음악가가 말한 이 사람들이야말로 진정으로 감동하는 사람, 죽음까지도 무의미하게 만들면서 진정으로 몰입하고, 도취하며, 그 음악과 하나가 되는 사람들입니다. 목이 달아날 줄도 모르고 음악에 심취하는 사람! 이런 사람이야말로 수준 높은 음악을 들을 자격이 있는 사람입니다.

그러나 들어도 그만, 안 들어도 그만인 맹탕들에게 수준 높은 음악을 들려주면 '쇠귀에 경 읽기'가 되고 말 것입니다. 맹탕들에게 들려주는 음악은 한마디로 '맹탕 음악'입니다. 수준 높은 청취자가 있거나 말거나 시도 때도 없이 아무데서 아무렇게나 연주하는 음악이 바로 맹탕 음악이라 할 수 있습니다."

"불행하게도 지금 이 시대는 '맹탕 음악 시대'라고 할 수 있습니다. 그런데 수준 높은 음악을 좋아한다는 사람들은 반드시 두 가지 유형으로 나누어야 합니다. 하나는 진짜로 수준 높은 음악을 이해하고 좋아하는 사람들입니다. 다른 하나는 지적 허영, 아니면 음악적 허영으로 알지도 못하면서 아는 체하는 교활한 위선자들입니다. 내 무책임한 짐작으로는 이런 엉터리들이 열배 백배 더 많지 싶습니다."

"여러분, 오늘 공부한 것에서 여러분의 삶에 도움이 될 지혜를 한 수 배웠습니까?"

"예, 선생님! 한 수 배웠습니다."

"앞으로 살아가면서 도움이 될 것 같습니다.

"선생님! 진심으로 감사합니다!"

"여러분의 진정성을 보여주는 의미에서 박수 한번 보내봐요!"

그러자 박수갈채와 환호성이 터져 나왔다.

"그럼, 이만 마치겠습니다."

내가 교실을 나와도 학생들의 박수갈채와 환호성은 계속 이어졌다.

10
첫 시집 출판과 나의 시론

한국 문단에 정식 등단을 하니 그동안 써온 시들을 모아서 시집을 내고 싶었다. 이것은 나만의 욕심이 아니라 일종의 문단의 관행이기도 하였다. 왜냐면 시집 출간은 그동안 쓴 시들을 한데 모으는 의미도 있지만, 그에 못지않게 중요한 의미로 문단과 주위에 신고식을 하는 의미가 있기 때문이다. 거기다가 문학잡지들과 각종 언론에 나의 등단 신고와 출정식을 하는 의미도 작지 않기 때문이다.

그동안 이 공책, 저 공책에 메모해 둔 여러 작품을 꺼내놓고 차근차근 마지막 손질을 하였더니 금세 시집 한 권 분량이 되었다. 막상 시집을 출간하려니 여러 가지 문제들이 수면 위로 떠 올랐다. 잡다한 여러 가지 문제 중에서 큰 문제는 대충 다섯 가지였다.

첫째는 시집 출간 경비이고, 둘째는 시집의 제호 글자를 저명인사에게 받는 것이고, 셋째는 시집에 담을 작품을 결정하는 일이고, 넷째는 나의 시론을 정리 발표하는 것이고, 다섯째는 시집 제목을 어찌 정하느냐였다.

시집 제목은 이것저것 생각해 보지도 않고 '참회록'이라고 정하였다. 참회록은 내 추천 작품의 제목이기도 하다. 자기의 추천 작품 제목을 시집 제목으로 정하는 것이 일종의 문단 관행이라면 관행이었다. 그래서 제목은 조금도 망설이지 않고 참회록으로 정한 것이다.

제작 경비도 만만치가 않았지만, 은근히 학교 제자들이 제법 시집을 사줄 것 같았다. 지금 서울 고등학교 제자들로부터의 인기도 많지만, 부산의 중학교 제자들에게도 역시 인기가 만만치 않았다. 그래서 어쩌면 양쪽 학교 제자들이 시집을 좀 사준다면 출판 경비를 그리 걱정하지 않아도 될 것만 같았다. 시집을 출간할 출판사도 정해야 한다. 그런데 아는 출판사가 딱히 없는 탓에 시문학사에 가서 시집에 대한 문제를 의논하고 출판을 부탁하였다.

시집의 제호 쓰는 것과 표지 디자인도 내가 직접 할까 했었다. 그러다가 표지 디자인은 내가 하더라도 제호 글씨만큼은 존경하는 함석헌 선생님의 글씨로 하고 싶었다. 물론 선생님께서 써 주실지는 알 수 없는 일이었다.

시집 제작을 서둘러서 그런지 나의 첫 번째 시집《참회록》은 시문학사에서 약 한 달 만에 출간되었다. 나의 시집을 받아들고 나는 멘붕에 빠졌다. 이것이야말로 꿈이냐, 생시냐 상태였다. 심봉사 버전으로 시집을 들고 책장을 아무리 넘겨도 글자가 한 자도 눈에 들어오지 않았다. 그런데도 나는 책장을 계속 넘겼다. 처음부터 다시 넘기고, 다 넘기고 나면 다시 처음부터 넘기기를 반복했다.

시집의 맨 뒷장에는 '나의 시론'을 실었다. 내 딴에는 무척 공들여 쓴 시론이었다.

1. 나의 시

1) 시는 나의 발견입니다.

갖가지 일상의 무게에 짓눌리고 쪼들려서 나 자신의 참모습을 발견하기가 힘이 들 때, 시는 그런 껍질을 깨고 나올 수 있도록 내게 슬기와 용기를 줍니다. 이런 의미에서 시는 나를 발견하는 작업이라고 생각합니다.

2) 시는 책임입니다.

시는 나 자신에 대해서는 물론이지만, 역사적 현실에 대해서 책임이라고 생각합니다. 역사와 자신에 대하여 책임을 지는 것이 시여야 한다고 봅니다. 시가 단순한 노래로 전락할 때 부질없는 유행가와 시를 구별하기 힘들 것이며, 이는 시의 책임을 회피하는 비겁한 작태가 될 것입니다. 시는 이런 무책임한 차원을 뛰어넘고, 한 인간의 영혼의 속박과 이를 벗어나려는 투쟁에서 나온 처연한 노래일 때 많은 사람들의 공감을 얻을 수 있는 좋은 시가 될 것입니다.

3) 시는 감정을 뛰어넘는 넘는 것입니다.

적어도 감정 이상의 어떤 것, 이를테면 '영혼의 세계'를 언어라는 실로 짠 면사포 같은 것이어야 합니다. 시 한 편을 읽었을 때 영혼의 울림을 체험할 수 있는 감동이 있어야 합니다.

4) 시는 최고의 노동입니다.

노동 중에서도 가장 땀 흘려 일하는 노동의 하나라고 말할 수 있습니다. 그러니까 노동자의 땀은 시인에게 있어서 일종의 눈물과도 같은 것입니다. 또한, 시는 시간을 통해서 어떤 섭리와도 교신할 수 있기 때문에 시를 쓴다는 행위는 다른 어떤 것 못지않은 신선한 노동입니다.

5) 시는 나 자신과의 싸움입니다.

다시 말하면 내가 가지고 있는 갖가지 믿음과 거짓, 안일과 무책임, 오만과 편견에 대한 내부와의 갈등으로 일어난 싸움이라고 말할 수 있습니다.

6) 시는 속죄이자 참회입니다.

시를 쓰는 것은 자신과의 괴로운 투쟁이기 때문에 치열한 투쟁을 하면서 자신을 되돌아보게 됩니다. 그래서 시를 쓰는 것은 결국, 속죄의 형태이면서 동시에 참회의 방법이라고 할 수 있습니다.

7) 시는 생명 연소입니다.

지금까지 여러 위대한 시인들이 시를 통하여 스스로의 한계를 극복하고, 또한 어떤 절대와도 교신한 사실을 알고 있습니다. 이처럼 나도 시를 쓰는 것이 나 자신을 활활 불태우는 과정이기 때문에 생명 연소가 아닐 수 없습니다.

8) 시는 축복의 수단입니다.

나는 시를 쓰면서 고통의 반대편 극에서 축복의 기쁨을 만끽합니다. 그래서 시는 나 자신을 축복하는 값진 수단이라고 생각합니다.

9) 시는 가장 값진 보석입니다.

시를 쓸 때 수많은 불면의 고통을 생각하면 시를 쓰는 것이 너무 무섭기도 하지만, 그런 무서운 고통을 통해서 영혼이 맑아지고 더없이 마음이 정결해질 수 있기 때문에 값진 보석이라 생각합니다.

10) 시는 경이 이상의 것입니다.

부끄럽게도 나는 삶보다 시가 더 소중한 것으로 알았습니다. 그러나 이제 이 생각이 얼마나 부질없는 생각이며, 어리석은 생각이란 것을 알았습니다. 나는 대학 때는 예술은 누구 말마따나 '경이'여야 한다고 생각했습니다. 경이를 최대의 가치라 생각하였습니다. 그런데 좀 더 살아오면서 이 고집이 무너졌습니다. 시는 경이가 아니라 경이 이상의 어떤 것이어야 한다고 생각합니다. 다시 말하면 경이보다는 진실이나 감동이 더 크다는 것입니다. 왜냐하면, 시는 인간의 참모습을 그리기 때문입니다.

11) 가슴으로 시를 쓰고 싶습니다.

지금까지 머리 굴려서 쓴 허접한 시를 많이 보았습니다. 요즘 그런 시를 보면 이상하게도 머리가 어지럽고, 또 구역질이 나오곤 합니다. 왜냐면 시는 사고의 흔적을 그린 그림이 아니라 시인의 땀과 눈물이 담긴 절절한 노래여야 합니다. 그래서 시는 가슴으로 써야 합니다. 누가 뭐라 해도 시는 나 자신을 살찌게 하고, 내 영혼을 맑게 해주는 어떤 것이어야 한다고 생각합니다.

그래서 가슴으로 시를 쓰고 싶은 것입니다. 흑인 영가처럼 숙명적인 괴로움이나 슬픔과 한이 묻어 나오고, 마침내 독자의 가슴에 가닿아 한 올, 한 올 믿음과 사랑을 일깨우고, 결국에는 소리 없이 녹는 그런 시를 쓰고 싶습니다.

2. 내가 만난 사람들과의 만남의 의미

시를 공부하면서 나는 여러 사람들을 만났습니다. 부산에서 십 년 가까이 시를 공부하고 쓸 때만 해도 시가 인생보다 더 중요하다고 여기면서 살았습니다. 그러다가 우연한 계기로 부산 모임에 나가서 성경을 공부하면서부터 지금까지 먼발치에서 존경해오던 함석헌 선생님도 가까이 모시게 되고, 또 몇몇의 모임 식구들을 알고 난 후로 나의 생각이 조금씩 흔들리기 시작하였습니다.

그러던 중에 상경하여 명동 가톨릭 여학생관에서 하던 서울 모임에 나가면서 그런 흔들림이 이제 나의 인간 자체를 다시 정립하지 않으면 안 될 커다란 회오리바람을 일으키고 말았습니다. 그 바람은 나의 인생관, 좁게는 문학관을 송두리째 뒤흔드는 무서운 바람이었습니다. 그 바람을 한마디로 하면 문학보다 인간이 더 소중하다는 것입니다.

직장 생활을 통해서 혹은 다른 여가를 통하여 몇몇 시인을 알았습니다. 그리고 그들과 이따금 소주를 마시면서 끝없는 요설을 지껄이기도 하였습니다. 노란 도시의 밤을 사기도 하였습니다. 그러던 중에 '이 시대의 시인은 왜 소주를 마시는가'에 대한 어떤 의문의 실마리가 풀림을 알았습니다.

이런 시대에 시인이 시를 통해서 아무것도 증언할 수 없다는 것은 참으로 부끄럽고, 또 슬픈 일인 줄을 진작 알고 있었지만, 막상 가난한 생활의 무게가, 모진 목숨의 미련이 시인을, 시인의 시를 속박하는 야문 끈이라는 것을 소주를 마시면서 다시금 절감하고, 밤을 사면서 벼락 맞은 듯이 깨달았습니다. 그래서 이제 그렇게 연약한 시인이 그의 시보다 더 아름답고 눈물겹도록 이뻐 보이는 것은 너무나 당연한 일이 아니 수 없습니다.

상경하여 존경하는 스승의 소개로 시인 이열 선생을 만났습니다. 그분은 고향을 두고 온 사람이었습니다. 또한, 나이 마흔이 되도록 독신으로 사는 외로운 분이었습니다. 거기다가 근 이십 년간이나 폐결핵으로 병마와 싸우면서 버티고 사는 분이었습니다. 그분의 삶은, 그분의 시보다 더 엄숙한 어떤 것을 보여줍니다. 그분 말대로 자신은 항상 죽음의 그림자를 손잡고 다니는 것이 분명하였습니다.

그분이 언젠가 내게 말했습니다.

"고통은 축복입니다. 저는 이 고통을 통해서 하나님을 만납니다."

나도 책을 통해서 '고통의 성녀'를 알고 있었지만, 그런 고통을 겪는 사람을 직접 현실에서 체험하긴 처음이었습니다. 그분을 만나게 된 것이 내 문학 수업에 미친 영향이 적지 않다는 사실을 말하지 않을 수 없습니다.

　나는 학생들에게 작문을 가르칠 때 그분의 시를 가르치기도 하고, 언젠가는 그분의 투병기를 교실에서 학생들에게 읽어준 적도 있습니다. 그때 한참 읽어가다가 그만 목이 메어 더 이상 읽지 못하고 한동안 교실이 눈물에 젖기도 했습니다. 그것은 우리가 교과서를 통해서, 어떤 지식을 접해서 그런 것이 아니라 한 인간이 보여주는 진실을 통하여 우리가 감동을 받았기 때문일 것입니다.

　나는 그분의 시를 사랑합니다. 그리고 그분의 시보다 그분의 삶을 더없이 사랑합니다. 그것은 그분이 당하는 모진 고통이, 그분의 영혼을 맑고 깨끗하게 해주기 때문입니다. 그분이 가지고 있는 마음과 영혼이 정결하고 아름답기 때문입니다.

　언젠가 그분의 사무실에 갔을 때, 수척하여 뼈만 앙상한 그분의 모습이 촉루(髑髏)처럼 무서웠습니다. 그분은 나를 내쫓다시피 하면서 '빨리 돌아가라'고 호통쳤습니다. 나는 그분이 '아마 바쁜 일이 있나 보다' 여기고 돌아 나왔습니다. 그런데 그것이 바로 자신의 초췌한 모습을 보는 나의 고통을 염려한 작은 배려란 것을 알았을 때, 나는 눈시울이 시큰하여 금방이라도 눈물이 쏟아질 것만 같아서 고개를 돌렸습니다.

　그때 하늘에서 이상한 환상을 보았습니다. 그것은 인간이 하나님을 만나려면 깨끗하고 맑은 영혼을 가지지 않고는 불가능하다는 것이었습니다. 그러므로 시는 인간의 표현입니다. 따라서 '인간이 성실하지 않고'는 다 거짓이며, 또한 사기에 지나지 않는다는 사실입니다. 물론 그러한 거짓의 시가 한순간은 독자들을 속일 수 있을지 몰라도, 영원히 스스로를 속이는 기만에서 벗어나지 못할 것입니다.

내가 만난 여러 사람들, 그들과의 만남의 소중한 의미를 아름답게 가꾸고 지키는 일이, 내가 그분들에 대한 빚을 갚는 가장 바른 길인줄 알고 있는 것이 나의 가장 무거운 짐이며, 그 짐은 또한 나의 가장 큰 재산 중의 하나입니다.

3. 믿음과 약속

인간이 믿음을 갖는다는 것은 어떤 의미로는 아주 겁나는 일입니다. 믿음을 갖는다는 것은 스스로의 약속은 말할 것도 없지만 하나님과 약속입니다. 나는 믿음을 가진 이후로 지금까지 기도를 통해서 하나님을 만나거나 복을 받아본 적은 없습니다.

오히려 기도를 통해서 나 자신의 죄를 발견하고, 그런 자기 확인을 통하여 무서운 전율을 느끼기도 하였습니다. 그런데 한 가지 기독교가 내게 주는 분명한 것은, 자기 죄의 자각 없이 또 그 죄의 씻음 없이는 어떤 축복이나 은총도 받을 수 없다는 사실을 알게 한 것입니다.

이러한 죄, 다시 말하면 '죄의 자각'은 바로 나의 믿음을 통한 것이기 때문에 믿음이 내게는 고맙고 무서운 것입니다. 즉 인간의 근원적인 문제를 생각하게 해준 점은 고맙기도 하고, 스스로의 죄를 알게 한 것은 무서운 일입니다.

이제부터라도 그렇게 하고 싶습니다. 작은 것 하나하나부터 잘못에 대하여 책임을 지고, 또 참회하여 나의 죄를 씻고 싶습니다. 그러기 위해서 우선 내 가슴에 사랑을 가득 채워 나의 곳곳에 사랑이 묻어나고, 또 나의 생활 곳곳에 사랑이 묻어나서 그런 풍성한 사랑을 통하여 하나님을 만나는 기적을 이루고 싶습니다.

이번에 내가 시집을 내는 것은 나와 여러분과의 약속입니다. 시는 고통이지만, 그런 고통을 통하여 값진 의미를 발견할 수 있음은 기쁨이 아닐 수 없습니다. 물론 시집을 내는 것은 두려운 일이기도 하지만, 한편으로는 기쁨이 아닐 수 없습니다. 또한, 시집을 낸다는 것은 지금까지 쓴 시를 한 데 묶는 의미도 있지만, 그런 소박한 의미 이상의 어떤 계기로 발전할 것 같아 참 기쁩니다.

이를테면 독자와의 약속 혹은 나 자신과의 약속, 더 나아가 하나님과의 약속이라는 점에서 아주 깊고 값진 의미를 부여하고 싶습니다. 나는 다시없는 큰 약속을 하였습니다. 이제 내게 남은 일은 이 약속을 성실히 지키는 일입니다. 그러기 위해서 우선 성실히 사는 일인 줄 알고 있습니다.

　마지막으로, 제호를 써주신 존경하는 함석헌 스승님, 추천을 해주신 서정주 선생님과 문덕수 선생님, 서문을 써주신 문덕수 선생님, 이 시집을 내는 데 여러 가지 도움을 주신 하만자 선생님, 대학 은사님, 김창직 선생님을 비롯하여 '말 동인'과 '한산섬 사랑의 집' 식구들의 이름을 이 자리에 적어두는 것은 그분들의 고마움을 잊지 않으려는 나의 애정의 표시입니다. 또한, 조금이라도 보답하는 길이라고 믿기 때문입니다. 마지막 말을 쓰는 지금도 저는 참 기쁩니다.

1975년 8월 15일
서울에서
하륜

노래할 때 노래만 하고, 들을 때 듣기만 하라

"반갑습니다. 이번 시간에는 '노래할 때 노래만 하고, 들을 때 듣기만 하라'는 제목으로 이야기하겠습니다. 늘 강조하던 말이지만, 이번 시간에 내가 말하는 것도 대단히 중요한 것이기 때문에 온몸으로 경청하여 여러분의 삶에 귀한 지혜를 한 수 배우기 바랍니다. 경청할 준비가 되었습니까?"

"예, 선생님!"

"지난달에 나를 포함한 지인 세 명과 노래를 부를 수 있는 술집에 갔습니다. 내가 '노래를 잘한다' 뻥을 치고, 두 곡을 연달아 부르겠다고 하자 지인들이 박수를 치며 환호했습니다. 무대에 올라가 첫 곡을 열창했습니다. 나의 열창에 지인들은 물론 홀에 함께 있던 다른 사람들도 크게 호응해 주었습니다. 이어서 다시 감정을 잡고 남은 한 곡을 마저 부르기 시작했습니다. 첫 곡을 부를 때와 마찬가지로 열창을 하였습니다. 그런데 내가 첫 소절을 부를 즈음 지인들은 내 노래는 듣는 둥 마는 둥 하면서 자기들끼리 소곤거리고 있었습니다."

"노래방에서 지켜야 할 기본적인 매너를 제대로 지키지 않는 사람이 많습니다. 남이 노래할 때는 듣기만 해야 합니다. 이는 마치 남이 말을 할 때 말하는 사람을 똑바로 바라보고 귀 담아들어야 하는 것과 같습니다. 마찬가지로 남의 노래를 잘 들어주는 것은 노래를 잘 부르는 것 못지않게 중요하고 가치 있는 일입니다.

함께 간 세 명의 일행 중에 한 사람도 내 노래를 들어주지 않았습니다. 이를 확인한 순간 나는 하던 노래를 멈추고 무대에서 그만 내려왔습니다. 그러자 홀에 있던 다른 사람들도 눈이 휘둥그레졌습니다. '혹시 정전이 아닌가'하는 눈치였습니다. 내가 자리로 돌아오니 일행 중 한 명이 의아한 눈빛으로 나를 쳐다보면서 물었습니다.

'왜 노래를 부르다 말고 내려왔습니까'

나는 대답했습니다.

'내 노래를 듣는 놈이 한 놈도 없는데 누구를 위해서 노래를 부릅니까?'

그제야 일행들은 자리에서 벌떡 일어나 나에게 정중하게 사과했습니다.

'선생님! 대단히 죄송합니다.'

'정말 잘못했습니다.'"

"우리 주위에는 이처럼 싸가지가 없는 인간들이 너무 많습니다. 여러분은 노래방에 갔을 때, 남이 노래할 때 대가리를 처박고 자기가 부를 노래 곡목만 찾는 한심한 짓은 하지 말아야 합니다. 그리고 남이 노래할 때 옆 사람과 소곤대지 않아야 합니다. 설령 그의 노래 솜씨가 아무리 시원찮아도 무조건 들어줘야 할 의무가 있습니다.

노래방에서 갖추어야 할 기본 매너는 자기가 노래할 차례가 되면 열창을 하고, 남이 노래를 부르는 동안에는 열심히 듣는 것입니다. 그래서 옆 사람과 절대 대화해서도 안 되는 것입니다. 만약 대화할 게 있다면, 잠시 밖으로 나가서 대화하는 것이 매너입니다. 남은 열심히 노래하는데 옆 사람과 대화를 하는 것은 싸가지없는 짓이기 때문입니다."

"다시 강조합니다. 남이 노래하면 듣기만 해야 하고, 그의 노래가 끝나면 박수만 쳐야 합니다. 그 외에 어떤 짓도 하지 말아야 합니다. 이는 노래방에서 매너만이 아니라 우리네 삶의 기본 매너이기도 합니다.

마찬가지로 걸을 때는 걷기만 하고, 말할 때는 말만 해야 합니다. 들을 때는 듣기만 하고, 밥 먹을 때는 먹기만 해야 합니다. 또 일할 때는 일하기만 하고, 잘 때는 자기만 해야 합니다.

사랑할 때는 사랑하기만 하고, 이별할 때는 이별하기만 해야 합니다. 웃을 때는 웃기만 하고, 울 때는 울기만 해야 합니다. 괴로울 때는 괴로워하기만 하고, 기쁠 때는 기뻐하기만 해야 합니다. 기도할 때는 기도하기만 하고, 책 읽을 때는 책 읽기만 해야 합니다.

무슨 일을 하더라도 그 한 가지 일에 몰입해야 합니다. 그렇지 않으면 자기의 삶에서 모든 것을 다 놓치고 말 것이 불을 보듯 분명하기 때문입니다. 지금까지 내가 한 말을 이해합니까?"

"예, 선생님! 충분히 이해합니다."

"선생님, 감사합니다."

"그럼, 이만 마치겠습니다."

학생들의 박수갈채와 환호성이 터져 나왔다.

부친 생일 아침에

부친 생일 아침에

부친 생알 아침에
축전도 치지 못한
나의 방황은 끝나지 않아
백주에 술을 마셔도
방황의 끝이 보이지 않고
바닥도 보이지 않고 들리지도 않는다.

그해 9월
헐렁한 베잠방이 차림으로
대학 캠퍼스를 찾아온 당신.
육순의 황혼을 이고
옥탑을 날려 찬

전대로 몸을 감고 오셨다.

학문에 대한 허영과
세속에 대한 외도에
논밭이 떨어지고
마지막 황소도 머슴도 보내버린
빈 들판에 떨어지는 빗줄기만 굵다.

머릿속은 늘
자식의 금의환향으로 채우고
가난을 견디고
공복을 이기고
늘그막의 외로운 황혼을 달래는
부친께
이따금 띄우는 엽서는
불효의 엽신으로 떨어지고
뼈마디가 쑤시는 일손을 멈춘
부친의 이마에
먼 북쪽 하늘이 차다.

오늘 부친 생일
2대 외동아들의 상경조차

거절하지 못하고
담배만 뻑뻑 빠시던 부친께
축전 하나 치지 못한 실의에
대낮부터
몸에 익은 술을 마시면
술잔에 떨어지는 부친의 얼굴.

아아,
내 불효의 끝은 어디인가.

13
난닌 선사에게 한 수 배우기

"반갑습니다. 이번 시간에는 '난닌 선사에게 한 수 배우기'란 제목으로 공부하겠습니다. 이 수준 높은 이야기를 통해서 삶의 귀한 지혜를 배우기 바랍니다. 경청할 준비가 되었습니까?"

"예, 준비되었습니다. 선생님!"

"일본 메이지 시대 임제종의 승려 중에 난닌(南隱) 이라는 위대한 선사가 있었습니다. 어느 날, 한 철학 교수가 난닌 선사가 사는 오두막집을 찾아왔습니다. 그 교수는 난닌 선사에게 궁금한 것을 묻고자 먼길을 찾아온 것입니다. 피곤해 보이는 교수에게 난닌 선사가 말했습니다.

'잠깐 기다리시지요. 당신을 위해서 차를 준비하겠습니다. 피곤해 보이시는군요. 잠깐 기다리면서 쉬시지요. 차를 한 잔 드시고 나서 말씀을 나누도록 하지요.'

난닌 선사는 물을 끓이고 차를 준비하기 시작했습니다. 그러나 틀림없이 그는 교수를 지켜보고 있었을 것입니다. 끓고 있는 것은 물만이 아니었습니다. 교수의 마음속도 끓고 있었습니다. 교수는 틀림없이 '무슨 질문부터 할까', '어느 정도까지 따질까' 하는 따위의 생각으로 마음이 복잡하였을 것입니다.

한편, 이런 교수의 마음을 꿰뚫어 본 난닌 선사는 이런 생각을 하였습니다.

'이 사람은 너무 가득 차 있군. 너무 가득 차 있어서 아무것도 안으로 들어갈 수가 없겠어.'"

"드디어 난닌 선사가 찻잔에 차를 따르기 시작했습니다. 그러자 교수는 점점 불안해졌습니다. 왜냐하면, 난닌 선사가 멈추지 않고 계속 찻잔에 차를 따르고 있었기 때문입니다. 급기야 찻잔의 차가 넘치려 했습니다. 그러나 난닌 선사는 계속 차를 따랐습니다. 마침내 찻잔이 넘쳤지만, 난닌 선사는 아랑곳하지 않고 계속 차를 따르고 있었습니다.

그러자 교수가 소리쳤습니다.

'그만하시오. 이게 무슨 짓입니까? 이미 찻잔은 가득 차서 차를 한 방울도 더 담을 수 없지 않습니까? 정신 나갔습니까? 대체 이게 무슨 짓입니까?'

이때 난닌 선사가 말했습니다.

'당신도 마찬가지입니다. 당신은 찻잔이 가득 차서 넘친다는 것에 대해서는 매우 민감하게 잘 보고 계시는군요. 그런데 왜 당신 자신에 대해서는 그렇게 깨어 있지 못하십니까? 당신은 자신의 의견과 철학, 독단과 경전의 지식들로 가득 차서 철철 넘치고 있습니다. 당신은 지나치게 많은 지식들을 갖고 있기 때문에 내가 줄 것이 아무것도 없습니다. 당신은 괜히 이곳에 온 것과 같습니다. 나에게 오기 선에 당신은 먼저 스스로의 잔을 비웠어야 했습니다. 그랬다면 내가 그 안에 뭔가 부을 수 있었을 것입니다. 그런데 당신은 허접한 쓰레기들로 가득 차 있기에 아무것도 줄 수가 없습니다.'"

"우리가 행복을 담으려면 먼저 각자 '자신의 바구니'부터 말끔히 비워야 합니다. 그런데 바구니에 허접쓰레기를 잔뜩 담고 있다면 행복을 하나도 담을 수가 없습니다! 허접한 것들은 지금 당장 내다 버려야 합니다.

난닌 선사를 찾아온 교수의 머릿속에는 이 책 저 책에서 긁어온 죽은 지식들로 가득 차 있었습니다. 그래서 난닌 선사는 아무것도 그에게 줄 수가 없었던 것입니다. 난닌 선사가 주지 않으려고 한 것이 아닙니다. 단지 교수의 바구니에는 허접한 죽은 지식 쓰레기로 가득 차 있었기에 아무것도 담을 수가 없었던 것입니다."

"이 이야기를 통해서 여러분은 삶의 귀한 지혜를 배워야 합니다. 여러분 마음속에 허접한 쓰레기를 가득 채우고 있으면

정작 중요한 것은 하나도 담을 수가 없다는 사실을 명심하기
바랍니다. 내 말 이해합니까?"

"예, 선생님! 이해합니다."

"그럼 마치겠습니다."

"감사합니다. 선생님!"

"고맙습니다. 선생님!"

박수갈채와 환호성이 터져 나왔다.

14
첫 시집 제호에 얽힌 시대적 아픔의 비화

안 할 말로, 나는 내 시집의 제호를 내가 직접 쓸 자신이 있었다. 나는 '한글 글자꼴 연구'만 자신 있는 것이 아니라, '한글 글씨를 쓰는 것'도 식은 죽 먹기라고 생각하였다. 한자 서예는 자신이 없었지만, 한글 서예는 자신 있었다. 그래서 당연히 내가 쓸 참이었다.

그러다가 내가 쓰는 것보다 저명인사에게 제호 글씨를 얻을 수만 있다면 그것이 더 좋을 것 같은 생각이 들었다. 그러면 긴 말 할 것 없이 답은 이미 정해져 있는 셈이다. 존경하는 함석헌 선생님의 글씨를 얻어야 한다.

선생님께서 사시는 원효로 댁으로 직접 찾아가서 정식으로 부탁을 할까도 생각하였지만, 그것은 좀 지나친 것만 같았다. 물론 내가 아무리 부탁한다 해도 선생님께서 꼭 써 주신다는 보장도 없었지만, 그런 사적인, 사소한 부탁을 하러 불쑥 선생님 댁으로 방문한다는 것이 여간 부담스럽지가 않았다. 거기다가 선생님 댁을 찾아간다면 빈손으로 갈 수가 없으니 무슨 선물을 들고 가야 할지도 문제이고, 언제 방문이 가능한지도 알 수가 없는 것도 문제였다. 그렇게 차일피일 미루다가 내 마음을 정하였다.

'불쑥 선생님 댁으로 갈 것이 아니라 일요일 명동 가톨릭 학생회관에서 공부하는 날, 공부가 끝난 뒤에 부탁을 드리는 것이 좋을 거야.'

일요일 명동 성경 모임에서 선생님께 시집의 제호 글씨를 써 달라는 부탁을 드리기로 결정하였다.

일요일이 왔다. 성경 공부를 하는 동안 내내 시집 제호 글씨를 부탁하는 문제로 내 마음은 공부에 집중되지 않았다. 만약 선생님께서 시집 제호를 못 써주겠다고 하시면 어쩌나 하는 생각 때문에 내 마음이 편치가 않았다.

드디어 공부가 끝이 났다. 사람들이 평소처럼 선생님께 헤어지는 인사를 하고 밖으로 하나둘씩 나갔다. 선생님은 앉은 자리에서 인사를 받았다. 사람들이 거의 다 나가자 선생님 혼자만 남았다. 나는 선생님께 다가가서 정중하게 말했다.

"선생님! 드릴 말씀이 있습니다."

"무엇입니까?"

"선생님, 제가 시집 출간을 준비하고 있습니다. 그런데 그 시집의 제호 글자를 선생님께 써 주시면 좋겠습니다."

선생님은 빙그레 웃으시면서 고개를 가로저으셨다.

"난 여태 남의 책 제호에 글씨를 써준 적이 없습니다. 글씨에 자신도 없고, 한 번도 써준 적이 없어요."

선생님은 단번에 거절하였다. 그렇지만 나는 이번 한 번으로 쉽게 물러서지 않고 '앞으로 짬짬이 계속 부탁해야지'라고 다짐하였다. 할 수 없이 다음 일요일을 기다렸다. 다음 일요일, 성경 모임이 끝나고 헤어지기 직전 다시 선생님께 다가가 넙죽 절을 하고 말했다.

"선생님 지난번에 부탁드렸던 제 시집 제호를 선생님께서 써 주시면 좋겠습니다. 이것은 제가 오래전부터 마음속으로 간절히 바라고 바랐던 일입니다. 다른 누구의 글씨는 받고 싶지 않습니다. 오직 선생님의 글씨만 받고 싶습니다."

그래도 선생님은 고개를 가로저었다. 그리고는 자리에서 일어나서 가방을 챙겨 들고는 밖으로 걸어 나갔다. 두 번 연거푸 거절을 당한 것이다. 겨우 두 번이다. 나는 기어이 선생님께 글씨를 받아 내고 싶었다. 내 마음은 너무나 간절하였다. 나는 혼자 중얼거렸다.

"아무리 선생님께서 거절하셔도, 나는 수락해 주실 때까지 계속 졸라야지!"

그 후로 나는 계속 선생님을 뵐 때마다 같은 부탁을 똑같이 되풀이하였다. 그럴 때마다 선생님은 항상 빙그레 웃으시면서 고개를 가로저었다. 그러던 어느 날, 나는 또다시 선생님께 간곡하게 말하였다.

"선생님께서 제호를 써 주실 때까지 무기한으로 시집 출판을 미룰 참입니다."

그러자 선생님께서 너무나 뜻밖의 말씀을 하셨다.

"이번 주 토요일 오후에 원효로로 한번 들르세요"

"예, 선생님! 고맙습니다."

드디어 내 간절한 꿈이 이루어지나 보다 하고 흥분하지 않을 수 없었다. 토요일 아침이 밝았다. 간밤에는 너무나 설레어서 한숨도 잘 수가 없었다. 뜬눈으로 꼴딱 밤을 새웠다. 그런데다가 선생님을 뵈면 시집 제호를 말씀드려야 하는데 이것저것 별별 제목을 놓고 선뜻 결정을 내리지 못해서 엄청 스트레스를 받았다.

원효로 선생님 댁으로 갔다. 마침 선생님께서 나를 기다리고 계셨다. 선생님 댁은 한옥인데, 문간방에서 기다리고 계셨다. 방의 크기는 작았고, 온통 책으로 둘러 쌓여 있어서 빈틈이 하나도 없었다. 그런 선생님의 방 분위기가 너무너무 좋아보였다. 나도 앞으로 형편이 되면 선생님처럼 온통 책 속에 파묻혀서 살고 싶었다.

내가 자리에 앉자 선생님은 빙그레 웃으면서 말씀하셨다.

"시집 제목이 뭡니까?"

"'참회록'입니다."

그러자 선생님께서 뜻밖의 지적을 하셨다.

"아니, 하 선생이 벌써 '참회록'을 써요?"

그 순간 나는 한방 얻어맞은 것 같았다. '아아' 비명을 지를 뻔했다. 그러고 보니 중대한 실수를 했다는 사실을 인정할 수밖에 없었다. 그렇다! 선생님의 지적처럼 내가 벌써 참회록을 쓴다는 것은 개가 웃고, 소가 웃을 일이다. 갑자기 낯이 화끈거렸다.

"선생님의 지적을 듣고 보니 제가 큰 실수를 한 것 같습니다. 제가 생각해도 참 어이가 없습니다. 사실 제가 제목을 '참회록'이라고 한 것은, 저의 추천 작품 제목이 바로 참회록입니다. 그래서 그냥 참회록이라고 하는 것이 자연스럽다고 생각했는데 선생님의 지적을 받고 나니 너무 잘못 정한 것 같습니다. 선생님 지적처럼 제가 아직 참회록 쓸 나이가 아닙니다. 앞으로 많은 세월을 살고 나서 비로소 진짜 참회록을 쓰겠습니다. 제 추천 작품 제목이 '참회록'이라서 그대로 정한 것뿐입니다. 이는 문단의 관행이기도 합니다. 그래서 저도 문단의 관행을 따른 것뿐입니다."

선생님은 더 이상 아무 말씀도 하지 않으시고 머리맡에 준비해 두었던 붓을 잡았다. 선생님이 말씀하셨다.

"'참회록'이라고 쓸까요? 다른 제목으로 쓸까요?"

"그냥 '참회록'으로 써 주셔요."

선생님은 붓을 잡자마자 대번에 '참회록'이라고 썼다. 그런데 그 글씨가 선생님 마음에 들지 않는 것 같았다. 나는 아무 말도 하지 않고 숨을 죽였다. 선생님은 다시 참회록이라고 썼다. 그때 내가 말했다.

"선생님, 아주 좋습니다. 선생님, 아주 감사합니다. 너무너무 제 마음에 쏙 듭니다. 고맙습니다."

내가 너무 좋아하자 선생님은 멋쩍은 듯 미소를 지으며 붓을 놓았다. 여기까지는 그다지 큰 어려움이 없었다. 문제는 이제 시작이었다. 물론 어느 정도 예측은 하였지만, 갈수록 태산이었다. 첫째는 내 시집을 아예 찍어주겠다는 곳이 없었다. 다행히 나를 등단시켜준 시문학사의 문덕수 선생님이 내 시집을 출판해주겠다고 하였다. 나는 거의 구세주를 만난 것 같았다.

그런데 문덕수 선생님도 엄청 긴장하는 듯한 눈치였다. 바로 함석헌 선생님의 이름 때문이었다. 시집 앞표지 뒤에 '제호 글씨 함석헌 선생'이라 명시한 것을 보고 얼굴빛이 창백해졌다. 이 문제로 논란이 벌어졌다. 급기야 책 표지에 함 선생님의 이름이 들어가면 출판을 안 하겠다고 하였다. 그래도 나는 절대로 양보할 수 없다고 고집했다. 그러는 바람에 차질 없이 진행되던 시집 출판이 점점 늦어졌다. 며칠 뒤에 내가 말했다.

"'함석헌 선생' 이름을 빼고, 그 자리에 '스승'이라고 넣어주십시오. 이것도 다음 시대가 되면 우리 시대의 어려움을 잘 말해주는 역사의 한 단면이 될 것이라고 생각합니다."

그러자 출판사 담당자가 말했다.

"하 선생님, 제호 글자를 쓴 사람을 명기하지 않을 바에야 차라리 빼면 어떨까요? 제호 쓴 사람 이름을 넣지 않고 '스승'이라고 하는 것을 저는 처음 보았습니다. 아마 이 나라 출판 역사에 이런 기이한 일은 처음 있는 일이지 싶습니다."

나는 출판사 담당자에게 굳건하게 말했다.

"여기서 저는 더 이상은 물러서지 않을 것입니다. 만약에 '스승'이란 명기조차 빼야 한다면 시집 출판을 포기하겠습니다."

나의 의지는 결연하였다. 그런 탓인지 출판사 담당자는 더 이상 내 말에 토를 달지 않았다. 그리고 마침내 앞표지 뒤에 '제호 글씨 함석헌 선생' 대신에 '제호 글씨 스승'이라고 명기한 시집이 출판되었다. 나는 시집을 들고 선생님 댁으로 갔다.

나는 선생님께 시집을 드리면서 말했다.

"선생님, 감사합니다. 선생님께서 제호를 멋지게 써 주신 덕분에 시집이 멋지게 잘 나왔습니다."

선생님은 '제호 글씨 스승'이라고 명기한 것을 보시고는 빙그레 웃으시면서 내게 손을 내밀었다. 나는 선생님께로 다가 갔다. 내 손목을 잡아주시면서 선생님은 말씀하셨다.

"축하해요! 하륜 선생!"

그 순간 내 눈에서 뜨거운 눈물이 줄줄 쏟아졌다.

15
'장자'를 씹어먹고 피와 살로 만들기

"반갑습니다. 이번 시간에는 '장자의 말을 씹어먹고, 피와 살만들기'라는 제목으로 공부하겠습니다. 평소에 하던 대로 내말을 귀로 듣는 청취를 하지 말고, 온몸으로 듣는 경청을 제대로 하기 바랍니다. 여러분, 경청할 준비가 되었습니까?"

"예, 선생님."

"장자(莊子)는 중국 전국시대의 도가 사상가입니다. 그는 송나라에서 태어났습니다. 맹자(孟子)와 동시대 사람이라는 설이 있는데, 이는 아주 엉성한 설에 불과하다고 합니다. 앞으로 기회 있으면 장자에 관한 공부도 짬짬이 하겠습니다. 오늘은 장자의 명언을 좀 소개할 참입니다. 여러분은 장자의 명언을 한 줄 한 줄 질근질근 씹어 먹고, 여러분의 피가 되고 살이 되게해야 합니다.

지금까지 이 땅의 수많은 선비와 일반인들은 중국의 고전을 잘못 공부한 것이라고 단언할 수 있습니다. 내가 '잘못 공부하였다'라고 말하는 가장 근본적인 원인은 대부분의 사람들은 고전의 글귀를 달달 외우기만 해서입니다.

글자의 뜻과 문장의 의미만 풀이하고 달달 외우기만 한 것은 그리 자랑할 일이 못 됩니다. 왜냐면 그들이 금과옥조(金科玉條)로 달달 외운 것은 다 죽은 지식에 불과하기 때문입니다. 다시 말하면 그 금과옥조를 한 줄 한 줄 외우기만 할 것이 아니라 한 줄 한 줄 씹어먹어야 합니다. 그리고 마침내 그것이 자기 속을 흐르는 피가 되고 살이 되어야 합니다. 이런 잘못된 학습 풍토가 오늘날까지 그대로 이어지고 있습니다. 그 결과가 어찌 되었습니까? 많이 공부한 놈들일수록 이기적이고 교활한 인간 말종들이 많지 않습니까? 초장부터 내가 너무 흥분한 것 같습니다. 흥분을 한 옥타브 낮추는 것이 좋지 않을까요?"

"좋습니다. 선생님!"

"안 낮춰도 좋습니다. 선생님!"

"아닙니다. 한 옥타브 낮추겠습니다. 이의 있습니까?"

"이의 없습니다. 선생님!"

"장자가 말했습니다.

'웃는 것은 위험하게 보일 위험이 있다. 또한, 눈물 흘리는 것은 감상적인 사람으로 보일 위험이 있다.'

이 말은 생각할수록 놀라운 말입니다. 웃는 것이 찡그리는 것보다야 나은 것을 모르지 않지만, 장자는 웃는 것을 신중히 하고, 경계하라고 말했습니다. 즉 자신이 헤프게 웃으면, 상대방에게 얕잡아 보일 수 있다는 것을 강조한 것입니다. 마찬가지로 눈물을 찔찔 짜는 것도 조심하라고 합니다. 눈물을 찔찔 짜면 울보라고 생각할 것입니다. 울보란 시도 때도 없이 우는 사람을 얕잡아서 하는 말입니다."

"장자가 말했습니다.
'누구에게 손을 내미는 것은 남의 위험에 휘말릴 위험이 있다. 감정을 드러내는 것은 자신의 참모습을 들킬 위험이 있다.'
남에게 도움을 받거나 구걸을 하는 것을 신중히 해야 한다고 합니다. 마찬가지로 자기의 감정을 너무 솔직하게 드러내는 것도 위험하기 짝이 없으므로, 경계하라고 일깨우고 있습니다."

"장자가 말했습니다.
'대중 앞에서 자신의 기획과 꿈을 발표하는 것은 그것들을 잃어버릴 위험이 있다.'
이 대목도 섬뜩한 대목입니다. 잔챙이나 하수들은 매일 아침저녁으로 이 대목을 열 번씩 큰 소리로 외쳐야 할 대목입니다. 잔챙이나 하수들은 대중 앞에 나서기를 좋아하고, 대중 앞에서 연설하기를 좋아합니다. 마치 못난 여자가 화장을 진하게 하여 밖에 나가 여기저기 싸돌아다니기 좋아하는 것과 같은 이치입니다. 이는 자기 속에 있는 열등감을 감추기 위한 위장술의 일부라고 할 수 있습니다. 즉 잔챙이와 하수라는 티를 내지 말라는 소리입니다."

"장자가 말했습니다.
'사랑하는 것은 사랑을 되돌려 받지 못할 위험이 있고, 산다는 것은 죽을지도 모를 위험이 있다.'
참 대단한 명언입니다. 사랑을 되돌려 받으려는 사람은 사랑이 무엇인지 모르는 것입니다. 사랑을 되돌려 받겠다는 것은 사랑이 아니라 비즈니스입니다. 장돌뱅이는 반드시 주고받는 계산법으로 사물과 세상을 보고 판단합니다. 그러나 사랑이란 되돌려 받는 것이 아니라 아낌없이 주는 것입니다. 이것은 노자(老子)도 강조하고 있습니다. 정말 노자 할아버지 멋쟁이입니다. 이런 의미에서 우리가 박수 한번 보내드리면 어떨까요?"

"좋아요. 선생님!"
갑자기 박수갈채와 환호성이 터졌다.

"산다는 것은 죽을지도 모를 위험이 있다는 기막힌 명언에 나는 전율하였습니다. 여기서 우리는 성경에 나오는 명언을 가져와서 장자의 명언을 음미해야 합니다. 바로 '예' 할 것은

'예' 하고, '아니오' 할 것은 '아니오' 하라는 대목입니다.

이 말의 뜻을 모르는 바보는 한 사람도 없을 것입니다. 그런데 이를 실천하는 사람은 극히 드뭅니다. 누구나 살아가면서 바른말을 하면 생명의 위험에 노출될 수 있습니다. 그래서 수많은 지식인들이 비겁한 것입니다.

그들은 바른말을 하면 자기에게 불이익이 돌아온다는 것을 너무 잘 알기 때문에 바른말을 하지 않고, 개돼지처럼 비굴하게 사는 것입니다. 공부했다는 놈들이 사람답게 살지 않고 개돼지로 산다는 것은 치욕입니다. 그래서 이런 삶은 살아도 사는 것이 아니란 소리입니다."

"장자가 말했습니다.

'희망을 갖는 것은 절망에 빠질 위험이 있고, 시도한다는 것은 실패할 위험이 있다.'

이 말에 오해하지 말기 바랍니다. 이 말은 '희망을 갖지 말라'는 것이 아닙니다. 즉 시도하지 말라는 소리가 아닙니다. 희망의 반대편에 실패가 있고, 시도의 반대편에도 실패가 있으니 항상 이를 잊지 말라는 것을 강조하는 말입니다. 그러니 우리는 희망을 가져야 하고, 시도를 해야 하는 것입니다. 물론 희망을 꽃피우고, 시도를 성공하기 위해서 짱짱한 실력을 갖추어야 할 것입니다. 실력은 없으면서 희망을 갖고 시도하는 것은 백전백패할 것입니다."

"장자가 말했습니다.

'인생에서 가장 위험한 일은 아무런 위험에도 뛰어들지 않는 것이다.'

장자의 말 중에 내가 가장 소름 돋은 말입니다. '인생에서 가장 위험한 일은 아무런 위험에도 뛰어들지 않는 것이다.' 이 말은 내가 여러분에게 선물하고 싶은 '1번 다이아몬드'입니다. 왜냐면 나는 그동안 살아오면서 여러 스승을 만났고, 또 많은 책들을 읽고 공부하였습니다. 그러는 과정에서 수많은 다이아몬드를 보았는데, 내가 본 것 중에서 단연 이것이 가장 큰 다이아몬드였습니다.

장자의 보충 설명을 더 들어보겠습니다.

'위험에도 뛰어들지 않는 사람은 아무것도 하지 않는 사람이다. 이런 사람은 아무것도 가질 수 없으며, 아무것도 아닌 사람이다.'

위험에 뛰어들지 않으면 안전합니다. 이 말은 맞는 말입니다. 그런데 이 말이 사람 잡는 말인 줄 아는 사람이 그리 많지 않습니다. 내가 늘 강조하는 말인데, 동물원 사자와 야생 사자 중에 어느 쪽이 안전합니까?"

"동물원 사자입니다."

"맞습니다. 그런데 동물원 사자의 삶이 살아 있는 사자의 삶입니까? 야생 사자의 삶이 살아 있는 사자의 삶입니까?"

"야생 사자의 삶이 살아 있습니다."

"맞습니다. 야생 사자의 삶이 살아 있는 삶입니다. 그래서 야생 사자만이 '진정한 사자'입니다. 내가 이 땅의 교육이 근본부터 잘못되었다고 생각하는 것도 바로 이 때문입니다. 가르치는 선생이나 교수란 자들이 이 근본을 잘못 알고 있는 것입니다. 그들은 학생들에게 그저 안전한 삶을 가르치고 있습니다. 내가 보기에 이것은 일종의 '교육 포기'이자 '직무유기'라고 생각합니다. 이자들이 가르치는 것은 야생 사자의 삶이 아니고, 동물원 사자의 삶입니다. 여러분이 지금까지 이런 엉터리들에게 잘못 배웠다는 소리입니다. 그런데 나를 만나서 이런 지적을 받는다는 것은 일종의 행운을 넘어서 축복이 아닐 수 없습니다. 내 말 이해합니까?"

"예, 선생님! 이해합니다."

"선생님, 감사합니다."

"여러분의 진정성을 보여주는 의미로 이 대목에서 박수 한 번 보내봐요!"

내 말이 끝나기가 무섭게 환호성과 박수갈채가 터져 나왔다.

나는 계속해서 말을 이었다.

"장자가 말했습니다.

'아무것도 하지 않으면, 고통과 슬픔을 피할 수 있을지는 모른다. 그러나 배울 수 없고, 느낄 수 없고, 달라질 수도 없으며, 성장할 수도 없다.'

아무것도 하지 않으면 실패할 이유가 없습니다. 그러니 고통당할 까닭도 없습니다. 그래서 가장 안전한 사람은 망우리 공동묘지에 누워있는 자들입니다. 이들은 죽은 자들입니다. 이들은 아무 일도 하지 않습니다. 그래서 고통당해야 할 아무 일도 없습니다. 그러므로 '배울 수도 없고, 느낄 수도 없고, 달라질 수도 없고, 성장할 수도 없다'라고 장자는 말합니다.

이 얼마나 기막힌 말입니까? 학교에서 엉터리 선생들에게 일 년 내내 아니 수십 년 배우는 것보다 장자의 이 한마디가 더 교육적이고, 더 가치 있는 말이 아닐 수 없습니다. 망우리 공동묘지에 누워있는 자들은 '사랑할 수도 없다. 그는 자신의 두려움에 갇힌 노예와 다를 바 없다'라고 장자 할아버지가 말합니다. 왜냐면 그들의 자유는 '갇힌 자유'이기 때문입니다. 그래서 위험에 뛰어드는 사람만이 진정으로 자유롭다고 강조하는 것입니다. 내 말을 이해합니까?"

"예, 선생님!"

"장자에 관한 일화를 하나 말하겠습니다. 장자가 한 마을에 몇 년 동안을 머물러 있었는데 어느 날 갑자기 그 마을을 떠나려고 하였습니다. 그러자 제자들이 당황하여 물었습니다.

'선생님, 아니 왜 떠나려 하십니까? 선생님을 모시면서 지금처럼 편한 적이 없었습니다.'

그러자 장자가 대답했습니다.

'사람들이 나를 알아보기 시작했다. 명성이 퍼지는 것이다. 명성이 생기면 위험하다. 머지않아 나를 존경하던 사람들이 나를 비방할 것이기 때문이다. 그들이 화살을 겨누기 전에 마을을 빨리 떠나야 한다.'

과연 장자입니다. 과연 인류 역사상 최고수입니다. 그런데 많은 사람들은 이를 간과합니다. 사람들이 자기를 알아보기 시작하면 그것에 환장하는 것이 일반적인 현상입니다. 그것이 위험의 시초라는 사실을 모르는 것입니다. 왜냐면 자기를 존경하던 사람들이 비방하면서 하나둘씩 돌아설 것이기 때문입니다. 이것이 인간의 모습이고, 인간의 역사입니다. 자기를 칭송하던 그 수많은 입에서 자기를 비방하는 독화살들이 날아올 것을 장자는 훤히 꿰뚫고 있었습니다."

"장자가 말했습니다.

'성공이 실패보다 더 위험한 경우가 많다. 성공에 더욱 집착하게 되기 때문이다. 많은 것은 더 많은 것을 주고 시도하게 되고, 그것이 결국 화를 불러온다.'

과연 장자는 장자입니다! 그런데도 많은 사람들은 성공이 실패보다 더 위험한 줄을 모릅니다. 특히 머리 좋다는 인간일수록 이를 모르고, 세속적으로 출세했다는 자들일수록 이를 모릅니다. 나는 이날까지 살아오면서 이를 아는 사람들을 거의 만나보지 못하였습니다."

"이런 의미에서 세상은 참으로 공평합니다. 소위 세속적으로 성공했다는 자들과 출세했다는 자들의 삶은 거의 불행합니다. 그들은 멋진 '자기 꽃'을 피우지 못하기 때문입니다. 이들의 삶에 스며 있는 수많은 위선과 이기심과 교활함 때문에 이들의 삶은 한마디로 진실한 삶이 아닙니다. 이를 누구보다 자기 자신이 잘 알 것입니다. 이번 시간 강의를 시작할 때 '장자를 잘근잘근 씹어먹어서 피와 살을 만들자'라고 한 내 마음을 이해합니까?"

"예, 선생님, 잘 이해합니다."

"오늘은 여기에서 마치겠습니다."

"선생님, 감사합니다."

"선생님, 수고하셨습니다."

박수갈채와 환호성이 터져 나왔다.

16
자기 이름을 한문자로 쓰는 얼빠진 시인들

나의 첫 시집이 나왔을 때, 내 주변 사람들은 물론 문단의 선후배들에게 아낌없이 뿌렸다. 그 바람에 제법 나를 알아보는 사람들이 많았다. 그래서인지 나처럼 문단에 등단한 지 얼마 되지 않는 시인들이 모여서 작품 활동 전반에 대해서 논의하는 모임에 나오라는 연락을 받았다.

듣던 중 반가운 소식이었다. 시문학사 출신 신인들이 모여서 친목을 도모하고, 결속도 다짐하는 자리라서 잔뜩 기대하고 나갔다. 서대문 소방서 근처의 허름한 대폿집 2층에 열댓 명이 모였다. 먼저 소주잔을 높이 들며 건배를 하였다. 순서 없이 저마다 의견을 말했다.

나는 평소처럼 한마디도 하지 않고 다른 사람들의 의견을 듣기만 하였다. 학생들에게 항상 경청을 강조하듯이 나 자신의 삶에서도 경청하는 것이 습관화되어 있었고, 거기다가 다른 사람의 의견과 별로 다를 것이 없었으니 굳이 내 의견을 말할 필요가 없었다.

술이 몇 순배 돌았다. 모임을 주도했던 누군가가 자리에서 일어나 말했다.

"앞으로 우리가 종종 만나자면 연락을 할 수 있도록 각자의 주소와 전화번호를 여기 기록해주십시오."

곧 백지 한 장을 앉은 순서대로 돌려서 각자 이름과 주소 그리고 전화번호를 적었다. 마침내 맨 구석 자리에 앉아 있는 내 차례가 되었다. 내가 거의 마지막에 적는 것 같았다. 그런데 내 앞에 놓인 주소록을 보는 순간 나는 깜짝 놀랐다. 그냥 놀란 것이 아니라 거의 경악하였다. 나보다 먼저 자기 이름과 연락처를 적은 사람들이 너무나 어이가 없어서 도저히 그 자리에 그들과 함께 앉아 있을 수가 없었다. 갑자기 그 자리를 박차고 일어날 만큼 내가 경악한 이유는, 앞서 주소록을 적은 사람들 대부분이 자기 이름을 한문으로 썼기 때문이다. 겨우 한두 사람을 제외하고는 다들 자기 이름을 한글로 쓰지 않고 한문으로 쓴 것이다.

나는 주소록에 또박또박 한글로 내 이름을 적으면서 이런 생각을 했다.

'자기 나라의 말과 글을 가장 사랑해야 할 시인이란 자들이 자기 이름조차도 한글로 적지 않는다는 것은 도저히 말이 되지 않는다! 그리고 용서할 수도 없다. 시인이라면 모국어를 가장 사랑해야 한다. 그런데도 이를 모르거나 알면서도 실천하지 못 하는 자들은 정말 저질이 아닐 수 없다. 나는 하늘이 두 쪽이 난다 해도 이런 저질들과 같이 활동하지 않을 것이다! 이런 함량 미달들과는 가능하면 영원히 상종하지 않을 것이다.'

그 순간 대학 때 외솔 최현배 선생님께 배운 말이 생각났다. '제 나라 말과 글을 사랑하는 것이 애국의 근본이다.'

그렇다! 모국어를 가장 사랑해야 할 시인이, 아니 평범한 사람이라도 모국어를 사랑하는 게 애국의 근본이란 것은 조금도 무리가 아니다. 그런데 하물며 시인이란 자들이 이를 모르거나 알면서도 실천을 못 한다면 한마디로 얼빠진 개돼지나 다름없다. 나는 다시는 이런 머저리들 모임에는 나가지 않으리라 다짐하고 뒤도 돌아보지 않고 자리를 박차고 일어났다.

벌레 씹은 기분으로 돌아온 그다음 날, 우연히 시집 한 권이 우편으로 왔다. 어느 문학 단체에서 만든 합동시집이었다. 등단 연대별로 수백 명의 시인들의 작품이 실려 있었다. 그런데 화장실 변기에 걸터앉아서 시집의 차례를 보다가 깜짝 놀라지 않을 수 없었다. 그 시집에도 시를 발표한 시인이란 작자들 중에 자기 이름을 한글로 적지 않고 한문으로 쓴 멍청이들이 수없이 많았다. 나는 그것을 보고 또다시 경악하지 않을 수 없다. 이것이 이 나라 시인이란 자들의 수준이라면, 이 나라 앞날은 망하는 길밖에 없을 것이다.

자기 이름조차 한글로 쓸 줄 모르는 시인이란 것들은 학력이 중졸이거나, 아니면 싸구려 졸업장을 돈 주고 샀거나, 아니면 대학을 다녀도 공부를 하지 않은 돌대가리거나, 아니면 모국어가 무엇이며 모국어를 왜 사랑해야 하는지 모르는 바보 멍청이일 것이다. 이런 자들이 시인이랍시고 유치한 말장난을 하고 있으니! 개가 웃고, 소가 웃을 일이다! 나는 서둘러 변기에서 일어났다. 그리고 재빨리 그 시집을 변기 옆에 있는 쓰레기통에 던져버렸다.

'무식하고 교활한 것들!'

한문자가 그리도 좋으면 자신의 시에 나오는 한자말을 모조리 한문으로 써야 할 것이 아닌가? 그런데 본문에 나오는 한자말은 한글로 쓰고 있었다. 이는 논리적으로 맞지 않다! 만약 본문에 나오는 한자말을 한글로 적으면 뜻이 잘 통하지 않아서 한문자로 적었다면, 자기 이름도 한문자로 적어야 한다는 것은 논리상으로는 앞뒤가 일치한다. 그런데 시 본문에 나오는 한자말은 한자로 적지 않고 한글로 쓰면서 자기 이름만 유독 한문자로 쓴다는 것은 논리상으로 일치하지 않는다. 이는 글자에 대해서 아주 무식하다는 것을 웅변으로 증명하는 것일 뿐이다.

일찍이 중국의 최대 문호 노신(魯迅)이 말했다.

'중국이 한문자를 버리지 않으면 망할 것이다!'

무식한 것들! 한문자가 어떤 글자인지도 모르는 것들! 한글이 얼마나 과학적인 글자인 줄 모르는 멍청이들! 모국어를 가장 사랑해야 할 자들이 바로 시인이라는 기초적인 사실을 모르는 무지한 것들! 참 불쌍하고 가증스러운 멍청이들이다. 이런 멍청이들 모임에는 다시는 나가지 않을 것이다. 그리고 가능하다면 이런 자들과는 상종하지 말아야 할 것이다.

17
나의 두 가지 보물

"반갑습니다. 이번 시간에는 '나의 두 가지 보물'이란 제목으로 이야기를 하겠습니다. 내가 늘 하는 소리지만, 이번 시간에 내 이야기를 경청하고 공감한 나머지 여러분이 무릎을 칠 수 있다면 그야말로 땡잡는 일이 아닐 수 없습니다. 그런 땡잡는 학생이 많이 생기길 바랍니다. 내 말 이해합니까?"

"예, 선생님!"

"오늘 여러분에게 공개할 이 보물은 내게 대단히 중요한 밑천이고, 또 중요한 자산이기도 합니다. 원래 보물은 깊숙이 감추어둬야 하는데 나처럼 공개하는 것은 내가 아직 진정한 고수가 아니기 때문입니다. 자, 서론은 그만하고 두 가지 보물을 공개하겠습니다. 그 하나는 '자신감'이요, 다른 하나는 '자존감'입니다!"

내 말을 들은 학생들의 표정에는 실망하는 것이 역력했다. 그래도 나는 자신 있게 이야기를 계속하였다.

"평소에 나의 멋진 꽃을 활짝 피우기 위해서 매일 열심히 공부하면서 치열하게 삽니다. 이렇게 꽃을 피우기 위한 자기 삶의 밑천이자 뿌리 중 하나가 '자신감'이고, 다른 하나는 '자존감'인 것입니다. 그런데 이 귀한 가르침은 어느 책에서 배운 것도 아니고, 어떤 선생님에게 배운 것도 아닙니다. 바로 학교라고는 근처에도 가지 못한 우리 어머니에게 배웠습니다.

우리 어머니는 평소에도 항상 자신을 귀히 여기셨습니다. 파평 윤씨네 종갓집에서 태어나 올곧게 자랐다는 사실을 큰 자랑으로 삼았고, 언행에 묻어나는 그 긍지가 대단한 분이었습니다. 다시 말하면 어머니는 자신의 정체성을 지켰고, 그것을 자식들에게는 물론 손자들에게도 가르쳐 주려고 항상 애를 썼던 것입니다. 이런 면에서 나는 우리 어머니를 맹자(孟子) 어머니와 견줘도 조금도 뒤지지 않는 분이라고 생각합니다. 지금 한 말은 웃자고 한 소리입니다."

이 말로 침체된 분위기였던 교실의 여기저기에서 폭소가 터져 나왔다. 웃고 있는 학생들을 바라보며 다시 말을 이었다.

"결론을 먼저 말하면, 나는 자신감이 넘치는 정도가 아니라 자신감 덩어리 즉 '자신감의 합계'입니다. 이 자신감 덩어리에 '자존감 추가'입니다. 그래서 금상첨화가 아닐 수 없습니다. 내게는 자신감과 자존감이 내 삶의 원천이자 원동력입니다. 자신감과 자존감은 내 삶의 키워드로, 내 삶의 출발점이자 종착점이라 할 수 있습니다. 이 귀한 삶의 지혜를 우리 어머니가 수많은 반복 학습을 통해서 어린 내게 심어준 것입니다.

내가 너덧 살 무렵에 있었던 일입니다. 어머니는 기회 있을 때마다 내 고사리 같은 손을 잡고 흐뭇한 표정을 지으시며 이렇게 말했습니다.

'니 손을 자세히 보이, 손이 보통 손이 아이다. 앞으로 억수로 귀하게 될 사람 손이다. 손만 봐도 이 에미는 다 안다. 니는 앞으로 반드시 훌륭한 사람이 될 것이다!'"

"나는 이 소리를 자라면서 셀 수 없이 들었습니다. 경상도 말로 귀에 못따까리가 탕탕 박히도록 들었습니다. 매번 어머니는 내 손을 잡고 혼잣말처럼 중얼거렸지만, 알고 보니 나 들으라고 한 소리였습니다. 다행히 어린 나는 그 말을 대충은 알아들었습니다. 물론 같은 말을 수없이 반복해서 들었지만, 매번 들을 때마다 조금도 싫지 않았습니다.

우리 어머니는 수많은 반복 암시를 통해서 나를 세뇌시킨 것입니다. 그런 줄은 꿈에도 모르고 그 말을 들을 때마다 나는 반드시 훌륭한 사람이 될 거라고 생각했습니다. 일종의 자기 최면에 빠진 것입니다. 바보같이 나는 중학생이 될 때까지 그 말이 정말인 줄 알았습니다.

그런데 나중에 알고 보니 어머니가 너덧 살밖에 안 된 나에게 자신감을 심어주려고 계산적으로 했던 반복 암시였습니다. 이 모든 것이 중학교에 가서 완전히 깨어지고 말았습니다. 초등학교 동무들은 다 고만고만했는데, 부산에 유학을 가니 나보다 공부를 잘하는 아이들이 많았습니다.

그제야 나는 어머니가 내게 했던 말이 나 듣기 좋으라고 한 말, 즉 나를 세뇌시킨 것인 줄 알았습니다. 어머니 말대로 나 같은 애가 훌륭한 사람이 된다면 우리 반에는 나보다 더 훌륭한 사람이 될 애들이 너무너무 많았습니다. 그러나 어머니가 내 손을 잡고 수없이 반복 암시를 주어서 세뇌시킨 교육의 효과는 녹록하지 않았습니다. '나는 반드시 훌륭한 사람이 될 것'이라는 생각이 내게 완전히 뿌리를 내렸기 때문입니다.

이처럼 나는 어릴 때부터 우리 어머니에게 자기를 귀히 여기는 태도를 배운 것입니다. 요즘 흔히 하는 말로, 자기 정체성이라고 할 수도 있는 데, 주체성을 아주 중요하게 생각하는 자세입니다."

"이 대목에서 나의 고등학생 시절 경험 하나를 소개하고자 합니다. 그 시절에는 동네마다 깡패들이 있었습니다. 깡패들이 골목에서 죽치고 있다가 지나가는 학생들에게 공연히 시비를 걸고 괴롭히는 일이 잦았습니다. 이유 없이 때리기도 하고, 더러는 돈을 뺏기도 하고, 물건을 뺏기도 하였습니다. 간이 작고, 겁도 많던 나는 항상 깡패들 때문에 스트레스를 많이 받았습니다. 그러던 어느 날 나는 뜻밖의 생각을 하였습니다.

'내가 언제까지 이렇게 깡패들을 두려워하면서 살아야 한단 말인가! 사내새끼가 아무 잘못도 없는데 매일 깡패들에게 얻어맞을까 겁내며 비겁하게 살아야 한단 말인가! 나도 힘을 길러야 한다. 힘을 길러서 엔간한 깡패놈들이 시비를 걸면 당당하게 한 판 붙어봐야 한다!'

당시 내가 내린 결론은 태권도나 복싱 중에 하나를 선택한 후 도장에 나가서 제대로 배우는 것이었습니다. 태권도도 호감이 갔지만, 그래도 주먹 한 방으로 상대를 쓰러뜨릴 수 있는 복싱이 더 매력적이고 멋있어 보였습니다. 이런 생각을 하고 있는데 공교롭게도 동무 황성주가 너무 뜻밖의 말을 했습니다.

'하륜아, 너 나랑 같이 복싱 도장에 안 나갈래? 나는 매일 동네 조무래기 깡패놈들 등쌀에 못 살겠다. 그래서 생각한 게 복싱 도장에서 제대로 복싱을 배워서 좀 당당하게 살고 싶단 말이다. 너도 나랑 사정이 비슷하니까 잔소리하지 말고 나랑 같이 복싱 도장에 나가자!'

듣던 중 반가운 소리였습니다. 내가 말했습니다.

'복싱 도장이 어데 있노? 그리고 한 달에 돈을 얼마나 내야 하는데?'

복싱 도장은 경남도청이 있는 토성동 옆에 있었고, 한 달에 내는 돈은 그리 비싸지는 않았습니다. 잠시 쭈뼛거리던 나는 웃는 낯으로 말했습니다.

　'성주야, 안 그래도 나도 조무래기 깡패들 등쌀에 언제까지 겁을 먹고 당하고 살아야 하는가 고민을 하고 있었다. 그래서 방금 네가 복싱 도장에 나가자는 말이 내 귀에 쏙 들어왔다.'

　'그라모 다음 주부터 나가자. 나랑 같이 복싱 도장으로 가서 등록하자.'

　'그래, 좋아!'"

"약속한 대로 다음 주에 운동복과 줄넘기를 가방에 넣고 토성동에 있는 복싱 도장으로 갔습니다. 복싱 도장은 생각보다 크지 않았습니다. 우리 교실만 한 크기의 안쪽에 있는 링 위에는 고참들이 한창 붙고 있었습니다. 링 주위에는 대여섯 명이 구경하고 있었습니다. 한쪽 구석에는 코치에게 섀도복싱(Shadow Boxing) 지도를 받는 사람이 세 명 있었고, 두 명은 한쪽 구석에서 줄 넘기를 하고 있었고, 한 명은 혼자서 샌드백을 치면서 땀을 뻘뻘 흘리고 있었습니다.

　우리는 복싱 도장에 정식으로 등록을 하였습니다. 등록을 마치자 코치가 말했습니다.

　'운동복은 준비해 왔나?'

　'예, 준비해 왔습니다.'

　'그리고 줄넘기도 가져왔나?'

　'예, 가져왔습니다.'

'그라모, 얼른 운동복으로 갈아입고, 오늘 첫날이니 저쪽 구석에서 줄넘기 연습부터 해라!'"

"우리는 코치가 시키는 대로 먼저 운동복으로 갈아입고, 줄넘기를 들고 코치가 지시한 곳으로 가서 줄넘기를 시작하였습니다. 그때 나는 줄넘기를 하면서 놀라운 사실을 알았습니다. 그것은 그동안 학교나 동네에서 줄넘기할 때와 전혀 다르다는 사실이었습니다. 복싱 도장에 정식으로 등록을 하고 줄넘기 연습을 하는 것은 장난이 아니었습니다. 너무 진지하게 연습해서인지 대번에 땀이 비 오듯 쏟아졌습니다.

줄넘기를 하면서 마치 나 자신이 곧 줄넘기를 마치고 링 위에 올라갈 선수가 된 것 같은 착각이 들었습니다. 그래서 그런지 그야말로 죽을 둥 살 둥 줄넘기를 빡세게 했습니다. 내 옆에서 줄넘기 연습을 하는 동무 황성주를 흘깃흘깃 쳐다보니 나보다 더 빡세게 하고 있었습니다. 줄넘기에 거의 몰입을 하고 있었습니다. 나만 몰입을 하는 줄 알았는데 이놈은 나보다 한술 더 떴습니다. 온몸에서 땀이 비 오듯 쏟아졌습니다.

그때 코치가 다가와서 말했습니다.

'수고했다. 네놈 둘이 줄넘기하는 모습을 보니 만만치 않은 놈들인 것 같다. 앞으로 기대가 된다. 오늘 연습은 이 정도로 하고, 얼른 집에 가서 깨끗이 씻고 쉬어라. 내일도 제시간에 와서 열심히 연습하기 바란다.'"

"우리는 세수를 마치고, 옷을 갈아입고, 코치에게 다가가서 인사를 하였습니다.

'안녕히 계십시오. 내일 또 와서 열심히 하겠습니다.'

'그래, 수고했다. 내일 보자.'

그런데 놀라운 일이 벌어졌습니다. 생각해 보니 오늘 내가 한 것은 난생처음 복싱 도장에 와서 등록하고, 연습이라고는 겨우 줄넘기 이삼십 분을 한 게 전부였습니다. 링 위에 올라가기는커녕 권투 글러브 한 짝 껴 보지도 않았습니다. 첫날, 운동복으로 갈아입고 줄넘기를 한 것뿐입니다.

그런데도 나는 도장을 나서는 순간부터 완전히 다른 사람이 되었습니다. 첫째, 자세가 달라졌습니다. 가방을 메는 자세가 달라졌습니다. 도장에 등록하러 올 때는 가방을 손에 들고 왔습니다. 그런데 도장을 나설 때는 가방을 손에 들지 않고 어깨에 삐딱하게 걸쳤습니다.

이것도 평범하게 메지 않고 약간 삐딱하게 멨습니다. 한마디로 건방짐이 생긴 것입니다. 거기다가 걸음걸이도 완전히 바뀌었습니다. 마치 군인들이 행진하는 자세 비슷하게 각을 잡고, 딱딱해진 분위기로 걸었습니다.

그뿐만이 아니었습니다. 내 마음까지도 완전히 달라졌습니다. 겨우 낡은 운동복과 고물 줄넘기가 든 가방을 메고 있으면서도, 나 자신이 유명 복서가 된 것 같은 착각이 들었습니다. 이제 동네 조무래기 깡패들 한두 놈쯤은 식은 죽 먹기로 이길

수 있지 싶었습니다. 설령 여러 놈이 붙어도 너끈히 처리할 수 있을 것 같았습니다.

물론 이런 생각의 바탕에는 내 실력을 믿는 것이 아니라 도장과 도장의 코치 그리고 도장의 선수들을 믿는 구석이 생겼기 때문입니다. 만약 나 혼자서 깡패들과 싸워 이기지 못한다고 해도, 나를 때리기만 하면 즉각 도장에 와서 일러바치고, 그러면 도장 사람들이 우루루 몰려가서 복수해 줄 것이라고 생각하였습니다."

"더 놀라운 사실은 나만 달라진 것이 아니라 동무 황성주도 완전 다른 사람이 되었습니다. 가방을 멘 자세는 나보다 더 빼딱하였고, 걸음걸이도 나보다 더 시건방져 보였습니다. 우리는 서로 눈이 마주치자 멋쩍게 웃었습니다. 굳이 말로 하지 않아도 통하는 게 생긴 것입니다. 그날 이후로 나는 깡패는 물론이고, 세상에 무서운 것이 아무것도 없었습니다.

그날 이후로 나의 자신감과 시건방짐은 하늘을 찌를 듯이 높아만 갔습니다. 그런데 하루 만에 이렇게 달라진 정도이니 도장에 오래 다닐 필요가 없었습니다. 두어 달을 다니자 내 생각은 완전히 달라졌습니다. 내 속에서 자신감이 넘치다 보니 더 이상은 복싱 도장에 계속 다닐 필요가 없을 것 같았습니다.

이 대목에서도 동무 황성주와 내 생각은 완전히 일치했습니다. 동무에게 내 이런 속내를 털어놓자 동무가 말했습니다.

'안 그래도 나도 그리 생각하고 있었다. 그라모 우리 도장 가는 것 때려치우자!'

내가 말했습니다.

'그라모, 오늘 당장 때려치우자!'

'좋아! 오늘 당장!'"

"이때 내가 알게 된 사실은 주먹보다 자신감이 천배 만배 더 중요하고, 더 강하다는 것입니다. 그리고 스포츠와 싸움은 전혀 다르다는 것을 알았습니다. 복식 도장이나 태권도 도장에 다녀서 복싱이나 태권도 기술을 아무 익힌다 해도 정작 싸움이 벌어지면 복식이나 태권도 실력보다 용감함이 더 중요하다는 사실입니다.

복싱이나 태권도는 스포츠일 뿐입니다. 스포츠는 어떤 기술의 숙련이라고 할 수 있습니다. 그런데 싸움은 이와는 완전히 다릅니다. 싸움에 어떤 일정한 규칙이란 없습니다. 그래서 싸움에서 이기는 것은 용기가 가장 중요하다는 사실입니다. 이 용기를 뒷받침하는 것이 바로 자신감이라고 할 수 있습니다. 이때 배운 교훈은 내 삶의 순간순간 적잖은 도움이 되었습니다."

"여러분에게 지금까지 나의 첫 번째 보물인 '자신감'에 대해 설명하였습니다. 이제 여러분도 자신감이 얼마나 소중한 자산인지 절감하였지요?"

"예, 선생님!"

"이번에는 내가 가지고 있는 두 번째 보물에 대해서 말하겠습니다. 내가 대학에 들어간 지 얼마 되지 않았을 때 일입니다. 어느 날, 어머니가 내게 정색을 하며 말하였습니다.

'륜아, 너에게 긴히 할 말이 있다. 여기 내 앞에 좀 앉거라.'

나는 혹시 뭘 내가 잘못한 것이 있어서 나무라는 것인가 싶어서 간이 철렁하였습니다. 어머니는 앉은 자세를 고치고는 근엄하게 말했습니다.

'오늘 한 가지 중요한 말을 하겠다. 내 말, 단디 들어라!'

나는 긴장하지 않을 수 없었습니다. 어머니가 말했습니다.

'이 시간 이후로 나를 부를 때 그냥 할머니라고 부르지 마라!'

나는 눈이 똥그래졌습니다. 그래도 한마디 하지 않을 수 없었습니다.

'할머니라고 부르지 않고 뭐라고 불러요?'

'너에게는 너의 아버지가 지어준 아름답고 귀한 이름이 있듯이 나도 우리 아버지가 지어준 귀한 이름이 있다. 내 이름은 윤순이다! 그러니 이제부터 나를 부를 때 윤순이 할머니라고 불러라!'"

'아!'

"나는 짧게 외마디 비명을 지르고 말았습니다. 지금 나는 우리 어머니가 맹자 어머니에게 조금도 뒤지지 않는 대단한 어머니라고 생각합니다. 이렇게 멋진 할머니는 이 세상에 윤순이 할머니 한 분뿐이라고 생각합니다. 나의 이런 생각에 이의 있습니까?"

"없습니다! 선생님!"

"윤순이 할머니, 정말 최고입니다."

"어머니는 한마디를 더 하였습니다.

'내가 죽고 난 뒤에도 나를 그냥 할머니로 기억하지 말고, 반드시 윤순이 할머니로 기억하기 바란다!'

이것이 바로 '자존감'입니다! 자기 자신을 귀히 여기는 마음입니다. 이 자존감 위에 자기 정체성이 꽃을 피우면 그야말로 금상첨화가 아닐 수 없습니다. 그래서 내가 대학 때 외솔 최현배 박사님께 배운 대로 우리말과 우리글을 사랑하는 게 애국의 근본이란 사실을 하루도 잊은 적이 없습니다."

"한 가지 일화를 더 말하겠습니다. 노예선에서 있었던 일입니다. 웃통은 벗고, 발에 쇠사슬을 찬 노예들이 힘들게 노를 젓고 있었습니다. 감독관이 가죽 회초리를 들고 왔다 갔다 하면서 노예의 등판을 내려치면서 좀 더 빨리 노를 저으라고 다그쳤습니다. 이때 감독관이 한 건장한 노예에게 다가가 발길질을 하면서 말했습니다.

'너는 이 배를 탄 지 얼마나 되는가?'

노를 젓던 노예는 동작을 멈추고, 감독관을 노려보면서 대답했습니다.

'너희 놈들의 달력으로는 2년인데, 나의 달력으로는 2백 년이다!'

그러자 감독관이 말했습니다.

'넌 참으로 멋진 놈이다. 비록 네 몸은 묶여있지만, 너는 노예가 아닌 자유인이다!'"

"이처럼 사람은 누구나 자신을 귀히 여겨야 합니다. 그래야 남도 나를 함부로 하지 못할 것입니다. 반대로 스스로 자기를 업신여기면 남도 업신여기고, 자기를 귀히 여기면 남도 귀히 여기게 됩니다. 만약 자기를 귀하게 생각하고 그에 맞는 생각과 행동을 하면, 남들도 함부로 대하지 않을 것입니다. 그래야 자유인이 될 것입니다.

이런 의미에서 우리 어머니는 이미 어린 나에게 삶에서 가장 소중한 것들을 어린 시절에 지혜롭게 가르쳤던 것입니다. 소중한 가치들이 나의 무의식 속에 뿌리내리게 한 것입니다. 이런 가치들은 마침내 내가 살아가는 데는 물론이고, 내가 시를 쓸 때, 그리고 사랑할 때에 중요한 자양분이 되었습니다. 특히 내가 지금처럼 글을 쓰고 강연할 때도 아주 중요한 기본이 되었습니다.

다시 한번 강조하자면, 내가 글을 쓰고 강연을 할 때도 이 두 가지 보물이 가장 중요한 기본이 되었습니다. 그래서 나는 내 목소리를 가질 수 있었고, 내 색깔을 가질 수 있었습니다. 이런 의미에서 내가 만약 어릴 때 어머니에게 보통명사만 배우고 고유명사를 배우지 않았더라면, 나는 남의 흉내나 내는 원숭이나 앵무새의 삶을 살았을 것입니다."

"내 속에 있는 자신감과 자존감이 내 삶의 기본이고, 내 삶의 원동력이란 말입니다. 이날까지 크고 작은 수많은 난관에 부딪힐 때마다 주저앉지 않고 다시 일어설 수 있었던 이유도 알고 보면 어릴 때 어머니가 심어주었던 자신감과 자존감 덕분이지 싶습니다. 나중에 성장하여 곰곰이 생각해 보니 그때 어머니는 나의 무의식 속에 나 자신을 귀히 여기는 마음을 강하게 심어준 것이 분명합니다.

그래서 그런지, 나는 스타 의식이 아주 강한 사람이 되었습니다. 만약 여자로 치자면 공주병이 심한 사람입니다. 영문학을 전공한 김 모 박사는 언젠가 나를 보고 '자뻑 오빠'라고 놀린 적이 있습니다. 조금도 틀리지 않고 다 맞는 말입니다. 그런데 이날까지 내가 쓰러지지 않고 버틸 수 있었던 원천은 바로 내 속에 있는 자신감과 자존감 때문이라 생각합니다. 이것이 내 삶의 기본이고, 내 삶의 원동력이었습니다."

나의 열변에 학생들의 박수와 환호성이 터졌다. 나는 계속해서 말하였다.

"그밖에도 이날까지 살아오면서 수많은 결단을 내릴 수 있었던 것도 다 이 자신감과 자존감 때문이라 생각합니다. 만약 내게 자신감이 없었더라면, 이런 많은 일을 하나도 해내지 못하는 '범생이'가 되고 말았을 것입니다. 자신감을 어릴 때 심어주지 못하면, 그 어린이는 자라면서 여기서도 쭈뼛, 저기서도 쭈뼛하면서 항상 뒷줄에 서게 됩니다.

또 자기 생각을 당당하게 말하지도 못하는 소극적인 성격에 남의 눈치나 슬슬 보며 뒷자리에 항상 서 있는 사람이 될 것입니다. 그래서 교육의 첫 번째 원칙은 자신감을 심어주는 것이고, 두 번째 원칙도 자신감을 심어주는 것이고, 세 번째 원칙도 자신감을 심어주는 것이라 할 수 있습니다.

그런데 자신감이 있어도 자존감이 낮으면 감정에 기복이 생깁니다. 다른 사람과 자신을 비교하고 경쟁하기 때문입니다. 하지만 자존감이 높은 사람은 자신을 귀하게 여기기 때문에 다른 사람도 똑같이 존중합니다. 사람은 누구나 자신을 귀하게 여겨야 합니다.

지금 시대에는 자존감이 낮은 사람들이 무척 많습니다. 자존감은 자신의 가치를 깨닫고, 자신을 자신답게 느끼는 것입니다. 스스로 자신을 업신여기면 남도 나를 업신여기고, 자신을 귀하게 여기면 남도 나를 귀하게 여깁니다. 만약 자신을 귀하게 생각하고 그에 맞는 생각과 행동을 한다면 남들도 나를 함부로 대하지 않을 것입니다."

　"여러분, 결론을 맺습니다. 이번 시간에 여러분은 인간에게 가장 중요한 두 가지 보물을 배웠습니다. 그중에 하나는 '자신감'이고, 다른 하나는 '자존감'이라 했습니다. 이 말을 이해합니까?"

　"예, 선생님!"

　"그러면 이 두 가지를 바탕으로 그 위에 자신의 정체성의 꽃을 활짝 피워야 한다고 말했습니다. 이 말도 이해합니까?"

　"예, 선생님!"

　"그럼, 이만 마치겠습니다."

　학생들의 박수갈채와 환호성이 터졌다.

18
귀신을 쫓는 부적

"반갑습니다. 이번 시간에는 '귀신을 쫓는 부적'이라는 제목으로 이야기하겠습니다. 우선 제목부터 느껴지는 것처럼 매우 어려운 주제라는 것을 말하고 있습니다. 그러니 바짝 긴장하고 경청하기 바랍니다. 경청할 준비가 되었습니까?"

"예, 선생님!"

"귀신을 무서워하는 사내가 있었습니다. 그런데 그는 매일 공동묘지를 지나다니지 않으면 안 되었습니다. 때로는 밤늦게 공동묘지를 지날 때도 있었습니다. 그의 집은 바로 공동묘지 옆에 있었기 때문입니다. 그는 항상 귀신에 대한 두려움에 떨고 있었습니다. 그래서 잠을 제대로 이룰 수도 없었습니다. 눈을 감으면 꿈속에서도 귀신이 나타나기 때문이었습니다. 때로는 방 안에서도 귀신의 모습이 보였습니다. 밤은 그에게 있어서 지옥이었습니다.

두려움에 떨던 그는 스승을 찾아갔습니다. 그의 자초지종을 들은 스승은 천천히 말했습니다.

'여보게, 염려 말게. 내가 간단히 귀신들을 물리쳐 주겠네. 자, 지금부터 내가 시키는 대로 하게. 이 부적을 가지고 가게. 이 부적을 몸에 지니고 있으면 아무 걱정이 없네. 귀신들은 얼씬거리지도 못할 것이네.'

말을 마친 스승은 부적을 주었습니다. 부적을 손에 얻은 그는 안심하며 집으로 돌아왔습니다. 그런데 정말 기적이 일어났습니다. 어느 늦은 밤, 그날도 그는 공동묘지를 지나가고 있었습니다. 그런데 그의 발걸음은 그렇게 태연할 수가 없었습니다. 귀신들은 그림자도 얼씬하지 않았습니다. 보통 때 같으면 너무 겁에 질려서 등에 식은땀이 흘렀을 것입니다.

그러나 그는 지금 콧노래를 부르고 있습니다. 그의 손에는 부적이 쥐어져 있었습니다. 그는 공동묘지 한가운데에 섰습니다. 그러나 귀신은커녕 귀신 그림자도 보이지 않았습니다. 오로지 달빛 아래 고요만이 있을 뿐이었습니다. 집으로 돌아온 그는 잠잘 때도 부적을 가슴에 품고 잠들었습니다. 꿈속에서도 귀신은 나타나지 않았고, 그는 모처럼 깊은 잠을 잘 수 있었습니다. 이 모든 것이 바로 부적 덕분이었습니다."

"그런데 또 다른 문제가 생겼습니다. 이번에는 부적에 너무 집착이 갔습니다. 만약 이 부적을 잃어버리면 어떻게 될까……, 그 순간부터 또다시 귀신들이 나타날 것입니다. 그래서 그는 어디를 가나 부적을 가지고 가야 했습니다. 그러자 사람들이 그에게 물었습니다.

'자네는 왜 그 종이 쪼가리를 그렇게 신주 모시듯이 하는가?'

그가 대답했습니다.

'이것은 내 부적일세. 이 부적이 없으면 그 순간부터 나는 또 귀신에게 쫓기게 된다네. 이 부적은 내 생명의 은인이라네. 두려움으로부터 나를 막아준다네.'

그는 또다시 두려워하기 시작했습니다.

'누가 내 부적을 훔쳐 가면 어떡하지? 그러면 귀신들은 나에게 보복을 하러 오겠지.'

이처럼 두려움에 빠진 그는 밥 먹을 때도 부적을 손에 쥔 채 밥을 먹어야 했습니다. 변소에 갈 때도, 심지어는 사랑의 순간에도 이 부적을 놓을 수 없었습니다. 그는 미칠 지경이었습니다. 또 다른 두려움이 그를 거머잡은 것이었습니다.

'이 부적을 잃어버린다면, 그땐 나는 더 이상 살 수 없게 될 것이다. 당장 귀신들이 몰려와 나를 죽여 버릴 것이다.'

그러던 어느 날, 스승이 그에게 물었습니다.

'자네 요즘은 어떠한가?'

그가 대답했습니다.

'모든 것은 다 좋아졌습니다. 그러나 또다시 새로운 두려움에 떨고 있습니다. 밤이 되면 또다시 잠을 이룰 수가 없습니다. 잠을 자다가 자꾸자꾸 깹니다. 부적이 있나 없나를 확인하기 위해서입니다. 어떤 때는 부적이 이불 밖으로 흘러나가는 수가 있습니다. 그 순간 내 가슴은 철렁합니다. 그럴 때 다시 귀신들이 나타날까 봐 두려워서 비명을 지릅니다.'"

"그의 모든 말을 들은 스승이 말했습니다.
'이제 새로운 방책을 알려주겠네. 그 부적을 버리게!'
그러자 그가 물었습니다.
'스승님, 그러면 저는 어떻게 되는 것입니까?'
다시 스승이 말했습니다.
'내 말을 잘 듣게나. 귀신은 실재하지 않네. 그리고 이 부적은 눈속임에 불과하네. 그 부적은 귀신을 없애는 주문은커녕 그저 평범한 종이였네. 자네가 본 귀신들은 바로 자기 자신의 환상일 뿐이라네. 정말로 귀신들이 있다면, 귀신들이 이까짓 부적을 두려워하겠는가? 이는 자네의 환각에 불과하네.

하지만 자네는 그것을 깨닫지 못하고 두려움에 빠진 채 나를 찾아와 도움을 청했네. 그래서 나는 자네에게 그 부적을 준 것일세. 그런데 이번에는 부적을 잃을까 하는 두려움에 빠져 있네. 여보게, 이제는 분명히 알게나. 귀신들은 실제로 존재하지 않네. 또 부적의 효과도 사실 없는 것일세. 그러니 이제 부적은 신경 쓰지 말고 그만 버리게나.'"

이야기를 마치자 학생들은 저마다의 생각에 잠긴 듯 보였다. 나는 계속해서 말을 하였다.

"여러분은 애초에 성장의 열망을 안고 태어났습니다. 따라서 여러분은 지적 호기심으로 가득 차 있을 수밖에 없습니다. 여러분 각자는 하나의 씨앗을 품은 사람들입니다. 그러니 삶의 긴 여정을 거치면서 한 송이 꽃으로 피어나야 합니다. 그것은 일종의 순례입니다. 그 순례의 길을 가고 있는 지적 호기심에 가득 차 있는 여러분의 열망은 아름답습니다.

그러나 사회는 교활하게 여러분의 열망을 오도하여 사회의 목적을 위해 여러분의 삶을 변질시키고 맙니다. 이때 자칫하면 여러분의 삶은 천박해지고, 여러분의 귀중한 꽃은 망가지고 말 것입니다. 그래서 여러분들에게 지성이 필요한 것입니다.

여러분은 자연이 선물한 열망과 호기심이 무엇이며, 이를 어떻게 성장시켜야 할지 제대로 분별할 수 있어야 합니다. 그러자면 여러분에게 고도의 지성이 필요한 것입니다. 즉 여러분에게 지성이 있어야 오염되지 않는 순수한 자연을 이해할 수 있고, 여러분 각자의 꽃을 아름답게 피울 수 있을 것입니다. 이만 마치겠습니다."

학생들은 여전히 깊은 생각에 잠긴 듯해 보였지만, 나의 말에 탄복하며 박수갈채를 보냈다.

운명적으로 만난 지상 최고의 미인(2)

그 무렵 우리 학교에서 같이 근무하던 시인 이지영 씨를 알게 되었다. 그 바람에 소설가 송지원 씨를 비롯해 시인 이정행씨, 시인 양상우 씨 등도 함께 알게 되었다. 그리고 그들과 금세 친해졌다. 그러다 보니 마침내 시인 고은 선생도 알게 되었다. 나는 그들과 함께 혜화동 소줏집, 흑석동 연못시장의 허름한 술집, 광화문 맥주집인 가락지 등을 드나들면서, 그야말로 도낏자루 썩는 줄 모르는 신선놀음 같은 데이트를 하였다.

우리는 누가 보아도 잘 어울리는 한 쌍의 원앙이었다. 그 바람에 예전 영어 선생과 있었던 일 따위는 까마득히 잊고 말았다. 남녀의 사랑이란 것이 얼마나 이기적이며, 얼마나 허망한 것인가! 이런 탄식조차 할 틈도 내게는 조금도 없었다.

나는 기독교 신앙을 바탕으로 한 공동체 살림을 실천에 옮기고 싶은 생각이 가득했다. 이것이 가장 이상적인 삶의 형태라고 생각했기 때문이다. 그러나 우리나라에는 '공동체 살이'

를 하는 사람들이 보이지 않았다.

그러던 중에 문익환 목사의 동생인 문동환 박사가 중심이 되어 서울 방학동에서 '새벽의 집'이라는 기독교 가정 공동체를 운영하고 있다는 사실을 알고는 너무 기뻤다. 그리고 김용기 장로가 설립한 '가나안 농군학교'도 있었다. 이곳은 교육과 노동을 함께하는 기독교 합숙 교육기관이었다.

나는 짬이 날 때마다 가나안 농군학교와 새벽의 집에 관한 공부를 하면서 내 나름의 공동체를 그리고 있었고, 이를 실천할 날을 고대하였다.

'공동체 삶!' 정말 멋진 말이고, 인간의 이상적 삶의 형태라고 생각했다. 신앙과 뜻이 맞는 믿음의 동지들끼리 모여서 '사랑의 집'을 만들고, 모든 것을 공동 소유로 하며, 제도권 교육을 거부하고, 사랑의 실천을 근본으로 하는 '사랑의 학교'를 만드는 것! 그래서 우리네 아이들부터 그 학교에서 공부시키는 것을 골자로 한 내 꿈은 매우 구체적이었고, 실천에 옮길 여러 가지 준비가 되어 있었다.

우리가 함께 살게 될 공동체 생활에 동참할 식구도 생각했다. 내가 결혼하면 나의 아내와 내 여동생과 그의 남편 주동식 선생이었다. 내 여동생은 나보다 먼저 결혼을 한 처지였다. 내가 계획한 공동체 생활을 실현하기 위해서 첫 번째로 장소를 물색한 끝에 마침내 한산섬을 결정했다. 마침 주동식 선생과 내 여동생은 한산섬의 한 초등학교에서 교사로 근무하고 있던 참이었다.

먼저 주동식 선생 내외가 한산섬에 집을 한 채 장만하였다. 뜻밖에 그 마을에 살던 순박한 청년 김봉민 씨도 우리가 추진하던 공동체 '사랑의 집'에 동참하기로 하고, 과수원 약 1만 평을 내놓기로 했다. 이렇게 해서 우리는 상당히 구체적인 계획을 세우고, 하나하나 추진하고 있었다.

우리는 이를 실현하기 위하여 진행 과정을 소개하는 등사판 잡지 〈사랑의 기별〉을 6호까지 내기도 했다. 또한, 이 소식은 부산 〈국제신문〉 등에 크게 소개되는 바람에 여러 사람들의 주목을 받기도 했다.

나는 그녀를 만날 때마다 내 가슴에 꿈꾸고 있는 '사랑의 집'에 대한 이야기를 많이 했다. 그리고 나의 이러한 뜻에 찬성하는 여자가 아니면 결혼하지 않겠다고 했다. 그리고 한 가지 주문이 더 있었다. 가나안 농군학교를 졸업하지 않은 여자와는 결혼하지 않을 것이라고 말했다.

그녀는 나의 이야기에 많이 공감하는 것 같았다. 우리는 앞으로 한산섬에서 펼쳐나갈 '사랑의 집'에 대한 그림을 함께 그리기도 하고, 상상만으로도 함께 기뻐하기도 했다.

나는 그녀를 위한 시를 쓰기도 하였다.

나는 몰랐다

누가 사랑을 달콤하다고 했던가.

그래 맞다.

정말 사랑은 달콤한 것이다.

너무 달콤한 나머지

이빨이 썩는 줄을 모르는 게 탈이지.

이빨만 썩지 않는다면 얼마나 좋으랴,

사랑이란 것이.

나는 몰랐다.

젊은 남녀의 사랑이

이빨을 다 썩게 하는 줄을.

나는 몰랐다.

사랑이 이성적 판단을 흐리게 하고,

그 바람에 자신의 인생을

망치게 하는 요소가 너무 많다는 사실을

그때는 정말 몰랐다.

* * *

그녀에 대한 나의 사랑은 날이 갈수록 뜨거워졌다. 나는 누가 좋으면, 하루라도 못 보면 죽고 못 사는 못된 버릇이 좀 있다. 그때도 꼭 그랬다. 그 무렵에 천만다행으로 내 첫 시집 《참회록》을 판 돈이 있어서 데이트 비용에는 아무 걱정이 없었다. 그때 만약 시집을 판 돈이 없었다면, 데이트 비용을 충당하려고 무슨 짓이라도 했을 듯싶다.

　　이처럼 내가 완전히 사랑에 눈과 귀가 멀었을 무렵의 어느 날이었다. 그녀의 표정이 어두웠다. 그녀가 침울한 표정으로 말했다.

　　"하 선생님, 이제 우리 앞으로 만나지 말아요!"

　　이런 그녀의 말 한마디는 내게 폭탄선언이었고, 사형 선고나 마찬가지였다. 나는 앞이 캄캄하였다. 이미 그녀의 손목도 잡아보았고, 입도 맞춰 보았고, 또 살을 섞기도 하였는데, 이제 와서 만나지 말자니 이게 무슨 말이 되는 소리인가 싶었다.

　　나는 그녀에게 다그치듯이 말했다.

　　"왜, 내가 뭘 잘못이라도 했습니까? 아니면 이제는 나를 사랑하지 않는다는 겁니까?"

　　그녀는 고개를 가로저었다. 이도 저도 아니라면 무엇 때문에 그런 말 같지 않은 소리를 한단 말인가. 그녀는 몇 번이나 망설이다 겨우 입을 열었다.

　　"저는 하 선생님과 더 이상 가까워질 수 없는 몸입니다."

　　'이건 또 무슨 말인가!' 그녀의 알 듯 모를 듯한 말에 나는 눈앞이 캄캄했다. 그녀는 더 이상 말을 하지 않았다. 다음에 언제 기회가 있으면 말하겠노라고 하고는 자리를 벗어났다. 도저히 붙잡을 수 없이 단호하고 결연함이 넘쳤다. 한 발 한 발 멀어져 가는 그녀의 뒷모습을 넋을 잃고 쳐다보니 금세 나는 그 자리에 까무러칠 것만 같았다.

며칠 뒤 그녀를 다시 만났을 때, 그녀가 입을 여는 순간 나는 내 귀를 의심하였다.

"저는 사실 결혼에 한 번 실패한 여자입니다. 미안합니다. 하 선생님! 그러니 저를 잊어주세요. 저는 선생님과 결혼할 수가 없습니다. 저 말고 다른 좋은 여자분을 만나 결혼하여 행복하게 사시기 바랍니다."

그녀는 차마 말을 다하지도 못한 채 내 가슴에 와락 안기어 서럽게 울었다. 나는 아무 말도 할 수가 없었다. 어떤 위로의 말을 해야 할지 몰랐다. 그녀는 더욱 서럽게 울었다.

그녀는 사관학교를 졸업한 군인과 이미 결혼했었지만, 실패했다고 말했다. 그리고 난데없이 학창 시절에 자기를 따라다니던 남자가 나타나 자신을 납치하여……, 어쩌고 하면서 복잡한 과거를 내게 고백하려고 했다. 나는 그녀의 말을 가로막았다. 그리고 차분하게 말했다.

"과거에 대해서 알고 싶지가 않습니다. 중요한 것은 과거가 아니라 지금 이 순간입니다. 그리고 이 순간보다 더 중요한 것은 다가올 미래입니다. 그래서 과거가 어떠했는가는 내게 문제가 되지 않습니다. 조금도 염려하지 마세요. 나에게 중요한 것은 우리가 서로 사랑하고 있다는 것이고, 이 사랑을 바탕으로 앞으로 행복한 삶을 꾸려나갈 수 있다는 희망입니다."

나의 말에 그녀는 내 가슴에 얼굴을 묻은 채 계속 훌쩍였고, 나는 더 이상 아무 말도 하지 않았다. 그저 그녀의 볼에 흐르는 눈물을 닦아주었다.

20
내가 아침을 먹지 않는 열 가지 이유

"반갑습니다. 이번 시간에는 '내가 아침을 먹지 않는 열 가지 이유'란 제목으로 말하겠습니다. 평소에 누누이 강조한 것처럼 두 귀로 청취를 하지 말고, 온몸으로 경청을 하기 바랍니다. 경청할 준비가 되었습니까?"

"예, 선생님!"

"결론을 먼저 말하겠습니다. 서양 의학을 공부했거나 서양 의학에 세뇌된 순진한 사람들은 아침을 먹지 않으면 큰일 나는 줄로 압니다. 그동안 나는 이런 순진한 사람을 아주 많이 보았습니다. 그런데 나는 이 대목에서 완전히 다른 생각을 하고 있습니다. 단순히 생각만 다르게 하는 것이 아니라 여러 해 동안 아침을 먹지 않는 것을 실천하면서 건강히 잘살고 있습니다.

내가 공부한 바로는 현대 사회 질병의 약 70퍼센트는 환자와 의사가 만들어 내는 것이라고 합니다. 이는 잘못된 의학 정보나 어리석은 믿음으로 벌어지는 문제가 얼마나 많은지를 증명하는 좋은 증거라고 할 수 있습니다. 가령, 서양 의학을 전공하거나 서양 의학을 맹목적으로 신봉하는 사람들은 '아침은 꼭 먹어야 한다'라고 강조합니다. 그래서 이들은 본인은 물론이고 자녀들에게도 아침을 꼭 먹어야 한다고 가르칩니다."

"'서식(西式) 건강법'으로 유명한 일본의 니시 가쓰오(西勝造) 박사가 죽기 전에 한국의 농촌 마을을 방문했을 때 일입니다. 시골 한옥집의 안방에 들어가 몸을 녹이던 그는 한국의 전통적인 온돌 난방 문화에 깜짝 놀라 눈이 휘둥그레졌습니다. 왜냐하면, 서식 건강법의 제1조가 '딱딱한 침대에서 자라'였기 때문입니다. 그러니 니시 가쓰오 박사가 온돌 바닥이 딱딱한 것을 보고 놀란 것은 너무나 당연한 일이 아닐 수 없습니다. 그는 엄지손가락을 치켜세우면서 말했습니다.

'한국 사람이 세계 최고입니다!'

그는 말을 채 끝마치기 전에 온돌방 구석에 뒹굴고 있는 물건을 보고 물었습니다.

'저 이상하게 생긴 물건은 무엇입니까?'

니시 가쓰오 박사가 가리킨 것은 목침이었습니다. 안내하던 사람이 목침이라 알려주고, 용도를 설명하자 그는 목침을 만져보면서 거의 탄식 수준으로 다시 한번 엄지손가락을 치켜세우면서 말했습니다.

'정말 한국 사람이 세계 최고입니다.'

왜냐면 서식 건강법의 제2조가 '경침(둥근 형태의 딱딱한 나무 베개)을 베고 자라'이기 때문입니다. 안내하던 사람이 한국에는 거의 모든 집이 온돌이고, 목침이 있다고 설명하자 니시 가쓰오 박사는 잠시 할 말을 잊고 망연자실하였습니다. 한국 사람의 삶의 지혜에 충격을 받고 감탄한 나머지 잠시 혼수상태에 빠질 뻔한 그는 이내 정신을 차리고 이렇게 말했습니다.

'한국 사람은 건강 분야에서 세계에서 가장 지혜로운 민족입니다. 정말 대단합니다!'"

"많은 사람이 현대 의학은 질병을 진단하고 치료하는데 가장 뛰어나다고 여깁니다. 하지만 현대 의학이 고칠 수 있는 질병은 약 20퍼센트 정도라는 게 의학계의 정설입니다. 한 가지 실례로 현대 의학은 아직도 감기 바이러스의 정확한 원인을 밝히지 못하고 있습니다. 그런데 순진하고 어리석은 사람들은 현대 의학과 의사를 과신하기도 하고, 맹신합니다.

또한, 많은 사람들이 건강에 관련된 의학 지식을 너무 많이 알고 있는 것 같습니다. 어지간한 아줌마도 반 의사고, 반 약사입니다. 뭐가 몸에 좋고 나쁜지, 뭐가 혈액순환에 좋고, 뭐가 간에 좋고, 뭐가 위에 나쁘고 등등 줄줄 꿰고 있습니다. 이런 경우를 '반풍수 집안 망하게 한다' 혹은 '선무당 사람 잡는다'라고 합니다.

내 좁은 생각에는 이들이 너무 많이 아는 것이 곧 만병의 근원이지 싶습니다. 어설프게 아는 게 많으면 자기 최면에 잘 걸리게 되고, 자기 최면에 잘 걸리면 그만큼 탈이 생길 수밖에 없습니다. 가령, 머리 좀 아프다고 약방에 쪼르르 달려가서 두통약을 사 먹습니다. 두통약을 먹으면 머리 통증은 제압이 되는 대신에 위장에 장애가 온다는 사실은 모르는 이가 많습니다. 배탈이 나면 쪼르르 약방에 달려가서 배탈 설사약을 사 먹는 사람이 많습니다.

가령, 개들은 배탈이 나면 음식을 먹지 않고 굶는다고 합니다. 그러면 금방 낫는다고 합니다. 이것이 개가 태어날 때부터 가지고 있던 자연치유력이라 할 수 있습니다. 그런데 인간은 머리가 좀 아프면 약방에 쪼르르 달려가서 두통약을 사 먹고, 기침만 몇 번만 하면 약방에 쪼르르 달려가서 감기약을 사 먹는 바람에 자신이 본래 가지고 있던 면역력이나 자연치유력이 얼마나 망가지고 퇴화했는지를 모르는 것입니다."

"내 주위의 많은 사람도 아침은 당연히 먹어야 하는 것으로 알고 있습니다. 나도 몇 년 전까지는 그렇게 생각하여 매일 아침을 먹었습니다. 그런데 나의 스승인 함석헌 선생님께서 하루에 한 끼만 드시는 것을 알고는 신선한 충격을 받았습니다.

그전에는 사람은 누구나 하루에 세 끼를 먹는 것이 당연해도 너무나 당연한 줄 알았고, 거기에 대해서 한 번도 의문을 가져본 적도 없었습니다. 그런데 함석헌 선생님께서 하루에 한 끼만 드신다는 것은 뜻밖의 일이 아닐 수 없었고, 너무나 놀라운 충격이 아닐 수 없었습니다.

나는 여러 날을 고심한 끝에 결단을 내렸습니다. '내일부터 하루에 한 끼만 먹어야겠다!'고 큰 마음을 먹고, 굳게 다짐하였습니다. 바로 다음 날부터 하루 한 끼를 먹고 참았습니다. 말이 쉬워 한 끼이지, 막상 실천해보니 그게 그리 쉬운 일이 아니었습니다. 둘째 날도 한 끼를 먹었습니다. 둘째 날은 더 고통스러웠습니다.

그리고 결국 둘째 날 밤에 생각을 고치지 않을 수 없었습니다. 젊은이가 하루에 한 끼만 먹는다는 것은 도저히 사리에 맞지 않다는 사실을 알았습니다. 그래서 사흘째 되는 날에 내 경솔함을 인정하고, 하루에 한 끼만 먹겠다는 결심을 번복 수정하였습니다.

'나는 내일부터 하루에 두 끼만 먹겠다. 그러자니 아침을 먹지 않겠다!'

이를 스스로에게 다짐하고, 주위 사람들에게도 알렸습니다. 그런데 다행히도 이 약속은 지금까지 지켜오고 있습니다. 사실 내가 아침을 먹지 않기로 작심을 한 데는 더 깊은 사연이 있습니다. 오래전에 우연히 일본의 자연의학자 니시 가쓰오의 책을 읽고 신선한 충격을 받았기 때문입니다. 그의 건강법에는 '아침을 먹지 않는 것이 좋다'라고 강조하고 있었습니다.

그때까지 아침은 당연히 먹어야 하고, 반드시 먹어야 하는 줄 알고 있던 내게 아침을 먹지 않는 것이 좋다는 주장은 그야말로 신선한 충격이 아닐 수 없었습니다. 니시 가쓰오의 건강법을 공부한 뒤로 나는 '아침을 꼭 먹어야 한다'라는 주장을 버리고, '아침을 먹지 않는 것이 좋다'라는 주장을 따르기로 하고, 실천하게 되었습니다."

"내 경험을 바탕으로 말하면 아침을 먹지 않는 것의 부작용은 아무것도 없습니다! 단지 좋은 점만 수두룩할 뿐입니다! 아침을 먹지 않아서 좋은 점을 정리하면 다음과 같습니다."

• 아침을 먹지 않아 좋은 점 열 가지

1. 아침 식사 시간이 필요 없다.
2. 아침 식사를 준비하는 시간이 필요 없다.
3. 하루 두 끼만 먹기 때문에 두 끼를 먹을 때 '밥맛이 꿀맛'이다.
4. 점심이나 저녁을 먹을 때 항상 맛있게 먹는다.
5. 밥을 맛있게 먹기 때문에 식당이나 음식을 대접한 사람에게 인기가 좋다.
6. 항상 몸이 가볍다.

7. 비만의 염려가 별로 없다.

8. 한 끼의 식비가 절약된다.

9. 아침 식사를 준비하는 사람에게 노동을 시키지 않는다.

10. 항상 밥때가 기다려지고 기대가 된다.

"나는 아침 식사를 하지 않기 때문에 아침에 아무것도 먹지 않습니다. 차도 마시지 않습니다! 오직 냉수 한 잔만 마실 뿐입니다. 굳이 말하면, 이 냉수 한 잔이 내 아침 식사라고 할 수 있습니다. 나는 아침에 냉수 한 잔을 마시면서 스스로 이렇게 최면을 겁니다.

'이 냉수 한 잔은 나의 아침 식사이다. 이 냉수가 내 몸에 들어가면 생명수가 되고, 원기의 원천수가 될 것이다. 이 생명수 한 잔이 내가 점심을 먹을 때까지 나를 건강하게 지켜주는 에너지가 될 것이다. 한 잔의 냉수만 마셔도 내 건강을 지킬 수 있고, 내 정신이 맑을 수 있다는 것에 감사한다. 오늘도 나는 모든 크고 작은 전투에서 반드시 승리할 것이다!'"

"자, 지금까지 내가 한 말을 이해합니까?"

"예, 선생님!"

"그럼 여기서 마치겠습니다."

"선생님, 감사합니다."

세 명의 여행객 중 누가 고수인가?

"반갑습니다. 이번 시간에는 '로마의 세 여행객'에 대한 일화를 들려주겠습니다. 늘 강조하지만, 이번 시간에도 내가 하는 말을 경청하여 삶의 귀한 지혜를 한 수 배우기 바랍니다. 어쩌면 이번 시간, 이 짧은 시간에 한 수를 제대로 배운다면 엉터리 선생들에게 일 년 배운 것보다 더 가치 있는 삶의 귀중한 지혜를 얻을 것입니다. 여러분, 경청할 준비가 되었습니까?"

"예, 선생님!"

"세 명의 여행객이 로마에 도착했습니다. 그들은 제일 먼저 교황을 찾아갔습니다. 그러자 교황이 그들에게 물었습니다.

'당신들은 로마에 얼마나 머물 것입니까?'

첫 번째 여행객이 대답했습니다.

'저는 석 달 정도 머물 생각입니다.'

그러자 교황이 말했습니다.

'그럼 로마의 많은 면을 보게 되겠군요.'

이어서 교황은 두 번째 여행객에게 얼마나 머물 것인지 물었고, 그가 대답했습니다.

'저는 한 달 정도 머물 것입니다.'

그러자 교황이 말했습니다.

'첫 번째 여행객보다 로마를 더 많이 알게 되겠군요.'

마찬가지로 교황은 세 번째 여행객에게 얼마나 머물 것인지 물었습니다. 그가 대답했습니다.

'저는 2주 동안 머물 것입니다.'

그러자 교황이 말했습니다.

'당신은 행운아입니다. 로마에 대해서 모든 것을 알고 가겠군요.'"

"여러분, 교황이 한 말의 뜻을 알겠습니까? 혹시 모르면 가만히 있어요!"

"알겠습니다. 선생님!"

"모르면 모른다고 하세요, 내가 소문내지 않을 테니까!"

"정신을 바짝 차리고 따져보면 로마에 석 달이나 머물 만치 우리네 인생이 한가하지 않습니다. 더더욱 우리에게 남은 삶은 그리 많지가 않습니다! 인간이 천년 만년을 살 수 있다면 계속해서 할 일을 뒤로 미루게 될 것이고, 결국에 가서는 많은 일을 놓치고 말 것입니다.

여러분은 이 아름다운 지구에 얼마나 머물 여행객입니까? 인생이 찰나만큼 짧다면 절대로 뒤로 미룰 수가 없을 것이고, 미루는 바보들도 없을 것입니다. 그런데 어찌 된 영문인지 사람들은 자꾸만 뒤로 미루면서 아까운 삶을 허비하고 있습니다."

"다시 한번 묻겠습니다. 여러분은 이 아름다운 세상에 얼마나 머물 여행객입니까? 여러분이 단 하루밖에 살 수 없다면, 여러분은 무엇을 할 것입니까? 계속해서 불필요한 것에 매달리겠습니까? 참되고 본질적인 것을 더 이상 미루지 마십시오! 여러분에게 남은 시간이 그리 많지가 않고, 우리네 인생이 그리 길지도 않습니다!"

"그런데 여러분, 내가 왜 본 적도 없는 로마에 여행 간 오빠들의 이야기를 할까요? 나는 세 명의 여행자 오빠들 이야기가 아니라 나와 여러분의 이야기를 하고자 합니다.

자! 이 이야기가 담고 있는 주제는 매우 의미심장합니다. 석달 동안 머물 첫 번째 여행객은 시간이 많이 남아 있으니까 마음이 느긋할 것입니다. 급할 것이 하나도 없습니다. 그러니 서둘러야 할 아무 이유가 없습니다. 오늘 못 보면 내일 보면 되고, 내일 못 보면 모레 보면 되고, 이번 주에 못 보면 다음 주에 보면 되고, 다음 주에 못 보면 그다음 주에 보면 됩니다. 그러니 마음이 느긋해요? 느긋하지 않아요?"

"느긋합니다. 선생님!"

"그렇습니다. 그러나 2주밖에 머물 시간이 없는 세 번째 여행객은 첫 번째 여행객이 느끼는 그런 느긋함이 있을 수 있어요? 없어요?"

"없습니다. 선생님!"

"그렇습니다! 그래서 세 번째 여행객은 한순간도 방심할 수 없고, 느긋하게 보낼 시간이 없습니다. 그러니 눈에 불을 켜고 매 순간을 치열하게, 온몸으로 로마의 풍광을 놓치지 않고 봐야 합니다.

그런데 이 땅에 많은 사람들이 첫 번째 여행객과 같은 삶을 살고 있습니다. 오늘 못하면 내일 하고, 이번 달에 못하면 다음 달에 하고, 올해 못하면 내년에 하면 되겠지 하면서 느긋하게 '세월아 가거라'하며 사는 것입니다. 그런 사람들은 결국에는 자기 삶을 제대로 살지 못하고, 이 세상을 하직할 것입니다. 그러니 우리네 삶에서 가장 중요한 것은 시간이라고 할 수 있습니다."

"여러분, 지금까지 내가 한 이야기를 통해서 귀한 삶의 지혜를 한 수 배웠습니까?"

"예, 선생님!"

"그럼 마치겠습니다."

"감사합니다. 선생님!"

학생들의 박수갈채와 환호성이 터졌다.

'지여처다 독서법'의 책 고르는 일곱 가지 원칙

1. '지여처다 독서법'이란 무엇인가?

'지여처다 독서법'이란, 내 삶의 독서 습관을 바탕으로 내가 만든 독서법으로, 내 삶에 의미 있는 변화를 일으켰다. 또한, 누구나 삶에 변화를 줄 수 있다. 즉 내 삶의 원칙이 '지여처다'이고, 이 원칙에 입각한 독서법이 '지여처다 독서법'이다.

여기서 '지여처다'란, [지금 이 순간, 여기에서, 처음 만날 때처럼, 다시 못 볼 것처럼]의 첫 글자를 합친 말이다. 이 원칙을 지키면서 사는 삶을 '지여처다 삶'이라 하고, 이런 사람이 하는 독서법을 '지여처다 독서법'이라 한다.

2. 독서의 목적에 따라 책을 고르는 법

1) 모르는 분야를 알기 위한 경우

가) 그 분야에서 인정을 받은 책 혹은 권위 있는 저자가 쓴 책을 고른다.

가령, 불교 입문서를 예로 들어본다. 불교를 모르는 이가 이 분야의 책을 읽고자 할 경우를 생각해 보자. 책방에 가 보면 불교 입문서가 대단히 많이 나와 있다. 그중에는 크게 두 가지 유형의 책이 있다. 하나는 그 분야의 최초의 책이고, 다른 하나는 최초에 나온 책들을 보고 적당히 베끼거나 적당히 짜깁기한 책이다.

어느 분야에도 얌체들이 많이 있는데, 특히 출판 분야에도 많다. 남이 쓴 책을 여러 권 놓고, 이 책 저 책의 장점들을 뽑아와서 적당하게 짜깁기해서 책을 만드는 것이다. 이따금 학계에서 남의 논문 표절 시비가 종종 있다.

그런데 출판 분야는 학계만큼 예민하게 반응을 하지 않아서지, 실상은 표절에 가까운 좀도둑들이 아주 많다. 학술 논문이 아니어서 일일이 주를 달지 않는 잘못된 관행 때문에 엔간한 부분적 표절 정도는 따지지 않고 그냥 넘어가는 일이 비일비재하다.

따라서 불교 분야에서 일반적으로 인정을 받은 입문서 혹은 불교 분야의 권위 있는 학자나 스님이 쓴 입문서가 무난하다고 할 수 있다. 그런데 입문서가 매우 중요하다는 것을 간과하는 이들이 종종 있다. 입문서는 일종의 안내서이자 지침서이다. 낯선 곳을 여행할 때 안내서나 입문서를 참고하는 쪽이 시간과 경제적 낭비를 최대한 줄일 수 있는 것과 같다.

나) 해당 분야의 단체나 협회에서 추천하는 책을 고른다.

가령, 참선에 대해서 알고 싶은 분이라면 참선 연구회나 참선 수련회, 참선 학회 등에서 공식적으로 추천한 입문서를 선택하는 것도 도움이 될 것이다. 단체의 이름을 걸고 추천하는 책이라면 아무래도 최소한의 품질 보증은 받은 것과 다름없다.

다) 해당 분야에 대해 아는 사람에게 추천을 받는다.

가령, 함석헌 선생에 대한 책을 읽고자 할 때, 이미 함석헌 선생에 대해서 잘 아는 사람에게 추천을 받는 것이 무난할 수 있다. 함석헌 선생의 생애를 알고 싶을 때는 《죽을 때까지 이 걸음으로》가 좋고, 함석헌 선생의 시에 대해서 알고 싶으면 《수평선 너머》 혹은 《시인 함석헌》이 좋다.

또한, 함석헌 선생의 역사관에 대해서 알고 싶을 때는 《뜻으로 본 한국역사》가 좋고, 함석헌 선생의 세계를 보는 창을 알고 싶으면 《달라지는 세계의 한길 위에서》가 좋다. 이처럼 함석헌 선생의 여러 분야 중에서 어느 특정한 분야를 정해서 그 분야를 읽고, 그다음에 또 다른 분야를 하나씩 읽어가는 방법이 가장 무난하지 싶다.

라) 신간 소개나 신간 서평 자료를 참고한다.

신문이나 잡지, 방송 등에서 하는 신간 소개를 눈여겨보아 두거나 서평 자료를 메모해 두었다가 책방에 갔을 때 이를 참고 한다. 이 경우에는 이미 대강의 정보를 알고 왔기에 아무래도 판단하기가 쉽다. 이 경우에 나는 대부분 이미 신간 서평 자료를 볼 때 마음이 절반 이상은 정해졌기 때문에 대부분 구입하는 경우가 많다. 그러나 책의 저자나 차례 등을 다시 한번 살펴보고, 예상외로 허점이 많이 보이면 슬그머니 책을 놓고 돌아선다.

2) 불쑥 책방에 가서 책을 고를 때 유의할 점
가) 신간 코너에 가서 살필 때 참고 사항
최근 베스트셀러에 오른 책들을 먼저 살펴본다. 그리고 신간 매대에 누워있는(앞표지가 보이는) 책들을 살펴본다. 세워져 있는(꽂혀 있는) 책보다 누워있는 책이 더 뜨끈뜨끈 한 책이다. 그래서 새로 나온 신간을 찾을 경우에는 누워있는 책에서 찾고, 오래된 책을 찾을 경우에는 세워져 있는 책에서 찾는 것이 좋다.

나) 전문 분야 코너에서 살필 때 참고 사항
전문 분야 코너에 가면 기존 출간 서적들의 제목 정도는 대부분 알고 있으므로 그동안 나온 신간이 뭐가 있는지를 살펴본다.

3. '지여처다 독서법'의 책 고르는 일곱 가지 원칙
독서를 할 때 가장 먼저 할 일은 책의 선택이다. 어떤 책을 선택하느냐, 무슨 책을 선택하느냐가 아주 중요하다. 그래서 나는 다음과 같은 일곱 가지 기준으로 책을 선택한다. 물론 젊은 날에는 이런 선택 원칙이 없었다. 그러나 언제부터인가 스스로 체득한 이 원칙으로 책을 선택하고 있다.

1) 학자, 지식인이 쓴 책은 되도록 읽지 않는다.

책을 쓴 사람이 어디서 굴러먹던 '무슨 뼈다귀'인지를 확인한다. 특히 저자가 지식인 혹은 학자라면, 그런 사람이 쓴 책은 일단 경계한다. 그런 사람이 쓴 책은 내 독서 구미를 당기지 못한다. 그동안 내가 만나본 지식인 혹은 학자들은 머리만 발달하였을 뿐 가슴이 식어버린 인간이 의외로 많았다. 그리고 이런 인간들은 주로 책벌레이기 때문에 세상 물정을 몰라도 너무 모르는 인간들이 많았다. 이런 인간들은 좋게 말하면 순진하고, 나쁘게 말하면 한심하다고 할 수 있다.

그래서 이런 순진한 사람이 쓴 책이라면 별로 읽고 싶지가 않다. 이런 인간의 삶에는 치열한 도전이나 뜨거운 눈물 혹은 열정적인 사랑이 없는 경우가 많다. 그러나 새로운 지식이나 정보를 많이 흡수해야 하는 젊은이나 특별한 사정이 있는 사람이라면 지식인이나 학자가 쓴 지식 중심, 정보 중심의 책을 멀리할 수가 없다.

2) 제 분수에 넘게 설교하는 책은 아예 읽지 않는다.

지금까지 살아오면서 내가 겨우 깨달은 것은 '삶에는 정답이 없다'라는 것이다. 그리고 '삶은 아무 목적이 없다'라는 것도 알았다. 인간도 자연의 한 부분일 뿐이다. 그래서 인간의 삶은 정답도 없고, 목적도 없다. 꽃이 핀 것은 아무 목적이 없고, 새가 우는 것도 아무 목적이 없다. 그냥 피고, 그냥 우는 것이다! 그런데 의외로 많은 인간들은 걸핏하면 남에게 설교하려고 한다. 특히 먹물이 든 인간 중에 이런 인간이 많다.

이런 인간들은 삶에 마치 정답이 있는 양 매사를 단정적으로 말하고, 삶을 재단하려고 한다. 이들은 매사를 자기 잣대로 판단하고, 단죄하는 고약한 버릇이 있다. 그래서 이런 자들은 틈만 나면 남을 가르치려고 설교를 한다. 이런 인간들은 죽는 순간까지도 남을 설교하려고 하는 수가 있다.

내가 아는 유명 정치가 ㅇㅇㅇ은 죽는 순간까지 남을 가르치려고 했다. 그래서 그는 죽는 순간까지 남을 가르치고자 교활한 잡설을 일기로 남겼다. 이런 자들은 세상에 자기보다 고수가 있다는 사실을 까마득히 모르기 때문에 이런 어리석은 짓을 하는 것이 아닌가 싶다.

3) 자기 삶, 즉 땀과 눈물과 한숨이 묻어나지 않은 책은 읽지 않는다.

가령, 컴퓨터 그래픽을 공부하는 사람이라면 그 분야의 새로운 서적들을 많이 읽어야 할 것이다. 주식 공부를 하는 사람은 그 분야의 새로운 서적들을 많이 읽고 공부해야 할 것이다. 이런 경우에는 저자의 삶이 그 책에 묻어나고 안 나고는 하나도 중요하지 않다. 새로운 정보나 유용한 지식을 제대로 소개하고, 쉽고 재미있게 풀이만 잘하면 된다.

나는 이제 새로운 분야를 공부하고 싶은 생각이 별로 없다. 그래서 새로운 정보를 소개하고 풀이하는 책에는 별 관심이 없을 수밖에 없다. 이런 이유로 나는 저자의 삶이 묻어나지 않은 책은 읽지 않는다. 가령, 사막에 대한 지식이나 정보를 소개한 책이라면 읽고 싶은 생각이 없고, 저자가 직접 사막을 건넜다거나 사막을 건너려고 하다가 죽을 뻔했다는 식의 다양한 이야기라면 읽어볼 수도 있다.

행복에 대해서도 마찬가지이다. 행복에 대해서 어쩌고저쩌고 설명하거나 행복이란 무엇이라고 풀이한 책은 읽고 싶지 않다. 반면 자기는 무엇 때문에 행복하고, 무엇 때문에 불행하다는 이야기라면 읽어볼 수도 있다.

4) 자기는 해보지 않고 남들에게 주문하는 '하자' 형의 책은 읽지 않는다.

글을 쓰는 방식은 크게 두 가지로 나눌 수 있다. 하나는 '하자' 형 글이고, 다른 하나는 '했다' 형 글이다. 우리나라에 나오는 책의 80, 90퍼센트는 '하자' 형 글이지 싶다. 나는 '하자' 형의 글은 읽지 않는다. '하자' 형의 글은 아직 하지 않은 것을 주장하는 글을 쓴 것이다. 글을 쓴 자기 자신도 하지 않고 남에게 '이래라, 저래라' 주문하는 건 그야말로 가관이다.

가령, '조국을 사랑하자, 우리말을 사랑하자, 환경을 사랑하자'라고 주장만 할 뿐 자기는 제대로 실천하지도 않고 남에게 '이렇게 하자, 저렇게 하자'라고 주문하는 글은 읽을 가치가 없다고 생각한다.

이런 '하자' 형의 글을 쓰는 사람은 일종의 범죄자들이라고 할 수 있다. 왜냐면 책을 찍으려면 종이가 필요하고, 종이를 만들려면 펄프가 필요하고, 펄프를 만들려면 아마존의 열대우림에 있는 오십 년, 백 년, 이백 년 된 원목들을 잘라야 하기 때문이다.

이런 의미에서 '하자' 형의 글을 쓰는 자들은 환경파괴범에 속한다. 이런 자들은 철저히 단속해야 하는데, 현실적으로 적절한 제재 수단이 없다. 따라서 독자의 수준이 높아져야 한다. 그렇다면 책의 수준도 높아질 것이며, 이런 글을 쓰는 사람들이 줄어들 것이다.

5) 함량 미달의 인간이 제 분수 넘게 쓴 책은 읽지 않는다.

그동안 내가 보아온 함량 미달의 책 중에서 가장 많은 것이 문인들이 쓴 책이다. 소위 말하는 시인이나 수필가들이 쓴 책 중에 대부분 함량 미달인 경우가 많았다. 우리 출판계에서 영향력 있는 저자 중에 가장 대표적인 소설가인 〇〇〇나 시인 〇

○○의 경우가 그 대표적인 경우이다.

이런 자가 쓴 대부분의 책들은 말장난이거나 짜깁기한 것들이다. 이 책 저 책에 있는 것을 적당하게 훔쳐서 교묘하게 짜깁기한 것들이다. 짜깁기한 것이 아닌 경우에는 '사춘기 문학 소녀적 감상'을 적은 것들이다. 이 땅의 독자 수준이 낮으니까 저게 진짜 꿀 장수인지, 가짜 꿀 장수인지 가릴 수가 없다. 그래서 이런 현상이 지속되는 듯싶다.

물론 함량 미달은 책을 내지 말라는 말은 아니다! 반드시 함량 미달은 자기 분수를 알고, 제 분수에 맞는 글을 써야 한다. 이는 마치 은행 잔고나 갚을 능력 범위 안에서 수표를 끊어야 하는 것과 같은 이치이다. 1억 원을 갚을 능력이 없는 자는 1억 원짜리 수표를 끊으면 안 된다! 백만 원밖에 갚을 능력이 없는 자는 백만 원짜리 수표만 끊어야 한다! 글도, 말도 마찬가지이다. 제 삶의 담보가 있는 범위 안에서 글을 써야 하고, 말을 해야 한다.

그런데 우리 사회에는 제 삶의 담보보다 열배 백배 천배나 많은 말을 하고, 글을 쓰는 인간들이 너무 많다. 앞서 말한 수표 끊는 논리대로라면, 이런 자들은 모조리 잡아 가두어야 한다. 갚을 능력을 넘어 수표를 끊어대는 것은 금융 질서를 파괴하고 마침내 경제 질서를 무너지게 하는 범죄이다. 이처럼 제 분수에 넘치는 글과 말을 하는 자들도 이와 꼭 같은 범죄를 저지르는 것이라 할 수 있다.

또한, 우리 사회의 유권자 수준이 낮은 탓에 군대를 안 다녀온 자를 대통령으로 뽑고, 군대 안 가려고 제 손가락을 자른 인간 말종을 도지사로 뽑기도 하며, 국방의 의무를 지키지 않아 자격 없는 자를 당 대표로 뽑기도 하는 것이다.

이처럼 우리 사회의 독자 수준이 낮으니까 소설가 ○○○의 잡소리 책이 베스트셀러가 되고, 여고 1학년 정서와 감성에 머물러 있는 ○○○의 시집이 베스트셀러가 되는 것이다.

이는 마치 신자의 수준이 낮으니까 엉터리 목사가 '종교 팔이'를 하는 예배당에 헌금하고, 승려가 공부는 제대로 안 하면서 목탁만 치고 있는 법당에 보시하는 것과 다를 바 없다. 이런 순진한 신자들이 깨어나지 않는 한 이 땅의 기독교와 불교는 중세 시절처럼 교회에서 천국행 티켓을 팔고, 사찰에서는 극락행 티켓을 팔 것이다. 지금도 이와 비슷한 일들이 자행되고 있는 것을 아는 사람은 다 알지 싶다.

6) 정치가, 정치 지망생들이 쓴 책은 좀처럼 읽지 않는다.

이날까지 살아오면서 내가 본 정치가들은 대부분이 못난 사람들이거나 뻔뻔한 사람들이었다. 그리고 정직하지 않은 사람들이었다. 이들은 겉과 속이 너무 다른 사람들이었다. 이들은 무엇이 정의이고, 무엇이 진실이고, 무엇이 애국인지에 대한 관심보다 무엇이 표를 얻는 것이며, 무엇이 득표에 유리한 것이며, 무엇이 공천에 유리한 것인가를 더 중요하게 여기는 수준

낮은 사람들이었다.

좀 과장되게 말하면, 이들에게는 조국도, 역사와 민족도, 세계 평화 따위도 안중에 없다. 오로지 득표에만 혈안이 된 '정신적 불구자'들이었다. 그래서 이런 인간들이 쓴 책은 단 한 페이지도 읽고 싶지 않다. 그리고 이런 자들이 쓴 회고록은 곳곳에 늘어놓은 거짓말, 견강부회, 아전인수식 세설(細說)이 너무 많다. 그래서 할 수만 있다면, 이런 책들은 출판을 규제해야 한다고 생각한다.

7) 소위 유명한 성직자들이 쓴 책은 거의 읽지 않는다.
얼마 전에 방송에서 꽤 알려진 가톨릭 신부가 나와서 행복에 대해서 '콩이야, 팥이야' 떠드는 것을 보았다. 귀담아들어 보니참 가관이었다. 내 좁은 생각으로 가톨릭 신부는 교황 욕만 안하면, 예쁜 여자 신도와 스캔들만 안 만들면 매일 입혀주고, 매일 먹여주고, 매일 재워주는 아주 좋은 직업이지 싶다.

4. 청계천 헌책방 순례

나는 책을 살 경우, 주로 청계천에 간다. 내가 사는 책의 약 80 퍼센트는 청계천 헌책방에서 구입하고, 나머지는 일반적인 책방에서 구입한다. 나는 틈만 나면 청계천 헌책방을 가고, 돈만 생기면 헌책방으로 간다. 언젠가는 내 서재에 발 디딜 틈도 없이 책으로 가득 찰 것이다. 나는 청계천 헌책방에 책 사러 돌아다니는 것을 '헌책방 순례'라고 부른다. 이 순례는 내가 이 지상에 사는 마지막 날까지 계속될 것이다.

5. 맺는말

인간사에서 가장 중요한 기본 과제는 의식주 해결이다. 이 과제를 해결하기 위해서 많은 사람들은 매일 일을 해야 한다. 아니, 매일이 아니라 평생 일만 해야 하는 사람도 적지 않다. 하기 싫어도 참고 일해야 하고, 아니꼬워도 참고 일해야 한다. 몸이 고달파도 견디며 일해야 하고, 상종하기 싫은 사람과도 만나야 하고, 쳐다보기도 싫은 사람을 만나도 싫은 내색을 보여서는 안 된다.

이게 다 먹고살자고 하는 짓이다. 다시 말하면 의식주를 해결하려고 그러는 것이다. 그런데 이렇게 중요한 의식주 문제가 쉽게 해결되는 직업에 종사하는 사람이라면 의식주 문제보다 더한 무슨 문제가 걱정일까? 그게 과연 의식주 문제보다 더 절절할까? 내 좁은 생각으로 의식주가 해결되는 직업에 종사하는 사람이 과연 행복을 제대로 체험하고, 행복의 가치를 제대로 이해할 수 있을지 의문이다.

너무 가식적이고 위선적인 미소를 지으면서 속세의 행복을 설파하는 그 한가한 신부야말로 나 같이 삶의 때가 많이 묻은 사람의 눈에는 너무 불행하고, 너무 한심한 사람으로 보였다. 내가 이처럼 단정 짓는 근본적인 이유는, 수도원과 동물원의 공통점이 아주 크다고 생각하기 때문이다.

가령, 동물원 사자는 사육사만 물지 않으면, 죽는 날까지 의식주가 보장된다. 마찬가지로 수도원 신부는 교황 비난만 하지 않고 시키는 대로 기도만 하면, 역시 죽는 날까지 의식주가 보장된다는 점이다.

그런데 중대한 한 가지 차이가 있다. 동물원 사자는 자의와 상관없이 타의에 의해서 잡혀 온 것이고, 수도원 신부들은 자의에 의해서 수도원으로 들어간 것이다. 동물원 사자는 '진정한 사자'가 아니다! 무늬만 사자지 결코 사자일 수 없다. 사자는 야생에서 직접 사냥하면서 살아야 사자인 것이다. 즉 정육점에서 사 온 생닭과 살코기를 넙죽넙죽 받아먹어 살만 피둥피둥 찐 사자는 진정한 사자라 할 수가 없다. 왜냐면 그런 삶은 진정한 사자의 삶이 아니기 때문이다.

이런 의미에서 나는 그 위선적인 표정으로 세속의 행복을 설파하는 그 순진한 신부와 동물원 사자가 조금도 다를 바가 없다고 생각한다.

끝으로, 나는 매일 '지여처다 독서법'으로 나의 정신 건강을 챙긴다. 이런 의미에서 '지여처다 독서법'은 내게 가장 소중한 독서법이 아닐 수 없다.

23
한 사람은 눕고, 한 사람은 일어선 송년회

크리스마스가 가까워지자 사람들은 들떠 있었다. 매스컴에서
는 성탄절과 송년회를 소박하게 보내자는 주문을 연일 계속했
다. 그러나 사회 전체가 들떠 있었기 때문에 그런 주문은 별로
씨가 먹히지 않았다.

우리 학교 상담실에 계시는 이열 선생님은 〈경향신문〉 신춘
문예로 등단한 시인이다. 우리 학교 교장선생님과도 절친한
사이였다. 나는 이분의 시집 뒤에 서평을 쓰기도 했고, 출판기
념회의 사회도 보았다. 그 자리에는 저명인사들이 많이 참석
했다.

그런데 이열 선생님은 오랫동안 결핵을 앓고 있었다. 그래
서 이 선생님은 교장선생님의 특별한 배려로 상담실에 온종일
앉아 있었다. 하지만 남 보기에 모양새도 좋지 않고, 이 선생
님 본인도 학교에 부담을 주는 것이 미안하다며 마침내 원경
선 선생님의 농장으로 갔다. 그곳에서 얼마간 휴양을 하다가

더 이상 원경선 선생님과 농장 가족들에게 폐를 끼치는 것이 너무 부담스러워 수유리의 작은 가옥에 거처를 마련하여 격리 수용되다시피 하였다.

시내에서 요양할 때는 제자들도 더러 찾아가고, 이웃도 찾아가곤 했지만, 격리 수용된 이후로 거의 발길이 끊어지다시피 했다. 병상에 혼자 있는 것만 해도 고적할 텐데, 격리 수용되다시피 한 병상이라면 그 고적함이 어느 정도인지 대충 짐작은 갔다. 얼마나 사람이 그리울까?

나는 여러 군데의 송년회 초대를 받았다. 문단의 친구들, 고향 사람들, 대학의 친구들 등등 지금까지 살아오면서 만난 지인들이 모이는 송년회가 줄줄이 있었다. 그러나 나는 한참 망설이던 끝에 용기를 내어서 격리된 이 선생님을 찾아가기로 했다. 그리고 아무도 모르게 그분의 병상으로 찾아갔다.

그런데 뜻밖의 일이 생겼다. 출발할 때 사과 광주리 하나를 들고 가려고 하였는데, 아무래도 사과 광주리를 들고 비좁은 버스를 타고 가는 것이 적잖이 불편하지 싶었다. 그래서 이 선생님 동네의 가게에 가서 사과 광주리를 사는 것이 더 편리하지 싶었다. 선생님 동네에 도착하자마자 제일 먼저 사과 광주리를 사기 위해 가게를 두리번거렸다.

그 순간, 깜짝 놀랄 일이 생겼다. 내가 집을 나올 때 바지를 갈아입으면서 지갑을 챙기지 못한 것이다. 그러니 다시 집으로 돌아가 돈을 챙겨서 사과 광주리를 사거나 비록 사과 광주리는 없지만, 처음 계획처럼 선생님 댁에 바로 가는 것 중 택일을 해야 했다. 아무리 생각해도 사과 광주리 때문에 다시 집에 갔다 온다는 것은 무리라고 생각되었다. 그래서 나는 마음을 굳혔다. 그냥 빈손으로 가기로 하였다.

이 선생님은 촉루처럼 움푹 파인 눈으로 누워 계셨다. 나의 뜻밖의 내방에 소스라치게 놀라는 눈치였다. 다들 전염이 될까 염려되어 가까이 가기조차 꺼리는데, 내가 불시에 방문하였으니, 어찌 보면 놀라는 게 당연한 것 같았다. 이 선생님은 기력이 쇠진했기 때문에 뭐라고 말도 제대로 하지 못하고, 커다란 눈망울도 제대로 굴리지 못하는 것 같았다. 나는 이 선생님이 누워있는 이부자리 밑으로 손을 넣어 바닥은 차지 않은지 확인해 보았다. 차지는 않아서 마음이 놓였다.

나는 이 선생님에게 자초지종을 설명했다.

"선생님 댁에 올 때 사과 광주리라도 들고 오려고 했습니다. 우리 동네에서 사서 들고 버스를 타고 오면 여러 가지로 불편할 것 같아서 선생님 동네 가게에서 사기로 하고 왔는데, 제가 출발 전에 바지를 갈아입으면서 지갑을 놓고 왔습니다. 그래서 다시 우리 집에 갔다가 오려니 그것도 쉽지가 않고, 결국 그냥 빈손으로 왔습니다. 죄송합니다. 선생님, 빈손으로 온 대신 제가 노래 한 곡을 선생님께 선물하겠습니다."

내 말이 들리는지 안 들리는지, 알아들었는지 못 알아들었
는지 종잡을 수가 없었다. 선생님은 시체처럼 가만히 누워 있
었다. 지금 죽음 앞에 흔들리는 등불 같은 저 연약한 생명 앞
에 세속적인 내 이야기가 얼마만 한 위로를 줄 수 있으며, 얼
마나 그를 기쁘게 해 줄 수 있을지 의문스러웠다. 내 생각이
여기에 미치자 입을 다물고 말았다.

이날까지 모진 목숨으로 삶의 등불을 켜 온 것의 뿌리는 그
분의 신앙이라고 생각되었다. 그래서 불현듯이 나는 찬송가
한 곡이 떠올랐다. 맞다. 찬송가다!

"선생님! 제가 찬송가 한 곡을 불러 드리겠습니다."

"……."

가타부타 아무 말씀이 없으셨다. 나는 숨을 가다듬고는 찬
송가를 부르기 시작했다.

'아, 하나님의 은혜로 이 쓸데 없는 자
왜 구속하여 주는지 난 알 수 없도다.
내가 믿고 또 의지함은
내 모든 형편 아시는 주님,
늘 돌봐 주실 것을 내가 확실히 아네.'

이 찬송가는 내가 가장 좋아하는 찬송가이다. 특히 내 마음
이 괴로울 때나 울적할 때 이 찬송가를 부르면 이상한 힘이 솟

고, 위안이 되어서 즐겨 부르던 찬송가였다. 특히 가사가 매우 마음에 들었고, 또 곡도 좋았다. 나는 4절까지 계속해서 찬송가를 불렀다.

그런데 1절 중간부터 목이 메어서 제대로 소리가 나지 않았다. 2절이 시작될 때는 벌써 울먹이는 목소리가 되고 말았다. 어떻게 4절까지를 불렀는지 지금은 기억이 나지 않지만, 분명히 끝까지 이 찬송가를 불렀다.

찬송가를 다 부를 때까지 나는 내 감정을 주체하지 못하였다. 흐르는 눈물을 닦고, 선생님의 얼굴을 자세히 보았더니 선생님의 뺨에는 그때까지 눈물이 흘러내리고 있었다. 나는 선생님의 병상 머리맡에서 오래도록 앉아 있었다. 아무 말도 하지 않았다. 무슨 말도 필요할 것 같지 않았다. 우리는 존재 그자체만으로도 행복했고, 즐거웠다.

6부

'은혜의 나무'를
눈물로 심은 제자들

1

〈뿌리깊은 나무〉 한창기 사장에게 항의 편지를 보내다

토요일 오후, 교무실에서 신문을 보는데 평소에 한 번도 본 적이 없는 아주 색다른 잡지 광고가 내 눈을 사로잡았다. 월간잡지 광고였는데, 마침 창간호였다. 디자인도 아주 파격적이었고, 잡지 제호도 기존 잡지들과 너무 달랐다. 거기에서 한술더 떠 판형까지도 아주 독특하고 색달랐다.

잡지 제목부터 아주 파격적이었다. 대부분 잡지 제호는 한자말인데, 이 잡지는 시류를 따르지 않고 순우리말로 〈뿌리깊은 나무〉라고 지었다. 이것은 가히 혁명적이었다. 거기다가 잡지 전체를 한글전용으로 만들었다고 하였다. 이 또한 파격을 넘어 혁명적이 아닐 수 없었다. 이 기상천외한 뜻밖의 광고는 내게 너무나 신선한 충격이었고, 엄청난 감동이었다.

'세상에!' 이 놀라운 이색 광고를 보며 나는 흔해 빠진 그런 감동이 아니라 지적 전율을 하였다. 이 땅의 식자들(말이 좋아 식자이지 배운 무식쟁이들)이 대부분 국한문혼용을 주장하고, 실

생활에서 신문이나 잡지들이 국한문혼용을 하는 마당에 과감하게 한글전용 월간지를 창간했다는 것은 그야말로 경천동지할 일이 아닐 수 없다. 도대체 이런 충격적인 잡지의 사장은 누구이며, 잡지의 제작을 맡은 사람들은 어떤 사람들인지 궁금하였다.

퇴근길에 일부러 책방에 가서 〈뿌리깊은 나무〉 창간호를 샀다. 한마디로 내가 상상하고 기대한 것보다 훨씬 신선하고 충격적이었다. 신문 광고에서 받은 충격과 기대를 채우는데 아무 부족함이 없었다. 책방을 나와 버스 정거장으로 걸어가면서도 〈뿌리깊은 나무〉를 한 페이지도 건너뛰지 않고 꼼꼼하게 읽었다. 버스 안에서도 〈뿌리깊은 나무〉에서 한 순간도 도저히 눈을 뗄 수가 없었다.

그날 밤, 〈뿌리깊은 나무〉를 이 잡듯이 꼼꼼히 읽느라고 한숨도 자지 못하였다. 일요일에도 온종일 〈뿌리깊은 나무〉를 읽고, 또 읽느라 책상머리를 떠날 수가 없었다. 하기야 그동안 나는 잡지책을 이렇게 꼼꼼하게 읽은 적이 없었다. 거기다가 더더욱 놀라지 않을 수 없었던 것은 〈뿌리깊은 나무〉에 실린 다른 광고들이었다. 광고도 어느 것 하나 예사롭지가 않았다. 광고 디자인도 충격이었고, 광고 헤드라인도 충격이었고, 본문 카피도 충격이었다. 완전히 다른 세상에 온 것 같았다.

월요일, 학교에 출근하였다. 학급마다 〈뿌리깊은 나무〉 홍보를 할 참이었다. 간단하게 형식적인 홍보라면 한두 마디면 충분하겠지만, 이 잡지의 홍보를 제대로 하려면 족히 한 시간은 걸리지 싶었다. 첫 시간 시작을 알리는 종이 울렸다. 학급 도우미가 와서 거수경례를 하였다.

나는 도우미에게 찬찬히 말했다.

"고맙다. 이번 시간은 출석부와 분필통만 갖다 놓아라. 다른 자료는 필요 없다. 이번 시간이 몇 학년 몇 반이냐?"

"2학년 5반입니다."

"알았다. 2학년 5반!"

도우미는 어리둥절해하면서 거수경례를 하고 출석부꽂이 쪽으로 갔다. 나는 〈뿌리깊은 나무〉 창간호를 들고 교실로 들어갔다. 평소처럼 내가 문을 열고 인사를 하면서 들어가자 교실에 있던 학생들도 일제히 큰 소리로 답례 인사를 하였다.

"반갑습니다. 선생님!"

나는 아예 국어 교과서는 펼치지도 않고 〈뿌리깊은 나무〉 창간호를 들고 바로 본론에 들어갔다. 아마 누가 이 광경을 보았더라면 잡지사에서 나온 홍보직원쯤으로 알았을 것이다. 나는 오른손으로 〈뿌리깊은 나무〉를 들고 말했다.

"오늘은 여러분에게 아주 중요한 잡지를 소개하겠습니다. 바로 이 잡지입니다. 잡지의 이름이 '뿌리 깊은 나무'입니다. 이 잡지의 두 가지 큰 특징을 말하지 않을 수 없습니다.

그 첫 번째 특징은 바로 제호, 즉 잡지의 이름입니다. 여러분도 알고 있듯이 우리나라의 잡지나 언론의 이름은 '현대문학, 신동아, 동아일보, 조선일보, 시문학' 등등으로 모두 한자말입니다.

그런데 이런 한자말 풍토에서 과감하게 순우리말 제호인 〈뿌리깊은 나무〉라는 잡지가 나온 것은 대단히 파격적이며 도전적인 사건이라 하지 않을 수 없습니다. 이런 충격적인 잡지를 창간한 분이 정말 대단한 분이라 생각합니다. 물론 '뿌리깊은 나무'란 말은 용비어천가 첫머리에 나오는 말입니다.

그리고 두 번째 특징은 이 땅의 모든 잡지나 신문이 국한문혼용을 하는데 이 잡지는 과감하게 '한글전용'을 하였습니다. 이 또한 가히 혁명적이라고 칭찬하지 않을 수 없습니다."

나는 말을 하면서 〈뿌리깊은 나무〉를 펼쳤다. 그리고 차례를 펴서 대표적인 제목을 일일이 읽어주었다. 어떤 글은 제목뿐 아니라 내용도 간략히 설명했다. 결국, 〈뿌리깊은 나무〉 홍보에 한 시간이 다 가고 말았다.

나는 이렇게 결론을 지었다.

"형편이 되면 〈뿌리깊은 나무〉를 사서 찬찬히 읽어보기 바랍니다. 이런 훌륭한 잡지가 많이 팔려서 이 잡지사가 돈을 벌면, 이 잡지사의 사장은 〈뿌리깊은 나무〉 발행에 만족하지 않고 반드시 '한글전용 신문'까지 만들 것이라 생각합니다.

이 땅에서 배운자들 중에는 한글로 써도 얼마든지 이해할
수 있는데도 굳이 한자로 써야 한다고 주장하는 얼빠진 또라
이들이 너무 많습니다. 그러나 앞으로 반드시 한글전용이 대
세를 이룰 것입니다. 이렇게 가치 있고 보람 있는 일에 여러분
들이 반드시 동참해 주기 바랍니다. 〈뿌리깊은 나무〉 창간 소
식을 모르는 동무들에게는 소개하고, 부모님께도 소개하기 바
랍니다. 내 말뜻을 이해합니까?"

"예! 이해합니다."

학생들은 박수갈채를 보냈다.

나는 들어가는 반마다 이렇게 〈뿌리깊은 나무〉에 대한 설명
과 홍보를 하였다. 한 반도 빠트리지 않고 똑같은 방식으로 설
명과 홍보를 하였다. 그래도 누구 하나 이를 말리거나 시비하
지 않았다.

'다음 달 〈뿌리깊은 나무〉는 어떤 모습으로 나올까? 어떤 내
용으로 채워져 있을까?' 나는 모든 것이 궁금해졌다. 창간호
가 나온 지 얼마 되지 않아 4월호가 나왔다. 책방에 달려가서
4월호를 샀다. 책 표지가 아주 인상적이었다. 서울시청 청사
가운데 있는 시계탑을 찍은 사진인데, 마침 새벽 4시 19분을
가리키고 있었다.

〈뿌리깊은 나무〉 4월호를 샅샅이 읽었다. 마침 4·19에 대한
기사가 여러 꼭지 있었는데, 놀랍게도 4·19에 대한 용어가 통

일되지 않았다. 어떤 글에는 '의거'라고 했고, 다른 어떤 글에는 '혁명'이라고 하였다.

가령, 다른 잡지에서 4·19를 혁명과 의거란 말을 혼용했다면 나는 그다지 화가 나지 않았을 것이다. 그런데 내가 너무나 기대하고, 너무 좋아하는 〈뿌리깊은 나무〉에서 '혁명'과 '의거'를 구별하지 못하고 혼용하는 건 도저히 묵과할 수 없었고, 용서할 수도 없었다.

나는 얼른 타자기 앞에 앉았다. 그리고 〈뿌리깊은 나무〉의 발행인 한창기 사장에게 항의 편지를 쓰기 시작했다.

다음은 내가 쓴 편지 내용이다.

〈뿌리깊은 나무〉 한창기 사장님께

반갑습니다.

저는 서울 S고등학교에서 국어 선생 노릇을 하는 하륜입니다. 〈뿌리깊은 나무〉 창간호가 나왔을 때 너무나 반가워서 국어 시간마다 빠지지 않고 잡지를 들고 들어가서 선전하였습니다.

한글전용 잡지이기 때문입니다. "이 잡지가 성공하면 반드시 '한글전용 신문'도 창간할 것이다. '뿌리깊은 나무'란 멋진 우리말 제호도 중요하지만, 그보다 한글전용이 백배 천배 더 가치 있는 일이다. 그러니 여러분들이 이 잡지를 사서 봐야 하며, 주위에 선전해야 할 것이며, 부모님께도 잘 선전하라"고 하였습니다.

그런데 이번 4월호를 보고 아연실색하지 않을 수 없었습니다. 왜냐면 4·19에 대한 용어가 통일되지 않고 '의거'와 '혁명'을 혼용하고 있었습니다.

만약 그 잡지사 기자놈 중에 제정신 박힌 자가 한 명이라도 있었으면 그런 실수는 하지 않았을 것입니다. 그리고 편집장이라도 제정신 박힌 놈이라면 이런 실수는 바로 잡았을 것입니다······.

결론을 말합니다.

4·19가 의거인지, 혁명인지도 모르는 머저리 기자놈이 있으면 오늘 당장 수유리 4·19 묘지에 가서 기념탑을 두 눈깔로 보기 바랍니다. 거기 갈 시간이 없는 놈이라면 내가 소개를 해 드리지요.

4·19 학생혁명 기념탑

4·19는 의거가 아니라 혁명입니다!

1976년 5월
〈뿌리깊은 나무〉 애독자
하륜 드림

나중에 안 사실로, 내가 보낸 항의 편지를 읽은 한창기 사장은 크게 충격을 받고는 전 직원에게 회람을 시켰다고 한다. 그런데 나는 이 편지 한 통이 한창기 사장과 멋진 인연을 만드는 징검다리가 될 줄은 꿈에도 몰랐다.

거기다가 한창기 사장에게 배운 '했다' 주의가 내 삶의 중요한 원칙이 되어 내 삶을 보다 알차게 하고, 나의 꽃을 피우는 데 지대한 영향을 미칠 줄 몰랐다. 물론 한창기 사장이 내 삶의 중요한 스승이 될 줄을 그때까지 나도 몰랐고, 아무도 몰랐다.(※주-한창기 사장에 관한 이야기를 '내가 만난 한창기 사장'이란 제목으로 출판하면 아주 멋진 책이 될 것 같다.)

2
천안행 기차에서 만난 무명 가수

수원에 무슨 볼일이 생겨 천안행 기차를 탔다. 아직 퇴근 시간이 일러서인지 기차 안은 그리 붐비지 않았으나 빈자리는 하나도 보이지 않았다. 그런데 앰프 기타를 든 오십 대 초반의 아저씨가 낚시용 보조 의자를 통로에 놓고 태연히 앉아 자기소개를 하고 있었다. 한두 번 한 솜씨가 아니었다. 많이 해본 솜씨였다.

'나는 충남 청양군 선양면 사람입니다. 서울역과 영등포역의 노숙자를 돕기 위해서 기차 안에서 노래를 부르는데, 노래하는 게 좀 시원찮더라도 노래 끝나면 박수도 좀 보내주고 백원짜리 하나 정도 보태주면 좋겠습니다!'

군더더기 한마디 없는 그의 소개에 호감이 갔다. 내가 타기 전부터 이미 노래를 여러 곡을 불렀던 모양이다. 이제 마지막 곡을 부를 차례였다. 마침내 눈을 지그시 감고 열창을 하였다. 노래 솜씨가 만만치 않았다. 그가 부른 노래는 내가 처음 듣는 노래였지만 가사도 마음에 들었고, 곡도 내 마음에 쏙 들었다. 곡명과 가수가 누구인지 궁금했다. 저 음반을 당장이라도 사서 하루빨리 배워 내가 즐겨 부를 기본 레퍼토리에 추가하고 싶었다. 그의 말로는 충남 청양에서는 자기 노래 실력을 제법 알아주는데, 서울에 오니 자기 실력이 별로인 것 같다고 말했다. 내가 보기에 고음 처리에 약간 무리가 있었다. 그러나 걸걸한 음색이 슬픈 정조를 흠뻑 뿜어내는 것이 일품이었다.

그의 노래가 오랜만에 내 가슴을 애잔하게 적셨다. 노래 한 곡에 흠뻑 취했다. 노래가 끝나자마자 나는 손뼉을 아낌없이 보냈다. 기차 안에 있던 사람들은 아무도 손뼉을 치지 않았다. 나 혼자만 손뼉을 미친놈처럼 크게 쳤다. 계속 손뼉을 치자 나를 '맛이 간 놈'이라 생각하고 힐끔힐끔 쳐다보는 사람이 한둘이 아니었다.

그는 노래가 끝나자 박카스 빈 박스를 들고 사람들 앞을 지나갔다. 겨우 두서너 명이 동전 하나씩 넣었다. 마침내 내 앞에 그가 왔다. 나는 천 원짜리 한 장을 정중하게 주었다. 그러자 그는 내가 유일하게 손뼉을 쳤고, 천 원짜리 한 장을 내놓으니 고맙다면서 정중하게 절을 하였다.

그 순간 그에게 물었다.

"아저씨, 노래 잘 들었습니다. 근데 조금 전에 부른 노래 제목이 뭡니까?"

"아아, 그 노래가 마음에 들었습니까?"

"예, 아주 마음에 들었고, 노래를 참 잘하셨습니다."

"그 노래 부른 가수가 누굽니까?"

"이태호의 신곡 '○○○'입니다. 저도 배운 지 얼마 되지 않습니다."

나는 내일이라도 레코드 가게로 가서 그 노래가 담긴 음반을 사서 그 노래를 배워 그 아저씨처럼 열창하고 싶었다. 나는 메모지에 노래 제목과 가수 이름을 적었다.

그는 열차 안을 한 바퀴 돌고 난 후 짐을 챙겨 다음 역에서 내리거나 아니면 다음 칸으로 이동하지 싶었다. 나는 그의 노래를 한 번 더 듣고 싶었다. 다음 역에 그가 내리면 어쩌나 하고 그의 동태를 살폈더니 다음 칸으로 이동하고 있었다. 나는 안도의 한숨을 쉬고 얼른 자리에서 일어나 무거운 가방을 어깨에 메고 짐을 손에 들고 다음 칸으로 갔다.

그는 아까처럼 양쪽 출입문 가운데쯤에 보조 의자를 내려놓고 새전을 폈다. 나는 아까보다 더 가까운 거리에서 노래를 듣고 싶었다. 최대한 가까이 갔다. 아까처럼 가방은 어깨에 메고 한 손에는 짐을 들고, 한 손으로는 손잡이를 단단히 잡고, 그의 노래를 들을 만반의 준비를 다 하였다.

그는 보조용 의자에 앉은 뒤 앰프를 켜고 노래할 채비를 마쳤다. 드디어 아까처럼 자기소개와 차 안에서 노래를 하는 이유를 설명하고 노래를 하기 시작하였다. 노래 시작 전에 날린 멘트로 미루어보아 한두 곡이 아니라 여러 곡을 부를 것 같았다. 그의 노래를 여러 곡 들을 수 있을 것 같아서 기분이 좋았다. 첫 곡으로 '베사메무초'를 불렀다. 노래가 끝난 뒤에 나 혼자만 박수를 보내자 그가 나무라듯이 다른 사람들에게 박수를 좀 보내 달라고 주문을 하였다. 그제사 몇 사람이 손뼉을 쳤다.

그다음 배호에 대해서 간단한 해설을 한 뒤에 '안녕', '당신', '마지막 잎새' 세 곡을 연달아 불렀다. 알고 보니 그의 레퍼토리는 대부분 내가 좋아하는 곡들로 짜여 있었다. 마침내 그의 열창에 감동한 사람들이 그의 앞으로 다가가 박카스 박스에 동전을 넣어주었다. 그의 노래가 끝날 때마다 내가 제일 열광적으로 박수를 쳐서 그랬는지 아니면 내 차림새가 좀 튀어 그랬는지 나를 눈여겨보는 듯했다.

그가 좋은 무대에서 좋은 마이크 앞에서 노래하면 훨씬 더 실력을 발휘할 수 있을 것 같았다. 아까운 재능을 제대로 발휘하지 못하고 썩히는 사람이 한둘이 아닐 것이다. 저이도 좋은 환경에서 태어나 제대로 공부했다면 저런 훌륭한 재능을 마음껏 발휘하여 대성했을지 모른다는 상상을 하니 내 마음이 짠했다.

그는 초등학교밖에 못 나왔다면서 팝송을 한 곡 불러보겠다고 했다. 그러면서 영어 발음이 나쁘고 틀려도 이해해 달라고 부탁했다. 나는 대학까지 나와도 외국 사람을 만나면 영어 한마디도 못하고 한마디도 못 알아듣는 까막눈이다. 그러니 아저씨의 발음이 어디가 틀렸는지 한 군데도 알 수가 없었다. 그는 팝송을 열창했고 나는 그 열창에 심취했다. 그의 멋진 열창의 폭포 밑에서 감동으로 흠뻑 젖었고 그 순간 참 행복했다. 다만 이런 아름다운 멋진 노래를 내가 사랑하는 사람과 함께 들었으면 더 좋았을 것 같은 아쉬움이 남았다.

노래를 여러 곡 부른 뒤 그가 자리에서 일어나서 박카스 박스를 들고 손님들 앞을 돌았다. 내 앞으로 왔다. 나는 아까는 노래 한 곡 듣고 천 원짜리 한 장을 주었는데, 이번에는 노래를 여러 곡 들었으니 만 원쯤 주고 싶었다. 그런데 만 원이 아까워서는 아닌데, 주위 사람들이 혹시 나를 이상한 사람으로 보면 어쩌나 하는 염려가 되어서 오천 원 한 장을 주었다.

"아이구, 아까 저 칸에서도 돈을 주셨는데 또 이렇게 많이 주시다니, 감사합니다."

"아닙니다. 노래를 너무너무 잘 부르십니다."

이번에는 여러 사람들이 동전이나 천 원짜리를 넣어주는 것 같았다. 그가 다음 칸으로 가지 않고 다시 보조 의자에 앉았다. 그리고는 기분이 좋아서 노래를 더 하겠다면서 나를 쳐다보았다.

"얼굴도 잘생기시고, 멋지십니다. 가수 누구 좋아하십니까? 한 곡 신청하십시오."

나는 기다렸다는 듯이 말했다.

"아까 부른 'ㅇㅇㅇ'을 한 번 더 듣고 싶습니다."

"아아, 이태호의 '○○○'요? 저도 그 노래 배운 지 얼마 되지 않지만 한번 해보겠습니다."

그는 아까보다 더 열창을 하였다. 그의 노래가 끝난 뒤에 나는 더 크게 손뼉을 치면서 환호성을 질렀다. 내가 환호성을 지르자 저쪽에 있던 여고생 몇 명이 따라서 환호성을 질렀다. 그 바람에 열차 안은 작은 음악회를 하는 분위기처럼 되었다. 그 자리에는 나 말고도 나이 든 분들 중에 그의 노래에 심취하는 이가 여럿이 있었다. 아저씨는 두어 곡 더 부른 뒤에 나를 보고 물었다.

"가수 누구 좋아하십니까?"

"조용필을 좋아합니다."

"그러면 제가 노래 한 곡 선물하겠습니다."

"고맙습니다."

그는 눈을 감고 전주를 시작하면서 잠시 마음을 가다듬고 감정을 잡는 듯하더니 '상처'를 불렀다. 그 노래는 내가 제일 좋아하는 노래이다. 기차 안만 아니었다면 나도 그의 옆으로 다가가서 같이 부르고 싶었다. 그의 연륜과 인생 역정 때문인지 그 노래 가사가 담고 있는 절절함이 그대로 노래에 묻어 나왔다. 어느새 기차는 수원역을 지났다. 나는 다음 역이면 내려야 한다. 미리 내릴 준비를 했다. 그러자 그가 말했다.

"다음에 내리시나 봐요?"

"예, 세류역에서 내립니다."

"안녕히 가십시오."

나는 그에게 다가가서 그의 손목을 잡았다.

"오늘 참 감동적인 시간이었습니다. 노래를 정말 잘하십니다. 앞으로 목 관리 잘하시고, 부디 건강하시기 바랍니다."

"참 멋지십니다. 선생님께서도 부디 건강하시고 행복하시기 바랍니다."

수원 볼일만 아니라면 그의 노래도 더 듣고, 점점 사람들이 줄어들어 나라도 끝까지 자리를 지켜 머릿수를 하나 채워서 그의 무대가 덜 쓸쓸하게 해주고 싶었다. 그가 말은 하지 않았지만 나를 위해 나훈아의 노래를 열창하는 것 같았다. 이미 그의 노래에서 받은 감동과 노래 가사가 담고 있는 애절한 정조에 취하여 내 두 볼에는 눈물이 주르르 흘러내리고 있었다.

그의 노래가 끝남과 동시에 기차가 세류역에 도착했다. 나는 차에서 내린 뒤 그에게 손을 흔들어 내 마음을 전하고 싶었는데 양 볼에 흘러내린 눈물 때문에 돌아볼 수가 없었다. 기차는 출발하였다. 기차가 홈을 다 빠져나간 뒤에도 나는 뒤돌아보지 않고 돌비석처럼 그 자리에 한참 동안 서 있었다. 내 눈에는 하염없이 눈물이 흘러내렸다.

3
소동파 과거 시험 문제와 답안지

"반갑습니다. 이번 시간에는 '소동파 과거 시험 문제와 답안지'라는 제목으로 아주 수준 높고 특별한 이야기를 하려고 합니다. 늘 하던 대로 이번 시간에도 귀로 듣는 청취를 하지 말고, 온몸으로 듣는 경청을 하기 바랍니다. 경청할 준비가 되었습니까?"

"예, 선생님!"

"당나라의 유명한 시인 소동파(蘇東坡)가 젊은 시절, 과거 시험을 볼 때 시험 문제와 답안지에 대해 이야기하겠습니다. 다시 한번 강조합니다. 이번 시간에 할 이야기도 대단히 중요한 내용입니다. 그러니 온몸으로 경청하여 귀한 삶의 지혜를 반드시 배우기 바랍니다."

"예, 선생님!"

교실 안은 잠시 긴장감이 돌았다.

"소동파는 당나라 때 사람으로, 중국 역사상 가장 위대한 시인 중 한 명으로 꼽히는 대시인입니다. 그는 시도 잘 쓰고, 산문도 잘 쓰고, 글씨도 잘 쓰고, 그림도 잘 그리고, 심지어 요리까지 잘했습니다. 못하는 게 없는 다재다능한 만물 박사급 천재가 바로 소동파였습니다.

심지어 그는 조경(造景)에도 대단한 감각을 지니고 있어서 저 유명한 소주와 항주의 조경도 그의 솜씨라고 합니다. 그래서 오늘날 소주와 항주가 더 멋진 모습으로 중국 최대의 관광지가 된 것입니다. 이곳은 소동파의 손길이 묻어 있는 특별하면서도 엄청 아름다운 곳입니다. 게다가 소동파가 개발한 요리 중에 '동파육'은 우리나라에도 널리 알려진 요리입니다."

"소동파가 젊은 날 과거 시험을 칠 때의 일입니다. 시험 문제는 다음과 같았습니다.

'군주의 정의와 자비에 대해서 논하라.'

나는 소동파가 쓴 답안지를 보는 순간 너무너무 놀라서 그 자리에서 쓰러지는 줄 알았습니다. 정직하게 말하면, 그냥 놀란 정도가 아니라 경악한 것입니다.

그 답안지 내용을 대충 두 마디로 요약하면 이러합니다.

'군주에게 자비는 많으면 많을수록 좋다. 그러나 군주에게 정의는 너무 크면 안 된다. 왜냐면 군주의 정의가 너무 크면 잔인해지기 쉽기 때문이다.'

내가 놀란 대목은 바로 이 대목입니다. 이 놀람은 단순히 놀라는 정도가 아니라 경악 수준이었습니다. 물론 이런 경악은 일반적 경악과 구분하여 '지적 경악'이라 해야 합니다. 물론 이 말은 내가 만든 신조어입니다. 젊은 시절의 소동파는 군주의 자비는 많아서 흘러넘쳐도 좋지만, 정의는 많아서 흘러넘치면 안 된다고 딱 잘라 말하였습니다.

사실 이 대목은 평소의 내 생각과는 아주 달랐습니다. 나는 군주에게 정의감도 강하면 강할수록, 많으면 많을수록 좋은 줄로 알고 있었습니다. 그런데 소동파는 군주에게 정의가 넘치면 잔인해진다며 경고했습니다.

나는 소름이 돋을 만큼 큰 충격을 받았습니다. 정의가 넘치면 넘칠수록 불의를 깔끔하게 잘 다스릴 것이라 생각했는데, 소동파는 완전히 나와는 다르게 생각을 한 것입니다. 특히 '군주가 정의를 지나치게 강조하면 결과적으로 잔인해질 수밖에 없다'라는 사실을 젊은 청년 소동파는 그 옛날에 똑소리 나게 지적한 것입니다."

"나는 소동파의 답안지를 보면서 '아하, 나는 가야 할 길이 참으로 아득하구나' 느끼면서 나 자신이 얼마나 부족한가를 알았습니다. 그런데 그때 시험관은 마침 당대 최고의 문장가 구양수(歐陽脩)였습니다. 구양수는 중국 역사에서 가장 위대한 문장가로 꼽힙니다. 당시 구양수는 소동파의 답안지를 보고 다음과 같이 말했다고 합니다.

'나는 이제 집에 가서 애나 봐야겠다!'

이 말을 좀 고급스럽게 표현하면 다음과 같습니다.

'나의 시대는 이제 다 끝났다. 이런 천재가 나타났으니 나는 역사에서 퇴장해야겠다.'

물론 소동파도 대단하지만, 답안지를 보고 소동파를 한눈에 알아본 구양수도 대단한 인물 같습니다. 소동파의 실력을 솔직하게 인정하고, 집에 가서 애나 봐야겠다고 탄식한 대인의 풍모 또한 참으로 멋지고, 아름답지 않을 수 없습니다. 여러분 중에서도 꼬치꼬치 따지는 이가 더러 있지요?"

"예, 선생님!"

"더러 있는 게 아니라 쌔고 쌨어요. 이런 자들은 쫀쫀하게 따지다가 마침내는 잔인해져요. 사사건건 따지려고 듭니다. 이런 오빠는 상대를 숨이 막히게 합니다. 이런 자와 사는 여자는 이미 속은 다 썩어 문드러졌을 겁니다."

"인간은 죽을 때까지 공부를 해야 하는가 봐요. 그렇습니다. 공부하지 않으면 안 됩니다! 무지하면 어리석고, 어리석으면 무지합니다! 그런데 앞서 말한 '장미 미치광이'들은 대부분 잔인해요. 자기주장에 대한 확신이 너무 강한 나머지 자기주장이 신념이 되고, 신념이 종교가 되어 마침내는 잔인한 성격으로 굳어지고 마는 것입니다. 이 말뜻을 알겠습니까?"

"예, 선생님!"

"다행입니다! 이만 마치겠습니다."

"선생님, 감사합니다."

"선생님, 수고하셨습니다."

학생들의 박수갈채와 환호성이 터졌다.

4
헨리 포드의 아들이 배우지 못한 것

"반갑습니다. 그동안 여러분이 눈이 빠지게 기다리던 '교밖 공부' 시간이 돌아왔습니다. 수업 분위기도 확 바꿀 겸 크게 박수 한번 보내봐요."

그러자 내 주문을 기다렸다는 듯이 학생들의 박수갈채가 터졌다.

"교과서부터 덮기 바랍니다. 교과서 공부 시간에는 교과서를 사용하지만, '교밖 공부' 시간에는 교과서가 거의 무용지물에 불과합니다. 비록 십 분이지만, 가치 있게 효과적으로 잘 쓰면 결코 작은 시간이 아니라고 생각합니다. 어쩌면 여러분이 교과서 공부 시간에 배운 '죽은 지식'보다 교밖 공부 시간에 배운 소중한 지혜들이 더 소중한 가치가 될 수도 있을 것이라 생각합니다. 내 말을 이해합니까?"

"예, 선생님! 이해합니다."

"그럼, 이제 경청할 준비가 되었습니까?"

"예, 준비되었습니다. 선생님!"

"이번 시간에는 '자동차의 왕'이라고 불리는 미국의 헨리 포드(Henry Ford)에 대해서 이야기하겠습니다. 헨리 포드가 영국에 왔을 때의 일입니다. 공항 안내소에서 헨리 포드는 그 도시에서 가장 값싼 호텔을 물었습니다. 그러자 안내원이 그를 바라보았습니다. 어디선가 본 듯한 유명인의 얼굴이었습니다.

헨리 포드는 전 세계에 널리 알려져 있던 인물입니다. 게다가 바로 전날, '헨리 포드가 온다'는 기사와 함께 그의 사진이 여러 신문에 크게 실렸습니다. 그런데 기사의 주된 내용은 '무척 낡아 보이는 코트를 입은 헨리 포드가 가장 값싼 호텔을 물었다'는 것이었습니다.

지금까지 많은 사람들은 이 대목을 단순히 헨리 포드가 절약하기 위해서 혹은 검소하기 때문이라는 식으로 해석하곤 했습니다. 하지만 헨리 포드의 진짜 이유는 더 깊은 곳에 있었습니다. 이를 알 까닭이 없는 안내원이 조심스레 물었습니다.

'혹 실수가 아니라면, 당신은 헨리 포드 씨지요? 나는 제대로 기억하고 있어요. 당신의 사진을 보았지요.'

헨리 포드가 대답했습니다.

'예, 맞습니다.'

헨리 포드의 대답에 안내원은 깜짝 놀랐습니다. 그리고 안내원은 다시 말했습니다.

'당신은 낡아 보이는 코트를 입고, 가장 값싼 호텔을 찾고 있군요. 나는 당신의 아들이 이곳에 온 것도 보았습니다만, 그는 항상 가장 좋은 호텔을 찾았고, 최고급 옷을 입고 왔습니다.'

헨리 포드가 말했습니다.

'맞습니다. 내 아들은 남들의 시선을 중요하게 여깁니다. 아직 배울 게 많아요. 반면에 나는 값비싼 호텔에 묵어야 할 필요가 없습니다.'"

"계속해서 헨리 포드는 말을 이어나갔습니다.

'나는 어디에 머물든 헨리 포드입니다. 가장 값싼 호텔에서도 헨리 포드입니다. 그런 것은 아무런 차이도 만들지 않습니다. 내 아들은 아직 진짜 차이를 모릅니다. 그래서 아들은 남들이 자신을 값싼 호텔에 묵는다고 생각할까 봐 두려워합니다.

이 낡은 코트는 나의 아버지로부터 물려받은 것입니다. 이것은 아무 차이도 만들어 내지 않으며, 나는 새로운 옷이 필요가 없습니다. 그 옷이 어떤 것이든 나는 헨리 포드입니다. 내가 벌거벗고 서 있다 해도 나는 헨리 포드입니다. 그것은 전혀 어떤 차이도 만들지 않습니다.'"

"자, 우리는 헨리 포드에게 어떤 점을 배워야 할까요? 갈 길이 너무 멀어 결론을 바로 말하겠습니다. 포드의 아들은 전시적(展示的) 인간입니다. 자기 자신이 누구인지보다 남에게 보이는 자신을 더 중요하게 생각하는 한심한 인간입니다. 이 지상의 인간들은 대부분 여기에 해당하지 싶습니다. 그러나 포드는 이와는 전혀 다른 사람이었습니다. 그가 한 말을 그대로 인용하겠습니다.

'이 낡은 코트는 나의 아버지로부터 물려받은 것입니다. 이것은 아무 차이도 만들어 내지 않으며, 나는 새로운 옷이 필요가 없습니다. 그 옷이 어떤 것이든 나는 헨리 포드입니다. 내가 벌거벗고 서 있다 해도 나는 헨리 포드입니다. 그것은 전혀 어떤 차이도 만들지 않습니다.'

설령 벌거벗고 있어도 헨리 포드는 헨리 포드입니다. '얼마나 좋은 차를 타느냐, 얼마나 좋은 집에 사느냐, 얼마나 비싼 음식을 먹느냐, 얼마나 해외여행을 많이 다니냐' 따위는 본질적인 문제가 아닙니다.

본질은 그런 게 아니라 바로 '그 사람 자신'인 것입니다. 여러분은 헨리 포드에게 오늘 중요한 한 수를 배웠기 바랍니다. 과연 헨리 포드의 중요한 한 수를 배웠습니까?"

"예, 선생님! 배웠습니다."

"그럼, 마치겠습니다."

"선생님, 감사합니다."

"선생님, 수고하셨습니다."

학생들의 박수갈채와 환호성이 터져 나왔다.

사랑 타령

사랑 타령

하 륜

내 사랑은
명사가 아니라 동사이다.

명사는
안 움직이는 것이고

동사는
움직이는 것이다.

명사는
이미 완성된 것이고
이미 규정된 화석이다.

동사는
완성되지 않은 과정이다.
항상 움직이는 과정이다.

명사는
죽은 것이고

동사는
살아있는 것이다.

내 사랑은
명사가 아니라 동사이다.

6
변호사와 588 아가씨의 차이점

"반갑습니다. 이번 시간에는 '변호사와 588 아가씨의 차이점'
이란 제목으로 공부하겠습니다. 항상 강조한 것처럼 이번 시
간에도 두 귀로만 듣는 청취를 하지 말고, 온몸으로 듣는 경청
을 하기 바랍니다. 경청할 준비가 되었습니까?"

"예, 선생님! 준비되었습니다."

"내가 하는 이야기를 잘 듣고 중요한 한 수를 배우기 바랍니
다. 미리 분명히 말할 것은 나는 변호사를 비난할 생각은 추호
도 없습니다. 단지 변호사란 직업의 특성 중에서 한 가지를 정
직하게 지적하고자 할 뿐입니다.

혹시 여러분 중에서 고시 공부를 하여서 나중에 변호사가
되었으면 하는 꿈을 가진 학생이 있을지 모릅니다. 그런 학생
은 지금 내가 하는 이야기에 담겨 있는 의미심장한 메시지를
잘 이해하기 바랍니다."

"어떤 마을에 홍수가 났습니다. 그때 어느 부자가 강을 건너게 되었습니다. 그 부자가 탄 배가 강 중간쯤 이르렀을 때 갑자기 급류에 휩쓸려 배가 뒤집혔습니다. 결국, 부자는 강물에 빠져 죽었습니다. 강물이 잠잠해진 후 부자의 시체를 찾는 작업을 시작했습니다. 그리고 한 어부가 부자의 시체를 발견하고는 유족들에게 엄청난 몸값을 요구했습니다.

하지만 부자의 유족들은 어부가 부르는 몸값을 치르고 싶지가 않았습니다. 마침내 유족들은 유명한 변호사를 찾아가서 물었습니다.

'무슨 좋은 방법이 없겠습니까?'

변호사가 대답했습니다.

'아무 걱정도 마십시오. 저에게 먼저 상담료를 주시면 좋은 수를 가르쳐 드리지요.'

유족들은 상담료를 변호사에게 지불하였습니다. 변호사는 돈을 받아 넣고는 이렇게 말했습니다.

'그냥 버티기만 하면 됩니다. 그 시체를 설마 다른 사람에게 비싸게 팔지는 못할 것입니다. 물론 비싼 돈으로 살 사람도 없고요.'

그러구러 사흘이 지났습니다. 유족들은 변호사의 조언대로 기다렸지만, 어부는 시체를 내 줄 기미가 없었습니다."

"그런데 시일이 지날수록 이제는 어부가 걱정하기 시작했습니다. 어부는 너무 큰돈을 요구한 것을 후회했습니다. 이제는 조금 적은 액수라도 받고 싶었습니다. 게다가 시체가 썩기 시작했습니다. 고약한 냄새가 진동을 하였습니다. 어부는 변호사를 찾아가서 무슨 좋은 수가 없는지를 물었습니다. 그러자 변호사가 대답했습니다.

'걱정하지 마십시오. 저에게 상담료를 먼저 주시면 좋은 수를 가르쳐 드리지요.'

어부는 상담료를 변호사에게 지불하였습니다. 변호사가 돈을 받아 넣고는 이렇게 말했습니다.

'그냥 버티기만 하면 됩니다. 유족들은 그 시체를 다른 어느 곳에 가도 살 수가 없기 때문입니다.'"

"자, 이 주제는 민감한 주제이기 때문에 더 이상 내 이야기를 덧붙이지 않겠습니다. 이야기 속에 담겨 있는 의미심장한 뜻은 여러분이 직접 곰곰이 생각해 보기 바랍니다.

이 대목에서 한마디 덧붙이겠습니다. 청량리 588(청량리역 주변에 있던 집창촌) 아가씨들은 몸을 파는 게 직업입니다. 그녀들은 선량한 사람이나 순수한 사람들만 골라서 몸을 팔지 않습니다. 그저 정해진 화대만 주면 어중이떠중이 가릴 것 없이 개나 소나 아무에게나 몸을 팝니다. 그야말로 철저히 '몸 장사'를 하는 것입니다.

그런데 이 아가씨에게 무슨 잘못이 있습니까? 가난하고 불행한 환경에서 태어나 자라고, 학교에도 못 가고, 이 술집 아니면 저 술집으로 팔립니다. 그렇게 여기저기 밑바닥을 굴러다니다가 마지막으로 온 종착역이 청량리 588일 것입니다.

그러나 대학까지 나와서 단지 '돈을 많이 벌 수 있다'라는 이유로 청량리 588에 직행하는 아가씨가 있다면 이를 어떻게 해석해야 할까요?"

"여러분, 지금 내가 무슨 소리를 하고 있는지, 무슨 말을 하고 싶어서 이런 소리를 하는지 이해합니까? 당장은 이해가 되지 않으면 내가 가고 난 후 쉬는 시간에 친구들끼리 둘러앉아서 이 주제에 대해서 곰곰이 생각해 보기 바랍니다. 자 여기서 마치겠습니다."

"선생님, 고맙습니다."

학생들의 박수갈채와 환호성이 터졌다.

7
운명적으로 만난 지상 최고의 미인과 결혼하다

그녀는 얼굴을 내 가슴에 묻은 채 서럽게 훌쩍이고 있었다. 그녀의 훌쩍임의 깊이가 내게 전해졌다. 그녀의 작은 어깨를 두 팔로 감싸고 나는 별별 생각을 다 해보았다.

'결혼에 한 번 실패한 사람이면 어떠냐! 중요한 것은 사랑이지, 결혼을 실패한 것은 그리 대단한 흉이 아니다. 누구나 실패할 수 있지 않은가! 아니다. 결혼에 한 번 실패한 것이 오히려 삶의 좋은 교훈이 되어서 더욱 좋을지 모른다. 결혼에 한 번 실패했기 때문에 남다른 경험과 뼈저린 아픔을 겪은 것이다. 그런 귀한 경험을 한 사람에게 다시금 기회가 주어진다면, 정말 소중하게 생각하고 잘 살 것이다.'

그 순간 불현듯 함석헌 선생님이 생각났다. 선생님은 우리나라의 역사를 한마디로 '고난의 역사' 혹은 '수난의 역사'라고 하면서 고난에 큰 의미를 부여하였다.

선생님은 이렇게 말씀하셨다.

"이 고난이야말로 한국이 쓰는 가시 면류관이라고 가르쳐 주는 것이었다. 그리고 그것은 세계 역사를 뒤집고, 그 뒷면을 보여주는 것이었다. 그리하여 세계 역사 전체가 인류의 가는 길의 근본이 본래 고난임을 깨달았을 때, 여태껏 학대받은 계집종으로만 알았던 그가 그야말로 가시 면류관의 여왕임을 알았다."

선생님의 말씀은 계속 이어졌다.

"이 민족이야말로 큰 길가에 앉은 거지 처녀이다. 그래서 수난의 여왕이다. 선물 꽃바구니는 다 빼앗겨 버리고, 분수없는 왕후를 꿈꾼다고 비웃음을 당하고, 쓸데없는 고대에 애끓어 지친 역사다. 그래도 신랑 임금은 오고야 말 것이다."

함 선생님은 우리의 역사가 고난의 역사이기 때문에 하나님께 받을 축복이 크다고 했다. 그리고 고난의 가시관이 마침내 찬란한 영광의 면류관이 된다고 했다. 나는 우리 역사를 이렇게 해석하는 것을 처음 보았다. 이런 역사 해석은 한 나라의 역사만이 아니라 개인의 삶에도 적용된다고 생각했다.

가장 핍박을 받은 사람, 가장 눈물을 많이 흘린 사람, 가장 고생을 많이 한 사람이야말로 역사의 주인공이라는 사실을 나는 확신하고 있었다. 나는 이러한 선생님의 역사관의 의미를 그녀에게 설명하고는 이렇게 덧붙였다.

"나는 그대가 한번 결혼에 실패했기 때문에 만약 다시 결혼할 기회가 주어진다면, 누구보다도 새로운 삶을 멋지고 소중하게 살 수 있다고 생각합니다. 그대는 귀한 경험을 하였습니다. 실패를 거울삼아, 실패의 날들을 귀한 스승으로 생각하고, 새로운 삶을 살면, 정말 멋지고 아름다운 삶을 살 수 있을 것입니다. 이런 의미에서 보면 그대는 가시 면류관의 여왕이나 다름없습니다."

그래도 그녀는 고개를 절레절레 흔들었다. 그리고는 내 말을 더 이상 듣고 싶지 않다면서 눈물범벅이 된 얼굴로 자리에서 일어나 뒤도 돌아보지 않고 가버렸다. 나는 내 시야에서 점점 멀어져 가는 그녀의 뒷모습을 보면서 '반드시 저 여자와 결혼해야 한다'고 더욱 굳게 다짐했다. 저 여자와 반드시 결혼하는 것이 하늘의 뜻이라고 생각하면서 결의를 다졌다.

며칠 뒤에 그녀를 다시 만났을 때, 그녀는 울먹이면서 말했다.

"하륜 선생님! 제게는 네 살짜리 딸애가 하나 있어요!"

갈수록 태산이었다. 너무 뜻밖의 말이었지만, 나는 마치 준비하고 있기라도 한 대본을 외듯 말했다.

"그 아이가 비록 제 친자식은 아니지만, 새아버지가 되어서 친자식처럼 잘 키우겠습니다."

그러자 그녀는 내 어깨에 얼굴을 묻고 더욱 서럽게 울었다. 나도 아무 말도 하지 않았다. 그러다가 마침내 그녀의 어깨를 꼭 껴안으면서 한마디 했다.

"걱정하지 말아요. 당신은 하늘이 내게 보내주신 천사예요!

그러니 아무것도 걱정할 필요가 없습니다."

나는 그녀에게 함 선생님의 우리나라 역사 해석에 대해서 다시 한번 강조하였다. 수난의 여왕이 지금 쓰고 있는 것은 비록 가시 면류관이지만, 나중에는 반드시 영광의 월계관이 될 것이라고 힘주어 말했다.

드디어 모든 결론을 내린 나는 그녀에게 말했다.

"다음 주말에 딸아이를 한번 보고 싶어요, 우리 셋이서 손잡고 비원을 산책하고 싶어요."

천사의 딸아이를 빨리 보고 싶었다. 그녀는 어정쩡하게 반응했다. 승낙도 아니고, 거절도 아닌 그야말로 엉거주춤한 태도를 취했다. 그럴수록 나는 잽싸게 매듭을 지었다.

"다음 주말 오후 2시에 비원 정문 앞에서 기다리겠습니다."

그녀와 약속한 토요일이 되었다. 다행히 날씨가 아주 좋았다. 약속한 제시간에 그녀가 나타났다. 저만치서 네 살짜리 딸아이의 손을 잡고 한발 한발 내 앞으로 다가오고 있었다. 그 순간 나는 일종의 의무감을 느꼈다. '저 여인과 애비 얼굴도 모르는 불쌍한 저 어린것에게 나는 꼭 필요한 존재이구나' 하는 생각이 들었다.

천사가 어린 딸에게 말했다.

"주연아, 선생님께 인사드려!"

두 손을 모은 주연이는 공손하게 인사를 했다.

"안녕하세요. 주연입니다."

"반갑다. 주연아, 엄마를 닮아 너도 참 예쁘구나."

나는 주연이를 얼싸안았다.

"주연아, 오늘 아저씨하고 비원을 산책하자. 그다음에 네가 가고 싶은 곳을 말하면 아저씨랑 엄마랑 우리 셋이서 가 보자!"

우리는 비원 뜰을 거닐었다. 나는 그 어린 것의 손을 잡았다. 그야말로 고사리만 한 작은 손이 내 손에 잡혔을 때, 그 작은 손에서 따스한 체온이 내게 전해졌다. 그 순간 나는 속으로 이렇게 다짐을 했다.

'그래, 내가 너의 아빠가 되어주마! 너는 이제부터 내 딸이야! 그리고 너의 어머니의 긴 방황에 내가 종지부를 찍어주마. 이제부터 우리는 한 식구가 되어 영원히 함께 행복하게 사는 거야!'

내 마음이 손끝으로 전해지기라도 한 듯이 그 어린것이 내 손을 꼭 쥐었다. 그때 나는 가슴이 벅차올랐고, 또 행복했다.

그 순간 나는 영어 선생을 떠올렸다.

'두 여자 중에 내가 선택해야 할 여자는 어느 쪽이었을까? 어느 여자에게 내가 더 필요한 존재였을까?'

답은 이미 나와 있었다. 영어 선생은 이미 내 마음속에서 다 지워졌고, 내게 남은 여자는 주연이 엄마 한 사람뿐이었다. 나는 어떤 어려움이 있어도, 어떤 벽이 있어도 그녀와 결혼해야겠다고 다시 한번 다짐했다. 바람이 촛불 따위의 작은 불은 끌 수 있지만, 큰불은 끌 수 없다. 큰불이 났을 때 바람이 불면, 불이 꺼지기는커녕 더욱 세차게 번져 불길이 거세어지고 만다.

그녀에 대한 내 사랑을 끌 수 있는 바람은 이 세상에 아무것도 없었다. 나의 숭고한 사랑의 힘으로 어떤 벽도, 어떤 장애물도 뛰어넘을 수 있을 것이라 생각했다. 이 세상의 어떤 남자도 뛰어넘을 수 없는 장애물이라 해도 나는 뛰어넘을 수 있다는 자신감을 가지고, 주먹을 불끈 쥐면서 그녀와 어린 주연이를 와락 내 품에 껴안았다. 비원의 뜰에 낙엽이 늦가을 바람에 흩날려 저쪽 담벼락 쪽으로 굴러가고 있었다.

집으로 돌아오면서 나는 그녀와 결혼할 경우에 내가 넘어야 할 수많은 벽을 예상하여 보았다. 그리고 그녀와 결혼함으로써 내가 얻는 것과 잃는 것을 생각해 보았다. 내가 넘어야 할 벽은 너무 많았고, 내가 포기해야 할 것과 잃어야 할 것도 너무 많았다.

그러나 나는 이 많은 벽들에 도전해 보고 싶었다. 이 세상 모든 남자가 다 좌절해도 나는 극복할 수 있을 것이란 자신감을 가지고 있었다. 이러한 자신감은 함 선생님의 역사관에 심취해 있었던 게 가장 큰 힘이라고 생각한다.

노름판에서조차 판돈을 크게 걸어야 따도 큰돈을 따는 법 아닌가. 삶에서도 마찬가지다. 왕창 걸어야 왕창 얻는 것처럼 나도 내 삶에 큰 것을 왕창 걸고 싶었다.

드디어 나는 내 주위의 모든 사람을 속이고, 그녀와 결혼하기로 결정했다. 무엇보다 시골에 계신 부모님을 속이는 것이 가슴 아팠지만, 어쩔 수가 없었다. 나는 그녀에게 결혼하면 하루에 30페이지씩 책을 읽자는 약속을 하고 드디어 결혼을 하기로 했다.

주례는 꼭 함석헌 선생님께 부탁드리고 싶었는데, 그때는 함 선생님이 움직이면 용산경찰서, 시경, 치안본부, 정보부는 물론 경남도경, 김해경찰서, 명지지서까지 전부 비상이 걸리는 시절이라 선뜻 마음이 내키지 않았다. 그보다 더 부담스러운 것은 함 선생님을 속인다는 사실이었다.

내 고향 부산 강서구 명지의 마을 회관에서, 주례는 함 선생님 대신에 초등학교 때 나와 가장 친한 내 동무 김진남의 아버지 김성복 씨가 서 주었고, 5백 원 정도 하던 신약성서를 예물로 교환하고 결혼식을 올렸다.

물론 청첩장이란 것을 찍어보지도 않았다. 신랑 구두값으로 8천 원이 책정되어 있었는데, 5천 원짜리 구두로 낮추고, 3천 원은 한글학회 회관 건립 기금으로 기부하였다. 신부는 한복을 입었고, 신랑은 비둘기색 양복을 입었다. 축가는 주동식 선생 내외가 불렀고, 서울에서 시인 이준영, 시인 이신행, 안창수 선생 등이 그 먼 부산 명지까지 와서 축하해주었다.

결혼식이 끝난 뒤에 나는 마을 회관 사용료 대신에 2천 원짜리 거울 하나를 선물하고, 속리산으로 신혼여행을 떠났다. 신약성서를 예물로 주고받는 결혼식을 하면서도 불쌍한 내 부모님을 속이고, 내 선량한 친구들과 순진한 이웃들을 속이지 않을 수 없었다.

8
일본 제국호텔의 쓰레기통

"여러분! 눈 빠지게 기다리던 교밖 공부 시간이 돌아왔습니다. 수업 분위기도 확 바꿀 겸 박수 한 번 보내봐요."

그러자 학생들의 박수갈채와 환호성이 터져 나왔다.

"여러분이 교밖 공부 시간에 배운 것들을 제대로 실행한다면, 세상을 보는 눈과 사고의 폭이 넓어지게 될 것입니다. '죽은 지식'보다 지금 교밖 공부 시간에 배우는 소중한 지혜들이 여러분에게 가치가 있으며, 앞으로 여러분의 삶에서 귀한 재산이라 될 것이라고 생각합니다. 비록 십 분의 짧은 시간이지만, 교밖 공부 시간을 효과적으로 잘 사용하면 절대로 적은 시간이 아닙니다. 그러니 더욱 집중하기 바랍니다. 내 말뜻을 이해합니까?"

"예, 선생님! 이해합니다."

"경청할 준비가 되었습니까?"

"예, 선생님! 준비되었습니다."

"이번 시간에는 일본 사람들의 이야기 한 가지를 소개하고자 합니다. 오해의 소지를 남기지 않기 위해서 미리 분명히 말해 둘 것이 있습니다. 그것은 나도 여러분과 마찬가지로 반일 감정이 있습니다. 그러나 분명히 해야 할 것은 반일 감정은 반일 감정이고, 일본 사람들의 훌륭한 장점들은 우리가 잽싸게 배우는 것이 좋다고 생각합니다.

언제까지 반일 감정의 포로가 되어서 일본을 외면한다면 결국, 일본의 꽁무니나 따라가는 똥개가 될 것입니다. 그리되면 우리에게 득 될 것이 아무것도 없다고 생각합니다.

여러분에게 일본의 '제국호텔'에 대해서 말하고자 합니다. 이 호텔은 손님이 떠난 뒤에도 그 객실의 휴지를 반드시 하루를 더 묵혀둔다고 합니다.

1890년에 문을 연 제국호텔은 백 년도 더 되는 긴 역사와 전통을 자랑할 뿐 아니라 일본의 본격적인 국제 호텔의 시조이자 개척자라고 할 수 있는 유명한 곳입니다.

그런데 왜 제국호텔에서는 손님이 떠나면 곧장 휴지를 버리지 않고, 객실의 휴지를 따로 봉지에 담아 객실 번호, 날짜 등을 자세히 기록해서 하루를 더 묵혀두는 것일까요? 이 해답은 제국호텔이 1978년부터 십 년 동안 〈문예춘추〉에 시리즈로 실어온 광고를 보면 금세 알 수 있습니다."

휴지는 호텔에 하루 더 묵습니다. 아서 헤일리(Arthur Hailey)의 소설 《호텔》에서 사건의 중요한 단서가 되는 메모가 발견되는 것은 소각로에 들어가기 바로 직전의 쓰레기 더미에서였습니다. 실제 호텔에서도 그런 일이 흔히 일어나곤 합니다. 중요한 메모를 잃어버리셨다면, 염려 없습니다. 안심하십시오.

객실의 휴지통들은 손님께서 체크아웃한 후 층별로 모아서 하루를 더 호텔에서 머무르게 됩니다. 손님께서 버리신 것인지, 혹은 잊어버린 것인지를 판단할 수 없는 것들은 휴지보다 더 오랫동안 호텔에서 보관합니다. 패스포트(Passport)를 비롯해 잊어버리고 가신 것이 확실한 물건들은 물론 손님께 연락을 드립니다.

하루뿐이라고 할지라도 그것을 보관할 공간을 확보하는 일은 쉬운 일이 아닙니다. 쓸데없는 일이라고 이야기하는 사람도 많고, 헛일로 끝나버리는 수도 허다합니다. 그러나 제국호텔에 묵기를 잘했다고 생각하시는 손님이 계시는 한, 우리들은 그러한 헛일을 중요하게 생각하고 있습니다.

제국호텔

✳ ✳ ✳

"자, 이 이야기를 듣고도 무릎을 치면서 공감하지 않는 인간이 있다면 '왜 사냐?'고 묻지 않을 수 없습니다. 여러분은 일본 제국호텔이 손님이 떠난 객실 휴지통의 휴지를 스물네 시간 동안 버리지 않는 까닭에서 귀중한 삶의 지혜 혹은 삶의 자세를 배우기 바랍니다.

여러분은 앞으로 세계를 내 집 안방처럼 드나들면서 세계를 주름잡는 주인공이 되어야 합니다. 그래서 여러분은 우리나라를 지키고 발전시켜 나갈 새싹들입니다. 그런데 우물 안 개구리가 되어서 밤낮 남의 뒤치다꺼리하는 불쌍한 개돼지의 삶을 살지 않기 바랍니다. 내 말 이해합니까?"

"예, 선생님! 잘 이해합니다."

"마치겠습니다."

학생들의 박수갈채와 환호성이 교실 안에 가득했다.

9
교정에 '은혜의 나무'를 눈물로 심은 제자들

식목일 아침이었다. 공휴일이라 빨딱 일어나지 않고 이리저리 뒤척이고 있는데 뜻밖의 전화가 왔다. 어느 학생의 전화였다.

"니 누고?"

"선생님, 접니다. 문영진입니다.

이놈은 우리 반에서 가장 문제아로 손꼽히는 학생이다. 평소 숙제도 잘 안 하고, 수업 태도 역시 좋지 않았다. 그뿐만이 아니다. 결석도 자주 하고, 만만한 애들을 잘 두들겨 패고, 늘 지각하는 문제아 중의 문제아였다.

"그래? 와아 전화했노?"

"오늘 학교로 좀 나와 주시면 좋겠습니다."

"머라꼬? 오늘이 공휴일인데……, 야! 뭔 일인데? 무슨 사고라도 났나?"

"아닙니다. 사고는."

"그라모, 와아 공휴일에 나를 학교로 나와라 하노? 무슨 일인지 모르지만, 내게 볼일이 있으면 오늘 참았다가 내일 말해라. 전화 끊어!"

나는 전화를 끊었다. 그런데 잠시 후 문영진 군의 전화가 다시왔다. 이에 나는 노골적으로 짜증을 내면서 문 군을 나무랐다.

"야, 인마! 오늘 모처럼 쉬는 날이라서 이발도 하고, 목욕탕에도 가고, 할 일이 많은데, 와아 나를 학교에 나오라 카노. 이새끼야!"

나의 윽박에 문영진 군은 버벅거리면서 말했다.

"선생님, 사실은 오늘이 식목일이라고 우리 반 애들끼리 돈을 모아서 학교 운동장 귀퉁이에 기념식수를 하려고 합니다. 그런데 우리끼리 심는 것보다 하륜 선생님께서 나오셔서 함께나무를 심는 것이 훨씬 뜻깊을 것이라 이구동성으로 말해서제가 아이들을 대표해서 이렇게 전화를 드렸습니다."

듣고 보니 너무나 뜻밖의 일이었다.

"그래? 머리도 별로 좋지도 않은 놈들이 어떻게 그리 기특한 생각을 했지? 그래 알겠다. 내가 서둘러서 빨리 학교로 나가마!"

학교로 가면서 생각하였다. 나는 그동안 학생들이 자발적으로 학교 운동장 귀퉁이에 기념식수를 한다는 소리를 지금까지한 번도 들어보지 못하였다. 그런데 이런 진풍경이 내 눈앞에서 곧 벌어질 상상을 하니 내 가슴이 뛰기 시작하였다.

내가 가르친 제자들이 이런 의미 있는 일을 한다는 사실이 참으로 뜻밖이었고, 나를 매우 흥분하게 하였다. 아마 이런 일은 이 나라 학교에서 처음 있는 대단히 뜻깊은 일이지 싶었다.

학교에 도착하니 스무남은 명의 학생들이 나와 있었다. 나를 보고 다들 반가워하면서 박수를 쳤다.

"선생님! 반갑습니다."

"선생님이 아무리 바쁘셔도 오실 줄 알았어요."

학생들은 자기네 키만 한 사철나무 한 그루와 삽 세 자루를 준비해 놓고 나를 기다리고 있었다. 문영진 군이 행사 진행을 하면서 뜻밖의 말을 하였다.

"이제 우리가 한없이 존경하는 하륜 선생님을 모시고, 우리 학교 운동장 귀퉁이에 기념식수 행사를 시작하겠습니다. 처음에는 기념식수를 우리끼리 조용히 하려고 했습니다. 그런데 누군가가 이왕이면 하륜 선생님을 모시고 하는 것이 더 뜻깊은 행사가 될 것이라고 해서 선생님을 모시게 되었습니다.

그래서 오늘의 이 행사가 겉으로는 비록 한없이 초라하지만, 그 의미상으로는 어마어마한 가치가 있는 멋진 행사라고 생각합니다. 바쁘신 가운데 하륜 선생님께서 와 주셔서 정말 감사합니다. 그러면 기념식수를 시작하겠습니다."

학생 대표 두 명과 내가 운동장 귀퉁이에 작은 구덩이를 파기 시작하였다. 몇 삽 뜨지 않아도 금세 구덩이를 다 팠다. 나무를 심고, 주위를 꼭꼭 밟았다. 그리고 내가 말했다.

"야, 누가 수돗가에 가서 물 한 들통 떠 와라!"

그때 문영진 군이 말했다.

"아닙니다. 선생님! 잠시 기다려주십시오."

"야, 이렇게 심으면 되었는데 뭘 기다리긴 기다려. 혹시 나무가 한 그루 더 있기라도 하냐?"

문영진 군이 웃으면서 말했다.

"아닙니다. 선생님. 이 한 그루도 겨우 샀는데 어떻게 나무를 더 삽니까? 우리가 무슨 돈이 있습니까!"

문 군의 말이 떨어지자 모두가 폭소를 터뜨렸다. 그때 한 학생이 본관 쪽으로 달려가고 있었다. 본관 모퉁이로 뛰어간 학생이 금세 되돌아왔다. 그런데 하얀 페인트칠을 한 각목을 어깨에 메고 오고 있었다.

나는 고개를 갸웃하였다. 하필 난데없이 웬 각목일까? 그가 헐떡이면서 달려와 각목을 우리 앞 땅바닥에 내려놓았다. 그리고 방금 심었던 나무 앞으로 가져갔다. 그 순간 나는 깜짝 놀랐다. 하얀 각목의 앞면에는 다음과 같은 글귀가 검정 페인트로 새겨져 있었다.

'하륜 선생님의 훌륭한 뜻을 받들어 이 나무를 심는다.'

그리고 뒷면에는 다음과 같이 씌어 있었다.

'문영진 외 49명'

문영진 군이 하얀 팻말을 방금 기념식수한 나무 앞에 박았다. 그러자 학생들이 환호와 박수를 보냈다. 마침 물 뜨러 갔던 학생이 들통에 떠온 물을 질질 흘리면서 헐레벌떡 달려왔다. 나는 들통을 받아들고는 방금 심은 나무 주변에 물을 주었다. 그러자 학생들이 또다시 환호하면서 박수를 보냈다.

"하륜 선생님! 감사합니다."

이때 문영진 군이 내게 말했다.

"선생님 덕분에 우리가 학교 운동장에 기념식수를 할 줄 아는 사람이 되었습니다. 선생님, 존경합니다! 제가 학생들을 대표해서 큰절을 올립니다."

문영진 군이 땅바닥에 엎드려 큰절을 올렸다. 그러자 이를 지켜보던 다른 학생들도 다 같이 약속이라도 한 듯이 땅바닥에 넙죽 엎드리며 큰절을 하였다.

"하륜 선생님! 존경합니다"

"존경합니다. 하륜 선생님!"

그 순간 나는 아무 말도 할 수가 없었다. 내 눈에서 하염없이 눈물이 쏟아졌다. 학생들도 땅바닥에 엎드린 채로 훌쩍이기 시작했다. 드디어 학교 운동장 귀퉁이에 학생들이 '은혜의 나무' 한 그루를 눈물로 심은 것이다.

물론 한 그루의 나무를 심은 소박한 기념식수였지만, 나와 학생들에게는 대단히 뜻깊은 행사였다. 무엇보다 내가 가르친 학생들이 자발적으로 기념식수를 했다는 사실이 너무나 큰 감동이었다.

　오늘 기념식수한 나무가 무럭무럭 자라나듯이 앞으로 펼쳐 낼 생의 에너지가 가득한 학생들이 언제나 새로운 도전을 두려워하지 않기를, 그리고 모두 훌륭한 뜻을 잊지 않기를 진심으로 응원했다.

10
부도 수표에 더 이상은 속지 말자

"반갑습니다. 이번 시간에는 '부도 수표에 더 이상은 속지 말자'란 제목으로 공부하겠습니다. 내 이야기를 귀로 듣지 말고 온몸으로 들어서 삶의 중요한 지혜를 배우기 바랍니다. 여러분도 머리로는 다 알고 있으면서 막상 실천을 제대로 못 하고 싶어서 노파심에서 굳이 이런 특강을 하는 것입니다.

내 마음이 급해서 결론부터 먼저 말하겠습니다. 다 알다시피 수표는 갚을 능력(발행인 통장의 잔고)이 있는 사람이 발행한 수표여야 진짜 수표입니다. 다시 말하면 갚을 능력이 없는 놈이 발행한 수표는 부도가 날 수밖에 없는 가짜 수표입니다. 갚을 능력이 없는 놈이 발행한 수표는 부도 수표를 고의로 발행하는 것과 다를 바 없는 범죄입니다.

그런데 그 수표가 진짜 수표인지 부도 수표인지를 판가름하는 기준은 무엇일까요? 그것은 수표 발행인의 학벌도 아니고, 경력도 아니고, 자격증도 아니고, 단지 통장의 잔고입니다. 가령 1백만 원짜리 수표를 발행한 사람의 통장에 잔고가 1백만 원이 있으면 진짜 수표입니다. 1천만 원짜리 수표를 발행한 사람의 통장에 잔고가 1천만 원이 있으면 진짜 수표입니다.

다시 말하면 1백만 원짜리 수표를 발행한 사람의 통장에 잔고가 1백만 원이 없으면 부도 수표가 되고, 1천만 원짜리 수표를 발행한 사람의 통장에 잔고가 1천만 원이 없으면 부도 수표가 되는 것입니다. 이를 모르는 사람은 아무도 없습니다!"

"그런데 나는 오늘 수표 이야기를 하려는 것이 아닙니다. 내가 하고 싶은 말은 수표가 아니라 말과 글입니다. 결론을 말하면 말과 글도 수표와 같다는 이야기입니다. 갚을 능력이 없는 놈들이 마구 수표를 남발하면 안 되는 것처럼 말과 글도 이와 마찬가지입니다.

그 말을 할 능력이 있는 사람이 그 말을 해야 하고, 그 글을 쓸 자격이 있는 사람이 그 글을 써야 합니다. 그런데 그 말을 할 자격이 없는 사람이 그 말을 하고, 그 글을 쓸 자격이 없는 사람이 그 글을 쓴다면, 이는 갚을 능력이 없는 놈이 수표를 마구 발행하는 것과 조금도 다르지 않다는 소리입니다. 그 말을 할 자격이 없는 놈들이 그 말을 하고, 그 글을 쓸 자격이 없는 놈들이 그 글을 쓰면 우리 사회는 가짜의 사회가 되고 부도 수표가 범람하는 가짜 천지가 되고 말 것입니다.

불행하게도 그동안 우리 사회에서는 갚을 능력이 없는 놈이 수표를 마구 발행하면 안 된다는 것은 잘 알면서도 말과 글도 이와 같다는 사실은 잘 모르는 이들이 너무 많았습니다. 그래서 게나 고동이나 어중이떠중이 할 것 없이 마구 말을 하고, 이 지면 저 지면에 마구 글을 썼습니다.

부도 수표가 판을 치는 사회가 되면 사람들이 수표 자체를 의심하게 될 것입니다. 마찬가지로 그 말을 할 자격이 없는 놈이 그 말을 하고, 그 글을 쓸 자격이 없는 놈이 그 글을 쓰면 어떤 사회가 되겠습니까?

일찍이 영국의 재정가 토머스 그레셤(Thomas Gresham)은 '나쁜 돈이 좋은 돈을 몰아낸다!'라고 말했습니다.

가령, '나라를 사랑합시다'란 말을 유관순 누나가 하면 청중들이 '옳소!' 하면서 박수를 보낼 것입니다. 그런데 이 말을 이완용이가 하면 어떤 반응이 일어날까요? 박수가 아니라 돌이 날아올 것입니다. 왜 두 사람이 똑같은 말을 하였는데 이런 상반된 반응이 나타날까요? 그것은 한 사람은 그 말을 할 자격이 있고, 한 사람은 그 말을 할 자격이 없기 때문입니다.

그렇습니다. 반드시 그 말을 할 자격이 있는 사람이 그 말을 해야 하고, 그 글을 쓸 자격이 있는 사람이 그 글을 써야 합니다. 그런데 그 말을 할 자격이 없는 놈이 그 말을 하고, 그 글을 쓸 자격이 없는 놈이 그 글을 써댄다면 머지않아 그 말을 할 자격이 있는 사람과 그 글을 쓸 자격이 있는 사람이 설 자리가 없어지고 말 것입니다. 그리되면 이 세상에는 거짓말과 거짓 글이 판을 치고, 마침내는 거짓말과 거짓 글이 진짜 말과 진짜 글을 몰아내고 말 것입니다. 아까 인용한 그레셤의 말이 적중하게 됩니다.

이는 마치 소비자의 안목과 수준이 낮아서 진짜 꿀과 가짜 꿀을 구별할 줄 모르는 것과 같은 세상이 되고 말았습니다. 소비자가 진짜 꿀과 가짜 꿀을 구별하지 못하면 머지않아 진짜 꿀 장수는 설 자리가 없어질 것입니다. 어리석은 소비자가 겉만 번지르르하게 꾸민, 오히려 겉을 더 화려하게 꾸민 가짜 꿀에 속아서 정작 진짜 꿀을 알아보지 못하고 놓치고 말 것입니다.

수표에서 가장 중요한 것은 갚을 능력(통장잔고)인 것처럼 말과 글에서 가장 중요한 것은 그 말을 할 자격과 그 글을 쓸 자격입니다."

"내가 존경하는 한창기 사장이 월간 〈뿌리깊은 나무〉를 창간한 뒤, 그 잡지에 원고 모집 광고를 내보냈습니다. 그 광고는 보는 사람들을 깜짝 놀라게 했습니다.

첫째는 '낙엽이 떨어진다'는 따위의 글은 사양한다, 둘째는 '뭣뭣 하자! 뭣뭣을 해야 한다!'는 훈화조 내지는 설교조의 글도 사양한다는 것이었습니다.

낙엽이 떨어진다 따위의 글은 게나 고동이나 다 쓸 수 있습니다. 그리고 자기는 하지도 않으면서 남 보고 이렇게 하자, 저렇게 하자는 류의 글도 어중이떠중이 다 쓸 수 있습니다."

"갚을 능력이 없는 놈이 수표를 발행하여 갚지 못하면 부도 수표가 되고, 부도 수표를 발행한 놈은 쇠고랑을 채워 잡아 가두어야 합니다. 말과 글을 쓰는 것도 이와 다를 바 없습니다. 그 말을 할 자격이 있어야 하고, 그 글을 쓸 자격이 있어야 합니다. 반드시 자기 삶의 담보 범위 안에서 글을 쓰고, 말을 해야 합니다. 그런데 이 땅의 많은 사람들은 자기가 담보할 수 있는 범위를 훨씬 초과한 말을 하고, 글을 씁니다.

가령, 요즘 텔레비전에 자주 등장하는 아무개 씨는 한마디로 문화 사기꾼에 불과합니다. 왜냐면 자기 삶으로 담보할 수 있는 범위를 벗어난 글을 마구 쓰고, 자기 삶으로 담보할 수 있는 범위를 벗어난 말을 마구 뱉어내기 때문입니다. 이는 마치 갚을 능력이 없는 놈이 고액의 수표를 마구 남발하는 것과 다를 바 없는 짓입니다. 이런 문화 사기꾼이 득세하고, 이런 놈들의 말에 귀를 기울이는 자들이 적지 않다는 것은 그만큼 우리나라 독자의 수준이 낮고 천박하기 때문입니다. 하루빨리 이런 문화 사기꾼의 정체를 밝혀 문화계에서 퇴출시키고, 그와 결탁한 악덕 공무원들의 범죄행위를 가려서 반드시 사법 처리를 해야 합니다.

올해부터 여러분은 방송이나 공공장소에서 강연이나 강의를 들을 때, 제일 먼저 따져야 할 것은 그 말을 하는 사람이 과연 그 말을 할 자격이 있는지를 따지는 일입니다. 이는 마치 수표를 받을 때 수표장을 꼼꼼히 들여다볼 것이 아니라 그 수표를 발행한 사람이 갚을 능력이 있는지를 꼼꼼히 따져봐야 하는 것과 같습니다."

"신문의 칼럼이나 잡지의 글, 나아가 책을 읽을 때도 그 글의 내용을 따지기 전에 그 글을 쓴 사람이 그런 글을 쓸 자격이 있는가를 따져봐야 합니다. 방송이나 공공장소에서 강의나 강연을 들을 때도 마찬가지입니다. 그 말을 할 자격이 있나 없나를 따지지 않고 그 말을 듣는 것은 갚을 능력을 따지지 않고 수표를 받는 것과 같이 어리석은 짓입니다.

가령, 도심에서 쓰레기 봉지를 뒤져서 쓰레기를 먹고 사는 불쌍한 길고양이에게 음식물은커녕 물 한 모금 준 적도 없는 놈이 방송에서 자비와 방생에 대해 그럴싸한 설법을 하거나 강의를 한다면 그 얼마나 공허한 일입니까? 자비와 방생에 대해서 남들 앞에서 설법하고 글을 쓰려면 반드시 작은 실천부터 해야 앞뒤가 맞는 것입니다.

가령, 자기 절간에 드나드는 고양이에게 먹이 한번 준 적 없는 자들이, 법당에 똥을 싼다고 비둘기를 내쫓는 자들이 남 앞에서 자비와 방생을 외치는 것이 얼마나 가증스러운 위선이며, 얼마나 자기 자신을 속이는 가식입니까! 이런 자들에게 더 이상 속지 말아야 합니다!

동물원 사자의 울음은 맹수의 울음이 아닙니다! 왜냐면 매일 사육사가 주는 정육점 고기를 먹고 사는 동물원 사자는 무늬만 사자이지 진정한 사자가 아니기 때문입니다. 진정한 사자는 야생에서 추위에 떨며 사냥을 하면서 살아가는 사자여야 합니다. 그런 사자가 진짜 사자이고, 그런 사자가 맹수이고, 그런 사자가 백수의 왕입니다! 동물원 사자가 우는 소리는 맹수의 소리가 아닙니다! 우리 안에서 사는 돼지 울음소리와 다를 바가 없는 짝퉁 맹수 소리일 뿐입니다!

그래서 죽을 때까지 의식주가 해결되는 집단에서 서식하는 자들이 방송에 나와서 이 책 저 책에서 주워온 지식 나부랭이를 고상하게 주절주절 떠드는 것에 더 이상 속지 말기 바랍니다. 이런 자들은 동물원 사자와 조금도 다를 바 없기 때문입니다. 이런 작태는 땡전 한 푼도 없는 놈이 고액의 수표를 남발하는 것과 조금도 다를 것이 없습니다.

가령, 소비자들의 안목과 수준이 낮아서 가짜 꿀을 사주는 바람에 진짜 꿀 장수가 망하고 마침내 진짜 꿀을 구경할 수 없는 가짜 꿀 천지가 되었다면 그 책임의 절반은 소비자들에게 있는 것이 아닐까요?"

"올해부터는 그 말을 할 자격이 없는 놈들이 입만 가지고 떠드는 말에 속지 말고, 그 글을 쓸 자격이 없는 놈들이 쓴 공허한 글에 더 이상 속지 말기 바랍니다. 이들의 말을 들어주고, 이들의 글을 읽어주는 것도 일종의 공범이고, 공범도 주범과 동격의 공동 정범이라는 사실을 명심하기 바랍니다."

11
보석상 여주인과 노숙자

"반갑습니다. 이번 시간에는 '보석상 여주인과 노숙자'라는 제목으로 공부하겠습니다. 늘 하던 대로 이번 시간에도 귀로 듣는 청취를 하지 말고, 온몸으로 듣는 경청을 하기 바랍니다. 경청할 준비가 되었습니까?"

"예, 선생님! 준비되었습니다."

"여러분이 교밖 공부 시간에 배우는 소중한 지혜들은 여러분의 삶에서 귀중한 보물이라고 생각합니다. 다시 한번 강조합니다. 온몸으로 경청하여 귀한 삶의 지혜를 반드시 배우기 바랍니다. 내 말을 이해합니까?"

"예, 선생님! 이해합니다."

"언젠가 점심시간에 종로통 보석상가 앞을 지나갈 때 일입니다. 보석상가 앞에 다 먹고 내다 놓은 점심 식사 쟁반이 놓여 있었습니다. 아마 보석상 여주인이 점심을 시켜 먹은 후 상을 밖에 내놓은 것이지 싶었습니다. 신문지로 덮어놓은 광경을 보아 그런 추측을 하게 했습니다. 나는 그 보석상 앞을 무심히 지나갔습니다.

얼마 후에 볼일을 다 보고 다시 그 보석상 앞을 지나갔습니다. 그런데 아까 한 시간 전쯤 그 앞을 지나갈 때 문밖에 내놓았던 신문지를 덮은 식사 쟁반 앞에서 뜻밖의 광경이 벌어지고 있었습니다. 한 노숙자가 보석상 앞 땅바닥에 퍼질러 앉아서 맛있게 식사를 하고 있었습니다.

그는 방금 식사를 시작한 것 같았습니다. 노숙자가 밥을 먹는 광경을 눈여겨보았습니다. 그 광경을 보면서 나는 참 묘한 생각이 들었습니다. 그 밥값을 낸 사람은 보석상 여주인일 것입니다. 그러나 보석상 여주인은 절반도 먹지 않고 밖으로 내놓았습니다. 그런데 정작 그것을 맛있게 먹는 쪽은 엉뚱하게도 노숙자입니다.

세상에 이것이야말로 아이러니가 아니고 무엇일까요? 밥값을 낸 사람은 그 밥을 절반도 먹지 않았습니다. 어떤 것은 처음 상차림 한 그대로였습니다. 달걀 프라이도, 조기 새끼 구운 것도, 콩자반도 젓가락조차 대지 않았습니다. 그런데 난데없이 노숙자가 너무나 맛있게 그 밥을 먹고 있는 것입니다."

"그렇다면 왜 이런 일이 벌어지는 것일까요? 결론을 먼저 말하면, 식욕 때문입니다. 밥값을 낸 보석상 여주인은 식욕이 없었고, 굶주렸던 노숙자는 식욕이 있었기 때문입니다. 문제는 밥상에 놓인 음식이 아니고 '식욕'입니다.

그런데 많은 사람들은 이를 간과합니다. 음식을 맛있게 먹으려면 식욕이 선행되어야 하는 것입니다. 식욕이 없는 사람에게는 산해진미라도 아무 소용이 없습니다. 이와 반대로 배고픈 사람에게는 어떤 음식이라도 맛있게 먹을 수 있습니다. 그래서 반드시 음식을 맛있게 먹으려면 먼저 배고픔이 전제되어야 한다는 사실입니다."

"노숙자는 천연덕스럽게 밥을 아주 맛있게 먹고 있었습니다. 남이 먹다 남은 음식을, 가게 앞에 내다 버린 밥을 맛있게 먹을 수 있는 것은 그 음식의 맛이 아닙니다. 요리사의 요리솜씨도 아닙니다. 그 음식에 들어있는 영양가도 아닙니다. 다만 노숙자의 배고픔입니다.

노숙자에게는 그야말로 '웬 떡'이 아닐 수 없었을 것입니다. 밥도 한두 숟가락을 먹다 만 것이니까 거의 새 밥이나 마찬가지였고, 거의 한 공기 가득하였습니다. 거기다가 반찬들은 대부분 손도 대지 않은 것들이었습니다. 그런데 이 밥을 주문했던 보석상 여주인은 무슨 이유에선가 입맛이 없었습니다. 그래서 숟가락을 들었다가 겨우 미역국 두어 번을 떠먹다 말고 상을 밖에 내놓은 것입니다."

"그러면 이 밥을 시킨 보석상 여주인과 그녀가 먹다가 내다 버린 밥을 지금 맛있게 먹고 있는 노숙자 중에 누가 식욕이 왕성할까요? 다시 말하면 누가 배고플까요? 결론을 말하면 노숙자입니다. 노숙자의 식욕이 더 왕성하고, 배고픔이 더 강렬한 것입니다. 그래서 보석상 여주인보다 노숙자 아저씨가 훨씬 맛있게 밥을 먹을 수 있다는 사실입니다.

또한, 그 밥을 먹는 동안 누가 더 행복했을까요? 밥값을 낸 보석상 여주인이 깨작거리며 밥 먹던 그 순간이 행복했을까요? 노숙자 아저씨가 '웬 떡이냐' 하면서 허겁지겁 게걸스럽게 먹는 순간순간이 더 행복할까요?

물론 비싼 밥값은 보석상 여주인이 냈지만, 정작 밥을 맛있게 먹은 사람은 노숙자 아저씨입니다. 세상에 이런 아이러니가 또 어디 있단 말인가요! 정작 밥값을 낸 사람은 식사 시간이 조금도 행복하지 않았고, 밥값을 한 푼도 내지 않은 사람이 도리어 행복한 것입니다.

그런데 많은 사람들이 잘못 생각하는 것 중에 하나가 바로 이 대목입니다. 적지 않은 사람들이 끼니마다 음식 탓을 하고, 요리 솜씨 탓을 합니다. 다시 한번 강조하지만, 밥을 맛있게 먹으려면 배가 고파야 합니다. 배고픔은 식욕과 직결됩니다. 노숙자는 배고픔과 식욕이 가득 차 있는 사람입니다. 그래서 음식을 아주 맛있고 배불리 먹을 수 있는 것입니다."

"오늘 내가 한 이야기를 통해서 여러분이 삶의 귀한 지혜를 한 수 배우기 바랍니다. 내 말 이해합니까?"

"예, 선생님!"

"감사합니다. 선생님!"

"이만 마치겠습니다."

학생들의 환호성과 박수갈채가 터졌다.

12
교내 스트라이크

교내 체육대회 날이다. 날씨가 쾌청했다. 가을이면 연례행사로 해오던 교내 행사이다. 말 그대로 교내 체육대회이기 때문에 전교생을 한꺼번에 운동장에 풀어놓고 무슨 행사를 한다는 것이 현실적으로 문제가 많아서 학년별로 구분하여 교내 체육대회를 하였다. 그러다 보니 자연스레 학년별 행사가 되어서 해당 학년만 학교에 나와 체육대회를 하고, 다른 학년은 임시 공휴일로 했다.

내가 부임하고 두 번째 하는 2학년 행사였다. 배구장에서는 반별로 배구 시합을 하고, 운동장에서는 반별로 축구 시합을 하였다. 학생들의 관심은 배구보다 축구에 더 많았다. 배구장에는 학생들이 몇 명 되지 않는데, 축구장에는 훨씬 많은 학생들이 모여서 뜨겁게 응원을 하고 있었다. 축구 결승전이 한창 뜨겁게 달아올랐다.

나는 운동 경기에 별다른 관심이 없었기에 살그머니 자리를 피해서 교무실로 들어왔다. 몰래 살짝 퇴근할까 하다가 다른 선생님들은 아직 운동장에 있는데 나만 얌체처럼 퇴근하는 것에는 아무래도 자신이 없었다.

평소 하던 대로 내 자리에 앉아서 책을 읽었다. 참 신기한 것은 나는 아무 곳에서나 책을 펴고 읽기 시작하면 금세 몰입하게 된다. 독서에 몰입하고 있을 때 누가 내 가까이 다가오면 소스라치게 잘 놀라곤 하였다. 내가 너무 잘 놀라는 바람에 여러 사람을 민망하게 한 적이 많았다. 그런데 한참 독서에 열중하고 있을 무렵 한 학생이 헐레벌떡 내게로 뛰어와 말했다.

"하륜 선생님! 큰일 났습니다!"

"인마, 갑자기 큰일이라니? 큰일은 무슨 큰일?"

"선생님, 어서 운동장으로 나오셔요."

"아니, 큰일이라니……, 도대체 무슨 소리냐!"

학생은 너무나 뜻밖의 대답을 하였다.

"선생님! 우리가 드디어 한판 벌였습니다."

"한판이라니! 난데없이 무슨 한판이냐?"

"선생님께서 나가 보시면 알게 됩니다. 지금 빨리 나가보세요. 선생님!"

나는 학생을 따라서 허둥지둥 교무실을 나와 운동장 쪽으로 걸어갔다. 그때 학생이 참으로 뜻밖의 말을 하였다.

"우리가 일단 한판을 벌이기는 했는데, 이제부터 이 사태를 어찌 진행해야 하는지를 몰라서 우왕좌왕하고 있습니다. 선생님께서 학생들에게 코치를 좀 해주시기 바랍니다. 이것은 제 뜻만이 아니라 학생들의 공통된 생각입니다. 그래서 제가 학생들을 대표해서 선생님을 모시러 온 것입니다."

내가 말했다.

"한판 벌인 이유가 뭔데?"

"교장 퇴진입니다."

"뭐라고? 왜?"

"여러 가지 비리 때문입니다."

나는 놀라지 않을 수 없었다. 김영혁 교장선생님은 처음 내게 한 시간의 수업 기회를 주고, 그 자리에서 바로 나를 채용하여 내가 상경할 수 있는 기회를 준 은인이다. 관행처럼 재단에 수천만 원을 갖다 바쳐야 하는데 나는 박카스 한 병도 선물한 적도 없을 뿐 아니라 땡전 한 푼도 낸 적이 없었다.

내가 알기로 이런 면에서 다른 사학에 비해서 대단히 깨끗하고 투명한 학교인데 방금 학생이 '비리 때문에'라고 한 말은 너무 뜻밖이라 충격적이지 않을 수 없었다. 운동장에는 이미 난리가 났다. 학생들은 모여서 '교장선생 퇴진하라!'는 구호를 외치고 있었다.

"김영혁 교장은 물러가라!"

"김영혁 교장은 즉각 퇴진하라!"

돌발적인 사태를 수습하기 위하여 연단에는 교감선생을 비롯하여 학생 대표와 몇몇 학생과 선생들이 다 올라가서 우왕좌왕하고 있었다. 성난 군중들은 교단 위의 선생들이 마이크를 잡고 제지하려는 소리를 아예 들으려 하지 않았다. 오직 '김영혁 교장은 퇴진하라'는 구호만 계속 반복적으로 외치고 있었다.

그때 학생과의 선생이 마이크를 잡고 학생을 꾸짖는 소리를 하자 운동장에서 일제히 야유가 터져 나왔다.

"피이! 웃기고 있네!"

그래도 학생과 선생이 꾸지람을 계속하자 마침내 욕설이 쏟아졌다.

"개새끼! 내려와라!"

개새끼란 소리가 여기저기에서 쏟아졌다.

"개새끼, 안 내려오면 끌어내리자!"

이 광경을 내 눈으로 목격한 순간 나는 참으로 난감하였다. 이 뜻밖의 사태를 어찌 수습해야 좋을지 선뜻 묘안이 떠오르지 않았다. 그때 나를 운동장까지 안내한 학생이 내 팔을 잡고 간곡하게 말했다.

"선생님, 보시다시피 학생들이 너무 흥분하여 누구 말도 들으려 하지 않습니다. 그러니 선생님이 연단에 올라가서 학생들에게 한마디 해 주시면 좋겠습니다."

"야! 지금 이런 최악의 상황에 내가 연단에 올라간들 무슨 소용이 있겠어! 선생에게 '개새끼'라고 하는 판국에 내가 올라가도 역시 '개새끼, 소새끼' 하고 난리를 칠 게 뻔한데 내가 미쳤다고 올라가냐?"

"아닙니다. 선생님! 선생님을 보고 그런 욕을 할 놈은 단 한 놈도 없을 것입니다. 학생들은 모두 선생님을 진심으로 존경합니다. 선생님 말고는 이 사태를 수습할 사람이 없습니다."

"교장선생님은?"

"숨었습니다!"

나는 아무 대꾸를 할 수 없었다. 뻘쭘하게 구경만 하고 서 있는 내 주위로 학생들이 하나둘씩 모여들기 시작했다. 그들 중에 누군가 말했다.

"하륜 선생님께서 얼른 연단에 올라가서 뭐라고 한마디 조언을 해 주십시오. 지금 선생님께서 잘 지도를 해 주지 않으면 성난 학생들이 교장실로 쳐들어가서 교장선생님을 개 끌 듯이 끌고 나올지도 모르고, 한발 더 나아가 어쩌면 교장실에 불을 지를지도 모릅니다."

"하륜 선생님! 학생들의 흥분이 도를 넘어 점점 뜨거워지고 있습니다. 그러니 이 사태가 더 이상 악화되어 최악의 사태가 되지 않도록 하륜 선생님께서 빨리 조언을 해 주셔야 합니다. 조금만 시간을 놓치면 누구도 걷잡을 수 없는 아주 불행한 사태로 번질 것이 분명합니다."

나는 계속해서 도움을 요청하는 학생들에게 말했다.

"야! 인마들아, 그걸 지금 말이라고 하냐? 가만히 있으면 '개새끼' 소리는 안 들을 텐데 연단에 올라가서 마이크 잡고 한마디 하는 순간 여기저기서 '개새끼'라고 욕을 퍼부으면 나만 손해 아닌가? 내가 미쳤다고 그런 짓을 하니?"

다시 학생이 말했다.

"아닙니다. 하륜 선생님에게 욕할 학생은 단 한 명도 없을 것입니다."

사실 속으로는 나도 그리 생각하였다. 다른 선생들에게는 아무리 '개새끼'라고 욕을 한다 해도, 차마 나에게 그런 욕을 할 학생은 한 명도 없을 것이라는 강한 믿음과 학생들에 대한 뜨거운 신뢰가 있었다. 그렇지만 이 긴박한 상황을 한시라도 빨리 수습해야 할 판이었다. 아무리 생각해도 더 이상 망설일 수가 없었다. 할 수 없이 내가 말했다.

"좋아. 내가 연단에 올라가서 한마디 할게!"

학생들이 환성을 지르며 박수를 쳤다. 내가 말했다.

"그러면 지금 당장 연단에 있는 모든 선생님을 다 내려오라고 해라. 내가 한마디 하는데 다른 선생들이 연단에 서 있으면 학생들 시선을 내게로 집중하지 못하게 할 것 아닌가. 내가 이야기하는 데 방해가 되니 모든 선생님을 당장 내려오게 해라."

내 말이 끝나자마자 한 학생이 연단 쪽으로 달려갔다. 그리고 연단 위에 서 있는 학생 대표에게 뭐라고 말을 하였다. 그러자 학생 대표는 마이크를 잡고 말하였다.

"학생 여러분! 드디어 하륜 선생님께서 한 말씀 하실 것입니다. 그러니 연단에 있는 다른 선생님들은 모두 연단에서 내려가 주십시오. 빨리 내려가 주십시오!"

그 순간 운동장에서 엄청난 환호성이 터져 나왔다.

"하륜 선생님! 최고다!"

"역시 하륜 선생님이 최고야!"

그때였다. 갑자기 교문 쪽에서 경찰의 사이렌이 울렸다. 그리고 교문이 열리자마자 하얀색 경찰 지프차가 학교 안으로 들어오고 있었다. 누군가가 경찰에 신고한 모양이다. 제일 앞에 경찰 지프차가 들어오고, 그 뒤를 따라 경찰이 가득 탄 트럭들이 줄을 지어 학교로 진입하기 시작하였다. 이런 뜻밖의 광경을 보고 놀란 학생들이 여기저기서 비명처럼 소리쳤다.

"경찰차가 오고 있다!"

"돌멩이를 들고 맞서 싸우자! 모두 돌멩이를 하나씩 들자!"

"우리의 의로운 투쟁을 방해하는 경찰 놈을 때려죽이자!"

"왜들 멀뚱멀뚱 서 있냐! 돌멩이라도 던질 준비를 해야지!"

이처럼 혼란스러운 상황에 빠지자 나는 마음이 더욱 다급해졌다. 더 이상 망설일 수도 없고, 물러설 수도 없었다. 그야말로 진퇴양난이었다. 나는 허겁지겁 연단으로 올라갔다. 그리고 마이크를 잡았다. 내가 마이크를 잡자 갑자기 운동장이 조용해졌다. 내가 말했다.

"여러분! 여러분 가슴 속에 이런 뜨거운 정의감이 넘치는 것을 보니 여러분이 참 자랑스럽습니다!"

내가 한 첫마디는 그야말로 히트였다. 기름통에 불을 지른 격이었다. 내 첫마디에 학생들의 열광적인 박수와 환호성이 터져 나왔다. 그때 맨 앞에 선 경찰 지프차가 멈춰 섰다. 그러자 뒤를 따르던 경찰 트럭들도 다 멈추었다.

나는 경찰을 향해서 말했다.

"경찰들에게 말합니다! 나는 이 학교 교사 하륜입니다. 오늘의 이 사태는 전적으로 교내 문제입니다. 그러니 경찰들은 즉각 철수하기 바랍니다. 교내 문제는 우리들이 해결할 것입니다. 절대로 경찰들이 간섭할 일이 아닙니다.

만약 학생들이 스크럼(Scrum)을 짜서 교문 밖으로 나간다면, 그때 경찰이 나서도 좋습니다. 그런데 아직은 교내 문제입니다. 그러니 학생들을 더 이상 흥분시키지 말고 당장 철수하기 바랍니다. 만약 당장 철수하지 않으면, 제가 앞장서서 경찰에게 돌을 던지고 경찰차에 불을 지르겠습니다."

그러자 운동장에는 환호성이 가득했고, 거의 난장판이 되었다. 그때 누군가가 외쳤다.

"경찰은 학교 밖으로 당장 철수하라!"

"경찰은 학교 밖으로 당장 철수하라!"

이어서 내가 말했다.

"나는 이 학교 국어 교사 하륜입니다. 다시 한번 말합니다. 지금 당장 경찰은 학교 밖으로 철수하십시오. 당장! 경찰은 학교 밖에서 대기하다가 학생들이 교문 밖으로 나간다면 그때 나서기 바랍니다. 지금 당장 철수하지 않으면, 내가 앞장서서 경찰에게 돌을 던지고 경찰차에 불도 지르겠습니다."

내 말이 끝나자 학생들의 환호성과 박수갈채는 그야말로 아수라장 수준이었다. 학생들은 손에 돌을 들고 있었다. 나는 다시 말했다.

"경찰에게 마지막으로 경고합니다. 지금 당장 학교에서 나가기 바랍니다. 학생들을 더 흥분시켜서 불상사가 생기면 그것은 전적으로 경찰의 책임입니다. 그러니 좋은 말 할 때 즉각 철수하기 바랍니다. 그리고 학생 여러분은 내가 선창하는 구호를 따라 외치기 바랍니다."

"경찰은 지금 당장 학교에서 철수하라!"

"경찰은 지금 당장 학교에서 철수하라!"

학생들이 일제히 구호를 외치자 운동장은 거의 난리가 날 정도가 되었다. 학생들은 구호를 계속 외치기 시작하였다.

"당장 철수하지 않으면 우리는 경찰에게 돌을 던지면서 경찰과 싸우겠다."

"당장 철수하지 않으면 우리는 경찰에게 돌을 던지면서 경찰과 싸우겠다."

마침내 경찰은 사이렌을 울리면서 학교에 서서히 철수하기 시작하였다. 선두에 있던 지프차는 그대로 서 있고, 후미에 있던 경찰 트럭부터 한 대 한 대 천천히 후진하기 시작하였다. 그러자 학생들이 일제히 환호성을 질렀다.

"하륜 선생님 최고다!"

"경찰, 잘한다!"

선두에 있던 경찰 지프차가 마지막으로 운동장을 빠져나가는 것을 보고 내가 학생들에게 말했다.

"여러분! 여러분 가슴 속에서 끓고 있는 뜨거운 정의감과 애국심에 다시 한번 뜨거운 박수를 보냅니다. 결론을 말하면, 이제 더 이상 운동장에서 이렇게 고함치고 욕설만 계속할 것이 아니라 모두 강당으로 가서 교장선생님을 나오시게 하고, 학생 대표들과 정식으로 토론하면서 해결책을 찾는 게 바람직하지 싶습니다. 내 말 이해합니까?"

학생들은 일제히 수업 때와 똑같이 대답하였다.

"예! 선생님! 충분히 이해합니다."

나는 더 이상 운동장에서 이러고 있을 것이 아니라 강당으로 가서 교장선생님과 비리 문제를 토론하면서 해결책을 찾는 것이 바람직하다는 조언을 한 번 더 강조하였다. 처음에는 일부 학생들이 웅성웅성하였다. 그러나 곧 많은 학생들이 내 조언을 따르려는 눈치였다. 나는 마이크를 학생 대표에게 넘기고 연단에서 내려왔다. 학생 대표가 마이크를 잡고 말했다.

"강당으로 가서 교장선생님과 공개토론을 할 것입니다. 그러니 여러분들은 모두 강당으로 자리를 옮기기 바랍니다."

학생들이 말했다.

"강당으로 가자!"

"강당으로 가자!"

학생들은 모두 강당으로 이동하였다. 일사불란하게 행동하는 것이 이런 일을 처음 하는 학생 같지가 않았다. 마침내 학생 대표가 교장실로 가서 교장선생님을 모시고 왔다. 그런데 교장선생님은 예상과 달리 밝은 표정으로·학생 대표들과 강당으로 들어왔다. 강당 연단에는 학생 대표가 앉을 의자와 교장선생님이 앉을 의자가 놓였다. 객석에서 보면 양측이 좌우로 나누어 앉은 것이 균형이 그럴듯하게 잡혀 보였다.

학생 대표는 모두 네 명이었다. 교장선생님 한 사람과 학생 네 명이 사대 일로 토론을 하는 셈이다. 먼저 어떤 학생이 도서관 도서 구입비에 대해서 따지듯이 질문하였다. 공식적으로 책정한 대로 도서를 구입하는 지에 대한 질문이었다.

교장선생님은 눈 하나 깜짝하지 않고 당당하게 답변했다. 연초에 계획대로 일 년에 두 차례에 걸쳐 도서를 구입하고 월간지나 신간 중에 학생들에게 꼭 필요한 것은 그때그때 구입한다는 내용의 답변을 아주 설득력 있게 하였다.

그다음에는 다른 학생이 실험실습비 문제를 질문하였다. 교장선생님의 답변은 조금 전 도서 구입비의 경우처럼 명쾌하였다. 교장선생님의 말대로라면 조금도 무엇 하나 의심할 만한 구석이 없었다.

교장선생님은 무슨 말끝에 자기가 불우한 학생들을 돕고 있다는 이야기를 시작하였다. 요지는 여러 해 전부터 불우한 학생 여러 명을 매달 얼마씩 몇 년째 도와주고 있다는 내용이었다. 많은 학생들이 이 이야기를 듣고 크게 감동하는 눈치였다. 이 이야기로 조금 전까지 운동장에서 학생들이 비난하던 교장선생님의 나쁜 이미지는 완전히 사라졌고, 인간적인 따뜻한 정이 있는 멋진 선생님으로 바뀌고 말았다.

그 바람에 이미 토론은 아무 의미가 없어지고 말았다. 몇 가지 작은 문제를 더 질문하였지만, 그때마다 교장선생님의 답변은 여유로웠고, 자신만만하였다. 강당에서 벌어진 교장선생님과 학생 대표들 간의 토론은 별다른 소득 없이 끝나고 말았다.

토론 후 교장선생님이 말했다.

"학생 여러분이 오늘 보여준 정의감과 애교심을 보고 나도 크게 감동했습니다. 여러분들 때문에 우리 학교는 나날이 발전할 것입니다. 앞으로도 자주 학생 대표들과 허심탄회하게 토론도 하고, 대화도 하는 장을 마련하겠습니다. 오늘은 이 정도로 하고 얼른 귀가하여 쉬기 바랍니다. 감사합니다."

교무과 교무실에서 긴급 직원회의가 소집되었다. 지칠 대로 지친 선생들이 다들 무슨 죄인이라도 된 것처럼 고개를 숙이고 있었다. 회의가 시작되자 교장선생님이 크게 화난 목소리로 말했다.

"여러 선생님들이 평소에 애들을 어찌 가르쳤기에 오늘과 같은 불상사가 생긴단 말입니까!"

교장선생의 첫마디였다. 순간 나는 가슴이 뜨끔하였다. 마치 이 말은 날 보고 나무라는 것 같았다. 순하고 물러터진 학생들이 나에게 나쁜 영향을 받아서 오늘 너무나 엉뚱한 일을 벌일 만큼의 사나운 학생으로 변했다고 나무라는 말처럼 들렸다.

나도 고개를 숙이고 가만히 있었다. 교장선생은 오늘 스트라이크를 주동한 학생 대표들은 담임선생이 학생의 집까지 데려다주라고 주문하였다. 또 경찰서에 부탁하여 통행금지가 지나더라도 아무 문제도 삼지 않겠다는 약속을 받았다고 하였다.

그리고 내일은 평소보다 한 시간 일찍 출근하라고 하였다. 교무주임은 내일 한 시간 일찍 출근하여 학생들이 오늘과 같은 일을 더는 벌이지 못하게 한 장소에 모이지 못하게 단속하기 위한 구체적 방안을 설명하였다. 교문과 각 건물의 요소요소와 화장실 앞까지 책임 구역을 정하여서 그 자리에서 학생들의 동태를 감시하라고 하였다. 선생들은 어느 한 사람도 이에 대해서 불평하지 않았다.

다음 날 아침이었다. 한 시간 먼저 출근을 하려고 보통 때보다 한 시간 반 정도 일찍 출발하려는데, 대문 밖에서 누군가가 초인종을 눌렀다. 누구인가 하고 나갔더니 학생 대표들이었다. 어제 스트라이크를 주도했던 학생 대표 다섯 명이 대문 앞에 서 있었다. 내가 말했다.

"야, 인마들아! 왜 여기까지 왔냐?"

학생 대표가 말했다.

"선생님, 어제 모처럼 일을 벌였는데 강당에서 교장선생과 토론한 것이 그만 물거품이 되고 말았습니다. 그래서 이대로 물러날 수 없어서 앞으로 어찌해야 할지를 선생님께 자문받고자 찾아왔습니다."

내가 말했다.

"어제 너희들은 참 대단한 일을 하였다. 그런데 그 대단한 일을 벌일 때는 너희 마음대로 해놓고, 수습하기 위해서 나의 조언이 필요하단 말인가?"

"선생님, 사실은 우리끼리 논의할 때 그 문제가 나왔습니다. 갑론을박하다가 하룬 선생님께 아무 상의를 하지 않는 것이 차라리 선생님께 누를 끼치지 않을 것이라는 결론에 도달하여서 선생님께 아무 말도 하지 않았던 것입니다."

"와, 감동이다. 고맙다. 너희들이 나를 그렇게 배려해 주다니. 그리고 어제 강당에서 교장선생과 한 토론은 물거품이 아니라 적지 않은 효과가 있을 것이라 생각한다. 하나는 앞으로는 학교 당국이 너희들을 만만하게 보지 않을 것이고, 또 하나는 여러 가지 문제들을 공정하고 교육적으로 집행할 것이란 희망이 생겼다는 것이다. 그러니 어제읽 거사는 그만하면 충분하였다."

"선생님, 오늘 당장 어찌해야 좋을까요? 한 수 조언해주십시오."

"나의 결론을 말한다. 오늘 학교에 가서 더 이상 어떤 일도 도모하지 않으면 좋을 것 같다. 앞으로 학교 당국이 어떻게 하는가를 주시하였다가 만약 잘못이 발견되면 그때 다시 거사를 일으키는 것이 바람직하다고 생각한다."

나의 말에 학생들은 오늘은 물론 당분간 어제와 같은 거사는 벌이지 않겠다고 약속하고 돌아갔다. 학생들이 돌아간 뒤에 나도 서둘러 출근을 하였다. 그런데 학교 분위기는 완전 살얼음판 같았다. 교문을 들어서는데 교무주임이 수위실 곁에 서 있다가 나를 보고 극히 사무적으로 말했다.

"하 선생님의 위치는 식당 입구 쪽입니다. 거기에서 학생들의 동향을 면밀히 관찰하고, 약간이라도 이상한 기미가 보이면 즉각 저에게 보고해 주시기 바랍니다. 수고 좀 해 주십시오."

"예, 알겠습니다."

교무주임은 선생들이 출근하는 대로 일일이 임무를 부여해 주었다. 사립학교라 그런지 단 한 명의 선생도 이에 대해서 토를 달거나 잔소리하는 사람이 없었다. 학교에서는 학생들이 어제 있었던 강당 일에 대해서 못마땅하게 여기고 오늘 무슨 일을 벌일 것을 예상해 잔뜩 긴장했지만, 학교에는 종일 아무 일도 일어나지 않았다.

톨스토이에게 노벨상을 줄 수 없었던 이유

"반갑습니다. 이번 시간에는 '톨스토이에게 노벨상을 줄 수 없었던 이유'라는 제목으로 이야기하고자 합니다. 오늘도 내가 하는 이야기를 귀나 코로 듣지 말고 온몸으로 들으면서 무릎을 치며 삶의 중요한 지혜 한 수를 배우기 바랍니다. 경청할 준비가 되었습니까?"

"예, 선생님!"

"여러분도 이미 알고 있듯이 노벨상은 지구상에 있는 수많은 상 중 가장 권위 있는 상입니다. 그렇지만 이따금 노벨상에 대한 잡음이 일어나기도 합니다. 받을 자격이 없는 사람에게 상을 준다거나, 당연히 받을 만한 사람에게 상을 주지 않는다는 식의 비판은 그동안 더러 있어 왔습니다. 앞으로는 돈으로 심사위원을 매수하여 이 상을 받는 한심한 일도 생길지 모릅니다. 이 세상의 수많은 사람들은 노벨상의 권위를 대단히 높게 평가하는 것이 현실입니다.

그런데 당연히 노벨문학상을 받아야 할 톨스토이는 노벨상을 받지 못했습니다. 톨스토이는 러시아가 낳은 가장 위대한 작가입니다. 아니 톨스토이는 인류가 낳은 가장 위대한 작가 중의 한 사람입니다. 그는 《전쟁과 평화》, 《부활》, 《안나 카레니나》 등 수많은 불후의 명작들을 남겼습니다. 그런데도 노벨상을 받지 못했습니다. 사실은 그가 노벨상 후보로 거론은 되었지만, 끝내 그에게 상을 주지는 않았습니다.

노벨상 위원회는 오십 년이 지나면 당시의 심사 관련 기록물을 공개합니다. 오십 년 뒤에 공개한 자료에 의하면 톨스토이에게 노벨상을 주지 않은 이유는 다음과 같습니다.

'레오 톨스토이는 정통 기독교인이 아니므로 노벨상을 받을 자격이 없다.'

당시 심사위원이란 자들의 수준이 겨우 이 정도였습니다. 나는 이 사실을 알고 경악하지 않을 수 없었습니다. 지금 내 입에서 쌍욕이 나오는 것을 참고 있습니다. 지금도 이런 쓰레기 같은 자들이 곳곳에서 엉터리 잣대로 매사를 좌지우지하는 것이 현실입니다."

"톨스토이는 물론 기독교이었지만, 정통 기독교인은 아니었습니다. 그는 자기 나름의 독창적인 사상을 갖고 있었습니다. 즉 그를 특정 종교의 틀로 가두기에는 그는 너무 거인이었습니다. 그런데 톨스토이가 정통 기독교인이 아니었다는 이유로 노벨상 받을 자격이 없다니, 이게 말이 된다고 생각합니까? 이게 타당한 결정이라고 생각합니까?

세상에는 속 사정을 자세히 알고 보면 이처럼 상식으로 이해할 수 없는 일들이 너무너무 많습니다. 이런 어처구니없는 일도 만약 노벨상 위원회가 당시의 심사 자료를 오십 년 후에라도 공개하지 않았다면 영영 묻혀 버렸을 것입니다."

"한 가지 덧붙일 것은 노벨상이 이런 문제가 있을 정도라면 다른 상이나 다른 분야에는 이런 한심한 짓거리들이 얼마나 많겠습니까? 이 세상이 한마디로 얼마나 개판 오 분 전인지 두말하면 잔소리지 싶습니다.

그러니 여러분들은 공부를 제대로 하여서 어떤 편견도 갖지 않도록 노력하여 온전한 인간으로 성장하기 바랍니다. 입이 근질거려서 한마디 하면, 제발 장미꽃이 가장 아름다운 꽃이라고 단정하고 다른 꽃은 모조리 뽑아내고 장미동산으로 통일해야 한다는 또라이짓은 제발 하지 말기 바랍니다.

앞날이 창창한 여러분들이 어떤 한쪽의 주장에 너무 심취하지 말기 바랍니다. 그러면 틀림없이 편견이 심한 사람이 되고 말 것입니다. 어느 한쪽 말만 듣고 속단을 하지 말기 바랍니다.

특히 젊을 때 한쪽 이야기만 듣고 거기에 빠지는 것은 마치 음식을 골고루 먹지 않고 편식하는 것과 똑같습니다. 음식을 편식하는 것은 아주 나쁜 습관입니다. 그런데 정신적 편식을 하는 것은 이보다 백배 천배 더 나쁘다는 것을 강조합니다. 나는 지금 이 대목에서 입이 근질근질합니다. 정신적 편식 중에서 가장 대표적인 것이 바로 이념과 종교라는 것만 지적하고 다음 이야기는 입이 근질근질해도 후일을 기약하겠습니다."

"오늘도 귀한 삶의 지혜 하나를 배웠습니까?"
"예, 선생님!"
"마치겠습니다."
"선생님, 감사합니다."
박수갈채와 환호성이 터졌다.

14
진정한 효도

"이번 시간에는 '진정한 효도'란 제목으로 이야기하겠습니다. 효도에 대해서 모르는 사람이 없습니다. 그런데 많은 사람들이 알고 있는 효와 내가 이야기하려는 효의 차이가 무엇인지를 알아야 합니다. 그래야 진정한 효라는 게 어떤 것인지를 알게 되는 것이기 때문입니다.

지금 소개하려는 이야기는 《탈무드》에 나오는 이야기입니다. 금화 6천 개 값에 해당하는 큰 다이아몬드를 가지고 있는 사나이가 있었습니다. 어느 날 그의 집에 궁궐에서 사람이 찾아왔습니다. 궁궐을 장식하는 데 사용하기 위하여 다이아몬드를 사러 온 것입니다. 궁궐에서 온 사람은 다이아몬드를 사기 위해 금화를 금화 6천 개를 가지고 왔다고 말했습니다.

그런데 그때 마침 그의 아버지가 낮잠을 곤히 자고 있었습니다. 공교롭게도 금고 열쇠를 베개 밑에 넣고 자고 있었습니다. 그가 궁궐에서 온 사람에게 말했습니다.

'아버지가 주무시는 데 도저히 깨울 수 없습니다. 그러니 다이아몬드는 못 팔겠습니다. 죄송합니다.'

궁궐에서 온 사람은 큰 돈벌이가 있는데도 잠자는 아버지를 깨우지 않는 그 지극한 효성에 감탄하였습니다. 그는 아무 말도 하지 않고 궁궐로 돌아가서 임금에게 이 사실을 그대로 보고하였습니다. 그의 효성에 크게 감동한 임금은 그에게 많은 상금을 내렸습니다."

"대강 눈치를 챈 사람도 있을 것입니다. 이 이야기의 핵심은 무엇일까요? 많은 사람들은 효도라면 '큰 효도'를 생각합니다. 그런데 위의 이야기에 나오는 사람의 효도는 단지 아버지의 낮잠을 깨우지 않는 것뿐이었습니다. 이는 아주 사소한 일에 속합니다. 더더욱 식사하라고 깨우는 것도 아니고, 그 비싼 다이아몬드를 사러 궁궐에서 사람이 왔는데도 깨우지 않은 것이었습니다.

그렇지만 이 효도는 아주 사소한 것입니다. 그런데 이 사소한 효도에 대해서 궁궐에서 온 사람도 감동을 하였고, 임금도 크게 감동을 하여 상까지 내렸던 것입니다. 그렇다면 진정한 효도란 무엇일까요?

결론을 말합니다. 효도는 덩치가 중요한 것이 아니란 소립니다. 다시 말하면 효란, 덩치가 크냐, 작냐가 그리 중요하지 않다는 것을 말합니다. 즉 양보다 질입니다. 그 효도가 얼마나 순수하냐, 순수하지 않으냐가 중요하다는 것입니다."

"자, 오늘 여러분은 이 이야기를 통해서 진정한 효도 즉 효
도의 참모습을 본 것입니다. 그가 한 효도는 아버지의 낮잠을
깨우지 않은 것입니다. 참으로 사소한 일입니다. 어쩌면 세상
일 중에서 가장 사소한 일일 수도 있는데 왕까지 감동한 진정
한 효도였습니다. 내 말 이해합니까?"

"예, 선생님!"

"그러면 오늘 집에 가서 부모님께 아주 사소한 효도를 한 가
지씩 할 사람은 박수 한번 보내보세요."

내 주문이 떨어지자마자 교실에서 박수갈채가 터졌다.

"감사합니다. 내 말을 아주 잘 이해한 것 같습니다. 반드시
오늘 나와 한 약속을 지키기 바랍니다. 마치겠습니다."

"감사합니다. 선생님!"

박수갈채와 환호성이 또 터졌다.

가사를 못 외우는 가수와 원고를 보고 읽는 교수

"반갑습니다. 이번 시간에는 '가사를 못 외우는 가수와 원고를 보고 읽는 교수'란 제목으로 내 의견을 말하고자 합니다. 내가 항상 강조하듯이 내 말을 귀로 듣는 청취를 하지 말고 온몸으로 듣는 경청을 하기 바랍니다. 그래야 이번 시간에도 귀한 한 수를 배울 것입니다. 내 말을 이해하고 경청할 준비를 하기 바랍니다. 출발해도 됩니까?"

"예, 선생님!"

여기저기서 박수와 환호성이 터져 나왔다.

"특별한 전문분야의 강의를 할 경우는 예외가 있을 수 있지만, 누구나 보는 일반 방송이나 강당 등에서 강의하는 사람의 실력을 짐작할 수 있는 쉬운 잣대는 강의할 때, 그가 원고를 얼마나 자주 들여다보느냐라고 해도 과언이 아닐 것입니다.

가령 대중가요 가수가 무대에서 노래할 때 악보를 힐끔힐끔

본다면 그게 무엇을 뜻하는 것일까요? 자기가 부르는 노래 가사를 왼다는 뜻일까요? 못 왼다는 뜻일까요? 만약 가사를 못 외는 가수가 공공 무대에서 가사를 힐끔힐끔 보면서 노래를 부르는 것은 노래로 봐야 할까요? 아니면 코미디로 봐야 할까요?

가사도 못 외우는 가수가 무대에서 노래하는 것은 해도 해도 너무 뻔뻔한 것 아닐까요? 이런 뻔뻔한 가수는 청중을 바보로 아는 것일까요? 이런 가수는 가수 자격이 있는 것일까요? 이는 가수 이전에 한 인간으로서도 기본이 안 된 것이 아닐까요?

가령 의사가 수술할 때 수술대에 위에 의학사전을 놓고 수술을 하다가 힐끔힐끔 사전을 쳐다본다면 이런 의사를 믿어야 할까요? 당장 잘라야 할까요? 이런 병원을 믿어야 할까요? 불신해야 할까요?

가사도 못 외우는 가수에게 무대를 제공해주는 곳이 있다면 그곳은 뭣 하는 곳일까요? 그 무대는 얼마나 후진 저질 무대일까요? 가사도 못 외워 시종일관 힐끔힐끔 악보를 보고 부르는 가수가 매주 나와서 노래를 불러도 항의할 줄 모르는 청중들은 또 뭣 하는 사람들일까요?"

"동네 아줌마나 아저씨들이 한잔 걸치고 노래방이나 모임 뒤풀이 때 노래를 할 때 가사를 못 외워 가사지를 보고 부른다면 그리 흠이 되지도 않고, 시비할 것이 못 됩니다. 그냥 웃고 넘어갈 일입니다. 초등학교 학예회에서 어린이가 가사를 잘 못 외워서 손바닥에 적어온 것을 두어 번 봤다면 그것도 아무 문제가 되지 않습니다. 귀엽게 봐주고 웃고 넘어갈 사안일 뿐입니다.

그러나 프로는 그러면 못 씁니다! 프로는 노래 가사를 다 욀 때까지는 무대에 올라오면 안 됩니다! 또 무대에 올라설 생각을 해서도 안 됩니다. 노래 가사도 못 외우는 주제에 무대에서 힐끔힐끔 가사 적은 것을 보면서 노래하는 것은 청중에 대한 모독이지 싶습니다. 그런데 이런 파렴치한 철판 가수들이 우리 주위에는 너무 많습니다.

남 앞에서 강의할 때 시종일관 원고를 보고 하는 것도 이와 크게 다를 바 없습니다. 강사가 원고를 보는 경우는 크게 세 가지로 나눌 수 있습니다.

첫째는 강의 진행 순서를 확인하려고 보는 경우이고, 둘째는 남의 이야기나 책에 있는 복잡한 자료를 인용할 경우에 이를 정확하게 하기 위함이고, 셋째는 강의 내용에 대해서 자신이 없는 경우입니다.

강의 내용에 대해서 자신이 없다는 것은 크게 네 가지 경우가 있습니다. 첫째는 강의하는 사람이 강의하는 그 분야에 대해서 실력이 없는 경우이고, 둘째는 기본적인 실력은 있지만 강의하는 그 주제에 대해서 공부를 제대로 하지 않은 경우이고, 셋째는 강의하는 그 주제에 대해서 잘못 알고 있는 경우이고, 넷째는 알기는 아는데 설명하는 실력이 부족한 경우입니다.

그래서 방송에서 강의하는 강사가 강의할 때 원고를 얼마나 자주 힐끔힐끔 보는지 관찰해봐도 그의 실력을 대충 짐작할 수 있습니다. 강사가 자주 강의 원고를 힐끔힐끔한다는 것은 지금 하고 있는 강의에 대해서 잘 이해하지 못하고 있다는 것을 뜻합니다. 조금만 주의해서 보면 방송에서 특강을 하는 이 중에서 시종일관 원고에서 눈을 떼지 못하는 강사가 의외로 많습니다. 이런 사람은 내공을 좀 더 쌓아야 할 사람입니다."

"히틀러(Hitler)는 아주 겁쟁이였습니다. 그는 겉으로는 강한 척해도 속으로는 항상 불안했습니다. 그래서 낮에는 온종일 권총을 차고 있었고, 밤에 잘 때도 반드시 머리맡에 권총을 두고 잤습니다. 권총을 머리맡에 두지 않으면 불안해서 한숨도 잘 수가 없었습니다.

실력이 없는 사람이 강의하는 것도 이와 같습니다. 자신이 없으므로 원고를 봐야 합니다. 그래서 강의 원고에서 한시도 눈을 떼지 못하는 것입니다. 이런 순진한 사람들은 히틀러와 같은 부류로 분류해야 합니다."

"우리나라 학자들의 학술발표나 학술 세미나에 가면 가사를 못 외워서 힐끔힐끔 악보를 보고 노래하는 가수들보다 더 한심한 학자들이 수두룩합니다. 아예 원고를 보고 첫 줄부터 끝까지, 초등학생 국어 교과서 읽듯이 읽는 이들이 무척 많이 있습니다. 너무나 한심한 것은 청중들에게 그날 발표할 논문이 담긴 유인물을 다 나누어주고 나서 주제 발표자란 자가 청중 앞에 나와서 원고를 첫 줄부터 읽는다는 사실입니다.

가령, 청중들이 주제 발표 논문을 갖고 있지 않는 경우라면 주제 발표자가 논문을 읽을 수도 있습니다. 그런데 미리 청중들에게 주제 발표 논문을 다 제공한 마당에 주제 발표자가 논문 첫 줄부터 끝까지 토씨도 빼지 않고 그대로 줄줄 읽는 것은 논문 주제 발표가 아니라 논문 보고 읽기입니다. 이는 한마디로 코미디 중에서도 아주 저질 코미디가 아닐 수 없습니다.

주제 발표 논문을 청중에게 미리 다 나누어준 경우라면 주제 발표자는 첫 줄부터 끝줄까지 줄줄 읽을 것이 아니라, 논문의 핵심을 요약해서 발표하거나 논문 쓸 때 얽힌 일화를 소개하거나 논문에서 빠진 중요한 부분들을 추가해서 설명하는 것이 바람직합니다. 가령, 주제 발표자가 논문 첫 줄부터 끝줄까지 줄줄 읽을 기미다 보이면 보고 읽기는 그만하라고 사회자가 일깨워야 하고 그래도 계속 읽으면 마이크를 꺼야 합니다."

"아직 우리나라 학술대회 사회자 중에는 이런 현명한 사회자는 없습니다. 그리고 청중 중에서도 바른말 할 줄 아는 바른이가 있다면, 주제 발표자가 논문을 첫 줄부터 끝줄까지 읽으려면 그만 읽으라 하고 항의해야 합니다.

가령, 대중가요 가수가 무대에서 노래를 할 때 악보를 힐끔 힐끔 보면서 노래를 한다면, 그게 무엇을 뜻하는 것일까요? 자기가 부르고 있는 노래 가사를 왼다는 뜻일까요, 못 왼다는 뜻일까요? 만약 가사를 못 외는 가수가 공공 무대에서 가사를 힐끔힐끔 보면서 노래를 부르는 것은 노래로 봐야 할까요? 아니면 코미디로 봐야 할까요?"

"결론을 말합니다. 학술대회에서 주제 발표를 하는 학자가 논문을 첫 줄부터 끝줄까지 보고 읽는다는 것은 그 내용에 대해서 자신이 없다는 것을 뜻합니다. 여기저기에서 보고 베껴서 짜깁기한 엉터리 논문이라면 논문을 쓴 사람도 제대로 이해를 못 할 수도 있습니다. 그러니 자기도 잘 모르는 내용이니까 원고를 보지 않으면 제대로 이야기를 할 수가 없을 것입니다.

이런 저질 학자들이 대학에서 학생들에게 무엇을 어찌 가르칠까요? 이런 저질 학자들에게 배운 학생들을 실력은 어느 정도일까요? 첫 줄부터 끝줄까지 유인물을 보고 줄줄 읽는 함량 미달의 학자들이 쓴 함량 미달의 논문에 엄청난 국고금이 연구비로 지급된다는 건 일종의 국고금 낭비에 속하는 일이 아닌지 모르겠습니다. 또한, 이를 아무 제재도 하지 않고 연례적으로 집행하는 기관은 직무 유기가 아닌지 모르겠습니다.

그리고 이런 한심한 짓을 되풀이하면서 매년 엄청난 연구비 지원을 받는 학술단체나 학자들은 일종의 사기에 해당하지 않는지 모르겠습니다. 설령 법적으로는 문제가 없다고 해도 이는 너무나 뻔뻔하고 파렴치한 짓이 아닐 수 없습니다."

"나는 남 앞에서 말하는 법을 함석헌 선생에게 배웠습니다. '함석헌 선생 말법' 핵심의 하나는 원고 안 보고 말하는 것입니다. 부산 송도 복음병원 원장 장기려 박사 사택에서 하던 성경 모임에서 함석헌 선생께서 말씀을 하실 때 원고를 보고 한 적이 한 번도 없었습니다. 그 뒤 내가 상경하여 명동 가톨릭 여학생관 성경 모임에 나갔습니다. 거기서도 선생님은 역시 단 한 번도 원고를 보지 않았습니다. 그때 나는 선생님의 말법을 보고 배우면서 독일 병정처럼 부동자세로 이런 다짐을 했습니다.

'남 앞에서 말을 할 때는 저렇게 원고를 보지 않고 말을 해야 한다. 내로라하는 많은 사람들이 남 앞에서 말을 할 때 원고를 보고 한다. 그것은 자기가 하는 말에 자신이 없거나 아예 자기 말이 아니라 남이 써준 말이거나, 자기 말이라 해도 정리가 되지 않았거나, 자기 말이라 해도 확신이 서지 않기 때문일 것이다.

내가 만약 나중에 남 앞에서 말을 할 경우가 생기면 선생님처럼 원고를 보지 않고 당당하게 내 이야기를 해야지! 그러자면 선생님처럼 공부도 엄청나게 많이 해야 하고 삶도 선생님처럼 치열하게 살아야 할 것이다.'"

"내가 초등학교나 중고등학교에 다닐 때 우리 선생님들이 대부분 교실에 들어오면 칠판에 가득하게 판서부터 하였습니다. 그러면 우리는 그것을 보고 베꼈습니다. 학생들이 얼추 다 베꼈다 싶으면 선생님이 첫 줄부터 한 줄 한 줄 짚어가면서 설명을 하였습니다. 그때는 나는 그렇게 하는 게 잘하는 것이고, 당연한 것으로 알았습니다.

지난달에 어느 텔레비전 방송에서 세계적인 교수가 특강하는 것을 보았습니다. 그는 처음부터 끝까지 일인극 배우처럼 무대를 마음대로 왔다 갔다 하면서 아주 자연스럽고 자신만만한 강연을 했습니다.

한시도 원고에서 눈을 뗄 수가 없는 수준의 사람, 원고에서 한 발자국도 움직일 수 없는 사람들이 이런 고수들이 강의하는 것을 보고 반성도 하고 배우기도 해야 합니다. 이 교수는 자기가 특강하고자 하는 주제를 빠삭하게 꿰고 있는 것이 그의 강의하는 태도의 말하는 곳곳에서 철철 흘러넘치고 있었습니다.

그런데 우리나라는 아직도 방송에까지 나와서 여러 사람들이 보고 있는데도 자기가 강의할 내용을 제대로 못 해서 원고를 보고 거의 읽는 수준의 강의를 해도 누구 하나 말리는 사람이 없으니 대한민국은 참 좋은 나라이고, 그런 방송을 군소리 한마디 안 하고 봐주는 청중들은 참 착한 사람들이라 하지 않을 수 없습니다."

"이제 결론을 맺겠습니다. 자기가 주제 발표하는 내용을 잘 몰라서 원고를 보고 읽는 또라이 교수들은 대학에서 당장 추방해야 할 것입니다. 이런 한심하고 무책임한 교수에게 학생들이 무엇을 배운단 말입니까?"

"지금까지 한 내 말에 동의합니까?"

"동의합니다. 선생님!"

"동의하면 박수와 환성을 질러보세요."

교실 안은 갑자기 아수라장이 되고 말았다. 학생들의 박수갈채와 환호성으로 교실 안이 떠나갈 듯하였다.

16
연애편지 쓰는 법

"반갑습니다. 이번 시간에는 '연애편지 쓰는 법'이란 제목으로 이야기하겠습니다. 항상 강조한 것처럼 이번 시간에도 내 이야기를 두 귀로 듣는 청취를 하지 말고, 온몸으로 듣는 경청을 하기 바랍니다. 경청하면 반드시 삶의 귀한 지혜를 한 수 배울 것입니다. 그럼, 경청할 준비가 되었습니까?"

"예, 선생님!"

"결론을 먼저 말합니다. 여러분은 공부를 열심히 해야겠지만, 짬짬이 연애도 열심히 하기 바랍니다. 뭘 제대로 알아야 연애도 잘하고, 연애를 잘해야 멋진 여자도 만날 수 있고, 멋진 여자를 만나야 멋진 사랑을 할 수 있고, 멋진 사랑을 해야 행복한 삶을 살 수 있을 것입니다. 그러자면 먼저 연애편지 쓰기 도사가 되어야 할 것입니다. 내 말 동의합니까?

"예 선생님! 100퍼센트 동의합니다."

"1,000퍼센트 동의합니다. 선생님!"

"어떤 마을에 소녀가 있었습니다. 어느 날, 소녀는 옛날에 아버지가 어머니에게 보냈던 연애편지를 우연히 발견하였습니다. 그 소녀는 그 편지를 그대로 베껴 썼습니다. 그리고 그 편지에 남자 친구 이름으로 사인해서, 자기 자신에게 보냈습니다. 그녀는 그것을 그녀의 아버지에게 보여주었습니다. 아버지는 그 편지를 읽고는 화산이 폭발하는 것처럼 분노하면서 호통을 쳤습니다.

'이 편지를 보낸 녀석은 정말 얼간이로구나! 너는 이 녀석에게 근처에서 얼쩡거리지 않는 것이 좋을 것이라고 말해라!'

그녀의 아버지는 분노에 차서 한마디 덧붙였습니다.

'우리 집안에서는 그런 백치는 원하지 않는다. 이따위 어리석은 편지를 쓰는 바보는 정신 병원에다가 처넣어야 해!'"

여기저기서 폭소가 터져 나와 교실 안은 웃음바다가 되고 말았다.

"이 이야기가 뭘 말하는지 이해합니까?"

"예, 선생님!"

"결론을 말합니다. 젊을 때 하는 사랑이란 것이 대부분 이런 것입니다. 사랑하는 장본인에게는 그러지 않겠지만, 사랑이란 적어도 남에게는 미친 짓으로 보이는 대목이 너무 많습니다. 아니 미친 짓까지는 가지 않아도 적어도 어리석게 보이고, 실제 어리석기도 합니다.

이는 사랑의 질서가 현실과 계산을 초월한 질서이기 때문입니다. 지금까지 많은 사람들이 사랑 타령하면서 결혼을 하였습니다. 검은 머리 파뿌리 될 때까지 변치 말자고 언약을 하였던 사람들이 결혼하여 살다 보면 그 언약이 얼마나 허망한가를 깨닫게 됩니다.

참고로 나는 연애편지 쓰기 도사입니다. 그러나 이 소문은 내지 말기 바랍니다. 만약 내가 연애편지 쓰기 도사로 소문이 나면 나도 곤란하겠지만, 학교 이미지도 많이 나빠질 것입니다. 그러니 절대로 소문내지 말기 바랍니다. 소문 안 내겠다는 약속을 합니까?"

"예, 선생님, 약속합니다."

"절대로 소문내지 않겠습니다."

"그런데 여러분은 연애편지보다 공부하는데 더 많은 시간과 에너지를 쏟아야 한다는 잔소리를 사족으로 달면서 연애편지 이야기를 이쯤에서 마치겠습니다."

"선생님, 감사합니다."

"선생님, 수고하셨습니다."

학생들의 환호성과 박수갈채가 터졌다.

17
교장실의 불길한 긴급 호출

퇴근 무렵, 급사가 심각한 표정으로 내게 다가왔다. 아무래도 기분이 찝찝했다. 급사는 내게 가까이 와서 귓속말로 속삭였다.

"하륜 선생님, 교장실로 오시라고 합니다."

급사의 말투와 표정에서 불길한 느낌이 잔뜩 묻어 나왔다. 평소 같으면 교장선생이 나를 호출할 경우 단순히 볼 일이 있어서 호출하는 것 같은 느낌이 들었는데, 이날 따라 교장선생의 호출은 묘하게도 아주 불길한 예감이 들었다.

나는 갑자기 간이 철렁하였다. 겁도 덜컹 났다. 도대체 무슨 용무로 나를 호출하는지 도저히 감을 잡을 수 없었지만, 좌우지간 예감이 아주 좋지 않았다. 그래서 그런지 아주 불길한 느낌마저 들었다.

무거운 발걸음으로 교장실로 터벅터벅 걸어갔다. 교장실이 있는 본관 건물 돌층계를 오르는데, 한발 한발 발걸음이 한없이 무겁기만 했다. 이렇게 발걸음이 무거웠던 적은 한 번도 없었다. 교장실 호출이 다른 날과는 달라도 너무 달랐다. 아무래도 오늘은 무슨 안 좋은 일이 있을 것 같았다.

교장실 문 앞에서 심호흡을 한 번 하였다. 평소처럼 노크를 하고 안으로 들어갔다. 교장선생은 회전의자에서 일어나 손님 접대용 소파로 자리를 옮겨 앉으면서 날 보고도 맞은편 자리를 손으로 가리키며 앉으라고 했다. 교장선생의 표정도 그리 밝지 않았다. 내가 예감한 대로 불길한 조짐이 또렷이 보였다. 교장선생이 무겁게 말했다.

"하 선생의 5분 특강 인기도 나날이 높아간다고 여러 사람한테서 들었습니다. 역시 하 선생은 멋진 젊은 유망주입니다. 나도 젊은 날에는 하 선생 같은 열정이 있었지만, 내 큰 뜻을 제대로 펴지 못하고 말았습니다. 항상 활발하게 매사에 적극적으로 자기 뜻을 펼치고, 실천하려고 노력하는 것이 참 부럽기도 하고, 우리 학교로서는 매우 자랑스러운 보배이기도 합니다."

이런 찬사가 내 귀에 한마디도 들어오지 않았다. 찬사는 그만하고 빨리 본론을 꺼내기를 바랬다. 드디어 교장선생이 입을 열었다.

"그런데 하 선생, 오늘 보자고 한 이유가 뭔지 대강 눈치를 챘습니까?"

나는 솔직하게 대답했다.

"전혀 눈치를 못 챘습니다. 그러나 예감이 아주 좋지 않은 것은 확실합니다. 무슨 안 좋은 일이라도 생겼습니까? 교장선생님?"

교장선생은 알 듯 모를 듯한 대답을 했다.

"딱히 안 좋은 일이라고 할 수도 없고, 그렇다고 좋은 일이라고 할 수도 없는 일이 생겼습니다."

나는 다시 물어보았다.

"교장선생님, 그게 무슨 일입니까?"

나는 점점 마음이 다급해졌다. 교장은 더 이상 뜸을 들이지 않고 본론을 꺼내는 것이었다.

"하륜 선생을 혹시 간첩이 아닌가 의심하는 신고가 들어왔다고 합니다!"

나는 '올 것이 왔구나' 하는 생각이 들었다. 그리고 궁금하던 의문이 갑자기 확 풀렸다. 나는 약간 허탈하게 웃으면서 말했다.

"허허, 알만 합니다! 교장선생님!"

"하 선생! 지금 웃을 일이 아닙니다!"

교장선생은 정색을 하면서 말을 계속했다.

"우리 학교 학부형 중에 정보부에 나가는 사람이 있습니다. 그 집 애가 국어 시간에 하 선생이 하는 이야기를 아버지에게 그대로 다 말했다고 합니다. 하 선생이 하는 이야기 중에는 보통 선생님은 할 수 없는 이상한 이야기가 많고, 어떤 이야기는 간첩이 아닌가 의심스러운 정도로 우리 정부를 비판하는 것이 많다고 하였답니다."

교장선생은 억지로 차를 한 모금 마시고는 말을 이었다.

"그 학생의 아버지가 나에게 전화를 걸어왔습니다. 마침 내게 전화를 걸어왔기에 아직은 더 이상 일이 커지지는 않을 것입니다. 내가 하 선생님에 대해서 잘 설명을 하였습니다."

교장선생은 또 한 모금 식은 차를 마셨다.

"특히 함석헌 선생의 제자로 역사의식이 투철한 용기 있는 멋진 국어 선생이라고 변호를 하였습니다. 그랬더니 저쪽에서 '교장선생님을 믿겠습니다. 더 이상 문제가 확대되지 않도록 잘 매듭 지어 달라'고 신신당부를 하더군요."

교장선생은 또 차를 한 모금 마셨다.

"특히 지난 월요일엔가 국어 시간에 5.16은 혁명이 아니고 군사 쿠데타라는 주제를 말할 때, 그 도가 너무 지나쳐서 그 말을 듣고 있던 학생 중에 여러 명이 하 선생이 '혹시 북에서 내려온 간첩이 아닐까?' 의심을 하였다고 합니다. 앞으로 더 이상 이런 의심은 받지 않도록 하면 좋겠습니다. 하 선생의 생각은 어떻습니까?"

나는 대강 상황을 파악하고 대답했다.

"교장선생님께 심려를 끼쳐 드려서 대단히 죄송합니다. 앞으로 이런 일이 재발하지 않도록 제가 언행에 최선을 다해서 신경을 쓰겠습니다. 그리고 저를 좋게 변호해 주셨다니 참 고맙습니다. 교장선생님, 정말 미안합니다. 안 해도 될 걱정을 끼쳐 드려서 미안합니다."

교장선생은 무척 진지한 모습으로 말했다.

"나는 하 선생을 믿습니다! 그리고 하 선생을 기대합니다. 그러니 오늘 일로 너무 의기소침하지 말고 소신껏 잘하기 바랍니다. 오늘 일을 항상 염두에 두고 더 지혜롭게 잘하기 바랍니다!"

나는 담담한 표정으로 대답했다.

"감사합니다. 교장선생님!"

나는 허탈한 기분으로 교장실을 나왔다. 마음속으로는 이런 생각이 들었다.

'멍청한 놈! 나를 북에서 내려온 간첩이 아닌가 의심을 하다니!'

그동안 이 땅의 교육 현장에서 교사들이 제대로 학생들에게 진실을 가르치지 않았음을 의미하는 한 단면이라 할 수 있다. 그런데 내가 소신껏 학생들에게 진실을 말해주는 것이 겨우 북에서 내려온 간첩이 아닌가 의심을 받는 게 너무나 수치스럽고, 모멸스러웠다. 이런 대우를 받으면서까지 계속 교단에 있어야 하는가 회의가 들었다. 그런데 한 가지 분명한 것은 여기서 내가 한 치도 물러설 수가 없다는 사실이다.

18
유신론자와 무신론자의 마을

"반갑습니다. 이번 시간에는 '유신론자 마을과 무신론자 마을'에 대하여 이야기하겠습니다. 그리고 평소에 강조한 대로 이번 시간에도 내 말을 두 귀로 청취하지 말고 온몸으로 경청하기 바랍니다. 그래야 이번 시간에도 삶의 중요한 지혜를 한 수 배울 것입니다. 그러면 경청할 준비가 되었습니까?"

"예, 준비되었습니다. 선생님!"

"여러분 중에도 유신론자와 무신론자가 있을 것입니다. 나는 양쪽 중 어느 한쪽에도 아무런 편견 없이 이 이야기를 소개하겠습니다. 나의 이런 깊은 뜻을 이해하면 좋겠습니다."

"예, 선생님!"

"순진한 사람들이 사는 마을이 있었습니다. 그 마을 이름을 '순진 마을'이라고 하겠습니다. 이 순진 마을 사람들은 매우 순박하였습니다. 그런데 이 마을에 정말 이상한 일이 벌어지고 말았습니다.

어느 날, 순진 마을에 웬 낯선 사람이 들어왔습니다. 그가 마을 사람들에게 '신이 있다'면서 신에 대해서 자세하게 설명을 하였습니다. 그가 하는 말을 귀담아들은 사람들은 그 뒤부터 '신이 있다'고 믿게 되었습니다. 사실 그 사람이 오기 전에는 많은 사람들이 '신이 없다'고 믿었습니다. 그러나 '신이 있다'고 믿기 시작한 사람이 하나둘씩 점점 늘어났습니다.

그런데 마침 마을에서 존경받는 할아버지 한 분이 '신이 없다'고 주장하였습니다. 그리고 왜 신이 없는지에 대해서 아주 자세하게 설명하였습니다. 이 말을 들은 사람들은 다시 '신이 없다'고 생각하였습니다. 그러자 마을 사람들 사이에서 '신이 있다'는 주장과 '신이 없다'는 주장이 팽팽하게 맞섰습니다. 서로 전혀 다른 주장을 하는 바람에 순진 마을 사람들은 혼란에 빠지고 말았습니다."

"한쪽에서는 '신이 존재하지 않는다'는 것을 입증하려고 애를 썼습니다. 그 주장은 참으로 훌륭했습니다. 그리고 다른 한쪽에서는 '신이 존재한다'는 것을 입증하려고 애를 썼습니다. 그 주장 역시 참으로 훌륭했습니다. 이 바람에 순진 마을 사람들은 점점 큰 혼란에 빠져 곤란한 처지에 놓이고 말았습니다. 어느 쪽을 택할 것인가를 두고 양쪽의 사람들은 매일 서로 따지면서 물고 뜯고 싸웠습니다.

그 바람에 순진 마을 사람들은 결국 미쳐버리고 말 것 같았습니다. 양쪽의 주장이 너무나 훌륭했기 때문에 어느 한쪽을 선택하기가 무척 곤란했습니다. 그래서 양쪽 주장 중에서 어느 쪽이 옳은지 우열을 가릴 수가 없었습니다. 마침내 순진 마을 사람들은 양쪽 사람에게 대토론을 벌여 서로 상대방을 설득해 보라고 요청하였습니다. 그리하여 '신이 없다'고 믿었던 사람이 '신이 있다'고 믿게 되거나 반대로 '신이 있다'고 믿었던 사람이 '신이 없다'고 믿게 되거나 간에 결과에 무조건 따르기로 했습니다. 어느 쪽의 주장이든 결정이 나야 마을이 조용할 것 같았습니다."

"이윽고 대토론이 열렸습니다. 한쪽에서는 신이 존재하지 않음을 입증하려고 애를 썼고, 한쪽에서는 신이 존재함을 입증하려 애를 썼습니다. 대토론이 끝난 뒤에 순진 마을에는 이상한 일이 벌어지고 말았습니다. 그동안 '신이 있다'고 믿었던 사람은 '신이 없다'는 주장에 설득이 되어 '신이 없다'고 확신하게 되었고, '신이 없다'고 주장하던 사람들은 '신이 있다'는 것을 확신하게 되었습니다.

결과가 이렇게 되니 문제는 원점에서 맴돌게 되고 말았습니다. 그래서 순진 마을은 혼란에서 벗어나지 못하고 지금까지 계속 갈팡질팡하고 서로 싸우고 있는 중입니다. 이 싸움은 언제 끝이 날 것 같지 않다고 합니다."

"이번 시간에 내가 한 이야기가 담고 있는 깊은 속뜻을 여러분이 잘 이해하기 바랍니다. 그러지 않으면 순진 마을 사람들처럼 또라이가 되어서 삶 전체를 또라이로 살면서 허송세월할 것입니다. 안 할 말로 우리 주위에는 온통 순진 마을뿐이란 사실입니다. 내 말 이해합니까?"

"예, 선생님! 충분히 이해합니다."

"고마워요. 그럼 마치겠습니다."

"선생님! 감사합니다."

"선생님! 수고하셨습니다."

학생들의 환호성과 박수 소리가 교실 안에 퍼졌다.

19
타자기 발명가 공병우 박사, 왜 날 만나자 할까?

교장선생의 긴급 호출 이후로 마음이 하루도 편한 날이 없었다. 생각하면 생각할수록 그것은 '최후통첩'이 아닐 수 없었다. 그렇다면 학교에서 잘리기 전에 내 발로 먼저 걸어 나와야 할 것인가, 미적미적하다가 결국 잘려서 꼴사납게 쫓겨날 것인가를 놓고 깊게 생각하였다.

아무리 생각해도 답은 하나로 분명해졌다. 학교에서 잘려서 불명예스럽게 퇴장하는 것보다 내 발로 당당하게 걸어 나오는 편이 백번 천번 나을 것 같았다. 이 문제를 놓고 며칠 동안 계속 고민을 하였다.

그러던 어느 날, 광화문에 있는 타자기 상사인 '유판사'의 한민교 사장으로부터 너무나 뜻밖의 전화가 왔다.

"공병우 박사님께서 하륜 선생을 한번 만나고 싶다고 합니다."

'세상에! 공병우 박사가 누구인가! 다름 아닌 한글 타자기를 발명한 분이 아닌가! 그 유명한 공병우 박사가 나를 만나고 싶어 하다니!'

물론 용무를 전혀 예측할 수 없었지만, 좌우간 공병우 박사가 나를 만나고 싶어 한다는 것 자체가 예사로운 일이 아닌 것이 분명하였다. 아무리 생각해 보아도 공병우 박사가 나를 만나고 싶다고 한다는 것은 꿈에도 상상할 수 없는 일이 아닐 수 없었다. 도저히 상상할 수 없는 뜻밖의 전갈이었다.

그런데도 한편으로는 간이 철렁하면서도 다른 한편으로는 약간의 기대가 되었다. 그러나 분명한 것은 아무리 생각해 봐도 공 박사가 나를 만나자고 하는 이유가 무엇인지는 짐작할 수가 없었다.

그 유명한 공병우 박사가 이름 없는 일개 선생인 나를 만나자고 하다니, 아무리 상상해도 믿어지지 않았다. 온갖 상상을 다 해보아도 가당치도 않은 일이었다.

'왜, 공 박사님께서 나를 만나자고 할까?'

별별 상상을 다 하였지만 좀처럼 가닥이 제대로 잡히지 않았다. 결국 나는 한민교 사장에게 전화로 물었다.

"좋은 일로 만나자는 걸까요? 안 좋은 일로 만나자는 것일까요?"

한 사장이 대답했다.

"설마하니 안 좋은 일은 아닐 겁니다."

전화를 끊고는 온통 혼란스럽기만 했다. 아무리 생각을 해봐도 그 유명한 공병우 박사가 나를 만나자고 한다는 것은 도저히 상상도 되지 않았고, 믿어지지도 않았기 때문이다. 며칠을 전전긍긍하다가 내 나름대로 결론을 내렸다.

'나는 그동안 단 한 번도 공 박사님을 비난한 적이 없기 때문에 나쁜 일로 나를 만나자고 하지는 않을 것이다. 그렇다면 조금도 겁을 집어먹을 필요가 없는 것이다. 좋다! 일단 박사님을 만나 뵙자!'

며칠 후, 물어물어 종로구 서린동 111번지 공안과 건물 안에 있는 '공병우 한글기계화연구소'로 갔다. 말이 연구소지 간판도 없고, 아무 치장도 없는 썰렁하기 짝이 없는 작은 방이었다. 그 썰렁한 방에는 연구원 한 명이 타자기 활자를 열심히 만지고 있었다.

그것을 옆에서 지켜보고 있는 이가 공병우 박사였다. 나는 평소에 잡지나 신문 등에서 보아온 공 박사의 얼굴을 알고 있었다. 그런데 실물을 보니 사진 이미지와 똑같았다. 나는 잔뜩 긴장하면서 인사를 드렸다.

"박사님! 반갑습니다. 하륜입니다."

"반갑수다. 나 공병우요."

공 박사는 반갑게 악수를 청한 뒤에 입가에 어린아이 같은 밝은 미소를 지으면서 입을 열었다.

"반갑수다. 하 선생께서 '밥 먹는 문제만 해결되면, 학교를 그만두고 잘못된 한글 기계화 정책을 바로 잡는 일을 해보고 싶다'는 말을 한 적이 있어요?"

그 순간 나는 앞이 캄캄하였다. 이 말을 어느 사석에서 한 적이 있기 때문이다. 사실 내 딴에는 내 모든 것을 걸고 최선을 다해서 학생들을 가르쳤고, 내 모든 것을 다 쏟아부으면서 성실하게 일을 하였다.

그런데 나를 수상하다고 간첩으로 신고하는 놈이 있었다는 사실을 떠올리면 나는 피가 거꾸로 솟지 않을 수 없었다. 자다가도 벌떡 일어나곤 할 때가 많았다. 생각하면 생각할수록 너무나 어처구니가 없었고, '이런 대우를 받으면서 과연 내가 교단에 계속 남아 있어야 할까'라는 회의를 하지 않을 수가 없었던 것이 사실이었다.

그런 문제로 고민을 하다 보니 지인들이 있는 사석에서 "누가 나 밥 먹는 문제만 해결해주면 학교 때려치우고 공병우 박사께서 한글 글자판 통일 운동하는 것을 거들고 싶다"고 말을 한 것이다.

그 순간 '밥 먹는 문제에 대한 발언'을 한 것이 잘못인지, 잘한 것인지 도통 종잡을 수가 없었다. 그래서 나는 선뜻 시인도 부정도 못 하고 잠시 망설였다. 그러나 그 말을 한 적이 분명히 있는데, 하지 않았다고 거짓말을 할 수는 없었다. 나는 겁에 질려 이렇게 대답했다.

"예, 박사님. 제가 그런 말을 하기는 했습니다만, 뭐가 잘못되었습니까?"

나는 불안하였다. 아무리 사석이라고 해도 그런 말을 한 것이 잘못인지, 잘한 것인지 도무지 알 수가 없었다. 그런 내게 공병우 박사가 말했다.

"아니요. 하 선생이 그런 말을 한 게 사실이라면, 우리 연구소에 와서 저와 같이 한글 기계화 연구를 한번 해보시지 않겠어요?"

'세상에! 우째 이런 일이!'

나는 공 박사님의 말이 믿어지지 않았다. 처음에는 내 귀를 의심하였다. 그런데 박사님의 말은 분명하였다.

공병우 박사님은 한마디를 덧붙였다.

"지금 이 자리에서 당장 답변하지 않아도 좋아요. 하 선생으로서도 중요한 문제이니 신중히 생각한 뒤에 답변해 주세요."

너무나 뜻밖의 제의를 받고, 처음에는 내 귀를 의심하였다. 한참 동안 멍하니 있다가 정신을 차리고 말했다.

"박사님! 저는 손재주가 정말로 없습니다. 전기가 나가면 두꺼비집도 손볼 줄 모르고, 형광등 전구도 제대로 끼울 줄 모를 정도입니다. 이런 제가 정말로 한글 기계화를 연구할 수 있겠습니까?"

"하 선생, 그 점에 대해서는 조금도 염려하지 마세요. 그동안 내가 하 선생이 쓴 글도 읽어 보았고, 또 하 선생이 어떤 사람인지 대충 수소문해서 알아보았는데, 하 선생 정도 수준의 사람이 열심히 하면 틀림없이 훌륭한 전문가가 될 수 있을 겁니다. 하여튼 이 문제는 중요한 문제이니만큼 신중히 생각해 보고 답변해 주세요."

집으로 돌아오는 버스 안에서 나는 깜짝 놀라지 않을 수 없었다. 그동안은 버스만 타면 차창 밖의 도로 표지판과 간판의 한글 글자꼴이 온통 내 머릿속을 가득 채웠는데, 오늘은 도로 표지판을 쳐다보아도 한글 글자꼴이 눈에 들어오지 않았고, 간판의 글자꼴을 쳐다보아도 눈에 들어오지 않았다. 오직 공박사님의 프러포즈만이 내 머릿속을 가득 채웠다.

그 순간 나는 '유신 반대'로 삭발한 빡빡머리로 서울 S고등학교 교장선생을 만나기 위해서 S고등학교를 물어물어 찾아가서 수위실 앞에 털썩 주저앉았던 일이 떠올랐다. 그때 일방적으로 쳐들어가다시피 하여 교장선생과 담판을 한 것과 오늘 공병우 박사의 프러포즈는 완전히 상반되는 상황이었다.

그때는 내가 답답해서 샘을 팠고, 지금은 공병우 박사가 샘을 파는 것과 같다. 그때는 내게 선택의 여지가 없었는데, 오늘 공병우 박사의 제안에는 선택의 결정권이 내 손에 달린 것이 완전히 상반되었다.

참으로 놀라운 일이 아닐 수 없다. 이는 그동안 내가 치열하게 살았던 결과라고 할 수 있다. 그러니 드디어 나는 '을'이 아니라 '갑'이 되었다. 이제부터 내 앞에 펼쳐질 새로운 세상에서 나는 주인공이 되어야 한다.

20
용기가 최고의 덕목이다

"반갑습니다. 이번 시간에는 '용기가 최고의 덕목이다'라는 제목의 이야기를 하겠습니다. 아주 의미심장한 주제인 만큼, 평소 강조하던 대로 청취를 하지 말고 경청을 하여 귀한 삶의 지혜를 한 수 배우기 바랍니다. 경청할 준비가 되었습니까?"

"예, 선생님!"

"나는 이 주제야말로 인간이 갖추어야 할 덕목 중에서 가장 중요한 덕목이라고 생각합니다. 세상에는 '약자'이지만, '강자'에게 두려움을 주는 네 가지가 있다고 합니다.

'모기는 사자에게 두려움을 주고, 거머리는 코끼리에게 두려움을 주며, 파리는 전갈에게 두려움을 주고, 거미는 매를 두렵게 한다!'

이 말은 《탈무드》에 나오는 이야기입니다. 아무리 크고 힘센 자라도 항상 두려운 존재는 아니라는 의미입니다. 그런데 중요한 것은, 아무리 약한 자라도 '용기'만 있으면 강한 자를 이길 수 있다는 사실입니다. 그렇습니다! 문제의 핵심은 용기입니다. 바로 용기가 오늘 이야기의 핵심이자 열쇠입니다.

이날까지 내가 보고, 듣고, 공부하며 살아오면서 깨달은 것이 있습니다. 인간의 덕목 중에서 가장 중요한 것은 '용기'라는 사실입니다. 이 용기의 바탕을 성경에서 찾을 수 있는데, '예' 할 것은 '예' 하고, '아니요' 할 것은 '아니요' 하라는 가르침입니다.

물론 보통 사람에게도 용기는 매우 중요한 덕목이지만, 특히 지식인에게 용기는 백배 천배 더 중요한 덕목이라고 할 수 있습니다. 그런데 이 땅의 수많은 지식인 중에는 용기 있는 사람이 그리 많지가 않습니다. 내가 그동안 보아온 수많은 지식인들은 비겁하고, 교활하고, 이기적이고, 위선적이었습니다. 나는 지금까지 '예' 할 때 '예' 하고, '아니오' 할 때 '아니오' 하는 지식인을 별로 보지 못하였습니다.

이런 면에서 보면 이 땅의 지식인들은 거의 다 개돼지 수준의 인간 말종이라고 생각합니다. 그만큼 용기는 귀하면서 가치 있는 것입니다. 그래서 인간의 덕목 중에 가장 가치 있는 '다이아몬드'는 바로 용기라고 생각합니다."

"물론 용기란, 타고난 기질이 큰 몫을 합니다. 그런데 금상첨화로 실력까지 더하면 얼마나 좋겠습니까. 우리말에 '알아야 면장을 한다'라는 말이 있습니다. 모르면 말짱 꽝입니다. 안다는 것은 실력이 있어야 가능한 것입니다. 실력은 하루아침에 쌓이지 않고 평소에 차곡차곡 쌓아야 합니다. 평소에 부지런히 독서를 하고 작은 것에서 큰 것에 이르기까지 자기가 직접 경험하면서 하나하나 쌓아야 합니다. 그러면 지식이 지혜로 발전하는 것입니다. 그러면서 실력이 축적되는 것입니다.

유관순 누나는 당시 이화학당에서 전교 1등이 아니었습니다. 단지 전교에서 가장 용기 있는 학생이었습니다. 한 사람의 용기 있는 유관순 소녀는 용기 있게 자신의 목숨을 바쳐서 나라를 구하고 비겁한 수많은 다른 소녀들보다 가치 있는 삶을 산 것입니다. 개돼지처럼 꿀꿀대면서 오래 사는 것보다 짧게 살더라도 불꽃처럼 가치 있게 살다 가는 것이 바람직한 삶이란 것을 항상 기억하기 바랍니다. 오늘은 이만 마치겠습니다."

"고맙습니다. 선생님!"

"선생님, 수고하셨습니다."

학생들의 박수갈채와 환호성이 쏟아졌다.

21
벼랑 끝에 서다

집에 들어서자 문 앞에서 기다리고 있던 아내가 물었다.

"공병우 박사님 만났어요?"

"예, 만났어요."

내가 공병우 박사를 만나는 문제에 대해서 아내도 바짝 촉각을 곤두세우고 있었던 모양이었다. 나는 아내에게 말했다.

"한 번 알아맞혀 보세요. 과연 좋은 일일까요? 안 좋은 일일까요?"

아내는 고개를 갸웃하기만 하고 선뜻 대답하지는 않았다.

나는 공 박사를 만났던 일에 대해서 자초지종을 차근차근 설명하였다. 내 이야기를 들으면서 아내의 표정은 점점 어두워졌다. 마침내는 침울해졌다. 침울한 표정만 보아도 아내의 마음을 다 읽을 수가 있었다. 시시콜콜하게 설명을 마치고 결론을 말했다.

"학교에 사표를 내고 공 박사 연구소로 가는 게 어떻겠어요?"

아내의 대답은 너무 냉담하고 너무 단호했다.

"그걸 지금 말이라고 해요?"

아내의 말투에서 한 치도 물러설 여지가 없어 보였다. 한마디로 단호했다. 그러니 나도 뭐라고 더 이상 할 말이 없었다. 차라리 내 발로 학교를 그만두고 공병우 박사 연구소로 가는 것이 나에게는 더없이 좋은 기회이고, 긴 안목으로 보아서도 아주 좋은 찬스일 것 같다는 요지의 설명을 하였다.

그러나 아내는 내 말에 조금도 수긍하지 않았다. 아내의 태도가 너무 단호하여 나는 더 이상 아내를 설득한다는 것은 아무래도 무모한 일인 것만 같았다. 내가 일단 한발 후퇴할 수밖에 없었다. 아내의 마음속에 내가 비집고 들어갈 틈이 한 치도 없는 것 같았다.

잠이 오지 않았다. 이리 뒤척 저리 뒤척 하면서 쉽게 잠을 이루지 못했다. 아내도 나처럼 이쪽저쪽 몸을 움직일 뿐이었다. 할 수 없이 내가 말했다.

"아무리 생각해도 학교를 그만두고 공 박사 밑으로 가는 것이 나을 것만 같아요."

이번에는 '그걸 말이라고 하는가'라는 대꾸조차 하지 않았다. 그 무언(無言)에는 '그걸 말이라고 하는가'라는 아내의 심정이 포함되어 있었다. 완전 개무시였다.

아내에게 한 치도 다가갈 수가 없었다. 갑자기 아내와 나 사이의 거리가 너무 멀게만 느껴졌다. 내 옆에 누워있는 아내가 완전히 타인처럼 느껴졌다. 나는 그동안 한 번도 경험하지 못한 것을 경험하였다. 말똥말똥 뜬 눈으로 그날 밤을 새웠다.

다음 날, 학교에 출근하는 버스를 탔다. 버스 안에서 너무 신기 일이 벌어졌다. 평소 하던 대로 창밖의 도로 표지판 한글 글자꼴을 쳐다보았다. 그런데 도로 표지판의 한글 글자꼴이 내 눈에 들어오지 않았고, 각종 간판의 한글 글자꼴을 뚫어지게 쳐다보아도 한 글자도 내 눈에 들어오지 않았다.

이런 경우를 처음 경험하였다. 너무 신기한 것은 도로 표지판과 간판이 그저 풍경의 일부처럼 내 눈앞을 스쳐 갈 뿐이었다. 나무 한 그루, 풀 한 포기와 똑같이 내 눈앞의 풍경이라면 풍경이고, 정물이라면 정물일 뿐이었다. 나는 '어제의 나'가 아니었다. 나는 완전히 '다른 사람'으로 변해 있었다.

학교에 가자마자 이동범 선생 자리로 갔다.

"선생님, 저에게 시간 좀 내어주십시오."

"왜, 무슨 일입니까?"

"선생님께 긴히 의논드릴 일이 있습니다. 그리고 선생님께 자문받아야 할 일이 있습니다."

"그래요? 둘째 시간에 수업이 없습니다. 선생님 시간은 어떤지요?"

"아주 좋아요. 저도 마침 둘째 시간에 수업이 없습니다."

우리는 도서관 앞 잔디밭 벤치에 앉았다. 나는 지난주 교장실에 호출을 받아 갔던 일과 어제 공병우 박사를 만난 일에 대해서 설명을 하였다. 내 말이 끝나자 이 선생이 활짝 웃으면서 내게 악수를 청하였다.

"축하합니다. 하륜 선생님! 드디어 하륜 선생님의 새로운 시대가 열리게 되었습니다."

나는 어색하게 이 선생의 손을 잡았다. 이 선생은 힘차게 내 손을 흔들었다. 마치 자기 일처럼 기뻐하였다.

"하륜 선생님의 앞날에 새로운 서광이 비칩니다. 학교에 더이상 미련을 갖지 마시고 얼른 공병우 박사 연구실로 가시기 바랍니다. 공병우 박사가 누구입니까? 평소에 하륜 선생님이 말한 대로 거의 세종대왕 다음으로 위대한 거인 아닙니까? 그런 분이 하륜 선생에게 그런 프러포즈를 하였다는 것이 그리 쉬운 일입니까? 아무에게나 일어나는 일이 아닙니다. 하륜 선생이니까 일어나는 놀라운 사건입니다.

물론 하륜 선생님은 거기 가더라도 금방 적응할 것이고, 거기에서 여기보다 더 가치 있는 일들에 몰두하면 새로운 분야에서 두각을 나타낼 것입니다. 보나 마나 여기보다 더 의미 있고 보람 있는 일들이 산적해 있을 것입니다. 훌륭한 공병우 박사님의 지근거리에서 일을 한다는 것은 아무나 할 수 있는 일도 아니고, 그런 행운은 아무에게나 오는 것도 아닙니다. 하륜 선생님은 정말 멋진 젊은이이고, 우리나라 역사에 남을 큰일을 할 분입니다. 다시 한번 축하합니다."

이동범 선생은 악수한 내 손을 놓지 않았다. 내 눈에는 뜨거운 눈물이 주르르 흘러내렸다. 내가 미처 손수건을 찾지 못하는 것을 눈치채고는 이동범 선생이 자기 손수건을 내주었다. 나는 눈물을 닦고 훌쩍이는 목소리로 말했다.

"선생님! 고맙습니다. 선생님의 조언이 저에게 아주 큰 격려와 힘이 됩니다. 저는 공 박사님을 만나기 전까지는 참으로 우울한 날들을 보냈습니다. 학교를 그만두냐 마느냐를 놓고 혼자서 참 많이 고민하였습니다. 그런데도 명쾌한 결론을 내리지 못하였습니다. 그때 난데없이 공병우 박사님이 내 앞에 나타난 것입니다. 이것은 단순한 사건이 아니고 제 운명의 방향을 바꾸는 새로운 사건이라 생각합니다."

"맞습니다. 공병우 박사의 출현은 하륜 선생님의 운명을 바꾸는 대사건이 될 것입니다. 하륜 선생님이 이 사건을 마침내 하나의 기적으로 승화시킬 수 있을 것입니다. 나는 반드시 그럴 것이라 믿습니다."

이동범 선생은 다시 내 손을 잡았다. 나는 아무 말도 하지 못하고 선생님의 손을 놓지 않았다. 그래도 이 문제는 고향에 계신 부모님과도 한 번쯤은 상의를 하는 것이 좋을 것만 같았다. 그러는 것이 당연한 도리라는 생각이 들었다. 그래서 부산 고향집에 전화를 걸었다. 어머니가 받았다.

"우짠 일이고?"

"어머니, 긴히 상의 드릴 일이 있어서 전화했습니다. 그런데 전화로 설명해서 될 일이 아닌 것 같습니다. 제가 내일 밤 차 타고 부산에 가서 직접 말씀드리겠습니다."

"무신 일인데 그라노? 뭘 잘못했나? 무신 사고라도 쳤나?"

"아닙니다. 아무 잘못도 없고, 아무 사고도 치지 않았어요!"

"그라모 다행이네. 근데 무신 일이고?"

"오늘 밤이나 내일 밤에 부산으로 가서 말씀드릴게요."

"내사 모르겠다. 니가 알아서 해라."

다음 날, 부산 고향집으로 갔다. 어머니에게 자초지종을 설명하였다. 내 말을 다 듣고 난 뒤 어머니가 말했다.

"너 미쳤나? 그걸 지금 말이라고 하나! 학교 선생만큼 안정되고 좋은 직장이 또 어디 있노. 니는 호강에 받쳐서 요강에 물똥 싸는 소리 하구나."

그리고 한마디 덧붙였다.

"공 박사 연세가 일흔이라면 언제 돌아가실지 모르고, 만약 돌아가시면 하루아침에 직장을 잃게 될 것인데. 와아 그런 모험을 할라고 하나!"

옆에 있던 아버지가 뜸적뜸적하게 한마디 거들었다.

"니 엄마 말이 맞다!"

그러고 보니 어머니와 아버지의 의견은 아내의 의견과 토씨하나도 안 틀리고 일치하였다.

서울로 돌아오는 기차 안에서 별별 가정을 다 하고, 여러 가지 경우의 수를 따져가면서 많은 생각을 하였다. 그리고 궁리 끝에 나는 내 마음을 정리하였다. 당면한 가장 큰 문제가 학교에 대한 회의였다. 내가 아무리 내 모든 것을 걸고 학생들 가르치는 일에 전념한다고 해도 나를 간첩으로 오해하고 신고를 하는 학생이 있다는 사실에 나는 경악하지 않을 수가 없었다.

다시 생각할수록 치가 떨렸다. 내가 학생들에게 아무리 인기가 좋다고 해도 이것은 이해할 수가 없었고, 묵과할 수도 없었다. 그러니 이런 학생들을 위해서 계속 교단에서 내 열정을 바치는 것은 아무래도 무리라는 생각이 들었다.

그런데 학교를 그만둔다고 해도 다른 무슨 뾰족한 수가 있는 것은 아니었다. 우선 밥은 먹어야 하니 적당한 직장을 구해야 하는데 이것이 그리 쉬운 일이 아니다. 그렇다고 아무 직장이나 갈 수도 없고, 내가 가고 싶은 곳이라면 쉽게 갈 수가 있는 것도 아니기 때문이다.

이런 생각을 하면 앞이 캄캄하였다. 물론 취직을 부탁할 곳도 없고, 부탁할 사람도 없었다. 이런 상황에서 혼자 끙끙대면서 계속 교단에 남아서 학생들을 가르친다는 것도 그리 쉬운 일이 아닐 것만 같았다.

내가 학교를 그만두고 공병우 박사 연구실로 자리를 옮기는 것을 반대하는 사람들의 이유는 크게 두 가지였다. 첫째, 선생이라는 안정된 직장을 왜 그만두느냐이고, 둘째는 공 박사가 일흔이 넘은 노인이라 감기만 걸려도 돌아가실지 모르는

데, 그러면 하루아침에 직장을 잃게 될 것이다. 거기다가 퇴직금도 한 푼 못 받을 것이다. 물론 이런 주장들이 현실적으로는 수긍이 가지 않는 것은 아니었다. 다 맞기는 맞는 말이었다.

그때 나는 이런 생각을 하였다.

'아니다! 안중근, 윤봉길, 유관순 같은 사람은 나라를 위하여 목숨도 바치는데, 하륜은 한글 글자판 통일을 위해서 싸우다가 공 박사가 돌아가시면 직장을 잃을까 봐, 직장을 잃으면 밥 못 먹을까 봐, 그런 걱정을 하다니!

나도 한 인간으로 태어나서 젊을 때 가치 있고 보람 있는 일을 해야 한다. 직장에서 잘릴까를 걱정하고, 그 직장에서 잘리면 먹고사는 게 겁난다는 이유로 가치 있고 보람 있는 일을 못한다면 하륜은 살아도 사는 것이 아니다!'

나는 두 주먹을 불끈 쥐었다. 그 순간 갑자기 내 앞에 새로운 희망봉이 나타난 것을 알았다!

다음 날, 학교에 출근하자마자 곧장 교장실로 갔다. 뜻밖의 방문에 교장선생은 아주 긴장하는 눈치가 역력했다. 나는 봉투 한 장을 내밀면서 말했다.

"교장선생님! 그동안 제게 베푼 사랑과 호의를 영원히 잊지 않겠습니다. 감사합니다."

"이게 뭡니까?"

"사직서입니다."

교장선생은 갑자기 망연자실하였다. 나는 아무 말도 하지 않고 자리에서 일어나서 교장실을 나왔다. 본관 건물 돌계단을 천천히 내려오면서 이런 생각을 하였다.

'만약 내가 학교를 떠나 공 박사 연구소에 가서 한글 글자판 통일을 위해서 내 몸을 불사른다면, 내가 사랑하는 제자들을 버리고 교단을 떠나는 잘못을 충분히 용서받을 수 있을 것이다!'

22
의식을 추구하러 간다

"반갑습니다. 이번 시간에는 '의식을 추구하러 간다'란 제목으로 공부하겠습니다. 이 주제를 공부하는 이유가 무엇인지를 잘 생각하면서 온몸으로 치열하게 공부하기 바랍니다. 미리 양해를 구할 것은 내가 여러분에게 불교를 선전하기 위함이 아니라 삶의 귀중한 진리를 일깨워주기 위함이라는 내 마음을 잘 이해해주기 바라는 것입니다.

이야기의 본론에 들어갑니다. 드디어 왕자는 사람들이 다 잠든 한밤중에 왕궁을 나섰습니다. 왕자는 늙은 마부와 함께 국경선까지 갔습니다. 말에서 내린 왕자가 왕궁 쪽을 바라보면서 허탈하게 말했습니다.

'왕궁이 불타고 있구나!'

마부는 방금 왕자가 한 뜻밖의 말에 너무나 놀라서 왕궁 쪽을 쳐다보았습니다. 그런데 왕궁 쪽에는 어떤 불길도 보이지 않았습니다. 왕자의 말처럼 왕궁은 불타지 않았습니다. 마부가 왕자에게 말했습니다.

'왕자님, 방금 뭐라고 하셨습니까? 제가 보기에는 왕궁이 불타지 않는데요?'

이에 왕자가 대답했습니다.

'내 눈에는 왕궁이 활활 불타고 있어요. 인간의 온갖 추악한 욕망과 욕심, 아집과 편견, 무지와 어리석음으로 지금 활활 불타고 있어요.'

왕자는 자기가 입고 있던 고급 옷과 신발을 벗어서 마부에게 주면서 말했습니다.

'이 옷을 그대가 입고, 대신 그대의 누더기옷을 나에게 벗어주시오.'

마침내 왕자는 마부가 벗어주는 누더기옷을 입고 말했습니다.

'이제 내 말을 타고 어서 궁으로 돌아가시오!'

그러자 마부가 왕자에게 물었습니다.

'왕자님! 저 아름다운 왕궁을 버리고 도대체 어디로 가시려는 겁니까?'

'이제 나는 의식을 추구하러 갑니다!'

늙은 마부는 왕자의 뒷모습을 망연자실하여 바라보고 서 있었습니다. 왕자는 마부의 시야에서 점점 사라졌습니다."

"이 왕자는 바로 부처님입니다. 부처님의 젊은 시절, 출가 모습을 여러분에게 소개하려고 굳이 이 이야기를 한 것입니다. 다시 한번 말하지만, 장미꽃이 아름답다고 다른 꽃들을 모조리 다 뽑고, 이 세상을 온통 장미동산으로 만들어야 한다고 주장하는 '장미 미치광이'들은 이제라도 제대로 공부하여서 크게 반성하고, 어리석음에서 탈출하기 바랍니다.

'의식을 추구하러 간다.'

이 말은 대단히 의미심장한 말입니다. 그런데 많은 사람들은 이 말의 속뜻을 잘못 알고 있습니다. 즉 진리를 찾으러 간 것이 아닙니다. 깨달음을 얻기 위해서도 아닙니다. 오직 의식을 추구하기 위해서 왕궁을 떠났습니다.

다시 강조하지만, 이 주제는 대단히 수준도 높고, 어려운 주제입니다. 그러니 보통 사람이 소화하기에는 너무나 버거운 주제가 분명합니다. 이 주제는 여러분이 계속 열심히 공부해야 제대로 이해할 수 있을 것입니다. 내가 지금 여러분에게 하는 이 당부를 이해합니까?"

"예, 선생님!"

그때 누군가가 내게 말했다.

"선생님의 당부는 이해하지만, 부처님께서 했다는 말은 이해하지 못하겠습니다."

나는 한바탕 큰소리로 웃고 그 학생에게 말했다.

"너는 참 정직하구나! 그렇습니다. 부처님이 의식을 추구하러 간다는 말은 대단히 어려운 말입니다. 나도 그동안 성경 공부를 해 왔고, 지금도 하고 있습니다. 그런데 부처님이 한 위의 말은 내게 제일 큰 화두가 되었습니다. 제일 큰 화두란, 제일 큰 과제라는 의미입니다. 나는 이 과제를 바르게 풀기 위해서 매일 열심히 공부하고 있으며, 앞으로도 계속 열심히 공부할 것입니다.

오늘 나는 대단히 중요한 화두를 여러분에게 던졌으니, 그 해답은 스스로 공부하여서 풀기 바랍니다. 이 화두는 내가 정답을 가르쳐 줄 그런 과제가 아닙니다. 여러분 스스로 땀과 눈물로 풀어야 할 중요한 과제입니다. 나도 의식을 추구하러 궁전을 떠날 참입니다. 그럼, 오늘 교밖 공부는 이만 마치겠습니다."

"선생님, 감사합니다."

"선생님, 수고하셨습니다."

학생들의 박수갈채와 환호성이 터져 나왔다.

23
희망봉

포르투갈의 탐험가 바르톨로메우 디아스(Bartholomeu Dias)는 1468년 아프리카 대륙 남방을 탐험하고 돌아와 왕에게 보고하였다. 이때 나이가 많고 현명한 왕이 물었다.

"그래, 자네가 거기에 가 보니 어떻던가?"

"폐하, 그곳은 폭풍이 심하고, 격류가 흐르는 봉우리였습니다. 그래서 그곳 이름을 '폭풍과 격류의 봉우리'라고 지었습니다."

왕이 고개를 가로저었다. 그러자 디아스가 진지하게 다시 설명했다.

"폐하. 정말입니다. 그곳은 무서운 폭풍으로 바다는 사납게 울부짖었고, 파도는 배를 삼킬 듯이 거세었던 것이 틀림없습니다."

왕이 온화한 목소리로 천천히 말했다.

"알겠네. 네가 그대의 말을 의심해서가 아니네. 그대가 말한 대로 '폭풍과 격류의 봉우리'라고 이름을 붙여놓으면, 그곳으로 갈 사람은 아무도 없을 것일세. 그러니 내가 이름을 지어 선포하겠네."

그리고 왕은 좌중을 향해 외쳤다.

"'희망봉'으로 하라!"

희망봉이라는 이름이 세상에 알려지자, 그곳으로 가는 사람의 발길이 끊이지 않았다.

학교를 그만둔 다음날, 나는 공병우 박사 연구실로 갔다. 예고 없이 불쑥 방문한 나를 보고 놀라면서도 한편으로는 반가워하는 것이 역력했다. 자리에 앉으면서 내가 말했다.

"박사님의 제안을 받아들이겠습니다. 박사님 밑에 와서 박사님의 훌륭한 정신과 합리적인 생활 태도 그리고 한글 기계화 공부를 열심히 하고, 잘못된 표준 자판을 폐지하는 투쟁도 열심히 하겠습니다. 저를 잘 이끌어주십시오. 어제 학교에 사표를 내었습니다."

공병우 박사는 악수를 청하면서 빙그레 웃었다. 그리고는 고용계약서를 작성하자면서 이렇게 말했다.

"참, 하륜 선생에게 월급을 어느 정도 드리면 되겠습니까?"

"박사님, 제가 학교에서 받던 정도로 주시면 좋겠습니다."

"학교에서 매월 얼마를 받았습니까?"

"박사님, 어제 사표를 내었으니 이달 월급은 아직 못 받았습니다. 이것이 지난달 월급봉투입니다."

"박사님, 제가 학교에서 받던 정도로 주시면 좋겠습니다. 혹시 그 액수가 너무 많다고 생각하시면 조금 적게 주셔도 좋습니다. 그러나 너무 적게 주시면 제가 일에 몰두할 수 없을 것입니다."

나는 지난달 월급봉투를 박사님께 내밀었다. 공병우 박사는 내 월급봉투를 찬찬히 훑어보더니 이렇게 말했다.

"좋소! 이만큼 드리지요."

"감사합니다. 박사님!"

"그러면 고용계약서를 씁시다."

잠시 후 공 박사는 고용계약서를 가지고 왔다. 공병우를 '갑'으로 하고 하륜을 '을'로 하는 고용계약서였다. 나는 그동안 이런 고용계약서를 한 번도 본 적조차 없었다. 그래서 궁금하기도 하고 당황스럽기도 했다.

한 줄 한 줄 읽어나가는데 제일 먼저 걸리는 조항은 '일 년에 휴가를 7일 준다'는 것이었다. 처음에는 기간에서 '0'을 하나 빠트린 오타인 줄 알았다. 학교 선생은 일 년에 거의 100일 가까이 노는 것을 감안하여 공병우 박사가 내게 '70일을 휴가로 준다'는 의미인 줄 알았다. 그런데 다음 문장을 한 줄 한 줄 읽어나가면서 그것이 오타가 아니라는 사실을 알았다. 그 대목에서 이렇게 생각하였다.

'아니, 안중근, 윤봉길, 유관순은 나라를 위하여 목숨도 바

치는데, 하륜은 열심히 일할 생각은 안 하고, 일 년에 며칠 노는 가를 따져?'

고용계약서에 사인을 '덜컥' 하였다. 공 박사님도 사인을 했다. 타자수가 먹지를 사이에 끼우고 친 두 장의 고용계약서를 서로 한 장씩 나누어 가졌다.

저녁때 집에 오니 아내가 오늘 공 박사와 일이 잘되었냐고 물었다. 고용계약서를 꺼내서 보여주었다. 고용계약서를 읽어 내려가는 아내의 표정이 점점 어두워지는 것 같았다.

드디어 아내가 볼멘소리로 말했다.

"이것 봤어요?"

"뭘요?"

"일 년에 휴가 7일"

"……."

내가 차마 말을 못 하자 아내가 입을 삐쭉이면서 말했다.

"일 년에 휴가가 7일이면 우리는 신혼인데 어디 여행도 가기 틀렸잖아요?"

"그러게……."

아내는 더 이상 말을 하지 않고 고용계약서를 계속 읽어나 갔다. 그러다가 갑자기 눈물을 글썽이면서 울음을 터트리고 말았다.

"왜 울어요?"

아내가 답답한 듯 말했다.

"보너스 준다는 말이 없잖아요! 보너스도 한 푼 못 받으면 어찌 살아요. 학교처럼 일 년에 300퍼센트는 받아야 당신 구두도 하나 사고, 제 스카프나 원피스도 하나 살 건데요. 보너스 한 푼 없으면 밥만 먹고 살아야 하는데…….."

아내는 소리 내어 훌쩍이다 마침내 큰 소리로 엉엉 울기 시작했다. 나는 아내를 달래면서 말했다.

"사실은 나도 그건 몰랐어요. 그러니 걱정하지 말아요. 내일 아침에 박사님께 보너스 달라는 말을 하고 고용계약서에 삽입하게 할게요. 걱정하지 말아요. 정말 나도 그건 깜빡했어요. 박사님께서 그것을 거절할 리가 없어요. 학교에서 받던 수준으로 대우해주기로 했거든요. 그러니 조금도 걱정하지 말아요. 내가 내일 출근하자마자 그 대목을 삽입하게 할게요."

아내는 훌쩍이면서 말했다.

"보너스 준다는 말을 꼭 삽입해야 해요."

그러면서 새끼손가락을 내밀었다. 나는 웃으면서 내 새끼손가락을 아내 새끼손가락과 걸고 굳은 약속을 하였다.

다음 날 아침에 첫 출근을 하였다. 그런데 아침에 출근하자마자 박사님에게 보너스 이야기를 꺼낼 수가 없었다. 그래서 적당한 찬스를 잡아서 말해야지 하였는데 점심때가 되도록 그 찬스를 잡지 못하였다.

점심때가 되었다. 그런데 밥을 먹으면서 보너스 이야기를 꺼내기가 아무래도 적절하지 못한 것 같아서 점심 식사 후에 말해야지 하였다. 점심 식사 후에 보너스 이야기를 하려고 하였더니 밥숟가락을 놓자마자 그런 이야기를 꺼내기가 아무래도 좀 거시기했다. 그래서 나중에 오후 무렵, 적당한 찬스를 잡아서 거론해야지 하고 참았다.

오후에 일하면서도 내 마음은 온통 보너스에 가 있었지만, 막상 말을 꺼낼 수가 없었다. 우물쭈물하는 사이에 퇴근 시간이 되었다. 드디어 '보너스 이야기를 꺼내야지' 하고 박사님께로 갔더니 박사님은 타자기 부품을 놓고 열심히 무슨 생각을 하는 중이었다. 존경하는 박사님께서 지금 연구에 몰두하고 계시는데 차마 내 보너스 이야기를 꺼낼 수가 없었다. 그래서 더 이상 다가가지 못하고 쭈뼛쭈뼛하고 서 있는데 박사님께서 말했다.

"일 끝났으면 퇴근하시오."

나는 엉겁결에 대답했다.

"고맙습니다. 박사님. 그럼 저는 먼저 퇴근하겠습니다."

집에 돌아오니 아내가 대문 앞에서 기다리고 있었다. 나는 난감한 생각이 들었다. 그래서 아주 그럴듯하게 연기를 하였다. 아내에게 선수를 쳤다.

"미안해요. 오늘 첫날이라서 일이 바빠서 그만 깜빡 잊었어요. 내일은 하늘이 두 쪽이 나도 반드시 보너스 조항을 삽입해

올게요. 미안해요. 정말 미안해요."

그 무렵 아내에게 거짓말을 그리 많이 하지는 않았는데 이 말은 거짓말이었다. 아내는 내 연기에 속았는지, 아니면 어쩔 수 없다고 지레 포기를 하였는지 아무 말도 하지 않고 집 안으로 들어가고 말았다.

그날 밤, 아내는 잠자리에서 두 번이나 손가락을 걸면서 약속을 강요했다. 나는 하늘이 두 쪽 나더라도 보너스 조항을 삽입해 오마고 큰소리치며 아내를 안심시켰다. 그러나 다음날도, 그다음 날도 보너스 이야기는 꺼내지 못하였다.

―끝―

(※주―그 뒤 박사님과 약 이십 년을 함께 일을 하고, 마침내 박사님이 돌아가셨다. 돌아가신 지 어느덧 이십 년이란 세월이 흘렀다. 박사님을 처음 만났을 때 박사님은 일흔이 넘었다. 그런데 지금 내가 일흔이 넘었다. 이제 박사님을 뵐 날이 그리 멀지 않았다. 하늘나라에 가서 박사님을 뵈면 반드시 보너스 이야기를 하고 그동안 밀린 것을 일시불로 받았으면 좋겠다.)

| 기본 사항 |

- 이름 : 송 현(본명 秉憲)
- 호 : 무향재(無向齋), 하륜(河輪), 지여처다
- 혈액형 : AB형
- 키 : 172센티미터
- 몸무게 : 70킬로그램
- 출생지 : 부산

| 연락처 |

- 전화 : 010-2203-9658
- 이메일 : nowhss@hanmail.net / nowhss@naver.com
- 연구소 : 130-100 서울 동대문구 장안동 373-6 한글문화원
- 홈페이지 : www.songhyunss.com

| 심층 소개 |

- 직업 : 시인, 교수, 소설가, 한글기계화연구가, 아동문학가, 한글자형학자, 칼럼니스트, SS이론발명가, 라즈니쉬 연구가, 언론인, 스토리텔링 스피치 전문가 외 다수 직업

- 별칭 : 자유인, 정신적 유목민, 지여처다주의자, 전방위투사
- 좌우명 : 지여처다(지금 이 순간, 여기에서, 처음 만날 때처럼, 다시 못 볼 것처럼)
- 병역 : 육군 실역필(1973년) / 계급-이병 / 군-92721XXX
- 주량 : 소주 한 병
- 흡연 : 안 함
- 자녀 : 1남 1녀
- 자격증 : 중등학교 2급 정교사 자격증(국어과), 보이스카우트 대장 자격증
- 존경하는 인물 : 요소 라즈니쉬, 함석헌 선생, 공병우 박사, 최현배 박사. 이오덕 선생, 한창기 사장
- 감명 깊게 읽은 책 : 《뜻으로 본 한국역사》(함석헌 지음)
- 선호하는 음식 : 영동설렁탕, 일지각 짜장면
- 애창곡 : 빛과 그리고 그림자, 당신은 몰라, 상처, 해후, 비나리, 실버들
- 좋아하는 연예인 : 조용필, 윤정, 이희복
- 애장품 : 함석헌 선생 글씨 두 점, 공병우 박사 침대, 섹스 병풍 외
- 좋아하는 술 : 진로 소주
- 좋아하는 차(茶) : 커피
- 좋아하는 간식 : 오징어, 쥐포
- 좋아하는 색깔 : 카키색, 베이지색
- 좋아하는 꽃 : 코스모스
- 좋아하는 강아지 이름 : 딱지, 꽁지, 뭉치, 공무

한글문화원장

무향자연학교장

송현 새혼학교 교장

한국SS이론연구소 소장

한국향기명상협회 고문

한국에스페란토협회 명예이사

한국라즈니쉬학회 회장

인터넷신문 브레이크뉴스 주필

한글학회 한글새소식 자문위원

| 송현 팬클럽 현황 |

- '다음'에 송현 팬클럽 카페(SS이론) 회원 1만 6천여 명
- 성인사이트 비엘커뮤니티(www.yesbl.com) 송현 클럽 회원 6천여 명
- 한국 SS이론연구소 회원 3천여 명
- 네이트 회원(011.017) 5만여 명
- SS이론 책 독자 3만 명

   합계 : 10만 여명(2006년 3월 〈주간 현대〉 보도자료)

| 학력 |

부산 대신중학교 졸업(12회)

부경고등학교 졸업(17회)

동아대학교 국문과 졸업(1969년)

동아대학교대학원 국문과 수학(1972년)

대원불교대학 졸업(1989년)

| 대표적 스승 |

1. 함석헌 선생 – 올바른 삶, 우리나라와 우리 역사에 눈 뜨게 해 준 정신적 스승

1) 1960년 무렵 문학청년 시절 부산에서 《죽을 때까지 이 걸음으로》와 《뜻으로 본 한국역사》 등을 전율하면서 읽고 크게 감동받았다. 이후 정신적 스승으로 모시기로 다짐하고, 그 뒤 선생님의 전집 20권 외 모든 저작물을 독파함.

2) 장기려 박사님 주관 아래 부산 송도 복음병원에서 열리던 '부산 모임'에 매월 셋째 주 일요일에 참석하여 선생님의 성경 말씀을 온몸으로 듣고 성경과 하나님의 역사 하심을 배움.

3) 1974년 상경하여 서라벌고교 교사 시절에 선생님께서 주관하시던 명동 가톨릭 여학생관 성경 모임에 매주 출석하여 성경, 장자, 노자 등의 강의를 경청하면서 선생님의 광대무변한 정신세계와 치열한 역사의식과 내 조국을 사랑하는 것을 배움.

4) 박정희 유신 독재 시절 선생님께서 3·1 명동 구국선언문 사건으로 투옥되면 옥사할 것을 각오하시고, 가톨릭 여학생관에서 사랑하는 열 명 남짓한 제자들에게 세례를 주는데, 그때 세례를 받음.

5) 선생님의 친필 글씨 세 점과 미공개 사진 몇 점을 가보로 보관 중.

6) 1990년 대원사와 '함석헌 위인전' 집필 계약한 뒤, 3년 뒤에 선생님에 대해서 더 공부를 하고 쓰기로 하고 계약금을 돌려주고,

아직도 쓰지 못함.

7) 국내 최초로 선생님을 시인으로 조명한 《시인 함석헌》을 집필, 명상출판사에서 출간함.

2. 우찌무라 간조 – 성경 해석에 대한 새로운 세계와 경지를 가르쳐준 나의 정신적 스승의 스승

1) 존경하는 스승 함석헌 선생의 스승인 우찌무라 간조의 전집을 독파하고 그의 독창적 성경 해석에 심취하고 역사, 인생, 문학과 예술 세계에 매료되어 존경하고 그의 정신과 삶을 배움.

2) 〈우찌무라 전집〉을 머리맡에 두고 애국심과 그리스도 사랑과 인류에 대한 사랑을 배움.

3. 최현배 박사 – 우리말과 우리글을 사랑하는 것이 애국의 기초임을 일깨워준 한글 사랑의 스승

1) 동아대학교 국문과 초빙교수로 오실 때 박사님의 한글 풀어쓰기와 우리말 사랑 정신 등을 배움.

2) 내 삶에서 한글 사랑과 우리말 사랑을 실천한 것은 모두 최현배 박사님에게서 배운 바임.

3) 최현배 박사님께 받은 친필 편지 한 통을 가보로 보관하고 있음 (외솔기념관에 기증할 계획).

4. 공병우 박사 – 한글기계화를 통한 과학적인 삶과 애국을 가르쳐준 한글기계화의 스승

1) 1974년, 서라벌고교 교사 시절에 공병우타자기를 구입한 뒤 공 박사를 알게 되었음.

2) 공병우 박사의 제안으로 '공병우한글기계화연구소' 부소장으로 가서 한글 기계화와 우리 말과 우리 글을 사랑하는 것과 나라 사랑 정신 등을 온몸으로 배움.

3) 공병우타자기주식회사 대표이사가 되어 공병우타자기 보급 운동에 힘씀.

4) 국내 최초로 공병우한영타자기를 해외에 수출함.

5) 처음에는 공병우 박사의 제자로 입문하여서 십여 년 열심히 공부한 뒤에는 글자판 투쟁의 동지(?) 같은 사이가 되어 박정희 독재 정권에 목숨을 걸고 글자판 통일 투쟁을 함.

6) 박정희 유신정권 하에서 민간통일자판을 만들어서 상공부 장관 상대로 행정소송을 하는 함(유명한 인권 변호사 조영황 변호사가 무료 변론 맡음).

7) 전두환 집권 초기에 포고령 위반으로 10일간 구속 그 뒤 포고령 해제로 풀려남(10일 구속되어 10킬로그램 빠지는 것을 경험).

8) 주요한 박사와 한글기계화촉진회, 공병우 박사와 남북한 글자 판통일추진회 등을 만들어서 한글기계 글자판 통일 운동과 자판 싸움을 주도함.

9) 90년대에 미국에 있던 공병우 박사가 경비 전액을 지원하는 조건으로 미국 유학 초청했는데, 국내의 글자판 투쟁을 위해서 사양함.

10) 공 박사 관련 한글기계화 희귀 자료 천여 점을 소장하고 있음.

11) 공 박사 돌아가신 뒤 서울 장안동에 한글문화원 재건함.

12) 《공 병우 위인전》을 집필 출판함(2006년 작은 씨앗 출판사).

13) 공병우 한글기계화박물관 건립을 위해서 동분서주하고 있음.

5. 이오덕 선생 – 내 삶이 묻어나는 살아 있는 작품을 쓰도록 일깨워준 아동문학 스승

1) 이오덕 선생의 《일하는 아이들》 외 여러 저작물을 읽고 크게 감동하여 선생님을 존경하게 됨.

2) 80년대에 선생님께서 경기도 과천으로 오신 뒤에 종종 찾아뵙고, 어린이를 사랑하는 정신과 아동문학의 나아갈 바른길 등을 배우고 아동문학의 스승으로 모시기로 작정함.

3) 선생님께서 창비 아동문고에 내 동시 '비오는 날' 등을 추천하심.

4) 선생님께서 종로서적에서 출간하는 '종울림 소년문고'에 졸작 '판돌이 특공대'를 추천하여 주시는 바람에 본격적으로 동화와 동시를 쓰게 됨.

5) 선생님께서 창립한 한국어린이문학협의회 3대, 4대 회장을 하도록 내게 기회를 주심.

6) 선생님께 받은 영향으로 김치 냄새와 된장 냄새가 나는 동와 동시 작품을 저작함.

7) 내가 쓴 《도깨비학교 문고》(디자인하우스 출판)는 약 3백만 권 이상 팔렸음.

8) 내 동시집 《우리 엄마 회초리》 등은 일본어로 번역 출간 준비 중.

6. 요소 라즈니쉬 – 내 삶에서 영적 눈을 뜨게 해준 분으로, 최고의 축복이자 은총인 영적 스승

1) 1970년대 라즈니쉬 공부를 시작한 이래, 라즈니쉬의 저서 250여 권을 독파함.

2) 라즈니쉬 제자로 입문함.

3) 1차 영적 개안(1996.6.15)

4) 1996년 '비말끼르띠라'는 산야시를 받고 산야신이 됨

5) 세계최초로 《라즈니쉬 예술론》 집필.

6) 국내 최초로 라즈니쉬 입문서 《영적 스승 라즈니쉬》 집필 및 출판(명상출판사)

7) 2차 영적 개안(2006.9.3)하여 무향지도(無向之道)를 깨치고, 무향선(無向禪) 체계를 세우고 공개함(중앙불교신문. 브레이크뉴스)

8) 라즈니쉬의 해설서 사랑론, 행복론, 종교론, 성공론, 자연론, 평화론, 구도론, 제자론, 스승론 등 10여 권을 집필 중

9) 라즈니쉬학회를 창립하여 초대 회장에 취임

10) 〈라즈니쉬 사랑론〉을 〈주간현대〉에 연재 중

| 문단 데뷔 |

• 1975년 월간 〈시문학〉에 서정주 선생 추천으로 시인으로 등단함
  (추천 작품: 비밀, 넝쿨, 참회록 등)

• 월간 〈소년〉에 동화 '소싸움'을, 창비아동문고에 동시 '비 오는 날' 등을 발표하고, 동화작가로 활동함(이오덕 선생 추천)

| 일반 경력 |

- 1974~1976년 : 서라벌고등학교 교사
- 1976~1978년 : 공병우 한글기계화연구소 부소장(소장 공병우)
- 1978~1982년 : 공병우 타자기 주식회사 대표이사 사장
- 1982년 : 청와대 한글기계화 정책 자문
- 1976~현재까지 _ 한글기계화추진회장
- 1985~1988년 _ 한국현실문제연구소 소장(이사장 정대철)
- 1988~1989년 _ 월간 〈디자인〉 편집 주간
- 1989~1991년 _ 월간 〈굴렁쇠〉 편집 주간
- 1991년 _ 한글표준글자꼴 제정 전문위원(문화부)
- 1992년 _ 남북한 한글 자판통일추진회 회장
- 1992년 _ 한국 어린이문학협의회장
- 1992년 _ 민족문학작가회의 아동문학분과 위원장
- 1992년 _ 한국어린이문학협의회장
- 1994년 _ 삼성주부교실, 롯데문화센터, 오리리문화센터 강사
- 1979년 _ 문장용 타자기 연구회 회장
- 1982년 _ 대한 인간공학회 정회원
- 1983년 _ 청와대 한글기계화 정책 자문위원
- 1976년 _ 정신적 스승 함석헌 선생에게 세례 받음(가톨릭 여학생관 성경 모임)
- 1996년 _ 영적 스승 라즈니쉬에게 산야스 받음(비말 끼르띠)
- 1999년 _ 한글문화연구회 이사(이사장 정대철)
- 1995~1997년 _ 서울예술신학교 교수

- 2001년 _ 명상출판사 고문
- 2001년 _ 건강 미디어 왕국 CEO
- 2001~2005년 _ 정일형, 이태영 자유민주상 심사위원
- 2003년 5월 _ '샘이 깊은 물'에 공개구혼 뒤 새혼(KBS TV 인간극장 5부작 방영)
- 2004년 _ 송현 새혼학교 설립(교장)
- 2004년 _ 성신여대 평생교육원 교수
- 2004년 11월 _ 사법개혁 국민연대 공동대표로 추대됨
- 2005년 3월 _ 남북한 한글 폰트 비교연구회 고문
- 2005년 3월 _ 경기대학교 사회교육원에 결혼정보관리사 과정 개설 및 주임교수 취임
- 2006년 _ 칭따오 이공대학 명예박사과정 '고수론' 특강 교수
- 2006년 12월 _ 브레이크 뉴스 논설위원
- 2007년 _ 필화 사건(이명박 대통령 후보로부터 명예훼손으로 고발당함)
- 2008년 10월 _ 한글날 글자꼴 집현전 전시회 자문위원(문화관광부 주최)
- 2008년 _ 브레이크뉴스 문화 예술상 심사위원장
- 2009년 _ 한국라즈니쉬학회 회장
- 2009년 _ 브레이크뉴스 주필

| 방송 경력 |

- 1994년 _ KBS 라디오 〈행복이 가득한 곳에〉 진행
- 1995년 _ KBS 라디오 〈송현 인생 칼럼〉 진행

- 1992년 _ KBS TV 〈비즈니스맨 시대〉 진행
- 1995년 _ CV텔레비전(채널 23번) 〈영재교실〉 MC
- 1992년 _ KBS TV 생방송 〈여성〉 단골손님으로 고정 출연
- 1999년 _ CA텔레비전(재능방송) 〈케이블 스쿨 가정교육〉 MC
- 2005년 _ SBS 라디오 〈송현 인생 고민 상담〉 진행

| 저서 및 대표논문 |

- 시
  1. 《청산의 서》(친학사, 1968년)
  2. 《참회록》(시문학사, 1975년)
  3. 《차를 마시면서 왜 뒤를 돌아보아야 하나》(작은책, 1990년)
- 칼럼
  1. 《우리시대의 시민정신》(지식산업사, 1985년)
  2. 《대통령은 변소청소를 한 대나 어쩐대나》(작은책, 1990년)
  3. 《그대는 지금 누구를 만나야 한다》(정암문화사, 1990년)
  4. 《지식 한 트럭보다 한 눈물 한 방울》(명상, 1990년)
  5. 《글쎄 푼수를 떤대나 어쩐대나》(인화, 1992년)
  6. 《흔들리는 자녀를 바르게 키우기》(집문당, 1995년)
  7. 《여자는 알수 없다》(자유문학사, 1997년)
  8. 《소리내고 먹으면 더 맛있다》(한교원, 1991년)
  9. 《공개구혼》(한비미디어, 2002년)
  10. 《지여처다》(2008년)
- 소설

1. 《오빠의 방》(도서출판 명상, 1991년)

2. 《소리, 소리, 소리》(동양문학사, 1991년)

3. 《도청(전4권)》(씨엔씨미디어, 1997년)

4. 《어머님 전상서(상,하)》(나눔사, 2005년)

5. 《동정제》(근간)

• 동화

1. 《판돌이 특공대》(종로서적, 1987년)

2. 《쥐돌이의 비밀잔치》(현암사, 1990년)

3. 《판돌이 대작전》(웅진출판사, 1992년)

4. 《쥐돌이의 세상 구경》(사계절, 1998년)

5-15. 《도깨비학교(문고 11권)》(디자인하우스, 1992년)

16. 《판돌이와 똥개》(태동어린이, 2001년)

17. 《판돌이 특공대》(태동어린이, 2001년)

18. 《쥐돌이의 첫 번째 배낭여행》(명상, 2000년)

19. 《쥐돌이의 두 번째 배낭여행》(명상, 2002년)

20. 《엄마 아빠 몰래 보던 만화책》(채우리, 2002년)

21. 《공병우 박사 위인전》(2007년, 작은씨앗출판사)

22. 《어린이 도덕경(10권)》(근간)

23. 《말하는 강아지 딱지》(근간)

• 동시

1. 《우리 엄마 회초리》(명상, 2001년)

2. 《풍뎅아, 나랑 놀자》(명상, 2001년)

3. 《코딱지 후비는 재미》(명상, 2001년)

• 연구서

1. 《시인 함석헌》(명상, 2000년)

2. 《영적 스승 라즈니쉬》(명상, 2000년)

3. 《한글기계화 개론》(청산, 1984년)

4. 《한글 기계화운동》(인물연구소, 1982년)

5. 《한글 자형학》(디자인하우스, 1985년)

6. 《한글을 기계로 옳게 쓰기》(대원사, 1989년)

7. 《시 낭송 잘하는 법》(집문당, 1996년)

8. 《두 시간 연습으로 20미터 헤엄치는 법》(지식산업사, 1992년)

9. 《여성중심의 사랑》(명상출판사, 2003년)

11. 《남성중심의 사랑》(명상출판사, 2003년)

12. 《내가 완성한 오르가슴 체계도》(근간)

13. 《라즈니쉬 예술론(상, 하)》(근간)

14. 《영어 30마디로 해외여행 10배로 즐기는 법》(근간)

• 대표 논문

1. 《어린이를 괴롭히는 아동문학》(광장, 1986년)

2. 《우리를 괴롭히는 도깨비시들》(광장, 1896년)

3. 《시낭송에 문제 있다》(시문학, 1986년)

4. 《한국문단 지인론》(동서문학, 1986년)

5. 《카이스트에는 왼손잡이만 있는가》(샘이깊은물, 1986년)

6. 《풀어쓰자는 주장을 반박한다》(한글기계화회보, 1978년)

7. 《김정흠 교수의 〈국한문혼용 과학적 고찰〉 반론》(한글새소식, 1977년)

8. 《조선글 타자기를 공개한다》(샘이깊은물, 1990년)

9. 《한글자형학 정립을 위한 제언》(시각디자인, 1987년)

10. 《과학적인 글자를 비과학적으로 쓰고 있다》(마당, 1986년)

11. 《한글 글자꼴 변별론》(디자인, 1986년)

12. 《한글컴퓨터와 정신착란》(샘이깊은물, 1986년)

13. 《한글 글자꼴 연구》(출판연구소 논문집, 1986년)

14. 《한글디자인 이전에 알아야 할 기계화 상식》(월간 꾸밈, 1978년)

15. 《문학 비평을 비평한다》(광장, 1987년)

16. 《한글기계화 5공 청산을 해야 한다》(샘이 깊은 물)

17. 《어머니는 가장 위대한 스승》(우리 엄마 회초리)

18. 《자연은 가장 위대한 교과서》(풍뎅아나랑놀자)

19. 《김일성 주석님께 드리는 공개 편지》(예감, 1991년)

20. 《동시가 살아야 어린이가 살고, 어린이가 살아야 나라가 산다》(코딱지후비는재미)

22. 〈IT시대의 동심과 자연〉(한국아동문학연구소 세미나 주제 발표 논문)

23. 〈한글기계화 글자판 통일 기본 원칙〉(서울대학교 인문대학 세미나 주제 발표논문)

24. 〈한글기계화 3벌식 글자판이 왜 과학적인가〉(카이스트 세미나 주제 발표 논문)

25. 《오세훈식 5.33무개념 화법을 꾸짖는다》(한글 새소식, 2008년)

26. 《탈북자를 모독하는 새터민이라는 말을 쓰지 말자》(브레이크뉴스, 2008년)

27. 《이명박 후보의 기독교 편향 태도를 꾸짖는다》(브레이크뉴

스/2007년)

28. 《한승수 총리의 독도 나라 망신을 꾸짖는다》(한글 새소식, 2008년)

29. 《학자들에게만 교과서 집필을 맡겨서는 안 된다》(브레이크뉴스, 2008년)

| 업적 |

1. 송현이 국내 최초로 한 일

1) 중학교 교사로 박정희 유신독재 반대 삭발(부산 거성중학교 교사, 1974년)

2) 도로 표지판 한글글자꼴 연구 발표(월간 〈디자인〉에 발표, 1985년)

3) 한글기계화의 이론적 체계를 세운 《한글기계화개론》 출간(청산출판사, 1985년)

4) 한글글자꼴에 대한 새로운 학문 〈한글자형학〉 출간(월간 디자인사, 1985년)

5) 시 낭송 이론적 체계를 수립한 《시 낭송 잘하는 법》 출간(집문당, 19986년)

6) 글자꼴 가독성 비교법 창안(문화관광부 연구 보고서, 2003년)

7) 새로운 성 이론 'SS이론' 발명(2003년 일간 스포츠 연재, 《여성 중심의 사랑》 출간)

8) 경기대학교 사회교육원에 '결혼정보관리사 과정'을 개설하고 주임교수가 됨(2004년)

9) 생활 실천선 무향선(無向禪)을 창안하고, 무향선원 개설(2006년, 서울)

10) 정신세계유목민 교육기관 무향자연학교 설립(강원도 원주 치악산 자락, 2006년)

11) 두 시간 연습으로 20미터 헤엄치는 '송현식 수영 비법' 창안(지식산업사, 1983년)

12) 송현 새혼학교 설립(서울/수원, 2004년)

13) 송현 결혼학교 설립(서울, 2004년)

14) 라즈니쉬 해설서《젊은 날에 만나야 할 영적스승 라즈니쉬》출간(명상출판사, 2004년)

15) 함석헌 선생을 시인으로 조명한《시인 함석헌》출간(명상출판사, 2004년)

16) 한국의 고유한 농촌 풍경을 동시와 동화 600여 편으로 담는 작업 완성(2004년)

17) 향명학(香暝學) 및 향선(香禪) 학술 체계 수립(한국향기명상협회 연재 중)

18) 문장용타자기연구회 발족, 한국 문단 타자기 시대 개척(정을병, 신석상 씨 등, 1976년)

19) 박정희 정권 때 글자판투쟁 7년 전쟁에 뛰어들어 사생결단으로 싸워 꺼져가던 자판투쟁의 불씨를 살리고 교두보를 확보함(공병우 박사 자서전 평가)

20) 한글 글자판 통일을 위해서 상공부 장관 상대의 행정 소송을 주도함(한글기계화촉진회)

21) 청와대에 표준자판 폐지 건의 후 과기처와 공식 대담에서 승리함('뿌리깊은 나무' 발표)

22) 북한 천리마 타자기 연구 분석 공개(세계일보 보도)

23) 북한이 천리마타자기 자판을 ISO(국제 표준기구)에 세계 표준으로 신청하자, 조목조목 분석 비판하여 김일성 주석에게 관련자 처벌을 공개 건의함(월간 예감 발표)

24) 한글기계화 표준자판 폐지를 위한 청와대 정책 자문 후 4벌식 폐지에 결정적 역할을 함(샘이 깊은 물 발표)

25) 남북한 글자판 통일 추진회 결성하여 남북자판 통일의 물꼬를 틈(회장 : 송현, 부회장 : 공병우 박사)

26) 공병우 박사로부터 경비 전액 지원 미국 유학 초청을 받고도 국내 글자판 싸움을 중단할 수 없어서 사양함

27) 3벌식 글자판 통일을 위한 청와대 정책 자문(전두환 정권 시절)

28) 제임스 조이스의 율리시스를 보고, 한국판 율리시스(실험 장편 소설−소리, 소리, 소리)를 집필함 2,200매 / 동양문학 집중 분재 함)

29) 김영삼 대통령이 중국 방문 때 한자로 서명하는 것을 강도 높게 비판함(샘이 깊은 물)

30) 김대중 대통령이 유엔에서 영어로 연설하는 것을 강도 높게 비판함(우리말 우리얼 발표)

2. 송현의 새로운 생각

1) 공병우 타자기 주식회사 대표이사에 취임하자(31세 때) 매일매일 생애 마지막 순간처럼 치열하게 살기 위해 유서를 써 항상 몸에 지니고 다님

2) 구입하는 어린이가 주인공이 되는 그림동화 〈도깨비학교 문고〉 기획 집필(디자인하우스, 약 300만 권 팔림, 1992년) (송현 밀

리언셀러 동화책 도깨비 학교 구경하기 http://www.adic.co.kr/ads/list/showNaverTvAd.do?ukey=86352)

3) 국내 최초로 출판 경매회사 설립(2005년, 연합뉴스, 조선일보 등 언론 보도)

4) 월간 〈샘이 깊은 물〉에 공개구혼하여 새혼함(KBS TV 다큐멘터리 5부작으로 방영. 2003년)

5) 전문서적 집필을 지도하는 '송현 신발장 이론' 창안 (2003년 무향자연학교)

6) 이라크민병대 합류 한국민간참전지원단을 만들어 단장이 됨 (2004년 월간 중앙)

7) 치매를 앓다 돌아가신 어머니 유골상자를 유골 상자를 10여 년째 머리맡에 모심(2005년 동아일보)

8) 〈빨리빨리총서〉 기획(명상출판사와 계약 2003년)

9) 나따사함(나흘 따로 사흘 함께) 방식의 새혼 생활을 실행에 옮김 (2003년 국민일보 보도)

10) 국내 작가로 최초로 출판매니저를 둠(1997년 출판인 한성희 선생)

11) 문장용타자기 원고지 개발함(1987년 문장용 타자기 연구회)

12) 이선규 약학상 제정 제안(동성제약 제정)

13) 정일형 자유민주상 제정 제안(정일형 이태영 기념 사업회)

14) 회의시간 절약을 위해 서서 하는 회의를 최초로 실시함(공병우 타자기 주식회사 1988년)

15) 스승의 은혜를 잊지 않기 위해 매년 5일 단식함(함석헌, 공병우, 라즈니쉬, 이오덕, 한창기 사장 기일)

16) 함석헌 선생께서 1식 하는 것을 보고 30여 년째 아침을 먹지 않음(1일 2식)

17) 송현식 초집중 독서방법 개발(1992년)

18) 국내 최초 서면출판기념회 개최(1985년 한글기계화개론 출판 때)

| 송현이 만든 말과 학술용어(약 1,300개) |

1) 새혼(재혼의 새로운 말)−네이트 국어사전에 실림(2006년)

2) 나따사함(나흘 따로 살고 사흘 함께 사는 새로운 행태의 삶)−동아일보 보도(2004년)

3) 들날뚱홀체(네모틀에서 벗어난 글자를 지칭하는 한글자형학 용어 1985년)

4) 지여쳐다−지금 이 순간, 여기에서, 처음 볼 때처럼, 다시 못 볼 것처럼 사는 정신

5) 한글자형학 학술용어 400여 개 만듦(변별점, 변별거리, 주판독, 종판독, 경험판독 등 1985년)

6) 성관련 비유법 용어 500여 개 만듦(귀염둥이, 황금연못, 자습, 자립, 전지훈련 발사 등 2003년)

7) 향명학·향선 용어 400여 개 만듦(2005년 향명학, 향명산업, 채향사, 몰향, 탈향, 월향 등)

| 송현이 세계 최초로 한 일 |

1) 오르가슴 체계도 완성(〈일일경제〉지면으로 연재 예정)

2) 라즈니쉬 예술론 집필(3,600매, 명상출판사 출판 계약함, 2000년)

3) 지여쳐다 정신의 창조

| 기타 |

1) 〈스포츠 투데이〉에 SS이론 1년간 연재하여 송현시인 팬클럽 SS이론 카페 생김(2005년 회원 1만 3천 명)

2) 월간 〈수정〉에서 40대 중 한국 최고 고집쟁이 1번으로 선정 소개함(1984년 2월호)

3) 종로서적 제 94회 베스트셀러 작가와의 대화 초대(1992년)

4) KBS TV 〈인간극장〉에서 송현의 사랑과 삶을 다큐멘터리 5부작으로 방영(2003년 6월)

5) MBC TV 〈임성훈과 함께〉에서 송 현 새혼부부의 사랑과 삶을 방영함(2003년 6월)

6) 월간중앙에서 송 현의 삶을 〈전방위 투사의 끝나지 않은 전쟁〉으로 다룸(2003년 8월)

7) 일본 언론에서 SS이론을 일본에 소개하기위하여 집중 취재 중(2005년 3월 현재)

8) 영국 교포신문에서 송현 SS이론을 인기에 연재 중(2005년)

9) 인터넷 신문 〈브레이크뉴스〉에 '송 현교수 SS이론' 연재 중(2005년)

10) 한글기계화박물관 건립 추진 중

11) 송현 대표 동시, 동화집 일본어 번역. 출간 준비 중(일본인 사꼬오 선생 번역)

12) 영화 〈몽정기〉의 정초신 감독이 송현 성장소설 '동정제'의 영화 제작 합의(2009년 2월)

| 상훈 |

1) 제 4회 동아문학상 소설부 수상(1966년 동아대학교)

2) 제 5회 동아문학상 시부 수상(1967년 동아대학교)

3) '명예타자석학' 칭호 받음(1983년 한국타자학회)

4) 〈월간 경향〉에서 '시대를 연출하는 사람'으로 선정함.

5) 한글학회에서 '한글문화 인물'로 선정함(2003년)

6) 연합뉴스 발행《한국인물사전》에 실림(2007년판)

7) 동시 '갈새' 초등학교 교과서 교사용지도서에 실림(2007년)

8) 전두환 정권 초기 포고령 위반으로 10일간 구속(포고령 해제로 석방)

9) 국내최초 문예주간지 〈시사문화〉로부터 FX칼럼니스트 칭호(시사문화)

10) 이명박 대통령 후보로부터 명예훼손으로 고발당함(기독교 편향 문제를 비판한 글 "부산의 사찰이 무너지게 하소서" 칼럼-브레이크뉴스)

| 송현 선생 강좌 안내 |

1) 몸값을 10배로 올리는 프로 과정(송현 신발장 이론 과정-월 2회 1년)

2) 21세기형 여성중심의 사랑법(SS이론 과정-주 1회 1개월)

3) 지금 여기에서 행복하기 과정(행복플레너 과정-월 2회 3개월)

4) 글쓰기 교실(문예창작 실기 과정-월 2회 6개월)

5) 무향선 수련 과정(송현이 창안한 생활 실천선 수련-주 1회 3개월)

6) 결혼매니저 과정(경기대학교 사회교육원 과정과 동일-월 2회 3개월)

7) 행복한 결혼면허증 과정(송현 결혼학교 과정-주 1회 1개월)

8) 직장인 성공비법(월 2회 3개월)

9) 라즈니쉬 연구과정(예술론, 사랑론, 인생론, 교육론, 명상론—주 1회 3개월)

10) 한글자형학 강좌(월 2회 6개월)

11) 한글기계화 강좌(월 2회 6개월)

12) 시 낭송법 과정(월 2회 3개월)

13) 송현식 수영 비법 과정(주 1회 1개월)

새우와 고래가 함께 숨쉬는 바다

하륜
선생2

지은이 | 송 현
펴낸이 | 황인원
펴낸곳 | 도서출판 창해

신고번호 | 제2019-000317호

초판 인쇄 | 2021년 09월 13일
초판 발행 | 2021년 09월 20일

우편번호 | 04037
주소 | 서울특별시 마포구 양화로 59, 601호(서교동)
전화 | (02)322-3333(代)
팩시밀리 | (02)333-5678
E-mail | dachawon@daum.net

ISBN 979-11-91215-22-9 (04810)
ISBN 979-11-91215-20-5 (전2권)

값 16,500원

Publishing Club Dachawon(多次元)
창해·다차원북스·나마스테